MANUAL DO
CORAÇÃO PARTIDO

# SARAH HANDYSIDE

MANUAL DO CORAÇÃO PARTIDO

Tradução
Ray Tavares

1ª edição
Rio de Janeiro-RJ / São Paulo-SP, 2025

VERUS
EDITORA

Título original
Instructions for Heartbreak

ISBN:
978-65-5924-363-1

Copyright © Sarah Handyside, 2025

Tradução © Verus Editora, 2025
Direitos reservados em língua portuguesa, no Brasil, por Verus Editora. Nenhuma parte desta obra pode ser reproduzida ou transmitida por qualquer forma e/ou quaisquer meios (eletrônico ou mecânico, incluindo fotocópia e gravação) ou arquivada em qualquer sistema ou banco de dados sem permissão escrita da editora.

Verus Editora Ltda.
Rua Argentina, 171, São Cristóvão, Rio de Janeiro/RJ, 20921-380
www.veruseditora.com.br

CIP-BRASIL. CATALOGAÇÃO NA FONTE
SINDICATO NACIONAL DOS EDITORES DE LIVROS, RJ

H213m
Handyside, Sarah
   Manual do coração partido / Sarah Handyside ; tradução Ray Tavares. - 1. ed. - Rio de Janeiro : Verus, 2025.

Tradução de: Instructions for heartbreak
ISBN 978-65-5924-363-1

1. Romance inglês. I. Tavares, Ray. II. Título.

24-94565   CDD: 823
                CDU: 82-31(410.1)

Meri Gleice Rodrigues de Souza - Bibliotecária - CRB-7/6439

Revisado conforme o novo acordo ortográfico.

Seja um leitor preferencial Record.
Cadastre-se no site www.record.com.br e receba informações sobre nossos lançamentos e nossas promoções.

Atendimento e venda direta ao leitor:
sac@record.com.br

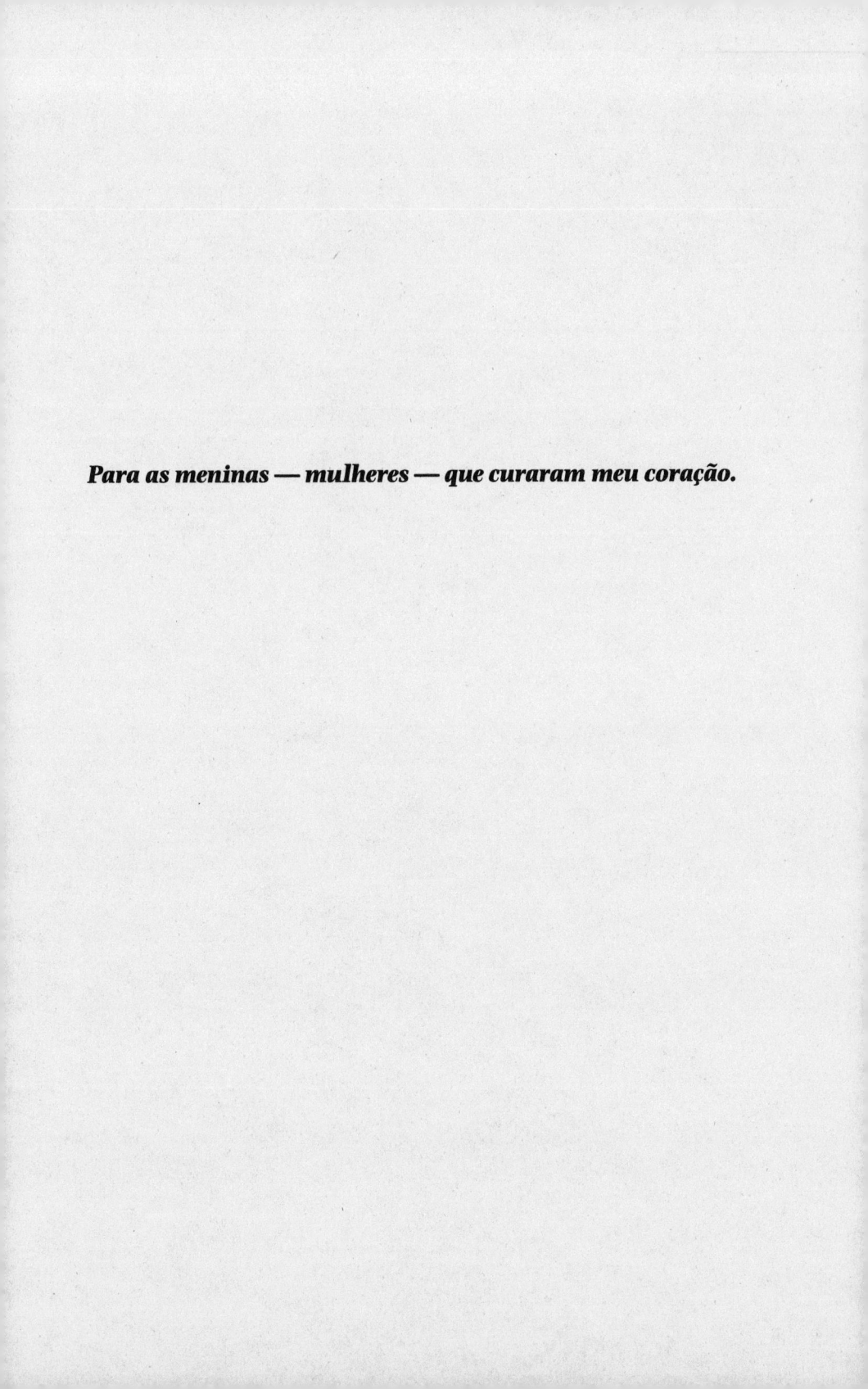

Para as meninas — mulheres — que curaram meu coração.

MENINAS / MULHERES

Rosa andava aos pulos e com um sorrisinho misterioso. Ele era um cara *legal*, não era? Um cara *bom*? Eles tomaram cinco drinques e riram à beça. Ele passou a mão pelo joelho dela e roçou a boca na sua bochecha na hora de se despedir. Ondas de eletricidade percorreram suas costas.

Que mágicos esses momentos de onde tudo pode começar. Que extraordinário que ela não pudesse ainda saber quem ou o quê, ou como ele seria. Como *eles* seriam.

O cabelo ruivo dela formava cachos ao redor dos ombros, e ela se obrigou a pensar *juba*, não *máscara*. Um mantra para os antes tímidos, uma determinação de se abrir para o mundo. Suas mãos se retorceram nos bolsos, e ela imaginou a pele dele ao toque delas.

O mundo é repleto de maravilhas. Frisson e fogos de artifício, rosas e correntezas.

É isso o que significa ser A Última Romântica. Significa viver com esperança.

*

No apartamento, Liv estava embaixo do edredom surrado, toda enrolada e mais aquecida do que gostaria. Ela tomou um banho rápido, entorpecida pelo álcool, ainda sentindo o gosto da vodca na boca.

Uma série que ela já havia assistido estava passando no notebook, fechar os olhos estava fazendo sua cabeça nadar de forma muito desagradável em direção ao sono. O paradoxo de beber para não pensar: se beber demais, não vai conseguir fazer nada além disso.

Ela encarou a rachadura que se espalhava como uma teia de aranha a partir da luminária. Fragmentava o cômodo: de um lado, o gesso e a pintura eram pálidos e, se não imaculados, intactos; do outro, uma tempestade de rachaduras menores fazia com que a pintura parecesse mais escura e ao mesmo tempo cintilante.

Nikita havia comentado como era lindo que o lado descascado e rachado parecesse mais brilhante, como a arte japonesa de consertar objetos quebrados com ouro. Qual era mesmo o nome?

Kintsugi, havia respondido Liv. Os defeitos de algo o tornam mais forte.

Isso, dissera Nikita. Você sabe de tudo, não é? Eu te amo tanto.

Seu hálito chegava quente ao pescoço de Liv, e sussurros de adulação esvoaçavam como mariposas em seu ouvido. Mas, por cima do ombro da sua linda, sincera e ansiosa namorada, o olhar de Liv estava distante. Ela encarava aquelas rachaduras e se perguntava se poderia passar massa corrida nelas, pintar por cima, ou se, ao tentar disfarçá-las, só as deixaria mais feias.

Nikita sussurrou: Você está bem? Onde estão seus pensamentos?

Em lugares demais ao mesmo tempo, queria dizer Liv, mas nunca disse.

*

No banheiro de um bar, a uns dois ou três quilômetros de distância, Dee parou na frente do espelho, virou o rosto para a esquerda e para a direita, se avaliando. Percebeu que as mãos estavam fechadas em punho, as unhas cravadas nas palmas. O nome dele passou rapidamente por sua cabeça. Ela o afastou como se fosse um mosquito. Sete palavras que esperavam em cada espelho, sete palavras que ecoavam em cada corrida.

Ela esticou os lábios e passou outra camada de vermelho. Quando voltou para a mesa, ele olhava para sua boca e pensava em cascas de maçãs reluzentes, namorados, sangue, cama. Ela ouvia a própria risada a distância. Ela tomaria outra taça de vinho, ela iria para casa.

Dezesseis quilômetros amanhã, se o tempo estivesse bom e a ressaca fosse do tipo que dava para suar. Sempre era.

*

Katie ouviu o clique da fechadura, sentiu o suspiro profundo que sempre se seguia à caminhada nervosa pela rua, chaves firmes na mão, alívio em saber que as sombras do talvez permaneceram como talvez por mais uma noite. A presença reconfortante, como um bolo quentinho, de Chris no apartamento. Ela se perguntou, não pela primeira vez, o que significava *saber* que ele estava lá, mesmo que a casa estivesse silenciosa. Era uma coisa de feromônio? Seu corpo estava sintonizado com alguma frequência que sua consciência não conseguia acessar? Que nem quando gêmeos sabem quando o outro se machucou?

Ele deve estar jogando videogame, pensou ela, ou talvez já estivesse na cama, tirando suas oito horas de sono antes do futebol de domingo.

Seu estômago se revirou quando ela o viu sentado no sofá, pálido e suado. Ele esteve chorando, disse ela depois.

Logo, ela também estava.

Capítulo Um

ESTÔMAGO

Rosa a ouviu primeiro. Um miado. Um gato? Conforme ela passava pelos últimos três prédios antes do dela, ficou mais alto e mais humano, incrivelmente humano. Katie estava na porta da frente, batendo sem parar. Ao ouvir os passos de Rosa, ela se virou. Sua maquiagem estava borrada e seu rosto, estampado com lágrimas e uma dor incompreensível.

Conforme Rosa corria para abraçá-la, a porta se abriu e Liv apareceu com os olhos semicerrados. Estava começando a chover, claro que estava começando a chover.

— Muito trágico — disse ela cinco minutos depois, tendo colocado Katie no sofá com uma xícara de chá — que são só onze horas de uma noite de sábado e eu já estava na cama.

Rosa olhou para a figura trêmula de Katie e novamente para Liv.

— Não sei se essa é a tragédia *de verdade* aqui.

— Você tem um bom ponto — disse Liv, sentando-se com cuidado ao lado de Katie. — Então, o que aconteceu?

O que ele havia dito? Isso não está funcionando? Ele disse isso? Foi um sonho? Parece uma desculpa. Está funcionando, não está? O que exatamente seria "funcionar"? Como um relacionamento funciona? Eu tenho que "funcionar" no trabalho na segunda-feira. Toda segunda-feira de toda semana, de todo mês, e agora Chris não faz parte de mais nenhuma delas.

Ela segurou a xícara com força, como se fosse um bote salva-vidas em um mar tempestuoso. Entrelaçou os dedos até a pele ficar branca. *Fique firme. É só ficar firme.*

Ela não sabia se tinha falado ou não.

— O que ele quis dizer com não estar funcionando? — perguntou Rosa.

— Eu não sei. Ele tem estado... O trabalho tem sido... tem sido estressante... Eu sei que ele quer crescer... ser promovido... e todo aquele dinheiro que a gente estava guardando para uma entrada... Parece que não estamos chegando a lugar nenhum... existe toda uma pressão, mas...

Ela não conseguia completar as frases e voltou a chorar, tentando repassar a conversa, a expressão no rosto dele quando ela chegou tarde. Eu tinha saído para tomar alguns drinques com minha amiga Suzy, fui dar uma volta no shopping mais cedo para procurar roupas para as férias, a porra das férias, nós vamos para a França na páscoa, acabamos de reservar, como isso está acontecendo agora, há quanto tempo ele está pensando nisso, nós temos brigado, mas todo mundo briga, né? Por que ele não conversou comigo? Ele não pode apenas *decidir* uma coisa dessas. Tudo isso fora de ordem, afogado em lágrimas, ressoando na cabeça dela, como se tivesse ficado fora de casa por muito tempo, em uma depressão, se sentindo doente, dentes rangendo, língua inchada. Tudo errado.

Rosa e Liv a abraçaram e olharam uma para a outra por cima do seu cabelo bagunçado, conversando telepaticamente: *Você tinha ideia?*

Já vai passar? É para sempre? Falamos para ela que ele vai implorar por perdão amanhã ou que é melhor que ela nunca mais o veja?

— E ele está no apartamento? — perguntou Rosa.

— Aham. Ele disse que ia dormir no sofá, mas... — Ela fez que não e chorou novamente. — Eu não ia conseguir ficar. E a gente não conseguia conversar mais. Ele estava... É como se ele estivesse...

Ela hesitou por um segundo, se preparando para falar pela primeira vez em voz alta o que havia acabado de ouvir, poucas horas antes.

— Eu realmente acho que acabou. Ele disse que tentou e que tem certeza.

— Não tem como você saber disso ainda — disse Rosa. — *Ele* não tem como saber disso ainda. É uma briga. Uma noite. Vocês estão juntos há nove anos, não pode acabar em uma noite.

Liv abriu a boca para protestar, mas pensou melhor.

— Você não precisa decidir nada ainda. Não precisa fazer nada. Você está aqui. Está com a gente.

Elas escutaram vários estalos na fechadura da porta da frente.

— Que bom, vocês estão acordadas! — gritou Dee, a voz lubrificada pelo vinho e sarcástica depois de um encontro ruim. — Espero que a gente tenha uma merda de um gim.

Ela apareceu majestosamente no batente da porta, resplandecente em botas de cano alto até o joelho, saia de couro preta, camisa polo vermelha e batom combinando. O casaco molhado escorregava de um dos ombros.

— Mais um para as crônicas dos playboys — anunciou ela, cambaleando com elegância até a cozinha em busca de uma taça, aparentemente sem perceber Katie encolhida no sofá. — Falou por vinte minutos de quando pescou o primeiro salmão.

Katie riu gentilmente.

— Porra, o que você está fazendo aqui?

Katie se desfez em lágrimas e soluços.

— O Chris — disse Rosa. — Ele. Eles. — Ela deu de ombros, impotente.

Os olhos de Dee percorreram languidamente cada uma das três.

— E vocês estão tomando *chá*?

Uma das muitas idiossincrasias do apartamento — o proprietário as chamava de "peculiaridades do projeto", mas "cagadas de reforma" era mais próximo da realidade — era que a sala ficava bem no meio dele, logo, não tinha janelas. Em um esforço para trazer alguma luz à essa caverna sombria, a cozinha foi integrada por meio de um conjunto de portas de correr de vidro que, em outras configurações, dariam para um pátio ou um deque, com taças de vinho branco gelado e churrascos civilizados. Dee deu com a bolsa na parede ao passar por elas, e ouviu-se um som sobrenatural de vidro se quebrando.

— Está tudo bem. — Rosa se aproximou e tirou a foto da moldura quebrada. — Ainda estamos todas aqui.

A foto havia sido tirada em Manchester, onde as quatro se conheceram, em uma festa à fantasia para comemorar o aniversário de alguém que elas não viam desde então. O tema era "circo". Liv e Rosa eram um par de acrobatas em collants e leggings extravagantes e pintura no rosto com glitter, Katie havia comprado pedaços sintéticos de pelo barato e áspero e se transformado em um leão, Dee, de cartola e chicote, era a mestra de cerimônias.

— Porra, a gente era nova.

A estranheza de ver o próprio rosto mais firme e macio.

— Essa foi a noite que eu conheci o Chris — disse Katie, subitamente.

— Não foi, foi?

— Foi, sim. Lembra, ele dormiu na nossa casa, e a gente riu quando ele teve que pegar o ônibus no dia seguinte de fantasia.

Havia uma simplicidade nisso, né? Chamar a atenção de alguém com o olhar, dançar e então olhar ao redor novamente. As normas não ditas das festas universitárias: Você estuda aqui também, né? Humanas ou exatas? Ah é, que nem o meu colega de quarto, você conhece? Todos têm a mesma idade, mais ou menos. Vão morar na mesma parte da cidade, e as casas vão se parecer. Um pôster do filme *Trainspotting: sem limites,* fotos de casa ou de viagens, garrafas vazias de vinho no parapeito da janela, mofo. Passam o tempo juntos, lidam com a pressão juntos, crescem juntos.

No fim do primeiro ano em Manchester, Liv, Dee, Rosa e Katie haviam formado uma unidade inseparável. Liv e Rosa se conheceram primeiro, ambas estudando literatura e tentando moldar identidades boêmias apropriadas a partir de suas vidas no interior e no subúrbio de Londres, respectivamente. Cada uma sentiu uma leve afinidade pela outra em seu primeiro fórum de discussão: Rosa ficou admirando o delineado preto de Liv às dez horas da manhã, e Liv, o cabelo ruivo-cobre de Rosa, e ambas suspeitando, secretamente, que o carinho de uma pela outra seria sempre permeado pela inveja. Ou, talvez, que a inveja que uma sentiria da outra estaria sempre cheia de adoração. Rosa falava de romance enquanto Liv falava de paixão, e, por isso, Rosa era complacente enquanto Liv era exigente. Mas depois de um fórum sobre *Mulherzinhas,* no qual Liv defendeu apaixonadamente que Amy era a verdadeira heroína da história, elas foram para o bar mais próximo e dividiram uma garrafa de vinho ruim. Conversaram sobre livros e músicas, cidades e sobre ir embora. Conversaram sobre os jornais e sites para os quais queriam escrever e desprezaram o que se fazia de jornalismo no jornal estudantil. Elas não falaram sobre dinheiro.

O limite do cheque especial se aproximava rapidamente. Rosa fez uma ligação melancólica para os pais, que Liv notou com uma mistura de desprezo e ressentimento. Ela conseguiu emprego em um bar onde os papéis de parede do banheiro eram recortes supostamente irônicos de revistas masculinas dos anos 1990. Dee já estava trabalhando lá como bartender para bancar o curso de design e usou uma caneta pilot para adicionar balões de falas às mulheres na parede, anunciando que eram físicas nucleares, vencedoras de prêmios Nobel e primeiras-ministras. Ela tinha sido criada em Brighton apenas pela mãe, uma mãe que, Liv e Rosa descobriram e depois não conseguiram esconder sua admiração muito bem, tinha estantes de livros de literatura da segunda onda do feminismo, uma mecha roxa no cabelo e o tipo de atitude rebelde que sempre presumiram que desaparecia ao chegar aos quarenta anos. Dee era tão sangue-quente como a mãe: ela havia, em mais de uma ocasião, jogado bebida no rosto de clientes que, nas suas palavras, "ultrapassaram os limites". Liv a amou de cara e, quando se juntou a elas depois do fechamento do bar para tomar uísque enquanto contava as gorjetas, Rosa também a amou.

Katie conheceu Rosa e Liv em um fórum sobre ferramentas de pesquisa, estudando história com afinco e com uma aparência inusitadamente angelical com seu cabelo loiro, lenços em tons pastel e brincos de argola. Mas ela tinha o riso fácil, de jogar a cabeça para trás, gostava de cerveja e licor de café, e dançava ao som de techno com os olhos fechados. Depois de três saídas para beber depois dos fóruns, que se transformaram em baladas, que se transformaram em dividir batatas fritas no ônibus na volta para casa, as quatro se sentiram alinhadas, como árvores que o vento havia inclinado da mesma forma.

Elas dividiram uma casa no segundo e no terceiro anos, uma das casas vitorianas de tijolos vermelhos caindo aos pedaços que caracterizava a maioria dos subúrbios estudantis de Manchester. Era bagunçada, gloriosa e detestavelmente impenetrável para pessoas de fora. *Não, vou sair com as meninas. Não, vou ficar em casa com as meninas.* Assim elas rejeitavam ofertas que consideravam menos interessantes; assim riam de si mesmas, imitando ironicamente a linguagem de séries e revistas bobinhas. Porque *meninas* era um termo para simultaneamente desprezar e reverenciar. Era infantilizante e condescendente: referia-se a andar de braços dados por medo de andar sozinha, a manter as vozes artificialmente suaves e a dar risadinhas amenas às piadas das pessoas, por mais sem graça que fossem. Ainda assim, referia-se também a alegria e liberdade: a dançar em cima de mesas, compartilhar segredos e a unir os braços em uma linha de defesa feita de amizade de ferro.

Elas sabiam que garotas eram jovens e, acima de tudo, valorizadas por serem jovens, e achavam isso ao mesmo tempo preocupante e delicioso conforme entravam nos seus vinte anos. Elas detinham um poder que sabiam ser problemático, mas também sabiam, ou achavam que sabiam, que sentiriam falta dele algum dia. Então diziam *meninas* com o intuito de se banharem na juventude e *mulheres* para ter esperança na própria sabedoria, e, durante todo esse tempo, era um entra e sai de garotos, ou homens, da casa.

Chris, porém, durou mais do que qualquer um deles.

Dee reapareceu com quatro martínis — precisos em sua composição, se não fossem os copos nos quais foram servidos —, que ela havia sacudido, como sempre, em um velho pote de vidro limpo. Rosa envolveu Katie no seu Cobertor da Ressaca, os florais desbotados como um eco reconfortante de todas as manhãs do dia seguinte que já se passaram. Cada uma assumiu sua devida posição: Dee esparramada no chão, Liv na poltrona, Rosa no sofá ao lado de Katie. E a voz de Katie começou a se apressar em fragmentos de descrição: a forma como as suas costas deslizaram pela parede, como em um filme, a forma como ela soluçou, o horror quando Chris soluçou também, suas palavras sempre circundando *futuro* e *amor*, e *eu acho*, e *eu sinto*, e *não*. E cada uma das amigas estremeceu em silêncio conforme suas descrições as transportavam para o passado, conforme seus corações partidos as lembravam das próprias cicatrizes.

Katie estava fechada em si mesma, em seu mundo destruído por incêndios e enchentes.

Até que, com os ombros trêmulos, ela disse:
— Conte do cara do salmão.
Dee arqueou uma sobrancelha.
— É sério, não consigo mais falar disso. Não consigo nem pensar.
Contadora de histórias nata, Dee gentilmente se virou para ela.
— Fiquei pensando nisso no caminho todo de volta pra casa. O que é, o que é essa *coisa*, que deixa tão na cara que a pessoa tem dinheiro? Eu estava pensando, são as roupas? Ele se veste de um jeito caro, certo? Mas eu juro, mesmo se ele estivesse nu em pelo, ainda assim eu saberia.
— Cabelo arrumadinho?
— Cabelo arrumadinho. E *rosto* arrumadinho. Mas com uma boa estrutura ao mesmo tempo. Tipo, rosto esculpido, mas também macio. E alguma coisa no formato da boca. Berço de ouro, né? Enfim, a gente se encontrou nesse bar de vinho, escolha dele, e eu cheguei dez minutos antes, então peguei uma mesa e pedi uma bebida.
— Claro.
— Claro. Eu não vou ficar esperando no frio que nem uma adolescente no primeiro encontro em uma cafeteria. Sou uma garota crescida, uma *mulher*, posso tomar uma taça de vinho sozinha. Aí mandei uma mensagem pra ele, falando da roupa que eu estava usando pra que ele pudesse me reconhecer quando chegasse.
Dee, com toda sua experiência, deu uma golada no drinque.
— E, quando ele apareceu, acho que estava um pouco... *irritado* por eu ter chegado primeiro. Por não ter feito aquela coisa de chegar só um pouquinho atrasada, talvez. Ou porque não esperei do lado de fora, como uma donzela em perigo. Tipo, eu fodi o plano dele de como ele seria no encontro, o lance de abrir portas, escolher a mesa.
— Ah — murmurou Rosa, pacificamente. — Mas isso às vezes é legal, não é?

— Mas algo fica subentendido, não fica? — respondeu Liv com rispidez. — Tipo quando eles falam "você pode me pagar depois".

— Exatamente. Não é nem pelo dinheiro, é pelo *poder*, né? É quem escolheu. Quem *está escolhendo*.

Liv concordou vigorosamente, enquanto Rosa parecia hesitante e Katie permaneceu sentada, perdida.

— Enfim — continuou Dee —, pedimos uma garrafa de vinho, tivemos aquela conversa de sempre: onde você mora, o que você faz, e aí, rufem os tambores, *onde você estudou?*

— Ah, não — resmungou Liv enquanto Katie parecia confusa.

— Não entendi.

— Só — explicou Liv —, *só* quem estudou em colégios caros e se *importa* com colégios caros faz essa pergunta em um encontro. E a escolha de palavras, né? Em vez de "onde você cresceu". Eles querem um nome, pra poderem começar a perguntar se você teve aula de matemática com a Senhora Qualquer Coisa.

A cabeça de Katie latejou.

— Uau, ok. — Ela mordeu o lábio contra o fluxo de algo que não entendia muito bem, que soavam como redemoinhos de água que ferviam em verde e roxo, como um hematoma. *É isso, então? É assim que as coisas são, fora do universo Katie-e-Chris?*

— Mas isso não é um ataque aos homens de Londres que estudaram em colégios particulares! — continuou Dee, derrubando um pouco da bebida no carpete. — Isso é um ataque aos homens de Londres *obcecados por si mesmos* e *críticos*.

— Eles meio que são as mesmas pessoas — murmurou Liv.

Dee assentiu, sábia.

— Verdade. Sério, conheci alguns deles nos anos depois de... nos últimos anos. Então a partir daí foi ladeira abaixo. O salmão foi o ponto alto. Catorze libras, aparentemente. Por que salmão é medido no sistema imperial?

— São substitutos de bebês para os ricos? — sugeriu Liv.

Dee riu.

— É! É isso. É isso mesmo. Por isso que eu te amo. — Ela se deitou no chão, olhando para cima e para longe. — Mas eu não ia amar o Cara do Salmão, nem fingir, nem que fosse só pra transar.

— Deve ter sido ruim — comentou Rosa.

Dee gargalhou.

— Touché! Mas é isso, se um homem pergunta se os seus pais têm dinheiro na primeira meia hora, pode ter certeza de que ele vai fazer você se sentir uma merda na manhã seguinte. Não importa se precisa os dois quererem para o sexo acontecer. Enfim, como foi o seu encontro?

— Legal — respondeu Rosa. — Foi legal.

— Ah, não...

— O quê?! Legal é... Legal nem sempre é uma palavra broxante, sabe. Pode ser... Foi legal, confortável e seguro, e meio que *previsível*.

— Ahá. Então, segundo encontro, terceiro encontro, dois vírgula quatro filhos e um golden retriever?

Rosa riu e negou com a cabeça gentilmente.

— Bom, quem sabe. Essa é a graça, né? — Ela olhou rapidamente para Katie. — Não sei se a gente devia estar falando disso.

Katie negou com a cabeça.

— Não, a gente devia, sim. Como terminou?

Rosa tentou manter o sorriso contido.

— A gente falou de repetir a dose em breve.

— Ótimo. E você? — Katie se virou para Dee.

— Abraço constrangedor. Ele acha a mesma coisa e nós só vamos fingir que nunca aconteceu.

— Não! — gritou Rosa. — Chega disso de ficar se ignorando! A gente começa fingindo que primeiros encontros nunca aconteceram, e aí estamos fingindo que semanas de relacionamento nunca aconteceram. Quando foi que as pessoas se esqueceram de como *dizer* as coisas umas para as outras?

— Na mesma época que começamos a usar smartphones — respondeu Liv, sombriamente.

— Tenho quase certeza de que é mútuo — disse Dee. — Ele deve sair com alguma cópia da Kate Middleton semana que vem.

Ela rolou de maneira dramática, como uma pantera, e fixou os olhos em Katie.

— Então não foi uma noite ótima, mas acho que você ganhou.

Katie, esgotada e devastada, olhou para o chão com os olhos desfocados.

— Eu não sei fazer isso — sussurrou ela. — Não consigo.

— Você consegue — refutaram as amigas.

— Não. — Ela se inclinou para a frente e se abraçou. — Parece que tomei um soco de verdade. Não estou falando da boca pra fora. Quando eu entrei, ele estava sentado no sofá. Ele olhou pra mim e ficou um silêncio. E, quer saber? Por um segundo pensei em algo tão diferente. Tive essa... essa *visão* do que ele estava prestes a dizer.

Ela se interrompeu, chocada consigo mesma. Um pedido de casamento, sério mesmo? Com a miríade de pequenos problemas que passaram a ficar tão amplificados, com a percepção de que *ele pode estar certo, mas eu quero que ele esteja errado* e *Katie-e-Chris não existe mais*. Mesmo com tudo isso na mesa, houvera uma parte dela que esperava estar sentada, naquele exato momento, com um anel no dedo e uma taça de champanhe?

— E aí ele disse *A gente precisa conversar* — gaguejou ela. — A gente precisa conversar, *porra*. Ele disse isso pra mim e foi como se tudo desabasse. Essa sensação, aqui, e ainda está aqui. — Ela pressionou o estômago e fechou os olhos.

Dee acariciou os pés de Katie, respirou fundo e disse:

— Eu me lembro da mesma coisa.

Katie olhou para ela com uma mistura de incredulidade e gratidão.

— Sério?

— Sério. Há quatro anos, e eu lembro como se fosse ontem. É doido, né? O quão físico é. A dor no estômago, esse *peso*. Como se alguém tivesse me acertado com alguma coisa.

— Acho que fiquei sem comer por alguns dias, quando eu... quando eu descobri do Joe — disse Rosa, gentilmente. — Quer dizer, quando ele me contou que tinha conhecido outra pessoa. Dá pra imaginar? Eu, sem fome? Foi bizarro.

— Sim! — exclamou Liv. — Dói mais no estômago do que em qualquer outro lugar. As pessoas falam que é no coração, no peito, mas não é. É no estômago.

Katie balançou a cabeça.

— Eu não sei fazer isso — repetiu.

— Demora alguns dias — disse Liv. — Eu prometo. Eu lembro. Você vai dormir e amanhã vai parecer um pouco mais leve. E aí você dorme de novo e, no dia seguinte, vai parecer mais leve ainda. Essa sensação de que vai durar pra sempre... Ela não é real.

Elas não são permanentes, não. Mas outras coisas são, não são? Liv, você terminou com a Nikita. Você nem se mexeu enquanto ela chorava. Você terminou e acabou com ela. E onde você está agora? Em um trabalho no qual caiu de paraquedas, obcecada por um homem mesmo sem saber nada dele, em uma vida que parece tão fragmentada como você. Vergonha e culpa, e dúvidas persistentes. Era isso mesmo que você queria? E se não era, e agora?

Katie virou o rosto cansado para cima e conseguiu dar um sorriso desanimado.

— Isso é bom — disse ela. — Sério, ajuda.

E então caiu em lágrimas novamente.

— Mas eu não sei fazer *nada*. Onde eu vou morar? Com *quem* eu vou morar? Como eu *faço* isso? Eu não consigo... não consigo imaginar... Minha vida tem sido o *Chris*... Nove anos... Isso é tão patético... Como eu *faço* qualquer coisa?

— Términos não vêm com um manual, infelizmente — respondeu Dee, pensativa. Solidariedade com um leve toque de ironia.

— É, bom, deveriam — murmurou Katie e fungou, passando a manga da camisa no rosto. — Aquela parte sobre o meu estômago. Me falar isso ajudou. Fico feliz que não seja a única.

E aquele, *aquele* foi o momento. O lampejo de compreensão, uma troca de olhares entre as quatro.

— Bom, a gente vai fazer um pra você — disse Rosa. — Todas nós já passamos por isso, sabemos como é, podemos colocar em palavras. Parece que tem uma pedra no seu estômago, mas daqui a pouco não vai mais parecer. Você precisa de sopa, de uma bolsa térmica e essas coisas.

Dee se levantou cambaleando e saiu da sala. Após alguns sons vagos de estrondos e batidas, ela reapareceu, triunfante, segurando um caderno no alto.

— As vantagens de ser designer gráfica — explicou ela. — *Todo mundo* me dá cadernos de desenho de Natal. Eu nunca uso, claro. Quem é o fodido que tem tempo pra desenhar?

Esse era encadernado em um material preto gostoso ao toque, e as páginas eram grossas e cor de creme. Dee o colocou no chão no meio delas. Liv o abriu, dobrando a capa para trás e passando as mãos pela primeira página vazia. Rosa revirou desajeitadamente as pilhas de revistas, folhetos e papéis em geral embaixo da mesa de centro até encontrar uma caneta azul grossa.

— Então todas nós vamos escrever nele — disse Rosa. — Tudo o que a gente precisa pra superar um coração partido. E essa é a primeira parte: você vai sentir como se tivesse levado um soco no estômago. É físico. Mas nós podemos melhorar isso.

Estômago

A primeira lição sobre coração partido é que coração é a palavra errada. Porque a dor não está no seu coração — nem mesmo no coração-dentro-da-sua-cabeça. A dor física de um coração partido é no estômago. Parece que deram um soco em você, e que você engoliu uma bola de futebol.

Ou uma bola de rugby. De tênis. Uma pasta ou uma mochila. Um litro de cerveja ou de martíni. Um par de sapatos específico. Uma marca de cigarros. Aquele violão pretensioso. Qualquer coisa que faça você pensar naquela pessoa, naquela pessoa acima de tudo. Esse peso, esse peso horrível foi parar dentro do seu estômago e fez uma casinha como uma aranha embaixo de uma pedra.

O coração partido é físico, mais físico do que você jamais imaginou quando o observou por meio da lente da vida de outras pessoas. Tira o seu ar, sua fome, sua força, seu controle. Sua vida foi partida no meio, e seu corpo sente como se tivesse sido partido também.

Então proteja sua barriga. Abrace bolsas térmicas, abrace travesseiros, abrace pessoas. Faça panelões de sopa e a tome como um inválido. Alongue-se, encolha-se e alongue-se de novo. Abra o primeiro botão da camisa. Respire fundo o ar além do seu quarto. Respire fundo e saiba que essa dor vai passar.

Seu estômago está protegido, sua mente é outro assunto.

Capítulo Dois

LÁGRIMAS

Quanto tempo durava, o intervalo entre acordar e lembrar? Aquele momento em que sua vida não estava despedaçada, que ainda havia a felicidade de sentir que Katie-e-Chris era sólido e inteiro, aquela eternidade esmagada em uma singularidade?

Ao seu lado, Liv estava imóvel e silenciosa.

Em Manchester, elas tinham o costume de se enfiar nas camas umas das outras. Porque estavam de ressaca, porque estava frio, porque elas estavam tristes, porque estavam felizes. Mesmo se ela estivesse dentro de uma caixa, vendada, ela ainda saberia que era Liv deitada ao seu lado. A forma como ela encolhia o corpo ao redor do travesseiro, a curva da coluna, o cheiro de coco do cabelo, a cadência precisa da respiração. Sua presença era, ao mesmo tempo, reconfortante e assustadora: uma velha e, de alguma forma, nova companheira de quarto, depois de todos esses anos.

Katie estava tremendo. Liv se virou e esfregou suas costas e sussurrou não um "Você está bem?", porque isso seria ridículo, mas Eu estou aqui.

— Como está o seu estômago?
— Melhor, na verdade — disse Katie, com uma leve incredulidade.
— Você quer café?
— Quero, por favor.

Liv colocou a chaleira para ferver, engoliu o leve enjoo da ressaca que subia pela garganta e encarou distraidamente a prensa francesa. Era feita de cobre e tinha um estilo próprio, um presente de aniversário de um ou dois anos atrás. Liv pediu especificamente por ela, seguindo uma série de cálculos internos complicados do que os seus pais poderiam pagar, o que eles provavelmente escolheriam na loja de departamentos da cidade pequena e o quanto ela se sentia culpada por julgá-los. Julgá-los! Por viverem a vida que *ela* viveu por dezoito anos: programas de rádio, um carro popular e torta de queijo cottage para acompanhar o chá, fins de semana no jardim ou caminhadas pela fazenda, um gim-tônica às sete da noite e um uísque com o jornal das dez. Jornal esse que sempre falava sobre lugares muito distantes.

Nikita pediu repetidas vezes para visitar sua família. No começo, os pedidos eram fáceis de ignorar. Tendo crescido em uma cidade grande, mas nada interessante, Nikita achava a ideia do interior romântica, mas era facilmente persuadida a imaginar caras fechadas e olhares de censura por atrás de cortinas de renda. Mas depois de algumas poucas visitas dos pais de Liv a Londres, quando ficou claro que eles não só aceitavam tranquilamente sua namorada, como também estavam interessados nela, ficou mais difícil de explicar. Ver onde você cresceu vai fazer eu me sentir mais próxima de você, dizia Nikita. O lugar onde você pegava o ônibus para a escola, o rio onde você fazia caminhadas quando estava de mau-humor. O mau-humor é porque eu tinha dezesseis anos, rebatia Liv, querendo gritar, e não é estranho que eles mantiveram meu quarto exatamente como era? Eles amam você, respondia Nikita. E eu também.

Eles me chamam de Olivia, dizia ela. E daí? É o seu nome. É o nome que eles deram para você. E ela não conseguia argumentar, naquela época, como as intricadas quatro sílabas e o ritmo pareciam primitivos e antiquados, como uma Amelia ou uma Elizabeth, quando ela havia se esforçado tanto, tanto, para se transformar em algo mais distinto e forte: algo que pertencesse a cidade, onde pessoas faziam fila sobre o concreto e a fumaça do cigarro dançava sob as luzes. Como assim, você tentou?, perguntava Nikita. O que é que você está querendo? Você é perfeita do jeito que é. E os ombros de Liv ficariam tensos, e algo ficaria preso na garganta.

A prensa francesa fazia parte de uma ideia de si mesma que ainda não havia funcionado, a forma como ela imaginou que seria dali para a frente.

O que você faz?
Trabalho com relações públicas.
Uau, em Londres? Deve ser tão glamoroso.
É uma loucura.

De volta à cama, Katie estava chorando e mexendo no celular. Liv lhe entregou a caneca e se sentou, observando.

— Desculpe — disse Katie.

— Não diga isso — rebateu Liv. — Você não tem nada do que se desculpar.

— Eu só queria conseguir parar de pensar nisso, só por um minuto.

— Vai acontecer, demora um pouco.

Katie fez que não.

— Parece que eu *nunca vou parar de pensar nisso*. Tipo, está infectando tudo. *Tudo.* Eu estava olhando para o teto mais cedo, para aquela rachadura ali, e de repente me lembrei de quando subi nos ombros dele pra trocar a lâmpada e ele caiu e quebrou a clavícula. Lembra? Aquela noite horrorosa sentada no pronto socorro, e era sábado à noite, todo mundo estava irritado, briguento e gritando, foi péssimo, mas eu estava olhando pra ele e pensando *Eu te amo tanto, aqui é exatamente onde eu queria estar*. E aí começo a pensar *nele* e em *nós*, e não faz sentido que a gente não exista mais.

— É uma merda — disse Liv, apática.

Havia um eco desconfortável dentro da sua cabeça conforme ela falava. A expressão no rosto de Nikita enquanto ela ruminava as palavras na boca, expelindo-as de uma forma mais curta e feia do que havia praticado. Ela havia bebido antes para se sentir mais confiante e se sentia culpada por ter feito isso. Foi como se ela tivesse colocado uma película ou algo do tipo entre elas, não prestando à Nikita o serviço de ser sóbria e autêntica. Autenticamente sóbria?

Katie olhou para ela.

— Posso perguntar uma coisa?

— Hum.

— A Nikita. Você e a Nikita. Você não fala muito disso.

— Hum... Já faz três meses, eu acho. Estou seguindo em frente, sem olhar pra trás, sabe?

Katie hesitou.

— Há quanto tempo você sabia?

— Que não estava dando certo?

— É.

Liv processou a pergunta. Katie precisava ser protegida, mas merecia honestidade, e a honestidade às vezes era dolorosa.

— Eu não sei — respondeu ela, com sinceridade. — Mais do que dias. Um mês ou dois. — Ela olhou com firmeza para Katie. — O Chris falou disso?

Katie deu de ombros, desanimada.

— Eu sinto que... Eu estou tentando entender. Todas essas coisinhas... — Ela se perdeu, tentando definir um caminho entre os devaneios, uma bússola na tempestade. Ela respirou fundo, trêmula. — Quando a gente se mudou para o apartamento, no verão passado. O quê, oito meses atrás? Eu contei que a gente andava discutindo.

A palavra se esparramou na sua mente como uma erva daninha. *Discutindo*.

Eles não se mudaram para longe. Mesmo bairro, estação de metrô diferente. Não havia utensílios de cozinha duplicados nem preocupações de que pudessem descobrir atitudes totalmente diferentes em relação à limpeza do banheiro. Eles encaixotaram seus pertences comuns com cuidado e alugaram uma van para a mudança. O novo apartamento foi alugado sem mobília. Tinha uma varanda. Ambas as coisas eram novidades deliciosas.

Katie havia cultivado uma visão particular da tarde que estava por vir, costurada a partir da internet e de outras pessoas. Eles desempacotariam apenas o essencial, arrumariam o colchão no chão (haviam comprado a própria cama pela primeira vez, e ela chegaria uma semana depois) e vasculhariam nas caixas em busca de algumas taças e da caixa de som. Pediriam comida e comprariam uma garrafa de algo barato, mas borbulhante, e se sentariam na varanda sob o pôr do sol, ouvindo blues antigo e comendo pad thai, envoltos no contentamento confortável de mais uma peça do quebra-cabeça se encaixando lentamente. Haveria uma foto e uma legenda, uma exibição consciente. As pessoas ficariam com inveja, e ela fingiria que não sabia disso.

Só que não foi assim que aconteceu. A van era difícil de estacionar, o que acabou gerando uma discussão tensa sobre a caução. O apartamento estava sujo, e eles discordaram sobre o que fazer primeiro: limpar ou desempacotar. E, aparentemente, uma caixa de roupas do Chris estava faltando, o que foi atribuído à incapacidade de empacotar de Katie. Cada conversa logo se tornava muito mais complicada do que o problema que estava sendo discutido. Katie queria pendurar quadros, Chris queria checar a lista de defeitos do corretor mais uma vez. Tudo levou mais tempo e pareceu mais tenso do que o imaginado. Chris tinha uma reunião na segunda-feira de manhã e começou a falar sobre ir ao escritório no dia seguinte, apenas para adiantar algumas coisas, um plano que, nas entrelinhas, sempre parecia ter outra motivação durante aquelas seis semanas de férias escolares. À noite, a ideia de brindar em comemoração, por mais barata que fosse a garrafa, parecia sem cabimento. Eles foram ao pub da esquina, beberam cerveja e comeram hambúrguer, e ficaram grande parte da noite em silêncio.

— Não é só uma coisa, né? — disse Katie. — Tanta coisa mudou desde que a gente se conheceu. A gente estava na faculdade, fazendo trabalhos, indo para o bar, usando vestidos bonitos, a vida de todo mundo era basicamente a mesma. E aí a gente se formou e é como se... Vish. — Ela gesticulou com as mãos e café pingou no edredom. — Merda, desculpe.

— Não tem problema — disse Liv. — Continue.

— Ele é tão focado no futuro. Estava trabalhando muito naquele emprego, e pra quê? Pra gente poder comprar um apartamento a uma hora e meia de distância do escritório e dizer que estamos progredindo? — Ela negou com a cabeça. — A conta não fecha, o que a gente consegue no fim não justifica. E ele está furioso, mas não quer admitir. E eu *não* estou furiosa, mas é por que sou ingênua? Ou só acomodada? Acho que sempre imaginei que a gente acabaria morando no South West, sabe? Viajando um pouquinho mais, eu achava, mas aí... É. Algum lugar para morar, um pouco de grama. Isso seria o suficiente.

— Claro que é o suficiente — respondeu Liv, mas se perguntou se realmente acreditava nisso.

— Tipo, claro, talvez há alguns anos eu imaginasse algo diferente. Achei que poderia ser como o meu irmão, dando aula no exterior. O engraçado é que o Chris que não conseguiria, ou não iria querer, se mudar para o exterior. Mas isso não é crescer? Reconhecer que algumas das coisas que imaginávamos eram irreais? Ou isso é só deprimente? Será que o Chris não está sendo, não sei, ambicioso, ansioso, *romântico* até em querer continuar tentando? Ou será que ele só está sendo ganancioso?

Liv riu pelo nariz.

— Não deve ser tão simples assim como a gente gostaria de pensar.

Katie fez que não com a cabeça.

— Mas a gente deveria estar fazendo isso juntos! Era pra gente estar junto nisso! As coisas nos últimos meses foram... Como se eu tivesse que me sentir *culpada* por gostar do meu trabalho ou por pedir uma garrafa de vinho fora do orçamento. Ou por comprar uma calça jeans cara. Sabe... Eu disse que a gente poderia visitar o meu irmão na Argentina nesse verão e ficar no apartamento dele. Ele poderia nos levar pra dar uma volta, mostrar onde trabalha. Seria a maneira mais barata e fácil de visitar a América do Sul, certo? Mas só de eu *sugerir* isso... É como se tivesse todo um peso por trás.

E o que exatamente era esse peso, perguntou-se ela, tentando entrar na cabeça de Chris. Querer que a vida fosse de determinada forma, tentando calcular o que valeria a pena sacrificar para chegar lá? Uma imagem involuntária dele adolescente passou pela sua cabeça: era de uma foto que havia visto ou imaginado? Cabelo loiro bagunçado e um blazer grande demais, mãos suadas e tentativas de disfarçar o sotaque entre garotos que tinham uma facilidade preguiçosa para tudo. Garotos que cresceriam para contar às mulheres sobre a pesca de salmão, enquanto tentavam calcular a riqueza dos pais dela disfarçadamente.

— Ele tem um pino no ombro — comentou ela, lentamente.

— Não é culpa sua — disse Liv, gentilmente.

Katie soltou um suspiro exasperado e, de repente, sem pensar, estava chorando de novo.

— Então por que eu não consigo ajudá-lo? — Ela se engasgou. — Por que não conseguimos conversar sobre isso, quando conversamos sobre todo o resto? Ele deveria ser o meu melhor amigo, certo? É o que dizem, não é? Nós nos *amamos*. Como podemos nos amar e, de repente, dar de cara com essa barreira entre nós? Preciso conversar sobre isso. Quando eu voltar para o apartamento, precisamos conversar mais. Não pode ser o fim, eu não consigo...

Ela se desmanchou em lágrimas e sons de angústia.

— E isso. — Ela conseguiu falar. — Chorar desse jeito. Isso não pode estar certo, não é? Poxa, sábado foi a primeira vez que vi o Chris chorar. Mesmo quando fui com ele para o velório da avó, nenhuma lágrima. Ele esconde, não sei. Mas sabe de uma coisa? Eu estava *feliz*. Foi horrível ver o Chris chorar, mas foi bom também. É tipo... É tipo uma evidência de que foi real. De que *nós* fomos reais.

— Claro que vocês foram reais. — Liv beijou a testa de Katie e então flutuou até o banheiro, trancou a porta e se sentou na privada. Ela encarou a tatuagem de aranha no calcanhar, a sugestão de um movimento sinistro em sua pele. Ela pensou no medo e na força para resistir a ele.

*

A escola onde Katie lecionava era de estilo vitoriano, de tijolos vermelhos. Com os anos, foi sendo ampliada, transformando-se de uma ideia arquitetônica clara em um conglomerado mutante. A linha do telhado era desordenada, ocultando uma infinidade de pedaços planos e espaços ocultos. As portas para esses espaços eram, é claro, mantidas trancadas para evitar que os alunos os usassem para fumar ou transar, mas Katie havia descoberto há muito tempo como acessar um deles.

Ela subiu em um espaço entre dois telhados inclinados, imaginando ser segurada por um dos pais. Ou por Chris, da maneira como ele envolvia os braços ao seu redor. O céu estava cinza, claro e insuportavelmente imenso.

O que acontece agora? Como qualquer coisa pode acontecer depois disso?

Sua vida, ela via, se estendia atrás dela como um fio linear. Ir para a escola, prestar as provas, ir para a universidade, fazer amigos, costurar uma fantasia, conhecer alguém usando outra, Você fez um trabalho melhor do que eu, dançar, beber e transar (e ouvir Pulp), apaixonar-se, participar de programas de pós-graduação, alugar um apartamento, abrir uma conta poupança, traçar um plano. Ela conseguia juntar os pontos de forma muito organizada, explicando como *isso* levava *àquilo*, de modo que Chris estava esperando naquela festa, naquele bar, com aquela roupa de elefante caseira e maltrapilha (ele estava certo, ela tinha costurado melhor do que ele), até aquela noite exata em que ela entrou para ficar ao lado dele.

Para permanecer ao lado dele.

E agora o fio estava cortado. Onde estava o próximo pedaço para se agarrar, para dar um nó em si mesma?

Ela estava afastada da beirada, escondendo-se da horda de crianças lá embaixo. Sim, pensou ela com rancor, com inveja, todas elas ainda eram crianças, mesmo quando levantavam as saias e abaixavam as calças, e faziam colagens de inúmeras fotos. Como se capturar fragmentos das suas vidas por meio de lentes e filtros fosse lhes dar alguma certeza, alguma permanência. Crianças que pensavam estar com o coração partido.

Não, vocês não fazem ideia, nenhuma de vocês. Isso é um coração partido. Isso aqui está quebrado.

Ela estava abraçando os joelhos e ficou envergonhada quando percebeu. Havia uma memória do seu corpo no sábado, a parede contra a coluna. Seu apartamento. O apartamento *deles*. Ela ia passar lá na sexta-feira para... para o quê? Como essas peças quebradas poderiam se juntar de novo? Antes que ela pudesse achar uma resposta, estava chorando novamente.

Ela mal conseguia enxergar enquanto mexia no celular, mas Dee atendeu instantaneamente.

— Katie?

Ela soluçou e gaguejou ao dizer que não conseguia parar de chorar.

— E é ridículo pra ca-caralho. Tenho vinte e nove anos, um ótimo emprego, amigas maravilhosas e uma ótima família, e sinto que *não consigo enxergar o que vem depois*. É como se o resto da minha vida estivesse vazio sem o Chris nele. É muito grande. E eu me o-odeio por pensar que é muito grande.

Dee fechou os olhos enquanto voltava no tempo. Quatro anos atrás. O rosto de Leo diante do dela, sete palavras abrindo um futuro abissal. Dia após dia, semana após semana preenchendo aquele espaço, pedaço por pedaço. Menos e menos lágrimas a cada vez.

— Meu amor — disse ela —, é normal se sentir assim. Sua vida é maravilhosa, juro. Você ainda vai ser e fazer tanta coisa. Você está se sentindo assim agora, mas é só agora. Mesmo.

Katie engoliu em seco e balbuciou.

— Eu odeio estar chorando. Não consigo controlar. Não consigo. Toda vez que acho que consigo, começo de novo. É como se não fosse o meu corpo.

— Eu sei. — Dee a acalmou. — É uma merda. Onde você está?

— Estou me escondendo no telhado. Como caralhos eu vou sair daqui e ir dar aula com cara de quem andou chorando? Estou toda in-inchada e esquisita. Eles são cruéis. São selvagens. Eles não podem saber.

— Ok — disse Dee, firmemente. — Se levante daí.

Katie se viu obedecendo sem nem pensar.

— Está ventando?

— Um pouco.

— Coloque o rosto no vento. Vai lá secar o rosto e se acalmar.

Katie ergueu o queixo e quase riu.

— Agora, respire fundo. Vamos: inspire contando até cinco, solte por mais cinco. Estilo yoga. Até a sua voz parar de tremer. — Dee contou junto. — Tem um banheiro aí perto?

— Tem.

— Vai lá. Você trabalha em uma escola. Você sabe o poder de um papel higiênico molhado.

Katie riu dessa vez.

— Obrigada.

— Estou sempre aqui. Vejo você mais tarde.

Dee abaixou o celular e, de repente, percebeu o rosto de Simon a apenas um metro do dela, com um sorriso compreensivo.

— Meu Deus, você me assustou.

— Uma terapeuta e tanto, hein? — Ele ergueu uma sobrancelha, brincalhão. Simon se sentava ao lado de Dee desde que entrara para a agência, dois anos antes, e depois de um começo turbulento, em que cada um direcionava sua irritação, desprezo e superioridade para o outro, eles passaram a ter uma ótima convivência. Era um companheirismo com proteção e filtro. Tudo o que Simon sabia sobre Leo, por exemplo, era deduzido de piadas e caricaturas: sua barba, sua bicicleta e sua cerveja artesanal, em vez de seu coração, seu humor e sua eventual crueldade, mas era um companheirismo que, apesar de tudo, proporcionava uma estrutura bem-vinda à vida profissional de Dee.

— Quem me dera. Não sei se estou ajudando muito.

— Bom, é verdade. Qual foi a última vez que você chorou, 1999?

Dee revirou os olhos para disfarçar a mordida no lábio. O nome de Leo na sua cabeça novamente, um cutucão nas sinapses, como um dedo em uma corda de violão. Violões. Uma música antiga. Sete palavras.

— Não precisa ficar tão pensativa — disse Simon. — O que aconteceu, afinal de contas?

Dee contou uma versão resumida. Simon absorveu as complexidades do relacionamento de outras pessoas com prazer.

— E o que achamos? Foi bom, foi ruim?

— Ah, olhe, eu não sei. O Chris... ele é muito... certinho.

— Deus me livre — disse Simon, com rispidez. Dee riu.

— Você sabe o que eu quero dizer. Muito... organizado. Planilhas com as economias. Acho que a Katie disse que ele conseguiu uma bolsa de estudos em uma escola de playboy. Ele tem um emprego corporativo, em tecnologia, é muito focado no futuro. Dois vírgula quatro filhos e essas coisas.

— Aham. E ela não é assim?

— Bom, um pouco. Acho que dá pra chamar a Katie de romântica — disse Dee com mais do que um pouco de significado —, mas ela tem um senso de aventura também, sabe? De viajar, conhecer novos lugares, esse tipo de coisa. E ela é mais durona do que parece. Há alguns anos, quando ela se mudou pra Londres, um cara tentou roubar a bolsa dela na volta pra casa. Era tarde da noite, estava escuro. Enfim, quando ele tentou puxar a bolsa do ombro dela, ela gritou e puxou de volta, deu um soco na cara dele e correu pra casa com a bolsa na mão. Ela jurou depois que foi só reflexo. A gente não conseguia acreditar, ela parecendo um anjinho e conseguiu derrubar um assaltante. Chris ficou muito bravo, achou que ela tinha sido imprudente.

Simon riu pelo nariz.

— Talvez ela lide melhor com o coração partido do que você acha, então.

— Talvez. — Dee encarou a tela do computador, onde um e-mail de exatamente oito palavras havia acabado de chegar. *Ficou maravilhoso. Gostaria que você liderasse a apresentação.* Ela não conseguiu evitar um sorrisinho de satisfação.

— Me deixe ver — pediu Simon, lendo por cima dos seus ombros. — *Maravilhoso*, hein? Ainda está puxando o saco da Margo, então?

Seus olhos se voltaram para o escritório com paredes de vidro que abrigava a diretora assustadoramente jovem. Estava com as luzes apagadas e vazio.

— Fazer o meu trabalho não é puxar saco.

— Como quiser, apadrinhada.

— Não fique com inveja, não combina com você.

— Ah, querida, tudo combina comigo. Mas, enfim, de volta para Katie-e-Chris. Então ele é um chato e ela é um espírito livre e instável, é isso?

Dee riu, se odiando por isso.

— Ninguém disse pra você que não se pode falar mal dos exs das suas amigas? Pelo menos não até ter certeza de que eles não vão voltar.

— Ahá! — disse Simon, triunfante. — Então é um tempo, não um término.

Dee considerou.

— Ela está devastada. Você se lembra da minha colega de quarto, Rosa, há mais ou menos um ano?

Simon assoviou.

— Será que ele não traiu?

— Não. Pelo menos, a gente acha que não. — Dee esfaqueou violentamente a mesa com a caneta. — O Joe ainda está com ela, sabia? A mulher por quem ele terminou com a Rosa.

— A vagabunda horrível e antifeminista?

Dee negou com a cabeça.

— Não a chame assim. — Simon arqueou uma sobrancelha. — É sério.

— Então deixe eu ver se entendi. Essa mulher acabou com o relacionamento da sua amiga, destruiu os sonhos dela de vestido de tafetá branco, brincos chiques e bufê ruim. Acabou com a vida dela e você não quer falar mal dela nem um *pouquinho*?

Dee negou com a cabeça de novo.

— Não é bem assim. Deus sabe que eu não quero encontrar com ela, não quero falar com ela, não quero nem saber dela. Mas... *ele* que traiu, né? Estou cansada de ver as mulheres receberem a maior parte da culpa quando isso acontece. Minha mãe sempre dizia a mesma coisa: não cague na cabeça da mulher por quem ele me deixou, cague na cabeça *dele* por me trocar por uma criança.

O rosto da sua mãe apareceu diante dela. Olhos de diamantes, cabelo como flores. Embrulhando as primeiras caixas de lápis de desenho de Dee em um papel com estrelas rosas e roxas. Segurando sua mão e pedindo que ela olhasse para cima, guiando-a pelos significados de janelas e telhados, e do céu.

— Enfim — continuou ela. — A Rosa... a Rosa lidou muito bem. Foi até ridículo. Eu nunca conheci ninguém que... Ela acredita no *amor*. No amor grande, grandioso, à moda antiga, de filme preto e branco, de vestido de baile.

— Que horror — comentou Simon.

Dee riu pelo nariz.

— Eu sei, mas ela acredita. A coluna que ela escreve, "A última romântica"... Ela *vive* isso, sabe? Mesmo depois de tudo aquilo, mesmo depois do que aquele *babaca* fez com ela. Ela chorou um pouco e então parou de chorar, e aí saiu pelo mundo, pronta para o próximo grande romance. É insano. Ela é... ela é a única pessoa que eu conheço que realmente saiu pra beber com alguém que conheceu no metrô. Alguém com quem trocou olhares no parque. Outra noite, ela saiu com alguém que conheceu em um speed dating. Um *speed dating*!

— Caramba, o que tem de errado com o bom e velho aplicativo de pegação?

— É que é só isso, aparentemente. *Sexo casual não é igual a amor*, blá-blá-blá.

— Não, sexo casual é divertido.

— Exatamente.

— Enfim, você tem um tempinho pra tomar uma antes de voltar pra casa hoje à noite? Pra gente lamentar e reclamar sobre a imbecilidade geral dos homens?

Dee riu.

— Sei, tipo tomar sorvete direto do pote. Mas hoje não, vou pra academia.

— Jesus amado, é *segunda-feira*.

— Exatamente, dia de perna.

— Juro por Deus...

— Você deveria tentar, sabe — disse Dee, se levantando. — Uns agachamentos, uns alongamentos. Vai dar uma animada.

— Não, obrigado. Meu corpo é um templo: café, cigarro e vodca. Essa coisa de rato de academia grita geração Z.

— Você é quem sabe. Vou ao banheiro.

E ali, em um pequeno espaço quadrado sem janelas, Dee se inclinou contra o espelho e olhou para si mesma. Sete palavras para não escutar, sete palavras para engolir. Seus olhos castanho-escuros, com manchas brancas. Nenhuma lágrima. Havia um significado profundo e filosófico nisso de nunca ver os próprios olhos, exceto por meio de um espelho, uma lente, um retrato. E de nunca conseguir se fazer chorar na hora certa. Atores, sim, claro, que usavam máscaras e imitações de sentimentos. Mas o restante de nós, que precisava viver perto das próprias superfícies. Por que Katie transbordou e ela não?

*

Um dia depois? Dois dias? Katie piscou, ainda desorientada ao acordar. Agora o corpo ao seu lado era o de Rosa, elas haviam decidido por um sistema de rotação. Ela observou por um momento o cabelo de Rosa: cachos avermelhados. Elas a chamavam de Ariel às vezes. Seu cabelo estava *ali* porque Katie estava *aqui* e Chris estava em *outro lugar*, e o calor que pinicava percorreu suas pálpebras novamente. De novo.

Que camada adicional de crueldade era essa, a imprevisível água salgada das lágrimas! A maneira como cada choro parecia ser o último e, ainda assim, nunca era. Ela engoliu o som, estremeceu, tentou desacelerar o carrossel de *Chris-e-eu-terminamos, Chris-e-eu-terminamos*.

Que patético, como era absurdo que ela estivesse chorando dessa forma, com essa frequência e intensidade, por causa disso. Não foi no semestre passado que uma menina, Charlotte Archer, chegou à escola pálida, com a cara inchada e os olhos turvos, e ficou para trás acidentalmente-de-propósito após o sinal, balbuciando para ela que *Minha mãe está muito doente*, enquanto tremia e se debulhava em lágrimas? A escola também não havia realizado uma campanha de arrecadação de fundos para crianças refugiadas, crianças que chegavam às fronteiras do país como fantasmas, com camadas de horror gravadas no rosto? Essas eram as coisas que mereciam lágrimas. Em algum lugar próximo, nem mesmo a um quilômetro de distância, Chris estava deitado na cama (a cama que eles haviam compartilhado), no apartamento (o apartamento que eles haviam compartilhado) e ele iria para o trabalho (o trabalho sobre o qual eles haviam conversado, de novo e de novo, na vida que haviam compartilhado). Ele estava vivo, ele estava bem. Ele continuaria assim. Suas lágrimas eram egoístas, ridículas.

Ela levou as mãos ao rosto, esticou a pele de orelha a orelha, virou de costas, sentiu o gosto do sal. E, à medida que seu corpo se virava, uma nova dor se fez presente, uma dor que ia além do soco no estômago que elas haviam escrito no caderno de desenho, náusea misturada com ferro. Uma torção entre as costas e o abdômen, ricocheteando pelas coxas. Ela ofegou, sentiu umidade entre as pernas.

E estava chorando novamente, chorando pela forma como seu corpo transbordava de si mesmo. Chorando porque *dor* era apenas uma palavra, mas muitos milhões de tudo. Havia quem falasse de dor diminuindo a sensação: que *Você pode sentir algum desconforto*, que *Uma bolsa térmica ou um paracetamol podem ajudar.* Havia o questionamento da dor no desconcertante momento: *Isso é "leve"? Sério? Sou fraca? Eu não aguento?*

Havia a dor do constrangimento de se sentar na frente do desdenhoso médico da família aos quinze anos e depois de novo aos dezesseis, e de novo aos dezessete. Palavras gaguejadas que eram totalmente inadequadas para descrever as garras que apertavam, as luzes piscantes e a cegueira. Mais tarde, e é assustador quão mais tarde isso aconteceu, houve a dor de aprender uma nova palavra, de tropeçar com a língua em seis sílabas de tristeza clínica, de achar pesquisas na internet que admitiam que *não havia cura*, mas sugeriam alegremente *uma operação para remover parte ou todos os órgãos afetados.*

Havia a dor de compartilhar, de estremecer na frente das pessoas com quem se importava, pois como você poderia alcançar a intimidade se não fosse capaz de mostrar essa parte mais aterrorizante de si mesma? O alívio da aceitação, de três garotas, mulheres, que a papariacavam todos os meses e acendiam velas no banheiro. E, depois, um namorado que caiu de paraquedas, sim, nessa feminilidade sangrenta e assustadora, mas que depois encontrou a própria forma de ser um porto-seguro também. Segurando-a nos momentos em que ela achava que ia desmaiar, nos momentos em que ela chorava pelo que poderia estar por vir. Ele nunca mais a seguraria novamente.

Ela se sentou, fazendo uma careta enquanto facas a perfuravam por dentro, e mais lágrimas escorreram pelo rosto, e ela viu os lençóis. *Merda*. Rosa se remexeu e tentou rolar para o lado.

— Rosa! Não se mexa. Ah, não, me desculpe, que horror, esqueci que ia menstruar, ah, manchei todo o lençol. — Katie usou a manga para esfregar inutilmente o sangue, ao mesmo tempo surpreendente e banal. Ela apertou a barriga com os braços.

Rosa semicerrou os olhos ao se sentar.

— Ah, querida, não ligue pra isso. Já aconteceu com todas nós. — Ela tirou o lençol em um único movimento treinado, e olhou para Katie com uma preocupação familiar. — Você quer se deitar no sofá?

Katie negou com a cabeça, firme.

— Banheiro primeiro.

Elas foram para a pia, abriram a água fria e esfregaram, lado a lado. Sem dizer nada, Rosa pegou analgésicos do armário e Kate assentiu enquanto os engolia.

— Como está hoje em dia? A endometriose? — perguntou Rosa.

— Mesma coisa — respondeu Katie, com cuidado. — Mais ou menos. — Ela suspirou. — Na última vez que fui ao médico... Me disseram... Eles falaram de não adiar a tentativa de engravidar, sabe? Quer dizer, é, pelo menos não preciso mais pensar nisso...

Conforme sua voz embargava, o mesmo aconteceu com o dar de ombros resignado, com o fatalismo no timbre e seus ombros tremeram enquanto Rosa a abraçava.

— É bom chorar — disse ela.

Katie fungou.

— Me diga que acaba.

Rosa sorriu.

— Claro que acaba. Lembra o quanto a Liv chorou depois de terminar com a Nikita? Tenho certeza de que você disse alguma coisa sobre sais de reidratação, sua doida.

— Eu sou professora! Me lembrei do treinamento de primeiros socorros.

— Sim, sim. O ponto é, ela chorou daquele jeito, naquela época, e olha pra ela agora. Foi uma fase. É uma fase.

O que parecia sólido se dissolve, uma parceria permanente se torna, no fim, temporária. Mas o que parece transitório também pode criar raízes, Rosa sabia. O mundo estava cheio de possibilidades, mas Katie não conseguia enxergá-las, ainda não.

Katie parou de esfregar o lençol e esfregou os olhos.

— É cansativo.

Rosa se aproximou e tocou sua bochecha, em uma intimidade silenciosa.

— Eu sei.

Elas voltaram o olhar para o lençol, o vermelho se transformando em uma sugestão, um rubor de algum sentimento, um traço de conhecimento antigo. A água na pia estava casa vez mais limpa e rosada.

— Você se lembra de quando tudo isso era novidade? — perguntou Katie. — Com treze, catorze anos? Eu me lembro de acordar e parecia que alguém tinha morrido.

— Sim! Eu usava tudo, OB, aquela droga daqueles absorventes enormes que nem *fraldas*, e ainda acordava e tinha sangue espalhado por todo o lado. Ficava tudo bagunçado, sujo e fora do controle. Eu não conseguia acreditar que mulheres faziam isso por anos e anos. Louco, né?

— Louco — repetiu Katie. Ela colocou o dedo no centro úmido do lençol. Os tons contrastantes da sua pele e do seu sangue, o cheiro metálico, maternal. — Eu ficava muito envergonhada. Acordava bem cedo e me trancava no banheiro, fazendo isso desesperadamente, só que mal, porque eu não sabia como. Eu ficava... *muito envergonhada*. E aí a minha mãe descobriu e *ela* ficou muito envergonhada por eu me sentir assim. Ela sempre foi, você sabe, objetiva e sem rodeios sobre a menstruação. Como se ela pudesse me impedir de sentir toda a vergonha que *ela* sentiu com a própria mãe.

Uma cadeia de mulheres passou pela sua cabeça. Sua mãe, brincos de gota de âmbar e olhos turquesa. A mãe *dela*, saias longas com elástico na cintura e dedos artríticos. Sempre na casa dos setenta anos, sempre lavando pratos e tigelas.

— Sim! — exclamou Rosa. — Sei que sempre falamos de como é difícil e complicado ser adulto, mas eu fico tão, tão feliz por ter superado essa parte. Tudo parecia tão fora de controle, tão estranho.

— Eu estou me sentindo assim com o choro. — Katie encontrou o próprio rosto no espelho acima da pia. Seus olhos ao mesmo tempo inchados e fundos. A pele manchada e escorregadia pelas lágrimas.
— É uma piada de mal gosto, né? Você se sentir uma merda, e chorar fazer com que você pareça uma merda também. Ou então, você acaba de se *convencer* que está se sentindo melhor por um breve momento, e aí começa a chorar de novo, quer queira ou não.

— Mas é normal. Tudo isso é normal.

— Eu não quero que ele me veja chorar — disse Katie.

— O quê?

— Na sexta, quando eu for lá pra conversar.

Rosa assentiu lentamente.

— Eu entendo.

— Quero parecer... quero parecer como se tivesse tudo sob controle. Não sei por quê.

— Autopreservação. — Rosa parou. — O que você quer que ele fale? *Quero que ele diga que foi um erro? Quero que diga para não fazermos isso? Quero que ele chore para mim? E, se ele chorar, o que quero fazer em relação a isso?*

— Eu não sei.

*

Sexta-feira. O dedo de Katie estava suspenso sobre a campainha. As chaves chocalhavam na outra mão. Que loucura isso havia se tornado, uma estranha fora do próprio prédio.

— Estou aqui fora — disse ela no interfone. Pareceu sem sentido e bizarro.

— Pode subir — respondeu ele.

Foi forçadamente animado, pensou ela. Ou foi só forçado? A voz dele estava ótima.

Seu coração estava quase saindo pela boca, e seu estômago estava embrulhado. Entorpecida por dias de cólicas, analgésicos, bolsas térmicas e sangue, muito sangue. Tudo aumentado por estar ali.

Há muitas outras maneiras de entrelaçar o corpo com o de um parceiro do que o sexo, há o compartilhamento de sangue, lágrimas e ansiedade pelo futuro. Ela tinha ficado tão apavorada para contar isso para Chris. Levou meses e, quando finalmente conseguiu atravessar as camadas de vergonha e raiva, é claro que ele nunca nem tinha ouvido falar disso. *Endo... endo o quê?*, gaguejou ele. Mas ele a surpreendeu, não apenas pelo cuidado carinhoso de cada mês, mas também por se dedicar à leitura e à pesquisa, até saber quase tanto sobre o assunto quanto ela. Ele ficava bravo por ela e com ela, e levava as conversas para lugares onde ela teria vergonha de levá-las sozinha, e, sim, talvez fosse parte daquele desejo típico de Chris de definir o futuro, torná-lo sólido e previsível, mas talvez fosse também o amor dele por ela, o desejo de impedir que a pessoa amada sofra.

Os passos dele eram pesados e graves enquanto ela esperava na porta do apartamento. Ela conseguia imaginar exatamente onde ele estava a cada momento, visualizando uma planta mental.

Mas como será que estaria sua expressão? O que ele estava planejando dizer? Um milhão de possibilidades passaram pela cabeça dela, e cada uma delas começava com Chris desfazendo o horror da semana passada com uma palavra, um abraço, um soluço. Seria fácil, seria tão fácil.

E então a porta se abriu, e ele estava lá, a carne dele que havia sido a carne *dela*. A leve curvatura dos ombros, que ele tentava constantemente consertar na academia, mas que sempre denunciava o garoto ansioso que ele havia sido na escola. O cabelo escuro no qual ela já havia enterrado os dedos e o rosto, que ela sabia que teria o leve cheiro de hortelã e eucalipto. A barba por fazer, os olhos verdes profundos. Um milhão de possibilidades de amor.

Mas a postura rígida de Chris e sua expressão cautelosa imediatamente lhe disseram que aquela era a milionésima primeira vida, a caminhada pelo vale das sombras. Como um corpo que ela conhecia tão bem poderia estar já tão distante? Como um cumprimento, que antes era de abraços, beijos, calor e alegria, poderia ser esse constrangimento trêmulo, esse ar vazio? Era como se ela estivesse olhando para ele do fundo de uma piscina.

— Vamos... — começou ele, sem jeito, e ela percebeu que estava imóvel. — Sala?

— Claro — respondeu ela, e sua voz soou como folhas mortas.

Ela foi na frente e se sentou no sofá, que a transportou instantaneamente para a noite da compra, os pés irritados arrastando-se em uma loja de móveis grande demais. E, depois, para outro lugar, noites quentes deitada nele, corpos emaranhados, caindo no chão. Ela passou a mão pelo tecido, sem poder fazer nada, e Chris assentiu em reconhecimento.

— Você pode ficar com ele, se quiser — disse ele.

— O quê?

— O sofá. Quer dizer, acho que a gente deveria conversar sobre todas as coisas. Mas eu... Eu estou me mudando com alguém do trabalho, na verdade. Com a Nat. E ela já tem um sofá, então...

Chris se sentou meticulosamente na poltrona da frente, e o peso do estômago que vinha diminuindo gradualmente desde então girou e se deslocou dentro dela. A poltrona da frente, a quilômetros de distância. A poltrona da frente, feita para apenas uma pessoa. Ela piscou, sentindo o levemente pegajoso rímel que havia aplicado em uma respiração rarefeita após a outra. "Olhões", ele a chamava. Se ao menos ela conseguisse fazer com que os olhos ficassem bonitos o suficiente, poderia levar esse encontro para um caminho diferente. Se ao menos ela conseguisse fazer com que ele se lembrasse do passado, ele se ajoelharia a seus pés e choraria em seu colo. Se ao menos ela pudesse ser a Katie que *tinha sido*, poderia manter o que não tinha certeza se deveria.

— Você vai morar com uma garota... Uma mulher do trabalho?

— Aham, com a Nat. Mencionei o que aconteceu no escritório, e parece que a colega de apartamento dela está se mudando para Berlim. Pra trabalhar em alguma start-up, então...

Ela sentiu a raiva ferver na garganta e a engoliu.

— Que sorte.

— Pois é, a casa dela é perto do escritório, na verdade, então...

Ela se encolheu com essa interrupção repetida. Era assim que as coisas seriam? Ela não merecia mais a segunda metade das frases dele, seus pensamentos completos? Ela se concentrou em seu rosto. No sábado, ele havia se transformado e se franzido, sufocando pensamentos que ela havia afastado com firmeza nos últimos meses, sempre que surgiam. *Acho que não estamos felizes. Acho que nos afastamos.* Ela os sentiu, mas Chris os tornou reais, e ela odiou o fato de ele ter feito isso primeiro.

Naquele momento, porém, Chris a observava com uma mistura de ansiedade e impassibilidade.

— E a Nat está solteira, então? — disse ela rápido, antes que pudesse se impedir.

— Katie.
— Está?
— Não é nada disso.
— Disso o quê?

Chris a encarou. Ela se sentiu terrivelmente consciente do próprio rosto.

— Não tem nada a ver... A Nat e eu, não está rolando nada. Não *existe* Nat e eu. Eu precisava de um lugar pra morar, e ela precisava de um novo colega de apartamento. É só isso.

É só isso. É isso. Como pode ser só isso? Se eu continuar falando, algo vai mudar.

— Estou chorado o tempo todo — disse ela. — *O tempo todo*. É tipo um reflexo, como se eu fosse alérgica ao ar. Preciso ficar me escondendo no trabalho, me trancando nos banheiros e lugares, e...

— Katie.

Ela pressionou as mãos na barriga e se perguntou se ele entendia o que ela queria dizer. Seus olhos brilharam com uma mistura de simpatia e alívio.

— Isso não está certo — sussurrou ela.

E não estava, não é? O fato de que ela estava sentada no sofá da casa deles, chorando, claro que ela estava chorando. Há uma semana, se ela tivesse chorado, esse homem a teria consolado. Há uma semana, se ela tivesse chorado, eles já estariam abraçados. Ele não se mexeu.

— Eu sei que é difícil — disse ele. — Mas a gente conversou sobre isso no sábado. Você sabe que é o que precisamos fazer. Não significa que não foi incrível. Mas nós nos distanciamos, queremos coisas diferentes. Nós... estávamos nos afundando, em vez de, você sabe, nos impulsionando.

— Mas eu sei o que eu quero. Eu quero você — afirmou ela, simples e inesperadamente. Ele apertou os lábios.

— Você não está falando sério.

— Estou, sim! — rebateu ela, com ferocidade. — Não... Você *não pode* me dizer o que eu quero! Você não pode me dizer o que é melhor pra mim. Você não pode...

Ela estava tremendo.

— O que eu quero dizer — disse ele, e sua voz estava insuportavelmente segura — é que você só quer partes de mim. Nós só queremos partes um do outro. Se a gente ficar junto agora... seria a coisa fácil, não a coisa certa.

E o que tem de errado com a facilidade, afinal, pensou ela. Quem não gostaria de ter a vida mais fácil, um navegar calmo em um mar tranquilo? Se eles fossem personagens de um jogo, de um roteiro, de uma peça, ela poderia juntá-los, envolver os braços em torno dos corpos trêmulos, pressioná-los a sentir o gosto do suor um do outro. Eles se encaixariam novamente, e todas aquelas palavras não importariam, porque eles seriam dois corpos e nove anos de amor e intimidade, e isso não poderia, *não poderia* ser desfeito.

Os olhos dela estavam fechados, e a voz de Chris era gentil.

— Vai ficar mais fácil.

— Eu não sei o que fazer — retrucou ela. À deriva, como uma planta no fundo do mar.

— Você é uma pessoa muito forte, Katie. Você vai ficar bem, você vai ver.

Força. *Força*. Força amarga. Ela estava cerrando os dentes em uma fúria silenciosa. Como ele ousava chamá-la de forte? A força que o segurou, noite após noite, a força que o ajudou a superar a ansiedade, a ambição e a síndrome do impostor. *Você é inteligente e incrível, meu querido, e ainda mais incrível porque se esforçou muito, porque quer muito isso.* A força que ela derramou de si mesma nele.

E ele dizendo o nome dela. Parecia diferente de como era antes.

— A gente deveria vender a cama — disse ela.

— O quê?
— A cama. No eBay ou sei lá.
Ele concordou.
— Ok, posso dar um jeito nisso.
— Vai ajudar com o depósito. Para um lugar novo, quero dizer.
Ele concordou novamente, e ela o odiou.
— Você sabe pra onde vai? — perguntou ele.
— Vou começar a olhar essa semana.

Ela queria que ele sentisse culpa. Queria que ele sentisse ciúme. Queria que ele a amasse. Queria dizer a ele que estava indo embora. Ela não queria ir embora.

— Então, o apartamento da Nat vai ficar disponível daqui a duas semanas. Se quiser ficar aqui, eu posso ficar com uns amigos. De qualquer forma, posso lidar com o corretor, dar o aviso prévio, essas coisas. Ainda bem que não temos um contrato fixo, né?

Ainda bem.

— Certo. E não, tudo bem, prefiro ficar com as meninas. Com as mulheres.

— Claro.

Houve mais depois disso, sobre móveis, caixas, datas e depósitos, e, quando ela saiu, tentou abraçá-lo por reflexo, e o corpo dele parecia ter um tamanho e uma forma diferentes dos que tinha antes.

No parque da esquina, ela se sentou em um banco. Em outras partes da cidade, havia bancos com vistas de quilômetros. No entanto, o horizonte daquele banco, cercado por árvores, tristeza e umidade, era o mais distante de todos. O mundo parecia muito grande, grande demais, e assustador por isso.

Ela soluçou. Em algum lugar próximo, uma criança estava gritando, e o mundo se dividiu em dois. Um sorvete caiu no chão? Um joelho machucado? Os pedalinhos haviam sido guardados por conta do inverno, um pombo estava perto demais?

Ela apertou a bolsa contra o peito. Dentro dela, o caderno de desenho estava aninhado entre suas pastas de trabalho e sua carteira. As palavras das amigas, seus próprios corações partidos transformados em mensagens de resiliência e esperança. *Abrace bolsas térmicas, abrace travesseiros, abrace pessoas.* Ela abraçou a bolsa e desejou que a dor no estômago aliviasse, mas ele se contraiu e se apertou sob sua pele.

— Você está bem, querida?

Katie recuou antes de perceber que quem estava falando era uma mulher de cabelo grisalho. Ela estava usando um casaco azul-marinho e seu rosto estava marcado por uma preocupação gentil. Katie passou a manga da camisa pelo rosto, sentindo-se ao mesmo tempo infantil e indiferente.

— Estou, sim, obrigada. Só preciso de um tempinho.

A mulher remexeu na bolsa e tirou um pacote de lenços de papel em miniatura.

— Nunca ande sem isso — comentou ao entregá-los. — É sério. Meu cachorro morreu mês passado. Essas coisas pegam a gente desprevenida.

— Sinto muito — disse Katie, se perguntando se estava sendo sincera.

— Obrigada, já estou melhorando. Quer uma jujuba?

Katie hesitou. O emaranhado no estômago tinha tantas camadas diferentes. A rejeição severa à comida, a sensação de que qualquer coisa que ela comesse se transformaria em concreto e a afundaria. A mulher disse Pegue, você vai se surpreender. Katie ficou brincando com o doce dentro da boca. O cheiro de removedor de esmalte e açúcar, de alguma forma, desviou o foco da sua cabeça dos olhos ardentes e da boca inchada. Azedinha. A mulher assentiu, com satisfação.

— Eu disse. Não me pergunte como, mas funciona. Você pode ficar com os lencinhos.

— Obrigada — disse Katie. — Que raça de cachorro você tinha?
— Ah, um vira-lata. Tinha um pouco de tudo. Um verdadeiro pesadelo, mas ele era maravilhoso.
— Cresci com cachorros em casa. Sinto falta deles.
— Ah, mas eles dão muito trabalho. Você é jovem, quer poder ficar fora a noite toda, sair de casa quando quiser.
Katie deu um sorriso desanimado.
— Mais ou menos isso.

Lágrimas

Quando se é jovem, é fácil explicar por que está chorando. Eu caí. Ele puxou meu cabelo. Ela pegou meu brinquedo.
 Quando se é mais velho, fica mais difícil. Há o choro de frustração, por ter se esforçado tanto que está à beira do precipício, e ainda assim não foi o suficiente. Há o choro de desolação, porque a vista do precipício é insuportavelmente vasta e desconhecida. Há o choro da imaginação, por estar sonhando com as mil maneiras diferentes de como as coisas poderiam ter sido, mas não são, mas não serão, mas não podem ser.
 Há o choro que a pega de surpresa, o choro que a encurrala como um tigre em público, no trabalho, no ônibus. Há o choro solitário, no escuro, que parece maior agora do que jamais foi antes.
 O choro tem muitas camadas. Quando você chora por um coração partido — quando você realmente chora, de verdade —, não só fica chocada com a natureza visceral do choro, como se o seu corpo fosse uma fruta sendo descascada para sangrar à luz do sol, mas também se odeia por chorar no exato momento em que começa. Você saberá, a cada lamento e banho de lágrimas, que está chorando não por causa da guerra, do terror, da devastação ou da destruição, mas por causa da própria catástrofe particular. Você chorará enquanto diz a si mesma para não chorar. Você chorará enquanto diz a si mesma que não vale a pena chorar por isso.
 Mas vale. Ah, querida, vale.
 Chorar é ferozmente humano. Chorar é químico, biológico, físico. Chorar é conexão. E o choro ajuda. Chorar é uma operação

de mineração, uma escavação da dor das profundezas e um tremor, uma sacudida, um deslocamento dela para a superfície e para o ar, onde ela pode se dissipar e esfriar. Permita que essa lágrima salgada, esse lamento cru, esse calor espinhoso aconteçam. Tudo isso está dentro de você. Deixe transbordar ferozmente de novo e de novo. Com o tempo, a tempestade vai estiar.

Até lá, aqui está o que você precisa:

* *Lenços de papel: na sua bolsa, nos seus bolsos, na gaveta da escrivaninha, ao lado da cama.*
* *Vai usar maquiagem? Mude para o tipo à prova d'água, como se todo dia fosse um casamento e um velório. Tenha em mãos lenços demaquilantes para quando as lágrimas vencerem o rímel.*
* *Colheres no freezer: as velhas histórias das revistas que diziam que elas ajudam com o inchaço dos olhos são verdadeiras. Quem diria?!*
* *Colírio e corretivo: para diminuir temporariamente a vermelhidão. Finja que está tudo bem até ficar.*
* *Doces, chicletes, cigarros e uísque. Distração para sua boca, seus olhos, para a cabeça cheia e o estômago dolorido.*

E se você não chorar pelo coração partido? E se aquela pessoa não chorar pelo coração partido dela?

Jogue o Jogo da Floresta. Se uma pessoa chorar sozinha na floresta e ninguém vir suas lágrimas, será que elas realmente caíram? Se o rosto de uma pessoa estiver seco e os olhos não derem sinal de choro, pode ter sido por acidente ou intencional, pode ser apenas por enquanto.

Manual do coração partido

Não seja muito exigente consigo mesma, nem muito rápida para presumir o distanciamento da outra pessoa. O choro acontece sozinho e pode ser interno, também. O choro não é um marcador nem uma medida de angústia, e isso não é uma competição. Seu coração pode uivar enquanto seus olhos estão secos.

Capítulo Três

UM PASSO DE CADA VEZ

— Eu não consigo decidir — lamentou Rosa, cutucando o sofá —, se seria melhor se o Chris se ajoelhasse e dissesse que foi tudo um erro, ou se o próximo homem que ela conhecesse fosse uma história de amor melhor ainda.

Dee e Liv se entreolharam. Rosa não precisou.

— Não falem nada.

— O quê?

— Que eu sou desesperada ou iludida, ou que o romance nunca esteve realmente vivo, ou qualquer outra coisa em que estejam pensando.

Elas riram com a familiaridade das antigas provocações.

— Tudo bem — disse Dee. — Que otimistinha fofa você é. Falando nisso, como está com aquele cara da outra noite? De quando a Katie apareceu aqui.

— Ah. — A expressão séria de Rosa se abateu um pouco. — Ele ainda não falou comigo, mas tenho certeza de que vai.

E ele iria, ela sabia que ele iria, porque as pessoas queriam se apaixonar e sentir.

Liv prendeu a garrafa seguinte entre as coxas enquanto a atacava com o saca-rolhas. O bom havia sumido, e o ruim havia enferrujado.

— Aff, sabia que eles chamam essas coisas de "amigo do garçom"? Dez anos trabalhando em bar e eu ainda acho que vou quebrar o pulso.

— Dez anos? — perguntou Rosa, e desejou não ter feito isso logo em seguida. Liv disparou um olhar descontente para a amiga.

— Ok, sete. Seis. Comecei em um pub local aos dezesseis e terminei no bar da revista depois da formatura. São só números. Enfim, será que ainda está aberto? O bar, quero dizer. — Ela dirigiu essa última pergunta a Dee, que imediatamente riu pelo nariz.

— Claro que está. Aquele lugar é imortal. Ou melhor, preso ao passado.

— Acho que, secretamente, eles gostaram das *contribuições* que você fez. Não se deram ao trabalho de esconder, né?

— Sabe, eles tiveram *alguma*s ideias boas no bar da revista — acrescentou Rosa, forçando uma barra. — E aquela comida coreana que eles faziam? Era melhor que comida de bar comum. O bibimbap deles era quase tão bom quanto o daquele curso de culinária que eu fiz.

— Meu deus, eu comeria aquelas asinhas de frango agora mesmo — disse Liv, tanto para o nada quanto para Rosa. Rosa mordeu o lábio. Finalmente, a rolha saiu. Liv serviu generosamente e disse:

— Nunca é fácil, né? Essa coisa do primeiro contato depois do término, quero dizer.

Dee deu um longo gole.

— Não sei, nunca fiz isso.

— O quê, sério? — Rosa se aproximou dela. — A última vez que você viu o Leo foi no dia que vocês terminaram?

— Aham. — Dee estalou os lábios manchados de vermelho e afastou as sete palavras sem expressá-las. — Por que eu me encontraria com ele?

— Pra pegar as suas coisas? Pra tentar reatar? Pra botar um ponto-final? — Rosa deu uma risadinha sem jeito. — *Ponto-final*. É o que dizem. Como se existisse um *ponto-final*.

Dee riu pelo nariz.

— A: não havia nada pra pegar, eu levei tudo comigo. B: tá de sacanagem? C: como você vai conseguir colocar um ponto-final *vendo* a pessoa?

— Vapt, vupt.

— Exatamente.

— Você é doida.

— Ah, é? — Dee se virou para Liv. — Então tá, fale, como foi ver a Nikita depois que você terminou?

Liv inclinou a cabeça embriagada para trás, batendo-a no aquecedor com mais força do que pretendia.

— Ai, horrível — disse, estremecendo. — Eu só me senti culpada. *Muito* culpada. Foi como chutar cachorro morto. Duas vezes.

Ela disse isso para fazê-las rir, e elas riram, mas seu cérebro estava latejando, como se o rosto de Nikita estivesse na frente dela. *Eu não entendo. Achei que estivéssemos bem. Eu... Eu amo você, Livvy.*

Eu também te amo. Eu só... não consigo...

A crueldade indescritível de sentimentos indescritíveis em relação à pessoa a quem tudo deveria ser dito! Como o próprio momento do rompimento, ela já o havia repassado tantas vezes que parecia haver uma lógica clara a ser seguida antes do encontro. Mas, quando o momento chegou, tudo foi por água abaixo.

Porque como se poderia dizer a alguém que *Eu só não sinto mais a mesma coisa* ou que *Só não acho que temos um futuro juntas* quando os próprios pensamentos da pessoa pareciam tão bem direcionados no sentido contrário? Afinal, não houve nenhum grande acontecimento, nenhum momento de traição ou de ruptura. Passo a passo, cada um deles era apenas uma mera pergunta ou um momento de dúvida. Um retraimento ou um desejo por outra coisa. Assim, ela havia borbulhado com incertezas e dúvidas, uma aspirina efervescente em um copo d'água. Assim, ela havia se movido aos poucos até o ponto de não retorno. Era ridículo, certamente, que Nikita pudesse se sentir tão calma e confortável, a outra metade daquele mesmo relacionamento.

E por que ela continuava dizendo *só*? Por que ela continuava tentando resumir tudo a algo menor do que era? Era enorme e devastador, e ela sabia disso.

Seu celular estava em cima da mesa de centro, com as mensagens que não suportava apagar, não sabia explicar às amigas. Havia um conforto, não havia, em manter as palavras de Nikita perto dela, em ler e relê-las no escuro? E não apenas suas palavras, mas também sua imagem: fotos que Nikita tirou com ela e fotos de Nikita sozinha, fotos que mostravam uma intimidade há muito tempo destruída.

Era um conforto desconfortável, um anzol e uma linha para algo que ela deveria esquecer.

— Bom, *eu* acho que é uma boa ideia, de qualquer jeito — disse Rosa. — Você precisa... precisa ter *certeza*, não é?

Dee fez um som gentil, e Liv também, generosidade, simpatia e amor inundando qualquer irritação residual. Afinal de contas, elas haviam feito esses mesmos ruídos durante as deliberações meses atrás, Rosa se virando para a direita e para a esquerda em frente ao espelho, tentando inspirar clareza para dentro do corpo. Alimentando a esperança diante da tarefa mais sombria, voltando ao seu traidor para pegar a última mala de pertences.

Rosa riu gentilmente de si mesma.

— Eu pensei *tanto* nisso. Aquele vestido que eu sabia que ele gostava. Até comprei um batom novo naquele dia! Como se... — Ela se interrompeu e se firmou. *Como se isso fosse fazê-lo mudar de ideia. Como se Joe fosse olhar para mim no vestido verde com flores brancas e querer arrancá-lo de mim de novo, me empurrar contra a parede de novo, morder meu pescoço de novo, embaixo da minha orelha, do jeito que ele fazia. Do jeito que ele fazia antes de conhecê-la.* — Mas ainda assim era a coisa certa — continuou ela, firme. — Para ter certeza. Para saber que... Ok, chegamos a um limite aqui, é hora de uma nova história. Não... — E ela direcionou isso a Dee. — Não que eu achasse que você precisava estabelecer um limite. Com o Leo, quero dizer.

Dee sorriu, simpática, e não disse o que estava pensando, que era, *Se eu tivesse voltado para vê-lo, teria caído dura no chão.*

Um barulho de arranhões de chaves interrompeu o momento. Dee levou uma enorme taça de vinho para a porta da frente e, agarrando-a com firmeza, Katie entrou na sala de estar como uma rajada de vento. Ela jogou a bolsa e o cachecol em um canto, deu uma golada no vinho e recuperou o ar.

— Ele está indo morar com a Nat.

— Nat? Quem é Nat?

— Ah, é uma garota, uma mulher do trabalho dele.

Rosa segurou o copo com tanta força que os nós dos dedos ficaram brancos.

— Ele não está...?

Katie deu de ombros ferozmente.

— Talvez, talvez não, talvez agora, quem é que sabe, porra? — Ela bebeu e bebeu, e um pouco escorreu pelo queixo, como uma linha de sangue. — Que ideia, que *ideia* eu ter ido lá pensando que a gente faria as pazes. Que ideia eu ter pensado que ele estaria despedaçado. Não, não, o Chris está com tudo sob controle, tudo perfeitamente planejado. O apartamento dela fica *perto do escritó-*

rio, sabia? Então ele vai se levantar e fazer o café e ela provavelmente tem uma daquelas máquinas de café chiques e idiotas, que nem ele, e então eles vão andando juntos para o trabalho e ele vai contar pra ela sobre como eu não entendia o que o trabalho significa pra pessoas como eles, e que eu nunca queria ir pra academia e que eu era só uma professora, *só uma professora*, então, óbvio, a gente nunca teria conseguido morar em um apartamento como aquele, e então eles vão sair pra tomar um drinque depois do trabalho ou então vão tomar uma garrafa de vinho no sofá e então eles vão... Eles vão *transar* e vão ficar juntos, e o Chris já vai estar com tudo resolvido antes mesmo de eu encontrar um lugar para *morar*.

Ela estava chorando e gritando ao mesmo tempo, e passou uma das mangas pelo rosto. O rímel, a maquiagem e o vinho se misturaram de forma horrível.

— Isso *não é justo*. Como é que eu estou assim e ele está daquele jeito? Tipo, sério? Será que ele simplesmente não se importa? Será que estava pensando nisso há meses?

— Não — responderam elas em coro.

— É uma fachada. Ele só está agindo assim com você pra conseguir passar por isso.

— É aquilo de não deixar transparecer os sentimentos, né?

— Ele provavelmente está na merda.

— Deve ter caído no choro assim que você saiu.

— Ele só está se fingindo de forte.

Katie abraçou uma almofada contra a barriga e se apoiou no encosto do sofá, balançando a cabeça.

— Não consigo — disse ela, e não sabia quanto estava falando sério. — Liguei para os meus pais voltando pra cá.

— Como eles estão? — perguntou Rosa. Ela se lembrou com nitidez do rosto dos próprios pais quando passou por um momento semelhante e enlouquecedor. De como eles se encolheram em fúria e pena, e da droga da frustração com o clichê de tudo aquilo. O namorado traidor, o pai furioso, a mãe arrasada. Como eles sentiam falta de Joe, e ela estava feliz por isso, porque tornava tudo real, e também os odiava por roubarem parte do seu luto. Ela se deu uma sacudida imperceptível. Seu luto ficou naquela época. Tornou-se outra coisa.

— Estão bem. Tristes, eu acho. Mas tentando não ficar tristes, sabe? Eles queriam vir aqui, mas eu não consigo. Eles estão fazendo perguntas. Eu só... Eu não consigo.

Ah, Katie querida. Ah, que pena. Ah, o que aconteceu?

O que aconteceu! Era violentamente impossível. Ela colocou as mãos no rosto.

— Certo — anunciou Dee, deliberadamente batendo a palma das mãos. Um sorriso forçado e uma racionalização consciente do que estava por vir era preciso, sabia ela. Ela se lembrou: quando tudo ficou grande demais, ela diminuiu tudo. Enfiou a escova de dentes, as roupas íntimas, o livro e o carregador de celular na bolsa, apagou da memória qualquer outra coisa que pudesse ter deixado para trás e mentiu para as amigas sobre isso depois. Ela se olhou no espelho, cerrou os dentes e calçou os tênis. Suou, se alongou, respirou e, aos poucos, se transformou. — Precisamos de listas. Aquilo de dividir as coisas em pedaços menores. Onde está o caderno de desenho, o manual?

Katie obedientemente o tirou da bolsa e Dee o passou para Rosa.

— Você escreve. Acho que estou vendo duas de você.

Rosa deu uma risadinha fofa enquanto destampava a caneta e derramava uma poça de vinho, que pareceu um teste de Rorschach na página em branco.

— Ops, beleza. Não prometo nada. Vamos lá, Dee.

Dee se recostou no pé da poltrona em que Liv estava empoleirada, derramando um pouco do próprio vinho na sua frente.

— Merda. Ah, bem. — Ela ergueu uma mão, conduzindo. — Primeiro passo: um lugar pra morar. Essa é a grande merda, né?

— Isso — concordou Katie.

— É tão irritante que a gente ainda tenha seis meses de contrato aqui — disse Rosa, e Katie ficou grata por ela ter mencionado.

— Eu sei. — Katie suspirou com força.

— Mas — continuou Rosa — isso significa que você precisa de um lugar por apenas seis meses. Porque depois disso é óbvio, né?

Katie se jogou por cima do sofá e a envolveu em um abraço desajeitado.

— Obrigada.

— Não seja boba — disse Dee. — Acho que todas nós estamos prontas para uma sala de estar com janelas.

— Já estava na hora de recriar os dias de glória de Manchester.

— Vamos tentar achar um lugar sem ratos dessa vez.

— Você conhece alguém do trabalho que possa dividir? — perguntou Liv. Katie negou com a cabeça.

Ninguém perguntou se ela conseguiria pagar pelo aluguel sozinha. Katie olhou para baixo, envergonhada.

— Vamos ver na internet, então — sugeriu Dee. — Nós vamos ajudar. Operação-encontrar-um-apartamento-pra-Katie-dividir. De preferência com um Adônis de um metro e oitenta no local, certo?

Katie sorriu, fraquinho.

— Cada uma procura em um site — disse Rosa, enquanto escrevia. — Lista hoje à noite. Visitas o quanto antes.

— Você vai ficar por aqui, né? — perguntou Liv, e os olhos de Katie se arregalaram, impotentes diante da dimensão de tudo aquilo.

— Hum... vou, eu acho. É. É perto do trabalho. E não quero ficar longe de vocês. E é... Bem, vocês sabem que eu posso pagar, certo?

Ela estava dizendo as palavras para transformá-las em realidade. O contraste com a procura de apartamentos com Chris! Fazer companhia enquanto ele pesquisava pelo iPad, sentir a suave rede de segurança que foi criada para pessoas em pares administrarem a vida. E aquele dia da mudança. Como ela permitiu que aquela discussão acontecesse? Como ela não havia percebido a extraordinária sorte de ter um lugar para morar com a pessoa que amava? Ela devia ter contado piadas, sorrido, ter sido leve. Devia ter usado macacão com sutiã, sem camiseta, seu cabelo formando cachos suaves, poeira no rosto de uma forma fofa, não irritada. Ela devia ter feito com que ele pensasse *Você é maravilhosa*. Ela não devia ter sido grossa.

— A essa altura, semana que vem, a gente já vai ter encontrado um lugar pra você — interferiu Liv, e Dee jogou a cabeça para trás em concordância.

— Semana que vem. Sim! Esse é um pedaço menor. Depois, o segundo passo.

Katie olhou para ela com uma expectativa ansiosa.

— O segundo passo — continuou Dee — é tirar tudo do seu apartamento. Quando você souber pra onde vai. Todas nós vamos ajudar, está bem?

Todas concordaram, e Rosa apertou o pé de Katie enquanto escrevia.

— Podemos pedir algumas caixas na loja da esquina. Arranjar uma van.

Katie visualizou enquanto a amiga falava e sentiu uma inundação complexa de diferentes tipos de amor. A maneira como aquelas mulheres a apoiavam, saber que, sem elas ali, colocar um único livro em uma única caixa a destruiria. O apartamento ia ser empacotado. Todas aquelas camadas de vida. As fotos que ela havia meticulosamente emoldurado para a parede da cozinha — o simbolismo adulto da migração da fita adesiva para os ganchos de parede —, para onde iriam? Ela as desmontaria e as substituiria por fotos de outra pessoa? Será que Chris as levaria? Ele as mostraria para Nat, *Tenho algumas molduras, vamos colocar algumas fotos na parede*? Nat riria delicadamente?

— O terceiro passo é — disse Liv — se manter ocupada.

E Rosa esfaqueou o ar com a caneta, em uma concordância selvagem.

— Isso! Você tem que se manter ocupada. Ocupar a cabeça é a chave.

— Precisamos de um plano para todos os dias — disse Dee. — Coisas. Troços. Que dia é hoje?

— Sexta.

— Sexta. Então, amanhã. O que vamos fazer amanhã?

— Eu preciso de um pouco de espaço — disse Katie.

— Eu posso dormir com a Liv ou com a Dee — sugeriu Rosa imediatamente. — Fique com o meu quarto.

— Não, quero dizer ar livre. Podemos dar uma caminhada?

— Sim! Ótima ideia.

— Podemos pegar um trem para o interior.

— Almoçar em um pub.

— Desanuviar um pouco.

— Definitivamente.

— E domingo?

— Almoço de domingo, óbvio — disse Rosa. — Eu cozinho.

O estômago de Katie se contorceu com a jujuba e nada mais. Ela sorriu, concordando insegura.

— Vamos pra academia na segunda? — perguntou Dee, e riu da expressão horrorizada de Katie. — É sério, eu pego leve com você. E levantar alguma coisa pesada vai fazer você se sentir melhor. Juro.

— Tá bom.

Mais tarde, elas estavam cercadas por mais garrafas e pela atmosfera da noite de sexta-feira. O caderno de desenho estava aberto na mesa de centro com uma lista de tarefas em uma página e uma lista mais abstrata na outra. Um passo de cada vez, pedacinhos de reconstrução. Katie contava suas respirações. Cada uma delas estava pesquisando lugares onde ela poderia morar, estranhos com quem ela poderia compartilhar algo.

— *Imagine morar com quatro profissionais bem-educados que realmente seguem a rotina de limpeza e mantêm as áreas comuns em bom estado para que todos possam desfrutar* — recitou Rosa. — Bom. Quer dizer, estou imaginando bastante agora.

— Meu deus, achei um "quartinho aconchegante" aqui. "Aconchegante" significa, o que vocês acham, dois metros por um e meio?

Ao ver a expressão de Katie, Dee jogou o celular no chão.

— Mas isso não importa. Nós temos, o quê? Vinte? Deve existir alguma coisa decente por aí, certo?

Liv e Rosa se apressaram em concordar, e Katie deu um sorriso fraco em resposta.

— Vou precisar de mais uma taça gigantesca de vinho pra tomar, por favor. Pra tomar. Reclamar. Haha. Os dois. — Ela inclinou a cabeça contra o encosto do sofá e sua visão oscilou rapidamente como um cardume de peixes. Ela se endireitou e esticou a boca numa expressão que parecia gratidão. — Obrigada, mas isso seria... Impossível.

Mais tarde, ela se deitou costas com costas com Dee, uma linha de ar entre as duas. Havia tanto amor ali, mas tão diferente do que havia com Chris. E era para Chris que ela estava olhando, a tela do celular lançando um brilho frio no espaço entre seus braços, sua cabeça e o edredom. A maneira como era possível navegar pela vida digital de alguém e, a partir daí, para outras pessoas. Era Natalie ou Natasha?

Natalya. Um nome mais bonito que Katie. Um nome com mais possibilidades, horizontes mais amplos.

Ela é analista, o que poderia ser interpretado tanto como chato (o quê, ela analisa coisas para viver? Quem sonha em fazer isso? Quão *analítica* ela é?) quanto intimidador (ela obviamente ganha muito dinheiro). Estudou economia em uma boa universidade e frequentou uma escola que parece cara. Isso é tanto desprezível (ela não deve saber nada da vida real, não é? Ela chegou aonde está graças aos esforços de outra pessoa. Como ela pode reconhecer as profundezas do próprio privilégio?) quanto invejável (afinal, privilégio é o objetivo de todos nós. O começo fácil, a champanhe das coisas comuns).

Ela tem cabelo longo e escuro, olhos grandes e alongados, e dentes muito brancos. Ela não é intimidadoramente bonita, mas tem cara de se arrumar bastante e se importar com a aparência. Seu corpo parece seco, bem delineado e previsível, sem irregularidades como *cicatrizes* e *queloides*. Ela se parece com alguém que vai ter bebês exatamente quando quiser, boa sorte não valorizada caída dos céus. Parece que ela sabe como o próprio futuro vai ser.

Há uma foto dela no site da empresa com os braços cruzados para parecer profissional, mas com a cabeça jogada para trás, rindo, para parecer acessível. Ela está usando uma blusa de seda e um blazer muito bem cortado, que não é preto, cinza nem azul-marinho, mas de uma cor definitivamente adulta: off-white.

Um passo de cada vez

"O resto da minha vida sem o meu amor" é muita coisa, vai afundar você. Divida "o resto da minha vida" em partes menores.

Comece com o amanhã. Você precisa acordar.

Continue com o dia seguinte. Você precisa de coisas legais para fazer. Não coisas ridículas, desafiadoras, a-maluca-nova-eu, mas coisas das quais você já goste. A companhia de boas pessoas. A distração de programas de TV que você não precise prestar muita atenção. O alongamento de membros doloridos. Segmente o seu tempo e o preencha com planos fáceis, planos que a distraiam, planos que possam até mesmo fazê-la sorrir. Caminhar de um lugar para o outro. Limpar um armário negligenciado. Comprar e ler quinze revistas, uma por uma. Fazer panquecas. Nadar. Desenhar. Pintar as unhas. Comprar flores. Anote todas as ideias que você tiver, mesmo que não sejam interessantes hoje. Podem ser amanhã.

Continue com o que precisa ser feito para concluir a separação. Os pertences que precisam ser empacotados. A migração de nossa cama para minha cama. O lugar onde você viverá o próximo capítulo.

Parece assustador, não é? Como você passou de uma vida para duas? Como é possível se arrastar pelos processos de busca, empacotamento, mudança e reorganização, quando nem consegue respirar direito? Como podia estar desmontando o que considerava garantido até o momento em que não era mais seu?

É assustador. É doloroso. É também a remoção do Band-Aid, a exposição da ferida e o início da melhora.

Às vezes, um passo de cada vez fará com que você retroceda, e não avance. E está tudo bem. Se ame por isso, não apesar disso.

Divida em pequenas etapas. Você consegue.

Capítulo Quatro

DO LADO DE FORA

Katie encostou a cabeça na janela do trem e não falou nada. Era um dia frio e parecia ter saído de um clipe: um céu branco-azulado contra o qual as árvores e os edifícios pareciam se destacar mais do que o normal. Ela observou a transição da cidade para os subúrbios e para o interior de Sussex, e os mesmos pensamentos a atormentavam. *Chris e eu terminamos. Chris e eu terminamos.*

Ela não havia valorizado todos os anos em que não tinha essas palavras agrupadas no cérebro! Como se estar gripada fosse a única coisa que a fizesse valorizar o reflexo calmo da respiração.

Dee, Liv e Rosa estavam tomando café e conversando baixinho. O caderno de desenho estava aberto sobre a mesa. Dee desenhava colinas e árvores e um caminho serpenteando por elas.

— Minha mãe vai vir ficar com a gente na sexta-feira, tudo bem? — perguntou Dee e sentiu uma onda familiar de prazer com suas expressões igualmente familiares de entusiasmo. — Ela quer ver uma exposição de fotografia e vai aproveitar pra ver a gente. Ela prometeu margaritas em troca de uma cama pra passar a noite.

— *As margaritas da Mel...* — ecoaram em uníssono Rosa e Liv. — Parece ótimo. — E cada uma delas pensou silenciosamente em suas próprias mães, que nunca as haviam visitado com tequila em mãos nem para dividir suas camas, e a quem elas amavam e a quem comparavam.

— E como estão as coisas com a Margot? — perguntou Liv.
Dee sorriu.

— Boas. Muito boas. Ela quer que eu faça uma apresentação para um grande cliente na semana que vem. Um projeto de reformulação da marca.

— Qual é o cliente?

— Ah, antigamente a gente chamava de *higiene feminina*. Calcinhas absorventes e outras coisas, basicamente. Boa política: ecológica, sem medo de sangue de verdade, sabe?

— Parecem ótimos.

— E são mesmo. Vão ficar ainda melhores quando fizermos o nosso trabalho.

— A Margot tem uns projetos interessantes, né?

— É. — Dee se recostou no assento. — A carreira dela é simplesmente incrível. Todos esses nomes incríveis, prêmios, ela riscou todos os itens da lista antes mesmo de se estabelecer por conta própria. E ela elevou o lugar a esse nível em quê, quinze anos? Os clientes são ótimos. O trabalho é *bom*. Ela é... Ela é o que nós queremos ser.

Uma imagem de Margot surgiu na sua cabeça. Os delicados cachos escuros, as joias de prata volumosas e sempre bem pensadas. Margot tinha a aparência do que Dee imaginou que seria Londres na sua adolescência. Ela havia deixado os anos de noites intermináveis e salários ridículos para trás e era uma quarentona realizada com dinheiro para gastar em tratamentos faciais e sem aliança no dedo. Ela não participava mais das entrevistas de juniores, mas conhecia todos os novos funcionários. Dee havia se contorcido nervosamente do outro lado da mesa enquanto Margot examinava o seu portfólio em um silêncio frio. Ela comentou apenas uma vez.

São bons. Muito marcantes. Nada arrogantes.

Obrigada. E foi só isso que ela disse! Muito diferente do que Dee pensava — ou esperava — que ela fosse ser, vivaz e ousada e articulada. Muito diferente de como Margot deve ter sido aos vinte e dois anos. Depois disso, Dee ligou para a mãe, tagarelando com entusiasmo de uma maneira que evitava com os outros. Margot é maravilhosa, tão maravilhosa, me lembra um pouco você, na verdade, muito inteligente e com bom senso, mas é criativa também, quer dizer, claro que ela é criativa, ela dirige uma agência de design, mas ela é do tipo elegante, não do tipo estudante de artes, sabe? Até o nome dela é um pouco parecido com o seu: Margot, Mel. A mãe sorriu do outro lado da linha. Mais um tijolo construindo um mundo melhor.

Depois *disso*, ela se encontrou com Leo, contando animada — mas com menos entusiasmo — sobre o primeiro dia no emprego novo, sobre como a diretora era inspiradora e como esperava ser como ela um dia. Ele colocou gentilmente o dedo indicador na covinha da bochecha direita dela e disse que adorava ver Dee tão animada. Que ela era linda.

E frustrante, terrível e embaraçosamente aquilo *importava*.

— Você tem sorte.

— É, mas como estão as coisas no jornal?

Rosa deu de ombros.

— O Dia dos Namorados foi um pouco deprimente. Meu editor me obrigou a fazer uma lista para a coluna: "Presentes para demonstrar quanto você se importa". Tentei dizer a ele que "A última romântica" era para ser sobre... bom, apenas isso. Romance à moda antiga. *Emoção*. Não, sabe, comprar sua entrada para a cama de alguém.

Dee riu enquanto bebia o café.

— De qualquer forma, ele não quis escutar. Disse que a cidade está cheia de namorados sem noção que precisam de ajuda para escolher, sei lá, lingerie sensual e chocolates que não sejam clichês. Até mesmo os românticos.

— Ele tem um bom ponto.

— Mas, na última coluna, eu escrevi "vá dançar, volte para casa caminhando, diga *Eu te amo*", e ele me deixou manter isso na lista, pelo menos. — Rosa sorriu com uma satisfação melosa. — Enfim, e você, Livvy? Alguma reclamação do trabalho? — Ela mordeu o lábio enquanto falava e desejou ter usado uma frase diferente.

Liv apertou os lábios.

— Sinto que eu deveria ter alguma história emocionante pra vocês agora, mas não tenho. Comunicados à imprensa, manchetes, e-mails puxando o saco de jornalistas, sabem como é. — Ela também mordeu o lábio e se perguntou se Rosa havia notado. — Mas! — acrescentou. — Ainda não contei pra vocês sobre o *Felix*.

Até Katie olhou para ela.

— O Felix — continuou Liv, pronunciando aquele nome com prazer — talvez seja o homem mais bonito que eu já vi na vida. Ele é chefe de divisão de um dos meus clientes, *não* do pessoal do bebedouro. É um cliente bom. O pessoal da biotecnologia. Eles estão fazendo uma pesquisa realmente incrível na área respiratória. Enfim, isso não é importante. O que importa é que ele parece o Marlon Brando novinho.

— Retrô.

— Né? — concordou Liv. — Ele é tipo... Você se lembra daquela fase, que a gente deixa de gostar do "cara de bebê" da boyband que não conseguia deixar a barba crescer pra gostar daquele com tatuagens e piercings? É *assim* que o Felix se parece.

— Meu Deus, sim. Eu tinha vários desses na parede do quarto.

— Exato. Enfim, mas então, existe alguma coisa desconcertante em se lembrar da adolescência assim. Ele até fuma do mesmo jeito.

Cigarro de palha, sobrancelha erguida. Achei que a gente já tinha superado toda essa coisa de "fumar é descolado", né? Mas não.

— Solteiro? — perguntou Dee.

— Não. Não, não, *não*. Não sei se ele é solteiro. Mas essa coisa de ficar com um cliente. Quer dizer, não é proibido, não exatamente, mas é mal visto. E, você sabe, é um pouco mais difícil dizer a alguém que nenhum jornalista vai dar a mínima para o fato de que você acabou de reformar os banheiros do escritório depois de ver você pelada, né?

— O Simon já teve um caso com um cliente — contou Dee. — Saímos pra comemorar um projeto grande, de uma marca de rede de hotéis, e ele acabou voltando pra casa com o gerente de aquisições de toalhas e guardanapos, ou algo assim. Eles ficavam trocando sorrisinhos nas reuniões, mas nunca pareceu afetar nada. Eles eram muito tranquilos. Eu nunca soube dizer se era coisa de homem, ou uma coisa de homem gay. Talvez fosse só uma coisa do Simon. Quando eu perguntava disso, ele dizia *por favor, sou profissional*.

Katie deu uma risadinha suave, e Liv esfregou as suas costas.

— Como você está, Katie?

— Estou bem.

Era uma mentira, porque ela nunca mais se sentiria bem novamente, mas também era a verdade, quando elas desceram do trem na cidadezinha escolhida. O ar em Londres era tão *cheio*, tão repleto de histórias, e havia alegria nisso, mas havia dor também, como se fosse necessário competir por cada lufada de ar. Mas aqui, enquanto caminhavam em meio à sonolência, passavam por um portão e iam em direção ao verde, ela notou que o céu havia crescido e se contraído ao mesmo tempo. Havia mais azul e mais branco, e mais nuvens, e mais sol. Havia pássaros aqui. Os pássaros não passavam por términos nem ficavam de coração partido: pássaros simplesmente voavam.

Ela levantou o rosto e tentou entender o horizonte enquanto caminhavam em direção a ele.

— "Mantenha o muro à sua direita enquanto caminha por dois campos e desça até um portão na cerca mais adiante." — Rosa estava recitando com uma confusão exagerada a rota que havia baixado. — Estou me sentindo muito urbana. Quer guiar, Livvy? Você passou a infância inteira assim, né?

Liv revirou os olhos enquanto pegava o celular.

— É isso mesmo. Passeios de domingo com nossas galochas e noites aconchegadas ao redor do rádio.

Ela sentiu uma pontada ao falar, imaginando uma expressão de mágoa no rosto dos pais. *Nós queríamos criar você no interior, querida. Achávamos que estávamos fazendo o melhor para você.*

E *foi* bom para ela, não foi? Ela olhou para os verdes e marrons, sentiu a casca das árvores nas mãos e a água do rio nas pernas. Era tudo tão distante, e esse era o ponto, a atração, e também a dor, o empurrão. Sua distância de casa era deliberada, e, no entanto, ainda chamava de casa.

— Por aqui — disse ela.

Katie respirou fundo e Dee segurou sua mão.

— Vamos lá, vamos ver quem chega primeiro ao portão.

Dee era uma corredora, é claro, e provavelmente estava indo mais devagar de propósito, mas, à medida que Katie movia as pernas mais rapidamente, com o impulso e a lama empurrando-as morro abaixo e a respiração nos pulmões como facadas, ela se surpreendeu ao perceber que estava rindo. O frio era como mastigar pimentas ou arrancar pelos um por um: estava fazendo-a *sentir*. Seu corpo ainda podia fazer mais do que lágrimas e tragédia.

Elas se chocaram contra o portão e as lágrimas voltaram a rolar enquanto ela ria, balançava a cabeça e tentava não pensar em Chris, mas ela ia pensar em Chris para sempre. Ela olhou para o campo em direção a Liv e Rosa, que estavam descendo o caminho muito mais devagar, mas com muito mais elegância. Elas eram tão menores do que o mundo! E o mundo estava cheio de pessoas que tinham passado pela mesma coisa. Todos os dias, em todos os lugares, relacionamentos terminavam. Corações partidos apareciam em um milhão de filmes. "Amor perdido" sempre esteve em uma infinidade de versos de poesia. Ela não estava sozinha. Ela não estava sozinha.

Mas ela estava sozinha, porque havia perdido Chris. Ninguém mais havia perdido alguém tão perfeito, tão absolutamente certo, tão espetacularmente melhor do que qualquer outro ser humano, que ela havia sido monstruosa por ter sequer o questionado. Todos os outros podiam lidar com isso, menos ela. Até Chris conseguia lidar com isso, no apartamento e no futuro novos dele.

Será que ele estava pensando nela?

— Já está começando a fazer sentido? — perguntou Dee.

Sentido! A turbulência que era sua mente se reorganizando, reproduzindo memórias e as reordenando, um turbilhão complicado e ao mesmo tempo simples de *Por que isso aconteceu?*

— Eu acho — começou ela. — Acho que nós mudamos.

Pronto. Ela havia traduzido os pensamentos em palavras, deslocado os átomos de ar na frente da boca, batido as asas da borboleta.

— O melhor de tudo, quando conheci o Chris, foi saber que ele me adorava — disse ela. — Não digo isso de uma forma narcisista. Ou talvez sim. Mas, quer dizer... Eu podia confiar naquilo. Ele se expôs de uma maneira tão completa, de corpo e alma, e os valores dele também. É uma sensação incrível ter alguém olhando pra você dessa forma...

Ela foi parando de falar, envergonhada, mas Dee apertou sua mão, a encorajando.

— E isso fez com que todos esses anos fossem tão *seguros*, sabe? Nos candidatar para vagas de emprego, mudar juntos pra Londres, dividir apartamento com o amigo dele e a namorada e depois um lugar só nosso. Eu... Eu sei que foi fácil pra mim, né? Eu e Chris, Chris e eu. Era como se a gente estivesse fazendo as coisas exatamente da maneira que o mundo espera, que o mundo quer. Em par. Menino, menina. Trabalho das nove às cinco, uma conta poupança. Era *simples*.

"Mas, de alguma forma, em algum lugar ao longo do caminho, isso mudou. Eu nem percebi que estava mudando, mas mudou. Ele não olha mais pra mim como antes. Tipo, quando eu falava de viagens, tinha ideias pra coisas novas... Ele achava isso empolgante, mas agora acha frívolo ou infantil. E eu nunca soube... É isso o que acontece quando passamos nove anos juntos? Ou será que é outra coisa? Como ele estava fazendo as coisas dele e eu estava fazendo as minhas, eu achei que fossem, sabe, paralelas, uma ao lado da outra, mas talvez elas fossem realmente assim."

Ela largou a mão de Dee para fazer um gesto para o céu, abrindo os braços e os dedos, olhando para seu contorno sombrio contra o branco.

— Ele tem uma ideia muito clara sobre o quer da vida. E, quando a gente era mais jovem e falava disso, parecia abstrato, sabe? Mas agora estou até me perguntando se é uma questão de dinheiro. Isso é justo? A gente começa igual, não é? Professora, graduado, trabalhando em uma empresa, não são tão diferentes. Mas agora são.

Dee fez um ruído reconfortante e descompromissado.

— E então eu penso: isso é horrível! Nós nos *amamos*, certo? É um horror se isso não se mantiver porque... porque ele começou a receber aumentos e a planejar onde devemos tentar comprar um apartamento, e eu... Eu estou indo muito bem também, sabe? Jesus amado, se ser *professora* não é suficiente pra fazer com que as coisas se encaixem perfeitamente, o que é? E o que há de errado com a gente se não conseguimos superar isso? O que há de errado *comigo* se estou pensando em nós dessa forma?

— Ele está na sua cabeça o tempo todo — disse Dee. Não era uma pergunta.

— Sim. *Sim*. Eu tenho esses momentos em que esqueço, que me concentro apenas no que está ao meu redor, ali, no momento, e então é como se meu cérebro dissesse *Há! Você quase pensou que tinha conseguido, mas não!* Principalmente quando estou tentando dormir. Ou quando acabei de acordar. Ou quando estou no ônibus. Ou quando estou no trabalho. *Em qualquer lugar.*

Dee concordou com a cabeça.

— O cérebro faz isso mesmo. Você está processando, ou algo do tipo.

— Não parece possível que eu consiga viver o resto da vida com isso martelando na minha cabeça o tempo todo.

Dee abriu a boca, e o nome dele estava lá novamente antes que ela pudesse falar. O violão e o dedo na covinha da sua bochecha. A selvageria daquelas sete palavras.

— Vai mudar. — Ela conseguiu dizer. — Só parece que não.

Katie olhou para ela, olhos lacrimejando.

— Você ainda pensa no Leo?

Dee engoliu em seco.

— Às vezes. Eu tento não pensar. Mas às vezes.

— Ainda machuca?

— Aham.

Outro pássaro voou pelo campo como um fantasma.

— Mas — disse Dee — de um jeito diferente.

Essa era a natureza das cicatrizes, pensou ela. A forma como a ferida cicatrizava em algo mais duro, mais resistente. A maneira como a vulnerabilidade ganhava força, mas perdia a flexibilidade. Ela colocou o dedo indicador suavemente na bochecha.

— Vamos lá.

Elas abriram caminho com cuidado pela cerca, as estranhas acrobacias do campo, e seguiram andando. O caminho mal era visível por meio da grama, como uma ideia, uma lembrança de outras pessoas. Katie notou as mudanças na textura da terra por meio das botas, a maneira como às vezes ela escorregava e, em outros pontos, sentia-se ancorada, como se estivesse presa ao subsolo. Um campo após o outro ondulava e as empurrava pelo vale.

— Obrigada por isso — disse ela. — Achei que seria bom sair um pouco. Ar puro e tal.

— Com certeza. Correr é a mesma coisa.

— Eu não acredito há quanto tempo você está nessa. Já faz anos, né?

— Quatro. Desde… Bom, você sabe.

— É — disse Katie, e olhou de soslaio para as costas esticadas de Dee, sua postura ereta. Dee sempre foi *esguia*, como se seus músculos fossem mais rígidos do que os das outras pessoas. — Talvez eu devesse começar.

— Ficaria feliz em acompanhar você.

Katie soltou um longo suspiro.

— E quando você pensa sobre… Quando você pensa sobre você e o Leo. Você sente… Sabe, como as pessoas dizem, que *acabou*? Eu não sei. Isso é real? Sinto que estou apenas repetindo o que ouvi das outras pessoas. Porque não pode ser verdade, não é? Como eu posso *superar* isso? Eu sinto que… — O canto agudo de um corvo vindo de algum lugar próximo. — …sei que isso é ridículo, ainda mais depois de tudo o que acabei de falar, mas como eu vou conhecer outra pessoa como o Chris? Tive muita, muita sorte, conheci esse homem maravilhoso e incrível, e pude estar com ele e viver com ele, e nunca conheci ninguém que tenha chegado nem perto. Nunca. E eu *sei* de todas as contradições. Sei que as coisas não estavam perfeitas. Sei que estava com dúvidas e me perguntando se seria certo continuar, se eu acabaria ficando cada vez mais triste. Sei que a gente estava discutindo sobre coisas das quais antes a gente ria. Mas elas eram apenas parte de algo maior. Eu amava… Eu *amo*… tanto, tanto o Chris.

Ela havia começado a chorar, e Dee pegou sua mão e a apertou. A mão de Katie estava suada e quente, e a de Dee, seca e fria, e à medida que elas caminhavam pele com pele, suas temperaturas foram se equilibrando aos poucos.

— São estranhas, essas coisas que a mente faz — comentou Dee. *É estranho que já tenham se passado quatro anos e eu ainda pense no Leo. É estranho que às vezes eu acorde e pense que vi o rosto dele enquanto estava dormindo. É estranho que eu o tenha bloqueado, mas ainda procure por vestígios dele, mesmo sabendo que vai doer. É estranho que eu pense nele toda vez que me olho no espelho.*

— Leva tempo. Sei que isso é uma merda de se falar, mas é verdade. Você só precisa confiar que as coisas vão mudar. — *E mudaram mesmo. Mas ainda estão lá.*

— Eu sei que essa é a teoria — disse Katie. — Mas eu não consigo entender. Tipo, agora, por exemplo, estou me perguntando onde o Chris está. O que ele está fazendo? Como ele está se sentindo? Como eu sabia tudo isso há duas semanas e agora não sei de nada? E como posso evitar pensar nele?

— Praticando? É como correr, na verdade. Precisa de prática e tempo.

Alguns metros atrás, a conversa de Rosa e Liv soava como uma dança. O estilo de vida de Rosa — centrado em sua coluna, "A última romântica" — e a lista de clientes corporativos de Liv nunca se sobrepunham, mas seus alicerces — Manchester, livros, contos, sorrisos sarcásticos — se entrelaçavam. Houve um tempo, quando ambas sabiam, mas nenhuma expressava, em que imaginavam os seus eus de vinte e nove anos como, se não colegas, certamente pares.

— Parece que você está indo muito bem — comentou Rosa. Ela falou de coração, apesar de querer dizer mais.

— Obrigada — disse Liv. Ela falou de coração, mas também queria dizer menos. — É bom, na maior parte do tempo. Você sabe, sempre existe aquela dúvida se você poderia estar fazendo outra coisa, né?

— É. — Rosa olhou para Katie e Dee mais adiante no caminho. Elas estavam caminhando de mãos dadas. — Acho que elas sempre tiveram mais certeza que a gente.

— A Dee e a Katie?

— É. A Katie falava de dar aula desde que a gente se conheceu, não é? E Dee, a designer. São vocações, não são?

— Acho que sim. — Liv conteve uma onda de pensamentos indesejáveis. *E escrever não é? Não nos sentamos juntas, tomando vinho em canecas e falando sobre jornais, poesias e roteiros?* Como tinham sido gloriosas aquelas noites longas e nebulosas, quando ela sabia, com uma arrogância feliz, que suas palavras seriam impressas, em algum lugar, de alguma forma.

Os pais de Liv quase nunca iam para Manchester: muito trânsito e hotéis caros. Nas raras ocasiões que foram, era como se a casca dura que a cidade estava aos poucos formando sobre ela, que ela estava formando sobre *si mesma*, fosse temporariamente dissolvida. Ela os levava, animada, pelos prédios góticos que mais amava e contava como estava reunindo ideias, uma espécie de portfólio necessário para se candidatar a vagas de trabalho e estágios, sabe? Eles sorriam, piscavam os olhos e concordavam sem saber com o que estavam concordando.

E tudo isso se desintegrou tão rápido quando a realidade do aluguel e das contas, e da *alta competitividade*, e — ah, Deus — dos *estágios*, bateu. Os pais olhavam para ela sem expressão, a tantos quilômetros de distância, e ela se odiava por desejar algo deles que nem mesmo acreditava ser certo. Por que eles não demonstraram orgulho quando um dos programas de pós-graduação para o qual ela se candidatou deu certo? Eles não falavam, animados, sobre ela trabalhar na *cidade*, em uma empresa com escritórios no mundo todo e que chamou um fotógrafo para tirar uma foto dela para o site? Os pais de Liv a amavam e sentiam orgulho dela, e isso sempre seria mais importante do que dinheiro.

— Mas entendo o que você quer dizer — disse Rosa, cuidadosamente. — De se perguntar sobre outras coisas, quero dizer. Acho que sim. Estou no jornal há o quê, três anos já? E é ótimo, mas... mas também está transformando a minha vida amorosa em uma narrativa, em uma *história*. Eu me esforcei tanto para que a coluna fosse sobre o que eu acredito de verdade: *sentimento*, conexão e gentileza, e então, quando finalmente acontece, parece que estou me expondo muito. Eu acredito no amor, Liv. Acredito mesmo. Sei que ele está por aí. Sei que existe algo maior e melhor do que o Joe. Mas não quero transformar isso em... o quê, entretenimento barato? E sei que sou sortuda. Sei que existe uma fila de pessoas querendo o meu emprego. Mas, na verdade, é isso que o faz...

Mais difícil. É difícil, Liv. É difícil questionar o que estou fazendo quando sei que sou muito sortuda. É difícil questionar o que estou fazendo quando sei que é o que você quer.

Liv pausou por um segundo a mais.

— Eu sei. As coisas são diferentes quando estamos vendo de dentro, né? E não é sorte, você trabalhou tanto pra chegar onde está.

Ela realmente acreditava naquilo, pensou. Rosa havia *se esforçado*. Pós-graduação de dia, revisão freelance à noite. O blog vergonhoso que detalhava as lanchonetes e os restaurantezinhos de Londres, em uma imitação barata das resenhas mais entusiasmadas do jornal. Os meses de estágio não remunerado. Foi tudo um trabalho extraordinário. No entanto, estava ancorado no ordinário: uma rua sem saída no norte de Londres, conhecimento de berço, pais compreensivos, um cartão de viagem. As diferentes coisas que o dinheiro significava, hoje e sempre.

— Obrigada. — Rosa deu um sorrisinho. — Bom, um brinde ao trabalho duro, né? Estamos indo bem.

— Estamos indo bem.

Dee e Katie estavam esperando no portão seguinte.

— Muito bem, pessoal. Meninas.

— Mulheres — corrigiu Katie automaticamente, mas ela estava pensando em como não se sentia nem jovem, nem sábia.

— O pub fica bem em frente à igreja — disse Rosa. Ela havia sugerido essa caminhada em particular não apenas pelos campos e pela vista, mas pela promessa de um cardápio famoso no tal pub. A resposta de Katie, com o estômago ainda embrulhado, não foi nada animadora, mas até ela conseguia ver o apelo das janelas reluzentes agora.

Lá dentro, havia uma lareira aconchegante e vários cães fofinhos. Liv foi imediatamente cumprimentá-los enquanto Dee foi para o bar, e Rosa e Katie se espremeram uma mesa vazia. Rosa pegou um cardápio, empolgada.

— O que você está a fim de comer? Nossa, cordeiro! Não como cordeiro há séculos. Uuuh… alcachofras-de-Jerusalém. Você já fez? Elas dão *a melhor* sopa da vida.

Um sorriso de divertimento doloroso.

— A gente não é tão nerd com comida que nem você.

— Ah, é.

— Não estou com fome, na verdade. — Katie hesitou antes de falar, e Rosa a olhou pensativamente.

— Você não tomou café da manhã e já andou oito quilômetros.

— Eu sei. É que… — Katie soltou um suspiro trêmulo. — Não estou comendo. Nossa, isso foi exagerado. O que eu quero dizer é que não estou comendo normalmente. Muito.

Rosa abriu a boca e disse algo diferente do que pretendia.

— É a dor na barriga?

— É uma sensação diferente agora. É como se eu ficasse nervosa toda vez que tento comer.

É, era uma boa definição. Ela se lembrou da sopa na sala dos professores no dia anterior, nada elaborado, um prato que a fez pensar em ser mais jovem, ou em estar doente. O apito familiar do micro-ondas, a tigela fumegante e o estremecimento dentro dela, como se a fome tivesse sido arrancada dela.

Rosa concordou com a cabeça.

— Beleza, não vou dar uma de mãe.
— Obrigada.
— Mas está feliz por termos vindo?
— Estou.

Katie tirou o caderno de desenho da bolsa, abriu-o e se voltou para o desenho de Dee. Ela deslizou o dedo ao longo do caminho sinuoso. E pensou em Chris.

Do lado de fora

Todas nós conhecemos os clichês do sofá-e-edredom. Há um lugar guardado para o pijama durante um coração partido, para se fechar para o mundo.

Mas ar puro e espaço aberto, e se movimentar por eles, podem ser um remédio melhor do que você imagina. Pensar, conversar e compreender o que aconteceu ficam mais fáceis em uma caminhada. Mover-se faz com que você se sinta mais vivo do que ficar parado. O lado de fora pode ser assustador, porque é aberto e enorme, mas pelos mesmos motivos também pode ser animador.

Então ligue para alguns amigos e os convide para caminhar. Aproveite o fato de que, nesses dias delicados, eles se mobilizarão, farão de tudo e mais um pouco. Encontre um campo, um parque ou uma calçada. Vista seu casaco quente. Coloque doces e um cantil nos bolsos. Observe. Ouça. Respire.

A escala do mundo lhe dará perspectiva, embora não necessariamente da maneira que você pensa. Ela pode parecer assustadora e impossivelmente enorme. Pode parecer que você é a única dentro desse mundo. Outras pessoas a lembrarão de que você não está sozinha — e também de que você está.

Olhe para o lado de fora, ouça o lado de fora, dance do lado de fora. Absorva todas as pequenas belezas. Deixe-se surpreender, se prender, admirar.

Grite para o lado de fora. Porque a raiva pode ser boa, e o barulho é uma forma de alívio. Mas mande esse grito para o ar, para o éter, não para aquela pessoa. Veja quanto mais existe de tempo, espaço e possibilidades. Confie que, um dia, seus passos por meio de tudo isso não estarão ancorados naquela pessoa.

Continue se movendo. Continue em direção ao horizonte.

Capítulo Cinco

LAR DOCE LAR

Mel chegou como sempre: em uma explosão de cor, efervescendo de energia. A tequila e o licor tilintavam na bolsa e, enquanto abraçava Dee, jogou um limão para Liv, Rosa e Katie, que o pegaram em um pulo, como se fossem madrinhas pegando o buquê jogado pela noiva, rindo.

— Olá, suas mulheres lindas — cumprimentou ela, e as abraçou também, demorando-se um pouco mais em Katie. — Dee já me inteirou de tudo — disse. — Aguente firme.

Ela riu da coqueteleira de frasco de vidro, cujas variações haviam adornado todas as casas que compartilharam até então, e riu também das funções que cada uma delas havia adotado após praticarem: copos, gelo, sal. Isso me deixa orgulhosa, disse ela, e sua mão estava no ombro de Dee. Com as bebidas em mão, ela e a filha se enrolaram no sofá como gatos e conversaram falando muito rápido.

Rosa cobriu o tofu com farinha de milho e o colocou no óleo fervente, sorrindo quando ele dourou e se deliciando com o movimento hábil para a frente e para trás. Tão simples e tão mágico.

Os grãos de pimenta estouraram, as cebolinhas brilharam de tão verde. Ela levou as porções para a sala e franziu o cenho quando Katie negou com a cabeça, mas decidiu não protestar. Na cozinha, ela cobriu a tigela indesejada com papel-alumínio e a deixou na bancada, esperando e se preocupando.

Liv estava sentada no chão, mexendo no celular. A foto de Nikita havia mudado. *Naquela época*, era sempre uma foto das duas: fogos de artifício sobre o Tâmisa, um pouco brega, Liv achava, e Nikita esperou um mês inteiro após o término para trocá-la, voltando a uma formatação padrão, branco sobre cinza. Naquele momento, era a foto de uma maçã. A foto era da própria Nikita, e não de um banco de imagens, Liv reconheceu a mesa da cozinha. O que isso significava? Nikita havia esfregado uma maçã no moletom de Liv uma vez, rindo. Elas transformaram aquilo em uma piada, o que significava que ela fazia aquilo com todas as maçãs dali em diante, e a cada vez Liv achava aquilo um pouco mais irritante, e cada vez ela não dizia nada.

Linha após linha de mensagens, que ainda lê com a voz de Nikita. Beijos e choros, camada revelando camada. Ela voltou no tempo, passando por *aquele dia*, pelas trocas de mensagens banais sobre o bar, o leite e os horários dos encontros, pelas fotos e mensagens que davam a sensação de vitaminas, banhos de espuma e caxemira. Imagens delas de braços dados, boca com boca. Imagens que cada uma havia tirado de si mesma, enviadas como doces para a cama uma da outra. *Você fica linda quando está dormindo. Não consigo parar de pensar em você. Eu te amo para sempre.* O que não era verdade, porque Nikita não poderia amá-la mais, como poderia, depois do que Liv tinha feito, das coisas que havia dito? E era isso o que ela queria, o corte que havia feito, o rasgo.

— No que você está tão concentrada, Livvy?

Liv voltou para a realidade.

— Nada. Notícias.

— Aham. E o que está acontecendo no mundo?

— Hum. Notícias de clientes, quero dizer. Nada importante. O que está rolando?

— Conversa sobre apartamento. — Dee acenou com a cabeça para Katie, cujos nós dos dedos estavam brancos ao redor da taça enquanto ela tentava contar sua narrativa com humor suficiente para evitar arrastar a sala para a tristeza e realismo suficiente para transmitir quão deprimentes tinham sido as visitas.

Apartamento número um. Prédio mais ou menos novo. Terceiro andar. A pessoa que abriu a porta parecia ter uns dezessete anos, o que era um mau começo. O segundo morador, que não tirou os olhos do computador uma única vez, foi o meio deprimente da história. E o quarto, com seu inconfundível cheiro azedo e pegajoso, e o chão, cheio de lenços de papel amassados e duros, foram um final horrível.

Apartamento número dois. Estilo vitoriano. Promissor no início. Na verdade, era melhor que esse aqui, afinal, a sala tinha janela. Mas as duas mulheres se sentaram na beirada do sofá, como se afundar em uma almofada fosse uma demonstração escandalosa de excesso, e seus apertos de mão eram úmidos.

— Combinamos de não chegar mais tarde do que 21h30 durante a semana. E 22h30 aos fins de semana.

Apartamento número três. Estilo moradia estudantil. A mulher deve ter comprado o lugar há muitos anos, as cortinas de miçangas e o incenso certamente remetiam a alguém que não poderia tê-lo comprado recentemente. Ela fungava entre uma palavra e outra e passava a manga da camisa no rosto.

— Desculpe, está cheio de vírus por aí, né? Então, esse seria o seu quarto. Ah, xô. Desculpe, o gato gosta de ficar aqui. Enfim, é uma casa vegana, e isso significa produtos de limpeza e roupas, além da comida, por favor. E o meu grupo de tarô se reúne aqui nas quintas-feiras à noite, então você precisa ficar longe da sala. Desculpe. Ah, e eu não tenho wi-fi, por causa das vibrações, sabe?

Apartamento número quatro. Na verdade, não era nem um apartamento, mas uma casa de quatro andares (embora muito mais deteriorada do que as imagens gentis que evocava), uma cozinha minúscula e um box de chuveiro úmido espremidos em cada andar, com ainda menos elegância do que essa sala sem janelas. O que poderia ter sido suportável, se os corredores não estivessem repletos de sacos de lixo abandonados e o cheiro de vários tipos diferentes de fumaça dominasse todo o lugar.

Apartamento número cinco. O apartamento que ela não mencionou e nem mencionaria agora, porque estava várias centenas de libras por mês fora do seu orçamento. Mas ficava a vinte minutos a pé do escritório de Chris, e a varanda era exatamente igual à da foto de perfil de Nat, onde ela estava com uma taça de, bom, não devia ser prosecco, né?

E era um apartamento lindo, claro que era um apartamento lindo, com paredes brancas impecáveis, pisos de madeira e uma vista espaçosa e promissora. O proprietário, que *morava no local*, era um homem cujo rosto parecia ter sido esculpido em um pedaço de granito, um centímetro mais alto que Chris, que se descreveu no anúncio como *Eu sou Finn. Tenho trinta e quatro anos, trabalho como desenvolvedor e com coisas tecnológicas (não se preocupe, não vou incomodar você com isso). Gosto de vinho, de ler e de jogar squash. Estou procurando um colega de apartamento que goste de cozinhar junto e ir ao pub de vez em quando.*

Ela se perdeu em pensamentos, porque se Chris iria viver nesse quarteirão, com a incrível e bem-sucedida Natalya, então ela poderia fazer o mesmo, poderia esculpir algo melhor a partir do nada, poderia pular o labirinto em que sua mente tropeçava e se transportar para um lugar melhor. Ela poderia *vencer*. E Finn era charmoso, agradável e ofereceu um café (havia uma máquina de cápsulas na bancada), perguntou com o que ela trabalhava e disse que entraria em contato, e, se ele ligasse, ela teria que mentir e explicar que havia encontrado outro lugar, e, se ele não ligasse, então algo, de alguma forma, estava perdido.

— O problema é — disse Mel — que há duas coisas em jogo. Primeiro: você está tentando encontrar um lugar pra morar na cidade absurdamente cara que escolheram, na era absurdamente cara que não escolheram. Segundo: você está comparando tudo o que vê com o que acabou de ter. Nenhuma dessas coisas contribui para uma visão real da situação.

Isso era simples e complicado ao mesmo tempo.

Katie sorriu fraquinho.

— Eu poderia me mudar de cidade, não poderia?

Mel ergueu sua taça.

— Poderia. E talvez você tenha mais dinheiro sobrando todo mês. E talvez sinta falta de tudo o que a trouxe pra cá. E talvez possa encontrar coisas novas, das quais goste ainda mais.

— Onde você moraria se não em Brighton? — perguntou Liv para Mel.

Mel sorriu com prazer.

— Ótima pergunta. Eu viajei pela América do Sul antes da Dee nascer. Eu poderia morar em Buenos Aires, Santiago. Às vezes, penso em uma casinha no campo, provavelmente no Sudoeste. Aquela coisa de ter madressilva na porta, deixar os gatos soltos. Ou talvez eu compre uma van e more por aí.

Todas elas ouviram e acreditaram.

— E você? — continuou Mel.

Liv foi pega de surpresa, e depois deu de ombros.

— Não sei. Eu sempre quis sair do interior o mais rápido possível. Eu adoro cidades. Adoro a agitação, o anonimato, o burburinho. Nunca entendi por que os meus pais foram embora.

— Eles queriam o melhor pra você.

— É o que eles dizem. — Liv se controlou. — Quer dizer, é. E você, Rosa?

— Ah, Deus. Talvez em algum lugar da França? Eu iria pra uma escola de culinária, aprenderia os clássicos.

— Você pode dizer Paris, sua velha romântica.

— Não é clichê demais? Paris, então. Eu vou pra lá, você pode viver o seu sonho secreto de Nova York, Dee, e nós seremos básicas juntas.

Dee revirou os olhos, e Mel balançou a cabeça em sinal de confusão.

— Vocês, mulheres. Vocês se importam demais com o que os outros pensam.

Katie tomou mais um gole de margarita e notou, com tristeza, como, depois de um ou dois goles, a dureza de *Chris e eu terminamos* tinha se suavizado. Tornou-se algo cinzento e sombrio no meio de algo maior: águas agitadas, horizontes distantes.

— Mel? — chamou ela.

— Oi, Katie.

— Você acha que dinheiro traz felicidade?

Mel jogou a cabeça para trás e riu. Dee esfregou o pé e olhou para a mãe. Liv lambeu a borda de seu copo e esperou.

— Ah, querida — respondeu Mel. — Ninguém nunca especifica *quanto dinheiro*, né?

— O que você dizia? — disse Dee. — O suficiente. Saiba quanto é o suficiente.

— Exatamente. — Mel se voltou para Katie. — Juro, aqueles primeiros anos depois que o pai da Dee... Depois que ele *foi embora*. Voltar para a casa da minha mãe... e, claro, sem ajuda nenhuma dele... É, foi um período difícil. A falta de dinheiro causava mais *in*felicidade. Gerou estresse, ansiedade e a sensação de que eu havia fracassado. Só que, mais tarde, quando as coisas melhoraram, não importava comprar uma *coisa* específica, sabe? Importava mais saber que tínhamos o suficiente. *Um teto que eu poderia continuar pagando, comida na geladeira. Garantir o mês seguinte e o depois desse. Essa é a base, esse é o* alicerce. *E é um privilégio enorme.* Muito mais do que deveria ser. Especialmente para as mulheres, claro. Se a sua vida está afundando, o dinheiro pode ser um colete salva-vidas muito importante.

Cristais de sal derreteram na língua de Liv, e ela se balançou imperceptivelmente.

Garantir o mês seguinte e o depois desse, pensou Katie. Ela tinha isso, não tinha? Um emprego, um salário e uma família esperando para resgatá-la se ela precisasse. Privilégio, *um privilégio enorme.*

— Mas sabe — continuou Mel —, claro, milhares no banco teriam facilitado os aspectos práticos daqueles primeiros dias. Mas não teriam ajudado com o coração partido. Isso fica em outro lugar.

Em um lugar mais profundo, mais escuro, pensou Katie. Era verdade, não era, por mais suaves e dourados que fossem os blocos de construção da sua vida, seu coração ainda estaria doendo? Ela olhou para a mensagem novamente. *Tudo resolvido com o corretor. Precisamos devolver as chaves no dia 28.*

Os dias empolgantes depois que eles se conheceram. A adição nervosa de emojis de beijo nas mensagens: um era muito pouco, mas dois pareciam um exagero. A ansiedade em torno de quanto tempo esperar antes de responder, a deliciosa emoção de ver que ele havia enviado uma mensagem antes mesmo de ela ter sido capaz de formular uma pergunta. A transição suave para demonstrações de afeto tranquilas e, então, o fim.

— Você é tão sábia — disse ela para Mel. — Por favor, escreva tudo isso no meu manual do coração partido.

— Seu o quê? — perguntou Mel.

Katie tirou o livro da bolsa e o entregou.

Mel começou a ler com uma expressão de divertimento irônico, que logo se transformou em algo mais parecido com admiração:

Ah, minhas queridas. Eu me lembro muito bem disso. A dor de estômago, as lágrimas, as caminhadas por quilômetros e quilômetros. E você diz que eu sou sábia? Um passo de cada vez, Katie, um tique-taque do relógio após o outro.

Dee abriu um saco de batata chips e começou a oferecê-las. Katie fez que não com a cabeça e Rosa ergueu uma sobrancelha, mas não disse nada. Liv colocou o celular sobre as coxas, sentindo uma onda de gratidão por ela e Nikita nunca terem morado juntas, e uma onda de culpa por pensar assim. As páginas que Nikita deixava abertas no seu notebook. Dizendo *É, é um saco sermos quatro meninas, para ser sincera* quando o banheiro estava concorrido pela manhã.

Katie soltou um ruído de frustração.

— Mas ainda é muito *difícil*. Tenho vinte e nove anos. Sou uma *adulta*, certo? Mas não consigo... Preciso fazer todas essas coisas. — Mais lágrimas, e ela pressionou três dedos, frustrada, no espaço entre as sobrancelhas. — Juro que não estou sendo exigente. Aqueles lugares não eram bons. Acho... Acho que não consigo...

Seu celular começou a vibrar.

— Ah, merda.

— O quê?

— É a mãe do Chris. — Ela segurou o celular longe do corpo, como se fosse uma granada. — Eu não falei nem com ela nem com o pai dele.

Dee, Mel, Liv e Rosa a observavam com expectativa.

— Merda. Merda, merda, merda.

Em um movimento rápido, ela se levantou, colocou uma mão sobre os olhos e atendeu.

— Oi, Fiona. — Ela ficou envergonhada ao perceber que sua voz estava rachando como vidro.

— Oi, Katie.

Houve uma pausa constrangedora antes de Fiona continuar.

— Eu só queria, nós dois queríamos, ver como você está, querida.

Querida.

— Ah, isso é muito gentil da sua parte. Eu estou bem.

Bem! As mentiras que amarramos a essa palavra.

Houve outro silêncio excruciante. *O que ele disse a ela? Será que ela estava esperando que isso fosse acontecer? Ela sabe sobre Nat? Natalya?*

— Obviamente, estamos muito tristes com isso.

Obviamente! Obviamente!

— Eu também. — A voz de Katie se embargou.

— Vocês estavam juntos há tanto tempo.

Nove anos. Nove anos, Fiona. Não diga isso de maneira banal. Isso é uma vida inteira. É a minha vida adulta. Não é apenas um "tanto tempo" para dizer assim casualmente, como se estivesse comentando a ida do seu marido ao pub, ou a viagem de carro à Cornualha todo mês de julho.

— É.

— Mas é melhor assim, não é, se as coisas não estavam funcionando?

Funcionando. Essa palavra de novo. O que ela significa, e o que você quer dizer? O que Chris disse a você e o que vocês conspiraram juntos?

— É, estou tentando me ajeitar. Um lugar pra morar e tudo mais. O Chris já tem um novo apartamento, claro.

Ela jogou verde para tentar colher maduro, esperando que Fiona fornecesse migalhas venenosas de *Sim, nós vimos as fotos* ou *Sim, nós conhecemos a Nat*. Só que ela era mais esperta que isso, é claro, ou talvez mais gentil.

— Você é uma mulher linda, Katie. É claro que gostaríamos que tivesse dado certo entre você e o Chris, mas tenho certeza de que você vai ter... vai ter uma vida maravilhosa e será muito feliz.

Tem certeza? Essas são apenas palavras que as pessoas dizem, Fiona.

— Obrigada, você é muito gentil. — Ela mordeu a língua. — E como está o Chris?

Houve uma pausa.

— Ele... Ele está bem. Ele está trabalhando muito, você sabe. É um rapaz muito determinado.

Katie quase riu.

— É.

— Certo. Certo, é melhor eu ir. Se cuide.

Fiona desligou antes de Katie, um sinal sonoro ecoando na linha. Ela se jogou de volta na poltrona, frustrada.

— Mães e filhos — disse Dee.

Mel emitiu um som curto de quem sabia muito bem.

— Nem me fale. E começa cedo. Vemos isso nas reuniões de pais e mestres. As pessoas inventam todos esses clichês sobre filhinhas de papai e pais superprotetores, mas a dinâmica mãe e filho é *muito* mais consistente. É uma adoração.

Dee riu.

— É masoquista, isso sim. Mulheres criando homens que vão ferrar com mulheres.

Mel puxou o pé da filha para o seu colo e sorriu gentilmente para ela.

— Mulheres criando homens que as amam — disse Rosa em voz baixa.

— Ela não sabe pra onde o Chris está se mudando? — perguntou Liv.

— Não tenho certeza. — Katie estava balançando a cabeça. — Provavelmente nunca mais vou me encontrar com ela. Já fui à casa dela centenas de vezes, já até a ajudei a temperar a droga do peru de Natal e agora nunca mais vou me encontrar com ela.

Ela estava um pouco nervosa quando conheceu Fiona e Pete pela primeira vez. Houve um namorado ou outro antes, relacionamentos mais casuais. Voltar juntos da escola, assistir a TV, sair para uma caminhada depois da escola, mãos bobas. Com Fiona e Pete, era passar o fim de semana na casa deles, nos arredores de Londres, tirar os sapatos na porta, dar beijinhos na bochecha e elogios à casa. Ao longo de nove anos, assim como ela e Chris haviam convivido e ficado mais íntimos, o mesmo aconteceu com Fiona e Pete. Fiona se sentava com uma taça de vinho (rosê) e fazia perguntas sobre o trabalho. Ah, é muito mais difícil dar aula na escola pública, não é, os recursos com os quais você precisa trabalhar, e o salário não é tão bom. Sim, claro, mas eu sinto que estou fazendo a diferença onde ela é realmente necessária, e você deve ter ficado muito feliz quando o Chris conseguiu a bolsa de estudos dele, caso contrário, as mensalidades seriam impossíveis, não é?

Havia farpas, sim, mas também havia gentileza, um reconhecimento de que ela estava ajudando Chris, que ela o tornava mais do que ele seria. No trem de volta para Londres, Chris revirava os olhos para os carpetes bege e os móveis de pinho, e ela queria sacudi-lo, dizer a ele quanto ele era importante para eles.

— Sem mais comentários sobre *como você se veste casualmente para o trabalho?* — perguntou Liv. Era um comentário arriscado, ela sabia, mas valeu a pena. Katie riu alto.

— Verdade. Sem mais reclamações sobre o depósito caução quando eu parafuso ganchos para quadros na parede.

— Sem mais reclamações quando você deixa os copos na pia por uma noite.

— Exato! — Katie se virou para Dee. — *Exato*. As pessoas que lavam os copos antes de ir pra cama...

— ...não beberam o suficiente.

Elas riram juntas, um tipo de riso sobre uma camada de melancolia.

— Os pais do Joe não falaram com você, falaram? — perguntou Katie.

Rosa hesitou.

— Eles tentaram. Eu não atendi algumas ligações nem respondi algumas mensagens. Eu só... Eu não conseguia encarar.

Elas concordaram, e ela desejou poder contar toda a verdade, que ela sabia que falar com eles teria concretizado ainda mais o indizível. Porque, independentemente se os pais de Joe tivessem se desculpado, ficado bravos ou até em cima do muro, o contato com eles teria sido uma forma bruta de trazer à luz o que havia acontecido, o que Joe havia feito. E, mais do que isso, seria uma sombra sobre qualquer reconciliação futura. Como ela poderia esperar, pensar ou *acreditar* que o relacionamento deles teria outro capítulo se, no meio de tudo, ela tivesse se lamentado com os pais de Joe sobre como ele havia conhecido outra pessoa? Como ela poderia voltar à casa deles, continuar a sorrir para as fotos? Não, recusar o contato deles era uma apólice de seguro, uma camada de armadura, um fragmento de esperança.

— Eu acho que a mãe do Leo ficou com vergonha — comentou Dee, de repente. Elas esconderam a surpresa ao ouvi-la dizer o nome dele em voz alta. O rosto dela se transformou em um momento de dor, e ela se levantou e foi para o banheiro.

Os olhos de Mel passaram pelas três, desafiando-as a contar algo que ela não sabia.

— Eu perguntei sobre ele durante a caminhada — contou Katie.
— E?
— Nada, na verdade. Ela disse que ainda pensa nele. — Rosa e Liv concordaram em sinal de empatia, e Mel assobiou.
— Se eles pudessem ver os rastros que deixam, esses homens... essas pessoas — disse ela, e não ficou claro se ela quis, de fato, se corrigir ou não.

No banheiro, Dee olhou para o próprio reflexo. Ela forçou um sorriso, e a covinha surgiu na bochecha. Era assim que o seu rosto estava, então? Seu cabelo estava mais curto. Ela deveria estar usando batom. Mas com certeza seus olhos, suas expressões, a Dee nesse espelho era a mesma que ouviu aquelas sete palavras e jurou que não deixaria que ele a visse ficar mal.

Ela respirava, contando. Era como se ela pudesse se ver a distância, se estabilizando. Seus olhos não ardiam, mas ela jogou água fria no rosto mesmo assim e pressionou a testa com força contra o espelho.

Quando voltou para a sala, ninguém fez nenhum comentário, e ela falou com uma voz firme e clara:

— É disso que precisamos. Mais coisas pelas quais a Katie possa esperar. Quando você se mudar, por exemplo... Ouvir a música que *você* quer ouvir, sempre.

Katie estava prestes a protestar, mas acabou rindo.

— É isso aí! Já deu de Eagles e Springsteen enquanto ele finge ser um americano branco na estrada.

— Exatamente. O que mais?

Katie pegou o limão da taça e brincou com ele entre os dedos.

— Posso ter flores. Posso comprar flores frescas sem que ele faça uma careta e diga que é um desperdício de dinheiro. — Ela bufou. — *Elas simplesmente morrem, Katie.*

Mais risadas.

— Isso!

— Posso colocar só as fotos que eu quiser nas paredes. A foto do *Beijo Pós-Guerra na Times Square*, os mapas. Ele falava que era brega.

— Isso mesmo! Deus, nunca conseguiria morar com o Joe, com o lixo que ele tinha nas paredes — mentiu Rosa.

— Posso dormir e acordar quando eu quiser. Não vou mais ser acordada quando ele chega tarde ou me sentir culpada quando estou deitada e ele está se arrumando pra ir para a academia.

Mel também estava rindo e dizendo a elas que estava certo, sabe, lar doce lar. E vocês estão subindo na vida, meus amores. Vocês não se lembram da umidade e do mofo em Manchester, de

Liv guardando as roupas em um varal porque o quarto era muito pequeno? (Liv riu, se lembrou do contrato de aluguel mais barato, se sentiu agradecida e sentiu o gosto de suco de limão no fundo da garganta.)

— Nós vamos com você nas próximas visitas amanhã — disse Liv. — Não vamos, tipo, acompanhar você lá dentro. Mas podemos passear juntas, né?

— Obrigada.

*

Rosa se despiu com a instabilidade da bebida e dos pensamentos. Era verdade, o gosto de Joe para decoração era o equivalente masculino de "Live, love, laugh" e "Levanta a cabeça, princesa": uma fileira de uísques caros e um pôster emoldurado de *Pulp Fiction*. Ele teria uma parede de tijolos vermelhos se pudesse. Mas também era verdade que ela não se importava, Joe poderia querer morar em um apartamento todo decorado com veludo cotelê amarelo ou papel de parede de olho mágico, e ela teria aceitado, teria se deitado ao lado dele mergulhada em êxtase.

Porque eu estava apaixonada e é isso que o amor é, a tradução de ficar irritada para achar irresistível. Eu encontrei o amor naquela época e vou encontrar de novo, eu vou, eu vou.

*

Enquanto Dee e Mel se preparavam para dormir, Dee estava pensando em Leo como em uma meditação e, se Mel via algo nos seus olhos, não disse nada. Katie-e-Chris havia levado Leo para um lugar diferente nos seus pensamentos, Dee sabia. Como ao tirar um livro de uma prateleira alta, seu rosto aparecia com uma clareza que ela havia trabalhado anos para desfocar.

Logo, o melhor a fazer seria se esforçar mais. Elas iriam passear com Katie pela vizinhança no dia seguinte. Encontrariam sua casa pelos próximos seis meses, a pausa antes de voltarem a viver como um quarteto novamente. Um retorno à forma como viviam em Manchester. Um passo para trás, seria assim que Leo descreveria? Ela percebeu que estava segurando a coxa com muita força, e sua mãe havia notado. *Seja forte, minha querida estrela. Seja forte.*

*

Liv e Katie tiraram a roupa juntas. Ambas notaram a evolução, o modo como haviam se distanciado do constrangimento das aulas de educação física na adolescência e do brilho dos relacionamentos de longo prazo. Uma blusa de pijama sobre a cabeça, o vislumbre das curvas do corpo de uma amiga, totalmente não erótico, mas gloriosamente íntimo o modo como elas não tentavam mais se esconder. Parecia muito um lar.

Lar doce lar

Términos não acabam apenas com um relacionamento. Eles acabam com algo a mais: quartos, estilos de vida, grupos de amigos e família, rotina. Eles mudam o que é familiar, independentemente de vocês terem morado juntos ou não, eles mudam sua casa.
    Isso é desorientador, desconcertante. É também uma perda.
    Tente se lembrar de que lares nunca são estáticos. Essa imagem que você tem na cabeça agora — o lar doce lar de uma fotografia, de sua memória — é uma foto congelada. O lar continua mudando, e sempre teria mudado.
    Tente se lembrar de que você cria um lar onde quer que vá. Que seu lar é sustentado por muito mais do que paredes, que as pessoas próximas a você, o ritmo dos seus dias, a sua xícara preferida para o chá a manterão de pé.
    Tente buscar novidades para se entusiasmar: as maneiras como você pode redecorar a casa, sem se comprometer ou fazer concessões.
    As maneiras como você pode sacudir a poeira e traçar uma rota inteiramente sua. As maneiras como você pode aumentar o volume da música.

Capítulo Seis

COMIDA

— Bom dia, flor do dia.
Katie piscou, desorientada, quando Liv colocou uma caneca de café na mesa de cabeceira. O café cheirava à manhã e a um tipo ansioso de vazio. Havia um chiado saboroso ao fundo.

— A Rosa está fazendo sanduíche de bacon.

Katie se virou para se sentar e pegou a caneca com gratidão. O café estava forte e com bastante leite integral. O estômago dela se sentiu feliz e resistente ao mesmo tempo, o café a aqueceu até a pélvis e depois pareceu esperar, sombriamente, enfatizando o vazio dos últimos dias.

A cozinha era um caos reconfortante de vapor, gordura espirrando, fumaça e música. Dee pulava de um pé para o outro enquanto preparava xícaras de chá bem forte enquanto Rosa, em uma camisola minúscula, aumentava o fogo e virava o bacon com uma combinação de confiança imprudente e habilidade.

— O melhor sanduíche de bacon — anunciou ela — é o defumado até ficar crocante, e o pão tem que ir na frigideira por um ou dois minutos também. Com mostarda e molho de tomate.

— Concordo com você até a mostarda. Mas sou muito mais time molho inglês — declarou Dee, distribuindo as xícaras e dizendo "molho inglês" para a, mesa de jantar parecia exagerado, pequena mesa quadrada. — Liv?

— De tomate, óbvio. E molho picante.

— Ousada. Katie?

Katie inalou a sensação de inúmeras manhãs preguiçosas com Chris e fez que não com a cabeça fracamente.

— Não, obrigada. Não estou com fome. Só o café está bom.

O oposto da fome não é a saciedade, é a falta de desejo. Ela se sentou desajeitadamente na cadeira perto da parede, de repente se perguntando se estava sentindo um novo tipo de dureza no assento. Isso era ridículo, foram apenas alguns dias sem comer direito, o quê, dez? Quinze dias? Seu coração se agitava no peito, mais rápido que o rádio, enquanto ela imaginava seus ossos se aproximando da superfície da pele, formas perfurando papel vegetal.

Desejo. Ela o havia perdido de muitas maneiras diferentes. A dez minutos de caminhada, Chris estava no apartamento deles. Sábado de manhã, dez horas. Talvez ele já tivesse saído para correr ou ir à academia. Suando com propósito, em busca daqueles músculos que pareciam máquinas que ela gostava de desprezar nas revistas masculinas enquanto secretamente apertava as coxas. Desejando querer ser forte, sabendo que também queria ser magra. Mas viver sem comida, no fim das contas, significava viver em uma superfície agitada e instável, sempre ameaçando rachar e afundá-la. A fragilidade pode parecer bonita em uma foto, mas você a sente exatamente como é.

E ainda assim. Ainda assim. Ela pensou em sanduíches de bacon. Pensou em pão e leite. Pensou no chocolate que sempre usava para se confortar, indo se deitar mais cedo, em corações partidos mais suaves, na agonia mensal em todo o corpo e sentiu-se mal.

As outras três estavam agitadas ao redor da mesa, passando e derramando chá, conversando por cima da música.

— Tem certeza que a sua mãe não quer?

— Não, não, ela já tomou um café, está indo embora daqui a pouco.

— Mais algum encontro com o famoso *Felix* essa semana?

— Eu me esqueci de contar, ele ligou ontem pra falar de uma coisa. Minha barriga fez aquela coisa, *hum*, só de ouvir a voz dele.

— Certeza que foi a barriga?

Rosa e Dee jogaram a cabeça para trás em uma gargalhada estridente, e Liv tentou se impedir de cuspir chá na mesa.

— Ok, ok, beleza. Vocês sabem exatamente o que eu quero dizer. Mas, meu Deus, a *voz* dele! É tipo... — Liv tentou, sem sucesso, começar uma imitação várias vezes, contorcendo sua postura em uma espécie de suavidade exagerada enquanto Rosa e Dee gargalhavam, e Katie se esforçava para se juntar a elas.

Mel apareceu na sala, sorrindo e mandando beijos pela porta. Obrigada, garotas lindas, mulheres maravilhosas, se cuidem. Dee a abraçou, respirou seu cheiro de patchouli e seu poder. Eu amo você, estrelinha. Katie sentiu o queixo tremer ao sorrir e tentou balbuciar uma fração da sua gratidão.

Quando o café da manhã terminou, elas foram tirar o pijama. Katie quase chorou quando as viu enfileiradas na sala de estar. Dee: botas de motoqueiro e minissaia, casaco com pele na gola e nos punhos. Rosa: chapéu de lã sobre o cabelo ruivo, cachecol cor de esmeralda, vestido esvoaçante. Liv: de preto da cabeça aos pés, jaqueta de couro, delineador nos olhos. Elas estavam como sempre: suas lindas melhores amigas, suas memórias, suas promessas. Elas pareciam âncoras, pareciam escadas, e Rosa engatou seu braço no dela enquanto andavam em um balançar otimista e decidido.

— Acho que você que encontrou esse, Rosa — comentou Katie.

— Aham — disse Dee. — Eu e a Liv vamos esperar no banco ali embaixo. Quatro pessoas paradas na porta podem assustar um pouco.

— Bem pensado.

O apartamento ficava no térreo de uma casa vitoriana com terraço. A rua era larga o suficiente para acomodar árvores grandes, e as janelas eram típicas inglesas, projetando-se um pouco para fora.

— É uma rua bonita — comentou Rosa, olhando para a esquerda e para a direita, sem acrescentar: *Joe mora aqui perto. Eu cortava caminho por aqui para chegar à loja de bebidas.* Em vez disso, ela perguntou: — Quem são os colegas de apartamento mesmo?

— Hum... Laura e Aaron. — Katie deu de ombros. — Vamos torcer, né?

E ela manteve aquele sentimento de *talvez, talvez* durante o toque da campainha, os passos, a porta se abrindo para revelar um homem da idade delas, bastante atraente (por que, ai, por que esse pensamento *tinha* que estar lá em um momento como esse?), com a roupa clássica de sábado: calça de moletom cinza e um suéter azul-marinho folgado. Ela manteve o sentimento enquanto ele estendia a mão e sorria com covinhas, e enquanto uma mulher, também da idade delas, apareceu atrás dele e envolveu sua cintura com ternura, de forma performática.

— Oi, meu nome é Laura. Prazer em conhecer você.

E *foi* um prazer conhecê-los. Eles eram gentis, e o apartamento era agradável, com a decoração aconchegante de um aluguel de longo prazo e um jardim que pegava o sol da manhã, mas sempre que Laura colocava a mão no braço de Aaron ou sorria para ele com mais amplitude e profundidade do que tinha oferecido a Katie e Rosa, Katie sentia um aperto no peito. O quarto de hóspedes e as posições das duas cabeceiras da cama decidiram tudo.

— Não consigo — disse ela, enquanto corriam pela rua em direção a Dee e Liv. — Não consigo pagar cem libras a mais do que venho pagando para morar com um casal que se ama. É demais.

Rosa achou melhor não contrariar.

— Ela tocava *muito* nele mesmo.

— É como... É pra se exibir, né?

— Exatamente. Você ia ouvir os dois transando através da parede, fazendo barulho, gritando e depois eles iriam ter umas brigas bizarras ao longo do dia. Quebra-quebra e mais.

Katie se viu rindo. Dee e Liv se levantaram, com expectativa, e ela balançou a cabeça.

— Não vai dar. Próximo!

A positividade foi apenas um pouco forçada, porque o sol estava brilhando, Londres estava esplêndida e ela estava ao ar livre com suas três mulheres favoritas no mundo. *Chris e eu terminamos*. Ela continuou assim até a visita seguinte, que era uma casa de pessoas que frequentavam raves, do tipo que ela não via desde Manchester. Bastões luminosos, bandejinhas de isopor e sacolinhas estavam espalhados pela sala de estar. Somente um dos quatro colegas de apartamento estava acordado, de óculos escuros, e ele bateu à porta do quarto que estava para alugar como quem pedia desculpas, antes de desistir e dizer Bom, enfim, é mais ou menos isso.

Chris e eu terminamos.

No seguinte, em que o quarto para ser alugado ficava nos fundos da casa, com uma ameaçadora camada de umidade cinza cobrindo metade de uma das paredes, ela estava engolindo um nó no fundo da garganta.

Dee tomou a iniciativa.

— São 12h10, vamos dar uma paradinha.

Elas se sentaram em um pub que enchia rapidamente, com quatro cervejas e quatro pacotes de batatas chips, que Katie ignorou.

A cerveja arranhou seu estômago vazio, mas acalmou sua mente irritada, e sua respiração se firmou.

— Ok, temos mais um. Pode ser esse. E podemos continuar procurando na internet hoje à noite. Já faz uma semana, sempre aparece coisa nova — disse Liv com firmeza.

Katie negou com a cabeça.

— Vocês já pensaram que Londres não vale a pena?

Um silêncio pesado.

Rosa o quebrou.

— Por favor, não nos deixe! — gritou ela, meio séria.

Isso quebrou outra coisa, e Katie estava chorando novamente, mas com raiva.

— Pelo amor de Deus! Eu fiz tudo o que deveria fazer. Tenho meu diploma, tenho meu Emprego de Adulta, tenho minha poupança e um aplicativo para as minhas despesas.

E você tem os seus pais, Liv quase disse, mas não disse.

— Eu só quero encontrar um lugar pra morar que não esteja caindo aos pedaços ou com pessoas que não vão me lembrar todos os dias de todo o sexo que não estou fazendo, ou que não acham que droga e vodca são uma dieta balanceada.

As últimas palavras a lembraram novamente de como o seu estômago estava vazio e sem fome, e ela virou a cerveja da caneca em um desafio feroz. Sua cabeça girou. As outras compartilharam um olhar rápido.

— A gente tem quanto tempo até a próxima visita?

— Uma hora.

— Vamos dar uma volta pelo parque? É sábado, deve ter feira.

— É um bom plano.

A feira era do tipo gentrificada, com alimentos dispostos artisticamente em cestas de vime e sacos de tecido. Tomates gordos, cachos de espinafre e verduras escuras, batatas com terra escura na casca, pimentões que pareciam ter sido polidos. Elas andaram em meio a ondas de fragrância: queijos pungentes, pães grandes e fresquinhos, salsichas defumadas.

Katie inspirou com força e tentou pensar em comer. Uma van de peixe com batata frita com uma placa de giz escrita em uma fonte trabalhada estava distribuindo a comida em embalagens de papel, e os cheiros de uma centena de feriados a atingiram, sal e massa, e óleo e vinagre. Mas assim que ela se imaginou mastigando, engolindo, algo se contorceu dentro dela. Sem pensar, ela sentiu os ossos em seu pulso e continuou andando.

Rosa, sempre a mais animada com qualquer coisa relacionada a comida, demorou-se em uma das barracas, provou um cubo de queijo salgado e quebradiço, sorriu, acenou para o vendedor e pegou sua bolsa.

Foi quando ela os viu, vagando pelo outro corredor em um tipo de bolha de felicidade que ela reconheceu com uma dor feroz. Joe com a jaqueta aviador de couro marrom que ela costumava zoar gentilmente enquanto adorava o modo como a roupa havia se moldado ao formato do corpo dele ao longo dos anos, a gola de lã cor de creme contra sua barba escura. Ele estava apontando para alguma coisa e sua outra mão estava de forma protetora no ombro da mulher, cuja jaqueta era vintage, floral, o tipo de jaqueta que deveria parecer uma cortina, mas que, em vez disso, na sua estrutura elegante, sob o cabelo escuro, parecia tirada das páginas de uma revista. Ele estava sorrindo com o rosto colado ao dela, e Rosa ardeu de raiva.

Tropeçando para trás, para longe do Você não quer o queijo, meu amor, *amor*, ela se viu presa no ritmo da multidão de sábado, todos andando muito devagar em suas nuvens de casais incautas. Ela não conseguia ver suas amigas. Ela se viu saindo da feira, vendo fluxos de pessoas andando na direção oposta de onde queria ir, Joe e *ela*, Joe e sua namorada, sua amante, a substituta de Rosa, movendo-se inexoravelmente em sua direção, o que era ridículo, porque eles não a tinham visto, embora, se tivessem, certamente iriam querer fugir, porque era horrível, doloroso e embaraçoso, não? Isso mesmo, eles não estavam *envergonhados*, ali na frente dela, mostrando o que tinham feito, o que tinham tirado dela?

Ela estava empurrando, passando pelas pessoas sem parar para pedir licença ou desculpas. Um ou dois murmuraram ou protestaram de forma mais indignada, mas ela não se importava e, de repente, estava ao lado de Dee, agarrada ao seu braço e dizendo Precisamos sair daqui, o Joe está aqui, precisamos ir embora.

Elas foram a outro pub e pediram mais quatro cervejas e uma porção de batatas. Rosa ficou envergonhada ao perceber que estava tremendo.

— Me desculpem.

Todas fizeram sons de encorajamento, Não há nada do que se desculpar, não seja ridícula, ele é quem deveria se desculpar.

— Eu achei... — começou ela.

Eu achei que estava bem. Achei que tinha seguido em frente. Achei que tinha perdoado.

Porque ele seguiu em frente, não seguiu? Ela está lá, agora, brindando e fazendo colagens de fotos das férias. Será que ela fez amizade com os colegas de apartamento dele, superando aquela fase estranha de oi-e-tchau matinais e evoluindo para cervejas e pizza no sofá, assistindo ao futebol? Os pertences dela começaram a aparecer nas gavetas dele, na prateleira do banheiro? Deus, e se Joe nem morar mais lá, e se ele já tiver feito um lar com ela? E se ela tiver mudado o gosto dele como eu nunca consegui? E se eles cozinharem espaguete juntos em uma cozinha minúscula e dançarem?

— Um ano — disse ela. — *Mais* de um ano. E eu vejo os dois e sinto como se tivesse acontecido ontem, como se eu só estivesse fingindo. Sério, o que estou fazendo? "A última romântica"? Textos idiotas sobre andar de mãos dadas em cemitérios e alugar carros antigos?

Dee e Liv se entreolharam.

— Eu me esforcei tanto — disse Rosa, e sua voz estava falhando.

Katie massageava o ombro dela quando o garçom trouxe as batatas fritas quentinhas, douradas e crocantes, com as bordas caramelizadas e marrons. Os grãos de sal parecendo flocos de neve. O cheiro, Katie sabia, era delicioso, mas, de alguma forma, ela ainda não sentia vontade.

Rosa, no entanto, escolheu a batata mais gorda e depois choramingou enquanto comia.

— Me desculpem — disse ela novamente. — Katie, era para a gente ajudar você, não pra eu ficar nesse estado deplorável.

— Não seja boba. Se eu visse o Chris com... — Sua voz foi sumindo e ela bebeu mais um pouco de cerveja.

— Eles não deveriam ter permissão pra continuar morando aqui — disse Dee. — Se você faz merda, deveria ser expulso da área, né?

Liv comeu duas batatas fritas com pressa.

— Qual é a última visita, Katie?

— Hum... dois caras, eu acho. Rafee e Jack. É na rua que dá acesso a loja de bebidas, a azul.

— Muito prático.

— É, parece que tem um jardinzinho.

— O que sabemos sobre Rafee e Jack?

— Hum... acho que era o nome do Jack que estava no anúncio. Ele trabalha no sistema público de saúde, eu acho. Parece ser simpático.

— Vamos cruzar os dedos.

O tempo voou e assim que Rosa pegou a última batata frita na tigela, Katie estava checando o celular.

— É melhor eu ir lá agora.

— Eu vou junto — disse Liv. — Vocês fiquem aqui. Rosa, tome outro drinque, tá?

Rosa deu um sorriso fraco.

— Obrigada.

Dee comprou duas gins tônicas, as colocou sobre a mesa como se fossem soldados e olhou firme para Rosa.

— Que merda, hein?

Rosa voltou a sorrir fracamente.

— Um brinde a isso.

À medida que o líquido amargo descia pela garganta e diluía o fluxo dos seus pensamentos, ela sentiu, ao mesmo tempo, gratidão e uma vaga preocupação com a necessidade da bebida.

— Você quer conhecer outra pessoa? — perguntou ela. — Para se relacionar, quero dizer.

Foi a vez de Dee tomar um longo gole.

— Uau.

— O que você quer dizer com "uau"?

— Há. Só isso. Tipo uma expressão de surpresa.

— Bom, e aí, você quer?

Dee olhou para ela de forma incisiva.

— O que você acha?

Rosa olhou para trás.

— Eu não sei, esse é o ponto.

Elas interromperam o confronto com uma risada repentina, e Dee revirou os olhos.

— Não acho que um relacionamento acrescentaria em nada na minha vida agora. Que tal?

Rosa assentiu lentamente e encarou o nada.

— Meu Deus, eu gostaria de me sentir como você.

— Bom, por que não? Nossas vidas são bem parecidas. Bons amigos, bom emprego. Não odiamos nossos pais, um deles, pelo menos. Temos dinheiro suficiente para curtir uma noite de sábado decente. Do que mais você precisa?

— Eu sei. *Eu sei.*

Dee suspirou.

— Mas, se o que você quer é um relacionamento... Bom, está tudo bem também.

— Será? Eu fiz com que parecesse bom, não fiz? Os encontros, as bebidas e as danças. O *sexo*, né? Os beijos, as mãos dadas. Quer dizer... *É* bom. É empolgante, é uma expectativa conhecer esses homens e imaginar se algo pode acontecer ali.

Dee deu um meio-sorriso.

— É difícil de dizer, né? A diferença entre o novo e empolgante, e o que vai ficar? Meu Deus, é muito irritante.

Rosa concordou com a cabeça, apaixonadamente.

— Sim! Que nem o cara da outra noite, quando a Katie apareceu lá em casa. Voltar do encontro foi um *ponto alto*, antes de ver a Katie, pelo menos. Eu me senti agitada, inquieta e, caramba, *viva*. Mas então... Não soube mais dele. Mandei uma mensagem, perguntei se ele queria sair de novo e nada. Então toda aquela energia, todo aquele esforço... Foi pra onde? Será que era apenas eu jogando para o universo? Porque *é* um esforço, Dee. Ver o lado bom das pessoas, ver o potencial delas... É cansativo, é *trabalhoso*. E o Joe deixou isso mais difícil ainda, e eu o odeio por isso. Não é só por eu me sentir triste pelo término, é saber por que aconteceu. É saber que ele a escolheu em vez de mim. É saber que ele mentiu pra mim por semanas. Sinto como... sinto como se o Joe tivesse roubado algo de mim. Como se ele tivesse tornado as coisas um pouco mais difíceis pra mim, agora e pra sempre.

Dee assentiu por mais tempo do que pretendia e tomou metade da bebida de uma só vez.

— Acho... acho que eu consigo entender. Quer dizer... — Ela tamborilou os dedos na mesa. — Eu me lembro tão bem, sabe?

O tempo que ela gastou tentando se distanciar daquele momento, a facilidade com a qual ela conseguia, magicamente, se transportar para ele. Um copo se estilhaçando em mil pedaços, uma faca cravada em algum lugar delicado e privado. Dee era uma *mulher forte*, ela sabia disso, isso era importante, mas estava tremendo como havia tremido na época. Leo pelo menos teve a decência de parecer envergonhado, mas não conseguiu encará-la. E então houve uma dissolução e um término. Ela gritou ferozmente, exigiu um pedido de desculpas, odiou-se por demonstrar essa fúria, foi embora, correu, continuou correndo.

Ela respirou fundo e repetiu aquelas palavras, as palavras dele, o rompimento.

— *Não me sinto mais atraído por você.*

Rosa pegou a mão de Dee.

— Eu sei que não foi o que o Joe fez — disse Dee. *Sete palavras.* — Mas...

Rosa interrompeu fervorosamente.

— Não importa! É horrível de uma maneira diferente! É outra palhaçada que fica na cabeça, né?

Sim, ah, sim. A palhaçada que espera no espelho, nas fotografias, na balança. O que significava quando alguém que antes tinha tanto desejo por você mudava de ideia? A dor exata de saber que o seu valor deveria estar na sua mente e no seu coração, ao mesmo tempo em que odeia que uma rejeição ao seu corpo e rosto a faça murchar. Dee balançou a cabeça contra as lembranças de Leo: o cabelo escuro e encaracolado dele, os dedos dele no violão, na bochecha dela, a expressão no rosto dele, o eco dele. Ela ergueu o drinque.

— A não aceitar mais nenhuma palhaçada.

— Chega de palhaçadas.

*

Era uma rua mais estreita do que as anteriores, ladeada por casas pequenas em vez de sobrados. Havia algo reconfortante na escala das coisas, pensou Kate. Algo como suéteres de malha e xícaras de chá.

— Chegamos, 21. Por favor, cruze todos os dedos que você tem.

O homem que atendeu a porta tinha mais ou menos a idade delas, usava óculos e uma camiseta do Dungeons & Dragons. Ele abriu um sorrisão e estendeu a mão.

— Katie, certo? Eu sou o Jack. Pode entrar. Ah, é sua amiga? Oi, eu sou o Jack.

Houve uma confusão cativante de apertos de mão e sorrisos, e Olá, sou a Liv, estou só acompanhando, e Entrem, Rafee está na cozinha. Katie respirou fundo e seguiu em frente.

A porta da frente dava diretamente para uma área integrada com cozinha, sala de estar e sala de jantar que, claramente, havia sido reformada alguns anos atrás. Arranhões e lascas. Havia um sofá azul macio e uma poltrona combinando, além de uma TV com dois consoles e uma pilha organizada de videogames. Um jogo de tabuleiro que parecia um tanto complexo estava sobre a mesa de centro.

— Pois é, sinto dizer que somos dois nerds confessos nessa casa! — comentou Jack alegremente e sem constrangimento.

Katie sorriu.

— Eu gostei. É muito aconchegante.

E era: suave, acolhedora e sorridente. Assim como Rafee, que estava na metade do cômodo que era a cozinha, mas se movia em direção a eles, estendendo a mão, dizendo Olá, sorrindo. Era tudo contente e sem constrangimentos.

— Bem-vindas ao palácio — disse ele. — Não é lá essas coisas, como vocês podem ver, mas o proprietário é muito bom em resolver questões realmente urgentes. Quer ver o jardim?

Ela queria. Elas foram até os fundos da cozinha, onde uma porta de vidro frágil dava para um pequeno quadrado de grama e dentes-de-leão, com um trio de vasos de madeira apoiados na cerca.

— Ficamos cada um com um, nós e o Phil, que se mudou — disse Rafee. — Se você gostar de jardinagem… ou quiser tentar. Mandamos bem com tomates e abobrinhas, mas os morangos foram um desastre.

Katie riu.

— Consegui cuidar de um pimentão por alguns meses.

— Ah, perfeito! Você gosta de comida apimentada? Gostamos de fazer uma noite do curry de vez em quando.

Os dois eram encantadoramente sinceros. De volta à casa, Jack mostrou a ela o banheiro no andar térreo: um minúsculo cômodo branco com alguns azulejos faltando, mas que, apesar disso, era limpo e aconchegante, com uma estante bem arrumada dividida em três.

— Descobrimos que é mais fácil manter as coisas arrumadas com um espaço pra cada um — explicou Jack.

Em seguida, eles subiram a escada e mostraram o quarto. A cama estava encostada na janela, com vista para o jardim. Acima dela havia uma única prateleira, ao lado, uma cômoda e, do lado oposto, uma arara. O piso era de tábuas de madeira cor de mel e as paredes eram brancas, com uma persiana azul na janela e um espelho de moldura escura na parede. Havia pouco espaço para qualquer outra coisa. Phil evidentemente já havia ido embora, a arara estava vazia e a cama era apenas um colchão, novinho em folha e ainda embalado no plástico. Isso a fez se lembrar de quando era criança.

— Não é grande — disse Rafee —, mas significa que o aluguel desse quarto é um pouco menor, e você está sozinha nos fundos, então tem mais privacidade.

Era o epítome do pequeno, mas perfeitamente adequado, pensou Katie.

— Eu adorei — comentou ela, com sinceridade.

— Ótimo! Por que a gente não vai lá pra baixo e você conta um pouco sobre você?

Eles se espremeram na sala de estar, Liv e Katie sentadas no sofá, Rafee na poltrona e Jack em uma almofada no chão, e conversaram. Katie se viu explicando não apenas que era professora, que não era de Londres, mas é onde todo mundo acaba, certo? Sempre viveu mais ou menos nessa área, mas estava procurando um lugar para morar porque tinha acabado de terminar com o namorado. Ela refletiu que esse era um detalhe que não havia mencionado nos outros lugares.

— Ah! — disse Jack. — Não posso dizer que já estivemos no mesmo barco, mas deve ser um incômodo já que vocês estavam morando juntos.

Um *incômodo*, pensou ela, ironicamente. Era muito mais do que isso e, ainda assim, havia certo conforto em ouvir a frase daquela maneira. Um incômodo. Uma complicação logística. Um acréscimo inesperado à lista de tarefas. Ela poderia protestar, tentar comunicar a eles como estava devastada, a maneira como seu estômago havia congelado e seu corpo continuava transbordando de lágrimas, mas, ao mesmo tempo, havia graça em ouvir tudo aquilo ser interpretado por uma pessoa desconhecida.

— Sim, nós dois somos eternamente solteiros nesta casa, infelizmente — continuou Jack, antes de rir sem jeito.

Rafee se juntou a ele, e Katie sentiu uma onda de carinho pelos dois. Ela contornou o momento com graciosidade, dizendo:

— Algumas outras coisas sobre mim: adoro ler, sou professora de história, sabe como é, então venho com muitos livros.

— Ah, sem problema. Você viu que temos muitas prateleiras aqui. Nós também gostamos de ler! Eu participo de um clube de leitura, aliás, se você estiver interessada. E sempre podemos ir até a Ikea e comprar uma estante.

Eles continuaram conversando por mais ou menos quinze minutos, compartilhando opiniões educadas, mas confortáveis, sobre TV, curry, os pubs locais, o parque, corrida, academia. Jack era gerente de projetos do sistema público saúde e Rafee trabalhava para uma ONG ambiental. Katie sentiu como se já os conhecesse há muito tempo.

— Bom — disse ela, enfim. — É melhor a gente ir. Acho que vocês têm mais visitas.

— Ah, sim. Mais algumas hoje, mas vamos entrar em contato até, hum, segunda-feira, beleza?

— Isso, segunda. O proprietário quer alguém o mais rápido possível.

— Muito prazer, Katie.

— O prazer foi meu.

— Você gostou deles, né? — perguntou Liv enquanto elas voltavam para a rua, entrelaçando o braço ao de Katie.

— Gostei! — exclamou ela. — Eles são tão legais. *Tão* legais. Ah, então agora é esperar pra ver se vão me escolher.

— Ah, tenho certeza que vão. Eles se deram muito bem com você.

— Talvez eles queiram morar com outro homem?

— Não, você os deixou à vontade. Mas olhe só! Você e dois caras. É a primeira vez que você entra nessa dinâmica?

— Pois é! Achei que seria estranho morar com dois caras depois de... você sabe, ter morado apenas com o meu *namorado*. Mas... eles são uns fofos, não são? E pode ser bom, diferente. Não como uma competição com o que eu tinha antes. Ou com você, a Dee e a Rosa. Só... alguma coisa diferente. Sabe?

— Sei.

*

Elas voltaram a se reunir em casa. Liv e Katie foram à loja de bebidas, Dee e Rosa, depois de constatarem que já havia passado tempo suficiente para Joe e *ela* irem embora, foram à feira comprar um frango, batatas, legumes e ervas. Rosa se concentrou na sua tarefa: ela se serviu de uma enorme taça de vinho e começou os trabalhos. Manteiga espalhada na pele do frango, meio limão, alecrim e tomilho. Batatas descascadas em uma panela enorme, água salgada como o mar. Cenouras cortadas em pedaços, dentes de alho inteiros e com casca, para que, no calor do forno, amolecessem em suas peles, formando uma pasta cremosa para espremer nos pratos.

Cozinhar era química, comida era mágica. Rosa fechou os olhos contra os pensamentos que a invadiam. A primeira vez que Joe cozinhou para ela: rigatoni e molho de tomate pronto, o orgulho infantil por ter cortado os próprios pimentões e comprado queijo em pedaço, não em um pacote pré-ralado. A primeira vez que ela cozinhou para ele: filé de costela e molho béarnaise, o conforto desconfortável de alimentá-lo, de servir um prato de comida ligeiramente clichê, mas delicioso, que ela sabia que os amigos dele iriam elogiar no pub. Cara de sorte, hein, hein?

Depois, um lampejo de olhar para o futuro. O caderno de desenho preto estava aberto na pequena mesa de jantar, rabiscado com seus pensamentos sobre como construir um lar. Rosa virou a página, impressões digitais oleosas e o cheiro de frutas cítricas. Ela escreveu sobre a fome, escreveu sobre a satisfação. Escreveu sobre a comida que confortava sua barriga e sua mente, escreveu sobre sustância.

De vez em quando, Katie, Dee ou Liv gritavam da sala de estar, oferecendo ajuda por cima da trilha sonora de Motown e disco, tradições de Manchester adaptadas à nova cidade, e ela gritava de volta dizendo que Não, não, tudo estava bem. E estava, pensou ela: a alquimia de tudo aquilo, a maneira como o calor e o tempo transformavam a pele do frango e as batatas em ouro polido, tornavam os legumes mais doces e saborosos. Ela despejou temperos em uma panela, misturou farinha e vinho. Mergulhou brócolis em água fervente, derreteu manteiga, serviu.

E então as quatro mulheres se aglomeraram em torno da pequena mesa, serviram comida e vinho umas às outras em meio a uma mistura de boa música, bons cheiros e conforto, e Katie se viu com um prato: um pedaço de frango suculento, uma batata assada

com pedaços perfeitos de marrom rachado nas bordas, legumes da cor de joias, uma generosa porção de um rico molho de tomate-
-inglês. Ela sentiu o cheiro da sustância e levou uma garfada à boca, *provando*. Era como se algo houvesse despertado. Ela esperou que o estômago se contorcesse e se agitasse, mas, ao mastigar e engolir, o calor do alimento deslizou para dentro dela, e ela sentiu o vazio dos últimos dias se desfazer suavemente.

Comida

O coração partido pode fazer coisas estranhas com seu apetite. Ele pode congelar seu estômago, sufocar sua fome. Pode fazer com que cozinhar o mais simples pareça impossível, que a comida mais saborosa pareça areia. Ele pode obrigá-la a se encher, a inundar o corpo de doces ou de carboidratos ou de comidas que façam o estômago queimar ou qualquer coisa em quantidades enormes — ou a se esvaziar, transformando-a em uma silhueta, uma sombra.

Ouça seu corpo, mas tente manter uma perspectiva sobre ele. Se você não comer, vai acabar se sentindo mais fraca, e você precisa ser forte. Se você comer demais, vai acabar se sentindo estranha, e você precisa ser você mesma. Você merece sentir fome por mais, você merece alimentar sua fome. O alimento é o combustível do seu futuro, mova-se em direção a ele.

Aqui estão algumas coisas fáceis de comer quando tudo o que você quer fazer é se deitar no chão, que têm gosto de conforto quando tudo o que você sente é sofrimento:

* *Ovos: o que é mais perfeito do que um ovo? Ovos mexidos suavemente com manteiga e um pouco de pimenta-do-reino, uma pitada de sal. Ovos fritos com uma colher de óleo quente para que as bordas fiquem queimadinhas. Ovos cozidos até ficarem perfeitamente macios para você. Torradas quentes com manteiga. Torradinhas para mergulhar na gema mole.*

Manual do coração partido

* Pegue um frango, meio limão, ervas, alho. Azeite ou manteiga e sal na pele. Um forno quente. Tempo. Você tem um jantar com cheiro, sabor e sensação de ser muito mais complicado do que é. Nostalgia em um prato. Pele crocante, carne suculenta e ossos para fazer a melhor sopa do mundo.
* Falando em sopa... Nem preciso dizer mais nada. (As melhores sopas são: de frango, feita com os ossos mencionados acima. Miojo com molho de pimenta. Creme de tomate com queijo ralado. Creme de cebola, também com queijo ralado.)
* Seu delivery favorito.
* Vegetais: as cores vivas são animadoras, e saber que está comendo algo que é bom para você é estimulante. O truque é fazer com que eles não deem trabalho. Cubra-os com azeite, um molho cremoso ou um tempero picante. Cozinhe-os ou pique-os para não dar trabalho. Jogue-os no forno. Caramelize, se acalme.
* Risoto: você está diante de um fogão. Tudo o que você precisa fazer na próxima meia hora é colocar o caldo e mexer. Isso é tudo o que é exigido de você. No fim, haverá cremosidade e queijo.
* Sim, queijo: quando nada mais for possível, vá até o mercado mais próximo que vende um bom pão e um bom queijo. Coma um prato de ambos. Tome uma taça de vinho. Sinta-se satisfeita.
* Sorvete.
* Chocolate.
* Batatas chips.

Capítulo Sete

A FILA ANDA

Todo mundo fica bem de batom vermelho, só precisa encontrar o tom certo. Quem havia lhe dito isso? Nikita preferia ela sem, dizendo que gostava de ver sua boca como ela era, de pensar em beijá-la. Foi um pensamento encantador no início e, em seguida, mais uma irritação, uma confirmação de que ela queria que Liv fosse alguém um pouco diferente: nua e crua. Liv pressionou os lábios um contra o outro e se inclinou para o reflexo.

Felix. Chegando para a reunião em uma hora: tarde o suficiente para que não parecesse que ela havia passado o batom especificamente para ele, cedo o suficiente para que não saísse. O delicado frisson da expectativa, e a sensação de saber de que tudo isso era, provavelmente, uma má ideia.

Mas por que ela não deveria procurar esses momentos especiais? Era importante não pensar demais na rotina sádica do trabalho, importante não se deixar levar pelo reconhecimento de que tudo não passava de reuniões, telefonemas, planilhas e frases, dia após semana, após mês, após ano. Era preciso adornar isso, certamente, com imaginações sinuosas e coisas que a faziam sorrir secretamente.

Em algum lugar do outro lado da cidade, em um escritório que ela sabia ser mais desorganizado e lotado do que esse, mas que ainda assim parecia muito mais glamoroso na sua cabeça, Rosa estava escrevendo palavras que seriam publicadas sob seu nome. Em algum lugar muito mais distante, seus pais estavam passeando pelo vilarejo. Resolvendo pendências e participando de reuniões da associação de moradores.

A porta se abriu e Carrie entrou. Com o mesmo cargo de Liv, ela trabalhava na equipe de comunicação financeira, que Liv achava, secretamente, entediante e intrigante ao mesmo tempo. Afinal de contas, todas as equipes da agência de comunicação eram iguais, com uma cartela de clientes e responsabilidades que iam desde o tedioso e monótono até o genuinamente novo e empolgante, e o último trabalho de Carrie envolvia fusões, aquisições e drinques com o pessoal do *Financial Times*. Liv tinha opiniões igualmente contraditórias sobre a própria Carrie, sem nunca ter certeza se queria ser como ela ou se a ressentia. Elas saíam para beber de vez em quando. Carrie parecia alguém que bebia martínis só porque gostava deles, e não porque faziam com que ela passasse certa imagem. Liv se sentia irritada por ter notado isso.

Carrie também conseguiu encontrar uma maneira insossa, porém articulada, de beber os tais martínis. Tudo a que ela se referia soava um pouco burguês, desde fazer compras com a mãe até beber drinques em latinhas no campo, e, como resultado, Liv imaginara algum tipo de passado privilegiado. Havia um conforto sombrio em supor que Carrie devia sua tranquilidade e elegância ao dinheiro dos pais, a privilégios não conquistados — o que foi substituído por uma leve irritação ao saber que ela, na verdade, vinha de uma cidade qualquer do interior, de uma escola pública e de uma família que parecia ser de classe média.

Ela estava vestida de maneira elegante, mas interessante: camisa, calça cigarrete, sapatos Oxford. Como se fosse uma deixa, Carrie disse Amei seu batom, e Liv disse Obrigada, sua calça é linda, e as duas se voltaram para o espelho, olhando para si mesmas e uma para a outra.

— Tudo pronto para a reunião?

— Ah, sim, tudo certo, tivemos um mês bom. Consegui um bom perfil do CEO em um dos jornais.

— Ótimo. É, tivemos algumas conversas positivas com jornalistas investidores esse mês. Estamos realmente ganhando tração agora.

Tração. Caralho, quem diz "tração" fora de uma reunião?

— Parece muito bom.

"Muito bom?" Caramba, Liv, sua personalidade foi dormir?

— Com certeza. E como estão as coisas na equipe? Ainda trabalhando no Crystal Clear?

Liv se encolheu. Ela ficava feliz em contar sobre as irritações ridículas de trabalhar com uma empresa de bebedouros para as amigas, mas o contexto aqui parecia rude, depreciativo.

— Ah, estamos, sim. Bom, você sabe, mantém a grana entrando.

— Claro. — Carrie pegou um batom cor de ameixa e começou a aplicar uma camada impecável. — O que você vai fazer depois do trabalho? Quer sair pra brindar a renovação do contrato? Presumindo que vamos conseguir, claro.

— Ah, hoje eu não posso. Vou sair com as meninas com quem divido a casa. Mas que tal semana que vem?

— Eu *adoraria*. Certo, vejo você em uma hora!

✱

Dee foi até sua mesa como se estivesse flutuando. Simon percebeu sua expressão e riu.

— Você parece o gato de *Alice no país das maravilhas*. E aí, mandou bem com as calcinhas de menstruação?

— Muito bem, obrigada — respondeu ela rapidamente.

Ele bufou.

— Então tá, beleza, guarde os detalhes pra você. Parabéns, de qualquer jeito.

— Obrigada. — Ela se sentou e controlou o sorriso. — Eles adoraram. Querem uma campanha publicitária completa em seguida. TV, redes sociais, tudo.

— Bom, a Margot vai ficar ainda mais em cima de você do que o normal. Cadê ela, aliás?

— Foi fazer uma apresentação, aquele negócio da maquiagem.

— Verdade. Rímel e esmalte... parece fascinante.

— Depende de quão ousados são, não é? Coragem é tudo.

Simon riu pelo nariz.

— Meu Deus, você parece uma caneca motivacional.

— Uma *caneca*?

— Bom, você sabe, falando em forma de slogans. Como a foto de um iceberg e alguma frase motivacional nas profundezas ocultas.

Dee gargalhou.

— Enfim, como está a sua amiga do coração partido?

— A Katie? Melhor. Ela recebeu uma mensagem, o pessoal de uma casa que ela visitou no último fim de semana a chamou pra morar lá.

— Olhe só. Novas perspectivas, começar de novo, essa coisa toda.

— Exatamente. Vamos sair depois do trabalho pra comemorar e empacotar as coisas esse fim de semana. Acho que sair do apartamento vai ajudar.

— Ela está falando com o fulaninho?

— Com o Chris? Acho que não. Ela fica puta de vez em quando.

— Ah, a fase da raiva. Uma beleza. Muito boa, especialmente se durar anos, né?

Dee fez uma careta, e Simon riu.

— Ah, qual é. Você pode não ter contado exatamente o que aconteceu com o Leo, mas não é preciso ser um gênio pra...

— Pra o quê? — perguntou ela, com os olhos brilhando.

Simon, que nunca foi de ficar quieto, não desviou o olhar.

— Pra saber que tem *alguma coisa* escondida embaixo disso tudo.

— Não sei o que você quer dizer com isso. — Ela fungou, voltando-se para a tela do computador.

Simon riu.

— Claro que não sabe. Mas me diga, que dia é hoje na academia? Abdômen ou braço?

Dee apertou os lábios e abriu o e-mail sem dizer nada.

— Se é assim...

Simon voltou para a própria mesa.

*

Rosa mordeu a pontinha da cutícula e puxou. A pele se soltou e ela sentiu o gosto de sangue. O dedo latejava.

Seu celular tocou, e ela soltou um gemido ao ver o nome do grupo e imediatamente se repreendeu. Nina era uma de suas amigas mais antigas, afinal de contas. Seus pais ainda moravam ao lado dos de Rosa. Os churrascos de verão ainda eram alternados entre seus jardins. Os trampolins e os brinquedos de plástico há muito tempo foram limpos e doados. De certa maneira, a amizade de Nina e Rosa nunca mudou, permaneceu presa naquelas casas coladas, que dividiam a parede central, nos gramados divididos por uma cerca baixa e uma roseira desordenada. Uma taça de espumante de Natal e uma torta de carne moída, um almoço de Páscoa com molho de carne empelotado.

E foi muito gentil, na verdade, o fato de Nina tê-la convidado para a despedida de solteira no fim de semana, é claro que ocuparia um fim de semana inteiro. Convidá-la era um eco das brincadeiras de infância com fronhas na cabeça ou Barbies marchando por altares improvisados, era um reconhecimento da história, da intimidade. Mas, meu Deus, havia algo de irritante na sua previsibilidade: os jogos que ela sabia que seriam jogados, os acessórios fálicos que ela sabia que teriam sido comprados. Onde estava Nina em tudo isso, onde estava Nina-e-seu-noivo, Nina-e-Gav? Como algo que certamente pretendia ser a comemoração mais pessoal e íntima de todas se tornou tão estereotipado?

Uma lembrança surgiu no seu cérebro: uma fronha sobre seu cabelo ruivo emaranhado e risadinhas. Ela e Nina passando as mãos pegajosas sobre os ombros uma da outra e sorrindo para o espelho. Elas estavam bêbadas na inocência da juventude, novas demais para entender o clichê.

Vamos ser amigas para sempre, né?
É, para sempre.

As projeções inocentes do outro lado da adolescência. E a melhor maneira que conheciam para provar isso era prometer que seriam madrinhas uma da outra. A maneira mais emocionante de imaginar o futuro daquela amizade era imaginar o casamento uma da outra.

Ela tentou se concentrar na tela do computador. "A última romântica." Será que ela conseguiria escrever sobre como casamentos são uma oportunidade maravilhosa de conhecer alguém? A ideia fez com que sentisse algo ácido na garganta. Houve uma época, não muito tempo atrás, em que um casamento teria sido um clímax, não um início. *E Joe agora? Será que eles riem de casamentos na TV e se divertem com as coisas que estão começando a concretizar? Eles têm plantas e ironicamente as chamam de seus bebês? Talvez eles riam juntos, sabendo que a ironia está ligada a algo mais sério, com indícios de um futuro.*

Ela apoiou a testa na mão, exasperada. Um ano depois e lá estava Joe, invadindo seus dias, poluindo seus pensamentos como um vazamento de óleo. Ah, sim, ela poderia escrever a sabedoria empírica no manual do coração partido de Katie, poderia representar a distância e a perspectiva, mas era risível, sério. Claro, seu estômago não estava mais embrulhado, seu apetite não estava mais suprimido. Não, ela não precisava mais correr para o banheiro diversas vezes por dia para chorar. Mas assim como Katie pensava em Chris, Rosa pensava em Joe.

— Rosa.

Ela ergueu a cabeça como se tivesse sido eletrocutada. Seu editor, Ty, quarenta e um anos, firme, mas justo, exigente, mas não indelicado, estava parado na frente da sua mesa.

— Sim?

— Estive pensando sobre "A última romântica".

O estômago de Rosa se revirou.

— Hum?

— Acho que... Olhe, eu sei que o *objetivo* é essa coisa analógica e à moda antiga, mas acho que precisamos dar uma repaginada.

— Repaginada?

— É, você sabe, as pessoas também querem conselhos sobre como sair, conhecer novas pessoas, navegar pela agitação da vida moderna das paqueras.

— *Paqueras*? — Ela tentou reprimir um sorriso, e ele também sorriu.

— É um daqueles momentos que os doze anos que nos separam são, na verdade, duzentos?

— Algo do tipo.

— Anotado. Mas você sabe o que eu quero dizer, né? Precisamos de alguma coisa sobre... Não sei, aplicativos, festas onde rola sexo, coisas do tipo.

— Você está me pedindo pra ir a uma festa onde rola sexo pra escrever uma coluna chamada "A última romântica"?

— Não! Porra, não estou pedindo pra você ir a uma festa onde rola sexo de jeito nenhum, a menos que você queira. E isso não teria nada a ver comigo! Meu Deus, isso está começando a parecer um pesadelo de RH. — Ele passou a mão no cabelo. — Você está fazendo isso de propósito.

— Um pouco.

— O que estou dizendo é: um pouco menos sobre onde ir para conversas à luz de velas, um pouco mais sobre como iniciar essas conversas, por favor.

— Beleza.

— E nada de reclamar nem de resmungar sobre tecnologia, beleza? Mais para… tornar essa tecnologia romântica. Como trazer o romance para o século XXI. "A última romântica" vai para o mundo digital ou algo do tipo.

— Ok.

— Você no seu auge. Engraçada. Pra cima. Aventureira.

— Com certeza. Entendi.

Ela se perguntou se ele iria comentar sobre o seu tom de voz agudo, mas, se fosse o caso, ele pensou melhor, deu meia-volta e saiu andando para outra parte do escritório. Rosa soltou um suspiro. Um texto engraçado, para cima e aventureiro sobre romance moderno. Simples.

*

O sinal tocou e trinta adolescentes se levantaram e saíram, gritando uns com os outros. Katie ficou sentada à mesa observando-os sair.

Havia algo no som de uma escola. Um parquinho seria ainda pior, supunha ela, mais agudo e cheio de mamães e papais. No entanto, mesmo aqui, mesmo com as vozes distorcidas, os palavrões e os hormônios inebriantes, o som era de crianças, centenas de crianças que partiam todas as noites para serem acolhidas pelos pais, e isso era agonizante, tanto porque ela não era uma delas, quanto porque não as estava recebendo em casa.

Katie-e-Chris-*e-um-bebê*.

É claro que ela havia estudado o rosto deles e imaginado como eles poderiam se misturar em um terceiro. É claro que ela observou carrinhos de bebê e slings no parque e tentou se imaginar no futuro. E é claro que ela se retraiu a cada consulta médica, a cada pesquisa em sites e artigos, passando as mãos pela barriga e sentindo a grande traição do seu corpo.

À medida que ela e Chris passavam dos vinte e poucos anos, suas conversas se aproximavam dessas perguntas, dessas possibilidades, desses potenciais. Chris havia dito coisas sobre quartos e escolas, coisas que eram estranhamente abruptas, mas, ainda assim, maravilhosas. O foco constante dele em tornar concreto o abstrato, em traduzir o *será que* em *vamos*. Havia romance nisso, que ela gostaria de ter valorizado mais. E, embora nem mesmo o pragmatismo de Chris pudesse forçar um espaço em suas cicatrizes, em seu sangue, nas entranhas que ela imaginava fechadas e raivosas, a aceitação dele era como um cobertor quente. Nós vamos dar um jeito, dizia ele, e ela sabia que, se alguém fosse capaz de vasculhar anotações médicas, referências de especialistas e estatísticas, esse alguém seria Chris.

Quantos anos foram necessários para se sentir tão segura, tão protegida. Ela tentou se imaginar começando essa conversa desde o início. *Eu tenho esse problema. Pode ser difícil para mim engravidar.* Como ela poderia dizer essas coisas para alguém novo? Namorar — Deus, aí estava uma palavra que ela não se imaginava usando — era para ser leve e animado, como ela poderia envenenar isso com algo tão pesado?

Ela abriu a mensagem novamente. *Oi, Katie, desculpe pela demora para responder. Já recebemos todas as visitas e vamos adorar se você quiser se mudar para cá! Me diz o que acha. Jack (e Rafee!)*

Manual do coração partido

Era claro, simples e direto, e parecia que algo tenso e denso havia começado a se dissolver desde o momento em que ela recebera a mensagem. Parecia, também, uma promessa. Um olhar para o futuro. Ela tentou se lembrar do rosto de Jack, mas estava embaçado, como acontece com uma pessoa que você viu apenas uma vez. Ela se lembrou das covinhas e do cabelo castanho encaracolado e de algo cativante. Da camiseta do Dungeons & Dragons e pensou em como Chris seria condescendente.

Porque lá estaria Chris, para sempre. Ela sempre iria pensar em qual prato Chris pediria no cardápio, onde ele pararia para tirar uma foto, o comentário que ele faria sobre uma reportagem no noticiário. Sua sombra, seu fantasma.

Ela olhou para o nome dele no celular.

Oi, já estou com um apartamento. Posso me mudar nesse fim de semana. Acho que é quando você vai para a casa da Nat. Bjsss

Oiê, que notícia boa! Isso, vou fazer a grande mudança no domingo. Quer empacotar as coisas no sábado, então?

Claro, acho que as meninas vão ajudar. Podemos chegar por volta das onze horas? Bjs

Com certeza. Eu vou estar fora, na verdade. Se você deixar a sua chave na caixa de correio, posso deixar as duas com o corretor.

Ok, obrigada. Bj

Ah, coloquei a cama no eBay, como você disse. Cem libras. Vou deixar sua parte no apartamento.

Ah, ótimo.

Você já decidiu se quer ficar com o sofá para a casa nova?

Hum, acho que não tem espaço.

Sem problema. Parece que Nat tem espaço, então o que acha se eu comprar o sofá de você? Posso deixar o dinheiro também.

Ok, isso provavelmente faz sentido.

Ótimo! Avise se mudar de ideia.

Ela passou o dedo pelo fluxo de mensagens e mordeu o lábio. *Se mudar de ideia.*

✱

— Um brinde a Rafee e Jack — declarou Dee, erguendo o primeiro dos quatro drinques superfaturados. — Que vocês tenham muitas noites felizes juntos jogando jogos de tabuleiro.

Katie sorriu enquanto tomava um gole de vodca com vermute e limão.

— É isso aí! E como foram os dias de vocês?

— Bom — disse Liv —, posso dizer que passei uma hora muito produtiva olhando para o rosto do Felix.

— Ahá!

Ela colocou o cabelo para trás e contou desde o batom, Felix e sua equipe chegando, Oi, não quer vir até a sala de reunião, tomar um chá ou um café? Ela descreveu o aperto de mão deles e como a pele dele era perfeita: nem muito quente nem muito fria, nem muito úmida nem muito seca. Ela descreveu o vinco entre suas sobrancelhas, e como era frustrante o fato de as mulheres sentirem pressão para preenchê-las ou congelá-las, mas nos homens elas parecerem atenciosas e refinadas. Ela descreveu a troca de olhares sobre a mesa enquanto o chefe dele falava sobre a próxima campanha — com a voz tão monótona quanto um cortador de grama — e como ela e Felix pareciam estar compartilhando um segredo, algo que fazia com que os cantos da boca dele se erguessem de forma curiosa e os olhos brilhassem perversamente.

E depois o intervalo de quinze minutos no meio da reunião, com jarras cromadas de café e chá e bandejas de bolos e frutas, quando todos se levantaram e se misturaram de maneira meio constrangedora. Carrie foi imediatamente puxada para uma conversa com o próprio diretor de contas e com o CEO do cliente, e Liv estava observando tudo com uma pontada de inveja até que Felix se levantou e foi até ela. Ele também estava tomando café preto.

— E então, Liv. Parece que você tem estado ocupada?

A maneira como ouvir o próprio nome podia causar arrepios da cabeça aos pés! Ele conseguia encher até mesmo a mais banal das declarações de intenção, seus lábios se curvando em algo sugestivo.

— Bom, gostamos de manter vocês em alerta.

Ela sabia exatamente o que estava fazendo, decidiu: um sorriso sedutor, uma mecha de cabelo entre dois dedos. O sorriso dele era irônico.

— Você não é fumante, é?

— Que ironia. Fumar enquanto sua empresa pesquisa tratamentos para doenças pulmonares.

Ele riu disso, um tipo de riso mordaz e consciente.

— Verdade, muito fora do personagem. Vamos ter que conversar em outro momento.

— *Mulher* — disse Dee, com prazer. — Esse é o território "estou caidinha por ele".

— Eu sei — retrucou Liv. — Meu Deus, é um crush das antigas, né? — Ela tomou um gole do drinque. — E eu realmente não sei nada sobre ele! Só que ele é gostoso. Então eu fico lá sentada, inventando todas essas coisas sobre como ele é, como *seria*... — Ela abanou o rosto dramaticamente. Elas riram. E ela sentiu a sensação de aperto, seu sangue esquentando e ela derretendo como sorvete.

— Ah, vai fundo — incentivou Katie. — Sério, se tudo o que você tivesse pra olhar fossem professores de geografia com cotoveleiras de couro, sério, cotoveleiras de verdade...

— Ah! Isso é verdade. Mas, caramba, é arriscado, né? — Ela se lembrou dos olhos dos colegas sobre ela na reunião. Os olhos de Carrie brilhavam por trás do notebook. A competição tácita e latente entre duas mulheres de idade e ambição semelhantes, ainda abaixo de um homem, Zachary, o diretor associado que havia conquistado a conta da empresa de Felix um ou dois anos antes. O equilíbrio que *elas* tinham que alcançar entre uma aparência polida, mas não exagerada, esforçada, mas sem esforço enquanto *ele* usava a mesma camisa todos os dias e abotoaduras elegantes para sugerir um traço de personalidade. Era de entendimento geral que uma funcionária que chamasse a atenção de um cliente do sexo masculino poderia ser uma coisa boa, como um aguçador, um lubrificante, e, no entanto, uma funcionária que estivesse *procurando* por tal atenção era imprevisível, uma gangorra com parafuso solto, uma bomba-relógio.

Ela estava refletindo sobre isso em voz alta, e Rosa disse que isso poderia ser útil para ela, na verdade. Política dos crushes de escritório. Ela contou sobre o pedido de Ty para atualizar "A última romântica", dando voz a uma frustração complicada.

— É um *timing* de merda, né? Encontrar o ex que você não vê há mais de doze meses, se sentir *ótima* em relação a isso e, por falar nisso, você pode fazer com que os aplicativos de namoro que você odeia pareçam engraçados, pra cima e aventureiros? E essa é a descrição *exata* do que ele está procurando, aliás.

— Parece bom — disse Liv, com rispidez. — Quer dizer, a coluna ainda é sua, não é? Sua criação? Ele só está falando pra dar uma repaginada. Alguém quer outro drinque? — Ela disse a última frase ao se levantar. Dee assentiu enquanto Rosa e Katie indicaram seus copos ainda na metade.

— Dar uma repaginada. Ele usou exatamente essas palavras — disse Rosa. Ela suspirou. — Mas ele está meio iludido, né? O objetivo de "A última romântica" era fugir do fato de que toda essa coisa de aplicativo é horrível. As centenas, minto, os *milhares* de homens cuja primeira mensagem é *Quer sentar na minha cara* ou uma descrição de como o pau deles é enorme.

Dee riu pelo nariz, e Katie fez cara de espanto.

— Mas por que você precisa escrever sobre essas coisas? — perguntou Dee. — Não é um pouco previsível? A jovem repórter mulher de estilo de vida escrevendo sobre namoro. Quer dizer... Olhe, eu te amo, mas "A última romântica", sério? Esqueça isso de repaginar, eles não podem colocar você pra escrever sobre carreira, finanças ou algo do tipo? Coisas realmente pertinentes ao estilo de vida moderno?

— Todo mundo quer se apaixonar — disse Katie, baixinho.

Estou me apaixonando por você, Katie. Ah, uau, também estou me apaixonando por você, Chris.

Dee riu novamente e tentou disfarçar.

— Desculpe. Eu sei que não é... hum... O melhor momento pra refletir sobre romance. Mas, falando sério, a gente consegue fazer melhor do que isso, não consegue?

— Não estou dizendo que o amor deveria ser o foco de tudo — comentou Katie, girando a bebida nervosamente. — Mas é uma coisa boa, não é? Deixa as pessoas felizes.

— Também as deixa *in*felizes — disse Dee.

— Bom, então por que você ainda perde tempo saindo com caras? — perguntou Katie. — Tipo o cara do salmão. Você devia estar esperando por alguma coisa, não?

Dee jogou o cabelo para trás.

— Existe uma diferença — disse ela, com altivez — entre querer estar apaixonada e querer transar.

— E se você puder combinar as duas coisas? Não é ainda melhor?

Não necessariamente. Além disso, você corre o risco de sofrer muito. Dee, reconhecendo a angústia por trás da expressão firme de Katie, se afastou desse tom mais severo e, em vez disso, sorriu de forma otimista.

— Bom, como eu disse, ele pediu algo engraçado, pra cima e aventureiro — interrompeu Rosa. — Então parece que você vai ter que me ajudar a inventar alguma coisa.

Katie soltou uma risada curta.

— Bom, eu não sou a pessoa certa pra pedir isso, sou? Não faço a menor ideia de como é sair com alguém. Ninguém *saía em encontros* na faculdade, né? A gente apenas dançava com as pessoas e ia pra casa com elas. Era simples.

Dee e Rosa concordaram, e Katie balançou a cabeça em sinal de exasperação.

— Quando fomos caminhar — continuou ela —, eu disse, Dee, que tinha a sensação de que nunca mais encontraria alguém como o Chris. — Dee mordeu a língua e assentiu. — Meu Deus! Eu sei que isso não pode ser verdade, né? Ou que é a emoção sobrepondo a realidade ou algo assim. Tipo, isso não pode ser medido. O Chris não tem uma pontuação ao lado do nome, que ninguém mais pode alcançar. Mas quando eu me lembro de como era o nosso relacionamento no início, ou quando penso em todas as coisas *boas*, parece impossível. Toda aquela intimidade. Dançar na cozinha. As piadas internas. Os apelidos. As... As coisas *físicas*, a bagunça e o sangue e a merda. *Isso* parece impossível com qualquer outra pessoa.

— Ainda é cedo demais — disse Dee.

— Bom, e o que é cedo demais, afinal? O Chris já está pronto pra ir morar com a *Nat* nesse fim de semana. Ela é... Quer dizer, aposto que ela é *linda*. — Elas se entreolharam.

— O que eu quero dizer — disse Dee suavemente — é que você não pode fazer julgamentos sobre essas coisas agora. Não quando está no meio da situação. Como você disse, é a emoção sobrepondo a realidade. Você precisa de tempo pra se ajustar.

Rosa assentiu vigorosamente. Katie bebeu o resto da bebida e ficou envergonhada ao perceber que suas mãos estavam tremendo.

— Então, *quando* eu vou?

— Hum... — Dee perdeu a pose. — Katie, não existe uma fórmula pra essas coisas.

— Bom, e por que não? Rosa, quanto tempo depois do Joe você se sentiu pronta para conhecer outra pessoa? Um mês? Dois?

— Katie.

— Eu não... Eu só quero saber.

— Ok, acho que uns três meses. Eu lembro, na verdade, porque fiz aquela aula de confeitaria e tinha um cara lá, um cara simpático. Ruivo. Eu lembro que ele fez uma piada sobre fósforos...

Ela deixou a voz ir morrendo, com um leve espanto com o próprio otimismo.

— Você saiu com alguém que conheceu em uma aula de confeitaria? — perguntou Katie com incredulidade.

— Não, não! Não aconteceu nada. Isso seria tipo um roteiro de filme, né?

— É.

Mas eu escrevi sobre isso. Escrevi seiscentas palavras sobre como se inscrever em aulas era uma bela maneira de conhecer alguém à moda antiga e nunca mais vi aquele cara de novo.

Rosa riu ironicamente.

— Talvez eu esteja errando nisso. Insistindo em encontros fofinhos na rua, troca de olhares em bares. Não sei se eu deveria ser seu modelo.

— Não, parece bom. Sábado agora, dia da mudança, vão ter se passado três semanas. Então, em mais nove semanas, vou estar pronta pra conhecer alguém novo. — Katie assentiu com firmeza. — Vou ao bar. Quer outra rodada, Rosa?

— Claro.

Dee fez um som de exasperação assim que Katie saiu.

— Você entendeu o que eu quis dizer, né?

— Claro que sim. Mas... eu entendo a Katie também. — Rosa mordeu a unha do polegar sem jeito. — Posso contar algo vergonhoso?

— Sempre.

— Eu tenho essa sensação... essa teoria de que, quando eu conhecer outra pessoa, quando eu *estiver* com outra pessoa, essa vai ser a única coisa que vai fazer com que todos os sentimentos ruins em relação ao Joe desapareçam.

Dee respirou metade do mundo.

— Eu sei. Sei quanto isso é duvidoso. Sei que é antifeminista e ridículo, e sei que preciso amar a mim mesma antes de estar com qualquer outra pessoa, e sei que sou a única pessoa no controle da minha própria felicidade. Eu sei, eu sei, eu sei, mas não consigo *evitar*. Um ano, Dee. Um ano inteiro, e eu vejo os dois e parece que eu *pifo*.

— Joe e a mulher? — perguntou Liv, reaparecendo com dois drinques.

— Exatamente.

Liv concordou com a cabeça e tomou um gole.

— É uma merda.

Rosa olhou para ela com uma expressão de incredulidade.

— É mesmo.

Liv logo sentiu uma onda de culpa.

— Desculpe, não quis ser banal. É *tudo* uma merda, quero dizer. Ou algo do tipo.

E ela estava falando sério, pensou, enquanto imaginava Nikita em seu campo de visão, com uma expressão de dor no rosto. E, em algum outro lugar, Felix. Tudo o que Nikita não era: a confiança suave, o sorriso espertinho, a tensão.

Elas deram sorrisos suavizados pelo álcool e Dee explicou que Katie queria conhecer alguém novo.

— Tipo, agora. Ou logo. Perguntando qual é o melhor momento e essas coisas.

— Melhor momento? Parece um pouco... artificial.

— Exatamente.

— Mas seria bom, não seria? — perguntou Liv. — Tipo... um cálculo? Espere exatamente quatro semanas e três dias e então você vai conhecer o próximo amor da sua vida? Alguma *certeza*, né?

Sim, certeza. Isso, *isso* era o que ela estava tentando encontrar. Era isso que tinha dado errado. Nikita era uma boa pessoa, não era? E a tinha amado muito? Mas, quando não se tinha *certeza*, quando se via em cada superfície reluzente e tentava encontrar alguma verdade, buscar por algo que o seu cérebro não conseguia processar, esse não poderia ser o caminho a se seguir, poderia? Quem tinha certeza, de fato? Sobre empregos, sobre família, sobre onde morar? A vida não era uma série de perguntas e a decisão de quais delas você poderia deixar sem resposta? A vida não era reconhecer que quanto mais se percorria um caminho, mais ruas paralelas se deixava para trás?

— Ai, meu Deus — disse Rosa. — Eu pagaria por isso. Para *saber* com certeza que eu vou encontrar alguém, sabe, digamos, daqui a quatro anos. Daí eu ia seguir com a minha vida sabendo que vai acontecer. Deixaria de ter medo.

Dee fez uma careta.

— Medo? Sério? Rosa, você tem vinte e nove anos de idade. Mais especificamente, estamos na porra do século XXI.

Rosa deu de ombros.

— Eu sei. Eu *sei*. Mas também sei o que estou sentindo, né? E eu tenho medo. É difícil conhecer alguém, Dee. Você sabe que é. E eu... eu não quero ficar solteira pra sempre. Isso é assustador. Esse é o medo.

E, mais do que isso, havia as contradições em relação ao Joe. A maneira como ela conseguia se transportar para o passado, para os braços dele, se transportar para o futuro e vê-lo de terno e com um sorriso carinhoso, uma expressão suave de admiração que não era mais dirigida a ela. Havia o fato de estar solteira e havia o fato de estar solteira enquanto Joe não estava. E isso trazia uma camada de consciência feroz de injustiça: era patético, era indelicado com o homem que ela dizia amar no passado, era indelicado com ela mesma, que estava presa nas teias de alguém que a havia tratado mal. *Ele me traiu, e eu ainda o quero. Eu o amava e não quero que ele seja feliz.*

— Existe um tipo diferente de medo — interrompeu Liv. — Estar com alguém, mas não ter certeza.

Dee e Rosa viraram o rosto para ela.

— Tipo, as coisas serem *levemente* não boas o suficiente. — Liv tentou explicar. — E aí depois você não sabe por que é assim. Tipo, é você? É a outra pessoa? Ninguém fez nada de ruim, nenhuma grande briga aconteceu, nenhum grande momento de término. A pessoa ainda é a mesma de quando você a conheceu, quando decidiu que a amava. Não magoou você. Caramba, ela faz tudo o que pôde pra *não* magoar você. Você só não tem certeza, e sabe que não ter certeza não é justo pra ela nem pra você, pra ninguém. — Ela sentiu as palavras arrastadas e bebeu enquanto Dee e Rosa a encaravam. — Nada está certo, esse é o problema. Onde você mora, onde trabalha. Quem você ama, com quem transa. Quem você fode. Haha.

— Você está dizendo... — disse Katie, reaparecendo com mais duas taças.

Dee ergueu a dela.

— Filosofia do segundo drinque.

— Ok, beleza — comentou Rosa. — Temas em potencial pra essa coluna: "Medo paralisante" e "Nada é certo". Qual você acha que é mais animado?

— Você só precisa se jogar — disse Katie. — Pare de pensar demais nessa coisa do digital e trate os aplicativos como a vida real. Coloque uma foto que você gosta e comece a bater papo, né?

— Essas são palavras de alguém que nunca teve que usar um aplicativo de relacionamento na vida — retrucou Rosa.

Katie estremeceu.

— Ah, qual é, esse não é o objetivo da sua coluna? Ver o lado bom das coisas? Ver o lado *pessoal*? É isso que o Ty quer, não é? Sua opinião sobre esse processo, que muitas pessoas acham... O que, não sei, *transacional*?

— Não tem nada de errado com o transacional — disse Dee. — Se todo mundo souber no que está entrando.

— Você deveria escrever esse pra mim — sugeriu Rosa.

— Não deve ser tão ruim assim — comentou Katie.

Rosa riu pelo nariz.

— Acredite em mim. Eu, a Dee e a Liv poderíamos *todas* sair com alguém de um aplicativo e não teria nem um pingo de "A última romântica". Os aplicativos são... Eles são conexões por algoritmo e pessoas que estão atrás de apenas uma coisa, e ninguém se importa com quem você é ou com o que diz.

Havia uma amargura nada habitual em sua voz, e as amigas se entreolharam. Katie estava pensativa, Liv, desconfortável e Dee, apesar da própria situação, sentiu uma pequena pontada de compaixão.

— Ah, qual é — disse ela gentilmente. — Você não é assim.

Rosa negou com tristeza. *Não me sinto eu mesma. Desde que vi Joe, desde que vi Joe e ela, alguma coisa mudou. A Última Romântica? Ela era cheia de esperança, e como posso me sentir esperançosa agora?*

— Eu conheci a Nikita em um aplicativo — comentou Liv, e Rosa fungou.

— Bem, você foi uma das sortudas. Eu não estou me sentindo muito sortuda.

— Ok, e se a gente entrasse nos aplicativos também? — perguntou Dee. — Eu e a Liv vamos provar pra você que existe alguém melhor do que o Cara do Salmão por aí, certo?

Liv riu com a boca na taça, percebeu a expressão de Dee e se apressou em concordar.

— Tá bom, claro. Provavelmente já era hora de eu voltar, hum, pra pista. Mas me recuso a sair com homens segurando peixes gigantes nas fotos de perfil. Que merda é essa?

— E posando ao lado de tigres dopados?

— Também não! E qualquer pessoa, homem ou mulher, que explique a vida inteira em uma série de emojis.

— Ou que tenha uma série de exigências.

— Ou que comece a conversa com "Ruiva, é? Até lá embaixo?"

Elas brindaram e Katie roeu a casca do limão, sentindo o gosto azedo da adversidade.

A fila anda

Dias? Semanas? Meses? Minutos? Em algum momento, de alguma maneira, você vai pensar em conhecer outra pessoa.

Será uma maneira de suprimir os sentimentos, uma forma de mascarar a dor? Será que é para se vingar daquela pessoa, para vencê-la em uma competição que você nunca imaginou ter? Será uma abertura otimista do seu coração para o mundo ou uma busca pessimista de proteção contra ele?

Você sente muita falta dessa pessoa ou sente falta de estar com uma *pessoa*?

Tente se entender. Dê esses passos experimentais: Estou pronta? Quem estou procurando? Como vou encontrar? E se eu não encontrar?

Um novo parceiro não pode nunca, não deve, ser um substituto para o antigo. Você não deve esperar isso de alguém, nem colocar esse fardo sobre os ombros do outro, nem desprezar a pessoa com quem você compartilhou tanto. Mas você também não deve se afundar em uma rejeição de possibilidades por causa da dor do passado.

A maioria de nós sai em encontros com uma mistura de motivações. Simples e complexas. Saudáveis e não saudáveis. Quanto mais simples e saudáveis forem suas motivações, mais bem preparada você vai estar quando der errado. E vai dar errado. Você não vai ser compatível com todas as pessoas que conhecer. Você não vai sentir atração por todas as pessoas que conhecer. Você não vai gostar de todas as pessoas que conhecer. Navegar nesse campo minado requer um coração que esteja ao mesmo tempo aberto e firme, e que tenha senso de humor.

Sair e conhecer novas pessoas provavelmente vai ajudar a ver a superação do coração partido como uma experiência positiva se você conhecer uma multidão de pessoas atraentes, interessantes e envolventes que a lembrarão de como o mundo é grande e cheio de possibilidades, de quanto potencial sua vida tem.

Sair e conhecer novas pessoas provavelmente vai intensificar a sensação de coração partido se for uma experiência negativa, em que ninguém parece tão bom quanto aquela pessoa, em que os maus modos, as piadas ruins e a química ruim forem predominantes.

E desculpe, querida, não há garantias.

Você pode mudar a sorte a seu favor. Pode jogar o jogo dos números, sabendo que quanto mais pessoas conhecer, maior a probabilidade de uma conexão e que mesmo as conexões que você não quiser levar adiante podem ser divertidas, uma noite de risadas, uma conversa intrigante, corpos que se encaixam. Você pode agir com cautela, dizendo a si mesma que o romance, o flerte e o sexo são apenas pequenas partes de uma vida plena. Você pode murmurar O que tiver que ser, será. O mundo está cheio de pessoas maravilhosas e de maneiras de conhecê-las. Há pessoas que contarão histórias que a farão gargalhar, pessoas que prepararão o melhor café da manhã que você já tomou, pessoas que ensinarão coisas que você não sabia que não sabia.

Mas... mas muitas pessoas vão tentar remendar seu coração partido fazendo promessas que não podem cumprir. "É claro que você vai conhecer outra pessoa."

"É claro que você não vai ficar pra titia."

Talvez você fique, talvez não. Se apaixonar por alguém que se apaixona por você é muito mais uma questão de sorte do que as pessoas que estão em relacionamentos gostam de admitir e do que as pessoas que não estão em relacionamentos gostam de acreditar.

Se você não consegue encontrar conforto envolvendo os próprios braços ao redor do corpo, se não consegue sentir prazer em se sentar sozinha com um livro, um sorvete ou um drinque, se não consegue entender a diferença entre "sozinha" e "solitária", então muitas outras tempestades da vida vão castigar e devastar você.

Sozinha não significa isolada. Sozinha pode representar independência, liberdade, alegria intensa. Sozinha pode ser a redescoberta dos próprios limites, e o rompimento selvagem deles.

Capítulo Oito

FILMES DE TÉRMINO

— Como estão os drinques, Dee?
— Uma belezinha — respondeu ela da cozinha. Ela estava despejando meticulosamente um líquido cor de chocolate em quatro taças. Cerveja e licor de café. O favorito de Katie, e essa noite havia sido cuidadosamente pensada em função dela. No dia seguinte, elas iriam empacotar as coisas do apartamento. E, embora Dee nunca tivesse feito isso, só de pensar, seu coração doía.

Três anos antes, sua avó, a mãe de Mel, havia morrido. Isso por si só não era tão triste quanto parecia, Dee sempre se apressava em contar às pessoas. Ela era idosa. Viveu uma vida boa e teve uma boa morte. Tranquila. Estava na hora.

O que ela não falava era sobre como foi horrível ir com a mãe arrumar o apartamento depois. Filtrando os anos. Os álbuns de fotografias, sim, mas também a tigela de cereal do Mickey que Dee sempre usava para comer uva-passa e amendoim com cobertura de chocolate. A pasta azul grudenta, recheada de receitas arrancadas de jornais de domingo. A lata de biscoitos especial, a almofada de crochê. A parte em que o carpete havia se desgastado e se transformado em uma malha de plástico branco, o lugar marcado pelos anos no sofá.

E, pior ainda, o quarto de infância da mãe, que havia se tornado o quarto compartilhado por ela e Dee por quatro anos difíceis, conturbados e de renascimento, como uma fênix. Ainda havia caixas e mais caixas enfiadas debaixo da cama. Livros, roupas e jogos de tabuleiro surrados. Alguns deles fizeram sua mãe chorar, outros, ela apenas segurou bem perto do peito e, durante todo o tempo, Dee se sentiu horrivelmente impotente. Empacotar uma casa traz consigo tanto a dor quanto a poeira. A nostalgia era a dor do retorno, o sofrimento de voltar outra vez. Dee olhou para a mãe, que se parecia com a *própria* mãe, e percebeu a terrível ruptura. Lá estava a sua mãe *naquela* época, sorriso radiante e cabelo jovem, perguntando Você quer ir à casa da vovó hoje? E lá estava sua mãe *agora*, grisalha de tristeza e com uma expressão perdida.

Ela levou os drinques para a sala de estar aos pares, e Katie fez um som caloroso de agradecimento.

— Eu te amo. Isso é perfeito.

Preciso de um filme de término decente, disse ela, e elas se debruçaram umas sobre as outras para listar as ideias no manual do coração partido. Dee sugeriu uma série de opções de filmes de arte, Liv preferia amizade feminina ou romance sáfico. Rosa, corando, admitiu que passava as noites debaixo do edredom assistindo a desenhos animados infantis. Algo sobre a segurança da infância, disse ela. No fim, elas escolheram uma comédia em que três mulheres se vingavam do homem que as estava traindo ao mesmo tempo. Era ridículo e maravilhoso, grosseiro e simples o suficiente para que elas pudessem conversar sem perder o rumo da história.

— E então, como está indo a coisa do "É assim que se usa os aplicativos de namoro"? — questionou Katie, se perguntando quão casual havia soado.

— Tenho falado com algumas pessoas. Uma tal de Celeste. Um Freddie alguma coisa — respondeu Liv.

— Vamos dar uma olhada?

Liv passou o celular e Katie ficou analisando as fotos de estranhos: segurando uma bebida, em cima de uma bicicleta, na praia. Ela tentou se imaginar avaliando Chris dessa maneira. E se, em vez de trocarem olhares, ir até ele com a confiança que só uma Cuba libre poderia proporcionar e perguntar o que ele estava estudando, ela tivesse feito isso? O que ele teria digitado sobre si mesmo? Algo prosaico, inofensivo: *Estudante de economia, entusiasta de cerveja, amante da cidade?* Ou mais preciso: *Ferozmente ambicioso, faço flexões antes do café da manhã, tenho complexo de inferioridade?*

E o que ele escreveria agora? O estômago de Katie se revirou quando ela se imaginou vendo o perfil dele, o rosto que havia trocado respirações com ela, se movimentado por cima dela, dando os mais íntimos sorrisos, caretas e piscadelas ao longo de nove anos. Chris se apresentando ao mundo agora: solteiro, bem-sucedido, um apartamento com varanda e uma lista de países os quais gostaria de conhecer. *Procurando por uma parceira no crime*. Sim, seria isso, pensou ela com amargura, um clichê que ele não sabia que era um clichê. Chris nunca amou as palavras como ela.

Ah, mas ele a amava, e ela o amava, e não importava se ele lia livros, se entendia ironia ou por que a palavra *delicioso* soava tão bem. A argamassa da intimidade construída ao longo do tempo, e a maneira como ela mantinha unido o que parecia imprudentemente incompatível em um estranho. Como ela poderia conhecer alguém agora e saber se as coisas que a desagradavam eram, na verdade, coisas que os tornariam mais próximos? Como ela poderia passar por tudo aquilo de novo?

Ela jogou o celular de volta para Liv.

— Legal. Mas algum deles é tão bonito como o Felix?

— Ah... ninguém é. Isso é um problema.

— Você já marcou algum encontro?

Liv deu de ombros.

— Eu mencionei vagamente a ideia de sair pra beber. Joguei a isca, vamos ver se alguém morde. Quem responde primeiro.

Ela se sentiu muito consciente da sua descontração artificial e acrescentou:

— Dee? Rosa?

— Tudo certo — disse Dee, com firmeza.

— Espere aí — interrompeu Rosa, incrédula. — O que você quer dizer com *tudo certo*?

— Isso, ué — respondeu Dee, dando de ombros. — Ele se chama Isaac. Fica fazendo a mesma piadinha sobre hipsters. Trabalha em algo relacionado à ciência. Vamos sair pra beber. Você sabe, se não aparecer alguma coisa. Aqui.

Ela mexeu no celular, depois o jogou para Rosa, que o pegou habilmente e examinou.

— Ah, ele é bonitinho.

— Bom, se o objetivo é sexo...

— Tá, já entendi — disse Rosa, balançando a cabeça. — E eu estou apenas fazendo malabarismos com conversas cansativas do tipo "Como foi o seu dia?". Você faz parecer fácil.

— E é — retrucou Dee. — Mas só até certo ponto.

— Que ponto?

— Querer que seja mais do que é — disse Dee. — Existem milhões de pessoas nessa cidade. É fácil encontrar alguém que queira sair pra beber. É fácil encontrar alguém que queira transar. Você está procurando alguém com quem você, você sabe, *combine*. Isso é mais difícil.

— Viu, é por isso! Por isso que eu odeio esses aplicativos! Isso é tão broxante! — exclamou Rosa.

— É? Achei que você tinha acabado de falar que era fácil.

— Bom, sim, mas... Liv, me ajude aqui.

Liv fez cara de espanto.

— Não sei se sou de muita ajuda. Estou obcecada por alguém com quem não posso ficar, lembra? Além disso, eu nem sei se o Felix e eu... *combinamos*. É uma coisa totalmente física.

Como se para confirmar o fato, alguma coisa bem no fundo do seu estômago se revirou e retorceu com força. O momento foi interrompido pela campainha, que ecoou pela sala de estar.

— Pizza! — exclamou Liv. — Eu pego.

Ela se levantou e saiu em disparada pelo corredor. A porta da frente era toda fechada, não tinha vidro; portanto, ela não teve tempo de processar o que estava prestes a acontecer, de se recompor, nem mesmo de se virar e fugir. Liv abriu a porta e lá estava ela, com uma aparência terrivelmente familiar e, ao mesmo tempo, diferente, como uma fotografia em que as cores estavam desbotando. Mesmo naquele momento, os contrastes entre ela e Felix eram ainda mais gritantes do que ela suspeitava: a suavidade e a gentileza onde Felix era irônico e astuto, e Liv se odiou por isso, porque, Deus, Nikita sempre foi como um lar.

Ela estava chorando antes mesmo de começar a falar.

— Liv. Livvy, desculpe por aparecer assim. Queria ligar primeiro, mas...

Ela estremeceu, colocando uma mão no batente para se firmar, e Liv ficou parada, congelada, antes de, por reflexo, estender a mão e segurar o braço de Nikita. Ela estava usando um casaco novo, molhado pela garoa.

— Por favor — continuou ela. — Eu sei... de tudo o que você disse. Mas, por favor. Eu te amo tanto, Liv. É tão difícil.

— Eu... — Ela parou.

— Por favor. Por favor, a gente pode conversar?

Ela fechou os olhos. *Conversar*. As conversas eram como raízes de árvores, tateando no escuro. E ela sabia o que Nikita estava procurando: o lago subterrâneo de uma reconciliação, promessas de que ficariam juntas de novo. Seria fácil, muito, muito, muito fácil oferecer isso a ela.

Ela abriu os olhos. O rosto de Nikita estava em uma expressão de angústia.

— Eu... — repetiu ela.
— Por favor. A gente pode dar uma volta, talvez?
Ela suspirou sombriamente.
— Está bem. Espere aí.

Depois disso, ela mal se lembraria de ter voltado tropeçando para dentro do apartamento, gritando Nikita está aqui, quer conversar, eu sei, eu não sei. Calçado o primeiro par de sapatos que encontrou, colocado o peso do seu casaco imenso sobre os ombros. Dee, Rosa e Katie descreveriam como seu rosto estava pálido, como ela estava em choque, como as palavras escapavam dela. Não havia como negar. Ela voltou para a porta e para Nikita, e colocou a mão no braço dela novamente, e a acompanhou noite adentro. Estava mais frio do que antes.

Elas começaram em silêncio. Liv olhou de soslaio uma, duas vezes e sentiu aquela velha vibração. A pele de Nikita brilhava, seus olhos reluziam. O novo casaco, verde-jade e preto, a fazia parecer mais alta. Ela era linda. Sempre foi.

Ela se lembrou de como elas se conheceram: aquele improvável bar de pingue-pongue, doses de uísque. Do primeiro beijo: na área de fumantes, luzinhas decorativas penduradas. De como elas tocavam o corpo uma da outra: ponta dos dedos, suor e doçura. Do primeiro encontro fofo, de transas, brigas, reconciliações, do término. O filme do passado compartilhado, a artificialidade de escolher onde colocar um fim.

Nikita gaguejou e disse:
— Tenho pensado tanto em você. — O que foi lindo e horrível, e um reflexo. Liv não tinha ideia de como responder, então fez *humm*. A resposta mais fácil seria *Eu também tenho pensado em*

você, e era verdade, mas não toda a verdade. Liv pensou em Nikita enquanto pensava em terminar com ela, pensou nela em meio a camadas de culpa, pensou nela em comparação com Felix e tentou usar isso como confirmação de que havia tomado a decisão certa.

— Pensei no que você disse... naquela época. — Nikita tentou novamente. Ela havia engolido o choro e falava da maneira precisa de alguém que estava se esforçando muito para parecer calma e ponderada, porque tudo dependia disso. — Pensei bastante, sobre como você não achava que a gente fosse... compatível... a longo prazo. E sobre eu merecer alguém... alguém melhor.

— Hum. — *Eu disse isso?*

— Eu sei que às vezes eu sou mais quieta. Não tão assertiva. Você se lembra daquele restaurante, quando você ficou irritada porque eu não quis reclamar?

— Hum. — *Talvez? Não sei, Nikita. Não foi por causa de uma coisa, foi? Não foi um evento isolado.*

— Pensei muito sobre isso. E você estava certa, sabe. Eu preciso me defender e esse tipo de coisa. Poxa! Vinte libras por um lámen frio, né?

— Hum. — *Talvez você não precise. Talvez você seja perfeita do jeito que é. Será que eu estava fazendo aquela coisa sobre a qual a gente lê nas revistas femininas quando ainda estamos apenas imaginando como seria ter um parceiro? Será que eu estava tentando mudar você? Estava me concentrando nos seus defeitos, em vez dos seus pontos fortes? A culpa foi toda minha?*

— Mas o ponto é: eu estou realmente mudando. Eu... eu acho que levei o que você disse em consideração. Fui promovida, sabe? As minhas colegas de apartamento estão dizendo que estou diferente. Mais autoconfiante, segundo elas.

Liv olhou para ela outra vez e se perguntou se conseguia ver isso. Mais alta, sim, e mais forte? Havia um propósito, uma postura que não tinha visto antes?

— Isso é ótimo — disse ela. — Parabéns.

As palavras soaram como se estivessem batendo à uma porta trancada. *Era* ótimo. Nikita tinha um senso feroz de lealdade à empresa de engenharia ambiental para a qual trabalhava. A lealdade era, obviamente, uma das suas mais belas qualidades, e ela havia se dedicado até tarde da noite e aos fins de semana com uma paciência obstinada.

A expressão de Nikita tinha uma expectativa trágica, e Liv inspirou com dificuldade.

— Nik...

As palavras sumindo no ar falavam por si só, e Nikita esticou o braço e agarrou sua mão com uma assertividade que, sim, ela talvez não esperasse. O formato da sua mão e a textura da sua pele. Elas pararam na calçada, e Liv estava olhando nos seus olhos verde-acinzentados, cheios de esperança e coração partido, e Nikita estava dizendo:

— Liv, por favor, me escute. Eu já sou uma pessoa diferente. As coisas estão indo muito bem no trabalho. Eu voltei a correr, sabe? Estou mais confiante. Só estou pedindo que você me dê, *nos* dê, uma segunda chance. Não vale a pena tentar? Ficamos juntas por mais de um ano... Isso não acontece *por acaso*. Tinha tanta coisa boa. Não vale a pena ver se pode dar certo de novo?

Liv se viu engolindo em seco e... Ela estava concordando? Ou apenas mexendo a cabeça?

— Vamos continuar andando — disse ela.

*

O filme ainda estava passando. Rosa tamborilava os dedos nervosamente na borda do copo.

— O que vocês acham que ela quer? — perguntou ela, sabendo a resposta.

Dee riu pelo nariz.

— É a Nikita, né? Ela quer voltar.

Rosa fez uma careta. *Ela quer voltar.* Ser desejada, desejar. Estar desejando.

Katie estava mexendo no seu drinque.

— Você acha que ela vai?

Dee riu pelo nariz de novo.

— Pouco provável. Foi ela quem terminou, lembra?

— As pessoas mudam de ideia, não? — perguntou Katie, sentindo o celular quente no bolso, o fluxo de mensagens de negócios com Chris, enquanto eles combinavam os preparativos para o fim de semana seguinte. Ele tinha mudado de ideia, um apartamento com varanda, espaço para um segundo sofá. E onde estava a mente *dela*?

— Não dá pra desfazer esse tipo de coisa — afirmou Dee, com determinação. — Voltar a namorar depois de ter dito todas aquelas coisas? É receita pra um desastre.

— Nem sempre — disse Rosa, tentando ser razoável. — Já conheci pessoas...

— É verdade — interrompeu Katie. — Como a Frankie e o Mo, da faculdade. Eles terminaram por seis meses. Agora estão casados.

— Tá, beleza. Exceções. Mas não é como se a Liv e a Nikita, sei lá, tivessem se afastado, né? Ela terminou. A Liv terminou. Disse que não queria mais ficar com ela. Como é que fica um relacionamento depois disso? A Nikita vai se lembrar do que ela disse pra sempre.

Não me sinto mais atraído por você.

Isso não é fácil, Rosa... me desculpe, mas... mas eu conheci outra pessoa.

Katie, eu estive pensando. Tenho pensado muito. Isso não está funcionando, né?

— Então talvez só funcione se a pessoa que terminou é a que tenta voltar — disse Katie.

— Você é que está dizendo.

Katie deu um sorriso fraco.

— Não tenho esperanças com o Chris, não se preocupem — disse ela, se perguntando se estava falando a verdade.

Rosa olhou para o próprio copo. *Ter esperança*. Ela se imaginou abrindo a porta. Ela não estaria com o pijama velho, claro, estaria com o vestido verde com flores brancas. O cabelo caindo em camadas sobre os ombros. Joe estaria com a jaqueta de couro marrom. Barba por fazer. Sorriso cauteloso. Uma infinidade de pedidos de desculpas, e os braços dele ao redor dela.

Ela piscou para evitar que os olhos marejados se transformassem em lágrimas inesperadas e torceu para que elas não tivessem notado.

— A Liv quase nem fala dela — comentou Rosa. — Sobre a Nikita, quero dizer.

— Eu percebi isso — disse Katie. — Eu me perguntava, antes de vir pra cá, se ela falava da Nikita aqui, mas ela não fala.

— Essa é a Liv, né? — disse Dee. — Silenciosa como uma sombra.

— Poético.

— Mas é verdade. Durona, mas por baixo da superfície... Essa é a Liv.

— O *Felix*, por outro lado...

— Ah, o Felix.

— O que você acha? Sair pra beber depois de uma reunião? Um casinho?

— Não. Ela estava falando sério, toda aquela história de não passar dos limites com os clientes.

— Bom, talvez isso a fizesse chegar ao limite. Pedir demissão.

Katie e Dee ficaram em silêncio, e olharam para Rosa com atenção. Ela engoliu em seco e disse:

— Bom, todas nós sabemos, né? Ela não é... *realizada*, é essa a palavra, certo? Todas aquelas piadas sobre os bebedouros.

— Ela está na empresa há anos — disse Katie.

— Talvez seja esse o problema — retrucou Rosa. — Estagnação ou algo do tipo. Estou sendo escrota.

— Não, não está.

Rosa respirou fundo.

— Eu sei... eu sei que ela deveria ter feito jornalismo. Eu ofereci, sabia? Disse que ela poderia ficar com os meus pais durante o curso, pra fazer os estágios.

Katie e Dee fizeram que não com a cabeça.

— Ela não queria incomodar. Quer dizer, eu entendo. Não havia muito espaço. Era tempo demais com pessoas que ela não conhecia de verdade.

A voz de Rosa foi sumindo, e ela não sabia se estava se justificando ou articulando um sentimento confuso de culpa.

— Não seja tão dura consigo mesma — disse Dee. — Ou leve tanto crédito. Independência, se mudar pra cá, viver na cidade, longe de casa, de *qualquer* casa. Isso sempre significou muito para a Liv. Ela fez as escolhas dela. Ela tomou essas decisões.

— É — disse Rosa, não convencida.

— Foi muito legal você ter oferecido isso a ela — comentou Katie, e Rosa não sorriu.

— O problema é que eu sei como ela se sente. A Liv. Porque eu nem sei se é isso que *eu* quero, sabe? Nem sempre. Parece tão sem sentido às vezes. E então eu penso... Bom, e o que é que *faz* sentido? E aí penso que você deve se sentir assim, Katie. Que o seu trabalho faz sentido. O que é mais importante do que ensinar as crianças?

Katie sorriu sem muita convicção.

— Quando é bom, é muito bom. Quando é ruim... Trabalhar com algo que o mundo considera uma Coisa Boa não impede que, às vezes, você queira jogar tudo para o alto. Ou que fique entediada. Amar seu trabalho não impede que você o odeie.

A frase soou estranhamente familiar na sua boca. Ela se perguntou se era algo que tinha visto em um filme. Ou algo que Chris havia dito a ela.

— Um brinde a isso — disse Dee, erguendo a taça. Rosa repetiu o gesto, mordendo o lábio.

*

Elas caminharam da maneira que não se faz na cidade, zigueza-gueando e dando voltas ao redor do apartamento, ao longo de ruas que Liv conhecia bem, mas não naquela ordem. Elas estavam misturando várias rotas diferentes, os caminhos para o mercado, para a loja de bebidas, para a estação de metrô, para o parque, de modo que parecia que toda a vida de Liv estava sendo sobreposta nessa meia hora, mas em uma ordem que ela não conseguia entender. A chuva estava leitosa sob os postes de luz, e ela quase riu das referências que passaram pelo seu cérebro: o beijo que virava dança embaixo de um guarda-chuva, o beijo perto de um gato sem nome, o beijo no chuveiro que ela ridiculamente afirmou não ter notado, o beijo...

— Então, me fale da promoção — pediu ela.

— Ah, é só pra engenheira sênior. Mas tenho mais responsabilidade, sabe? Vamos contratar um recém-formado em breve, e eu vou ser mentora e essas coisas.

— Parece legal.

— É, eu estou animada. Como estão as coisas na agência?

— Ah, você sabe. O mesmo de sempre.

— Você vai mandar em tudo lá um dia.

Foi uma declaração estranha, pensou ela. Uma espécie de elogio protocolar. O sentimento era genuíno, com Nikita sempre era, mas havia uma falsa simplicidade que despertou nela um lampejo de frustração familiar. *Mas eu não quero mandar em tudo um dia! Quero? Você está dizendo isso porque vê algo em mim que eu não vejo, ou porque se recusa a ver algo em mim que eu vejo?*

— E como estão as meninas da casa?

— Ah, ótimas. A Nai está indo morar com a namorada, então estamos pensando em nos mudar para uma casa com três quartos. Um apartamento, talvez.

— Ah, que bom pra elas. E pra você, se mudar pode ser divertido.

— Exato. E os seus pais, como estão?

— Bem. O mesmo de sempre.

Ela estremeceu com a repetição e acrescentou apressadamente:

— Eles perguntam sobre você, esperam que esteja bem e tudo o mais.

— Isso é muito gentil. Bom, por favor, diga que eu... diga que eu mandei um "oi".

— Pode deixar, eles vão gostar de saber da promoção. Como estão os seus?

— Estão bem também. Planejando uma viagem para a Índia no outono, acredite se quiser.

— Uau.

— E as meninas? A Dee, a Rosa e a Katie.

— As mulheres. — Liv se viu insistindo, e se sentindo pedante por isso. — Elas estão todas bem. A coluna da Rosa ainda está no jornal.

— Ah, isso é ótimo. Ela deve estar animada.

— Aham.

Nikita fez um barulho que poderia ter sido o início de uma risada conhecida.

— O quê?

— Você sabe.

— Ok, tudo bem. Sou uma bruxa velha, amarga e perversa, feliz?

— Meu Deus, não! — Nikita agarrou a sua mão, e sua pele parecia insuportavelmente familiar. — Liv... você sabe que eu nunca pensei isso, né?

— Sei, só estou brincando. — *Como sempre.*

— Eu só quis dizer... Ah, qual é. Conversamos sobre isso, né? Se você deveria ou não? Mudar de carreira e tudo o mais?

— Acho que sim.

— E talvez, às vezes, ver o que as outras pessoas estão fazendo...

— Hummm.

— Mas, se vale de alguma coisa, eu acho que você está fazendo a coisa certa pra você.

Ela riu sem graça.

— Você acha, é?

— Acho — respondeu Nikita, com sinceridade. — De verdade. É *você*, Liv, mais do que você pensa. Escrever, sim, mas também... Também estratégia, números e tudo isso. Decodificar as coisas, como fazer as histórias funcionarem. Você é incrível, sabia?

Elas andaram em silêncio por alguns minutos.

— Ah, e a Katie está ficando com a gente. Ela e o Chris terminaram.

— O quê?

— Pois é, três semanas atrás.

— Uau. Como ela está?

— Bem, considerando tudo. É difícil.

— Quem... — Ela se interrompeu, e Liv sabia qual era a pergunta que estava se recusando a fazer.

— Ele, mas parece que já estava ruim há algum tempo. — Ela hesitou e depois disparou: — Acho que a Katie entende.

Nikita não perguntou "o que" ela entendia.

Elas andaram por algum tempo em silêncio, e então Nikita disse:

— No que você está pensando, Livvy? — E ela quase gritou.

Estou pensando em como você foi boa para mim e em como é seguro e confortável ter alguém que me ama. Estou pensando em como seria acordar ao seu lado amanhã de manhã. Estou pensando em alguém batendo à porta de uma pessoa no meio da noite para dizer que a ama, e em como isso é romântico, alegre e terrível. Estou pensando em como dói partir o seu coração.

Ela parou e olhou para o rosto de Nikita.

— Estou pensando em amanhã. Nós vamos para o apartamento da Katie. Pra ajudar com a mudança.

Nikita fechou os olhos. Suavemente, como uma criança.

— Eu sinto muito — sussurrou Liv.

— Eu sei — disse Nikita.

— Estou feliz que você veio.

— Sério?

— Sério. Era a coisa certa a fazer.

*

— Ouviram? — perguntou Katie. A porta da frente havia se aberto.

— Vamos — disse Dee. Elas foram para o corredor sem fazer barulho e tentaram entender as vozes abafadas. Mas houve apenas um som de porta de fechando.

Liv abriu a porta do apartamento e viu as três mulheres mais importantes do mundo. Ela caiu de lado na parede e desmoronou.

Elas pegaram em seus braços e a levaram para a sala. O filme ainda estava passando, mas as cores pareciam desbotadas e o som estava abafado.

Filmes de término

Términos exigem escapismo, ser absorvida pelas histórias de outras pessoas. Leia essas histórias. Escute-as.

E assista, porque assistir a filmes pode se tornar algo maravilhosamente comunitário, e sua comunidade é seu alicerce.

Então você precisa conhecer os dois tipos de filme a serem assistidos depois de um rompimento: o tipo certo e o tipo errado.

O tipo certo:

* *Filmes para rir até a barriga doer. Filmes em que você ri até a bebida sair pelo nariz.*
* *Musicais antigos.*
* *Filmes que você tem vergonha de gostar tanto, mas que, mesmo assim, a levam para um lugar feliz, porque você já assistiu um milhão de vezes. Os desenhos animados da sua infância. Os filmes cult de quando você saiu de casa pela primeira vez. Os filmes de ação que passam na véspera de Natal. As animações da Pixar. Desenhos da Disney. Comédias duvidosas.*
* *Filmes românticos quando você sabe que o casal principal tem aquela conexão que você e a outra pessoa não tinham, a conexão com a qual você pode sonhar em encontrar no próximo relacionamento. A amizade de* Harry e Sally: *feitos um para o outro. O sexo de* Dirty Dancing: *ritmo quente. As conversas de* Antes do amanhecer.

* *Filmes românticos em que alguém vai embora, e você sabe, no fundo, que foi o certo a fazer.*
* *Filmes românticos que se transformam em filmes de vingança. Quanto mais louco, melhor.*

O tipo errado:

* *Filmes de o-amor-vence-tudo, que vão deixar você pensando se poderia ter se esforçado mais, se deveria ter se esforçado mais, se teria se esforçado mais.*
* *Filmes que você assistiu com a pessoa, de modo que cada fala vem acompanhada do som da risada dela, da sensação da sua cabeça encostada no ombro dela, da maneira como ela respirava no seu cabelo.*
* *Filmes com beijos na chuva.*
* *Diário de uma paixão.*

Mas, acima de tudo, o que importa em um filme de término é com quem você o assiste. Não importa se a pessoa está sentada no mesmo sofá ou do outro lado do telefone, mantenha seu alicerce por perto.

Capítulo Nove

LEMBRETES

Katie estava beijando Chris, ele a estava beijando. Ela conhecia o formato e a textura dos lábios dele com tanta precisão, a sensação da mão dele no seu cabelo, o arrepio na espinha, como mariposas esvoaçando sob sua pele. Ele se afastou suavemente, mas deixou a mão na nuca dela, e seus olhos encontraram os dela e ele sorriu.

Ela acordou de repente e, a princípio, ficou envergonhada por se encontrar quente e suada, e depois ficou confusa se era porque tinha tido um pesadelo ou outra coisa.

Katie-e-Chris-não-existe-mais.

Liv se mexeu ao lado dela e Katie olhou para seu rosto enquanto a amiga dormia. Havia um vinco entre as sobrancelhas, e sua mão estava fechada em punho perto do queixo. O que Nikita havia feito. E o que Liv fez em troca.

Ela tentou imaginar Chris se expondo daquela maneira. Nu, suplicante, aberto. Era ridículo, era agonizante.

Liv estava se mexendo, rolou para o lado e abriu um pouco os olhos em direção a Katie.

— Ei, bom dia, café?
— Eu faço.

Liv se balançou sobre as costas quando Katie saiu do quarto. Ela estava deitada em uma piscina de luz solar, que iluminava o teto e fazia com que a rachadura se destacasse como uma linha de relâmpagos. Nikita era uma *mulher tão boa*, repetia ela para si mesma. Suas expressões sinceras, seu coração aberto. Somente alguém como Nikita poderia bater a uma porta e pedir para reatar um relacionamento, e fazer isso com tanta clareza e graça. Somente alguém como Nikita poderia abraçá-la quando ela lhe disse não.

Então por que eu não a quero? E por que, ah, por que estou obcecada por um homem que sorri como se estivesse com uma mulher diferente a cada noite, que ri como se estivesse tentando me fazer dizer algo do qual irei me arrepender?

Ela rolou violentamente e deu um soco no travesseiro em sinal de frustração enquanto Katie entrava com duas canecas.

— Eita, como você está?

Liv aceitou o café com gratidão.

— Vou ficar bem. Enfim, como *você* está? O grande dia.

Katie olhou cuidadosamente para Liv, tentando calcular quanto ela estava tentando desviar do assunto e quanto daquilo era generosidade.

— Você pensou em dizer sim? Pedir pra ela voltar pra cá? Ficar com a Nikita de novo?

Liv fez um barulho de exasperação mais alto do que pretendia.

— Jesus amado, eu tenho pensado em variações disso desde que terminei com ela.

Katie a encarava.

— Sério?

— Claro. Tem uma... Uma *cauda*, né? Quer dizer, uma cauda longa, depois que algo do tipo acontece. Não uma cauda de bicho. Haha.

Ela sentiu como se estivesse se embolando. Katie estava arranhando a caneca com a unha.

— Olhe — continuou Liv. — É uma merda, obviamente. Eu acho... Eu sei que fiz a coisa certa. Só não entendo *por que* é a coisa certa.

— Como assim?

Liv fixou os olhos na janela e sabia que os de Katie estavam voltados para ela.

— A Nikita é maravilhosa — disse ela. — Claro que ela é maravilhosa. Ela é gentil, atenciosa e ambiciosa na medida certa, me tratou com respeito e, porra, ela liga para os pais todos os domingos para saber como foi a semana deles. Não é de se admirar que os meus pais a amem. Não importa que eles tenham um problema com o fato de eu gostar tanto de meninas quanto de meninos, acho que minha mãe estava pronta pra comprar um chapéu para o casamento.

— Estou tentando entender qual é o "mas" aqui — disse Katie com firmeza.

— Mas não é suficiente, né? Se você não estiver... não estiver *sentindo*, de alguma forma. E não é sobre sexo. Isso também sempre foi ótimo.

— Claro.

— Tipo... A Nikita é *perfeita* pra caralho, sabe, mas é aquela coisa que não dá pra identificar.

— Claro.

— A conexão, a química, não estava funcionando. Ou estava, mas não ia funcionar no futuro, eu pensei. Quer dizer... Eu *acho*. Eu *sei*. Não estava funcionando.

A respiração de Katie ficou presa na garganta.

— Eu sei que não estou me explicando muito bem.

— Não, você está, sim.

— Olhe, só porque eu me sinto assim, não significa que... — Liv se conteve quando os olhos de Katie brilharam.

— Não significa o quê?

— Nada. Olhe, esqueça que eu disse qualquer coisa. Hoje é sobre você, né? Vamos pra sala.

Elas entraram quase ao mesmo tempo que Dee, encharcada de suor. Katie emitiu um ruído entre a incredulidade e a admiração.

— Você é uma *máquina*. Nós bebemos... quanto ontem à noite?

— Só fiz seis quilômetros — disse ela, afundando na poltrona e bebendo água. — Isso ajuda. Suar, ou algo do tipo.

— Acredito em você.

Dee olhou para Liv com cuidado e perguntou:

— Como você está se sentindo?

Liv deu de ombros e se jogou no sofá.

— Estava conversando com a Katie agora mesmo. Uma merda. Culpada. Uma bagunça.

— Não tem porque você se sentir culpada.

— Eu sei, mas eu me sinto.

Dee concordou com a cabeça.

— Socialização feminina, é assim mesmo. Não é culpa sua.

— Obrigada.

— Você foi honesta com ela. E isso é mais do que muitas pessoas recebem.

— Honestidade pode machucar — disse Liv de forma incisiva.

Dee estremeceu.

— Touché. Mas, contanto que você não tenha dito que ela é fisicamente repugnante, vai ficar tudo bem.

Liv deu um leve sorriso.

— Eu não queria... Desculpe.

— Pelo quê?

— Pela comparação. Por... Você não gostaria que o Leo não tivesse dito... o que ele disse?

Dee franziu os lábios.

— Queria poder esquecer.

— Faz sentido.
— Enfim, vou tomar um banho. Alguém já viu Rosa?
— Vou lá acordar — disse Katie.

Mas Rosa já estava acordada, parada na frente do guarda-roupa aberto e segurando o vestido que havia caído dele. Verde com flores brancas. Ela encostou o tecido no rosto e tentou inalar o passado. Perfume, pubs, noite de fogueira, cozinhar shawarma de cordeiro e fazer picles de pimentão. *Que mulher*, disse o colega de apartamento de Joe, e ela sabia que Dee e Liv teriam revirado os olhos, mas ela adorou mesmo assim.

E então de pé, tremendo, na porta da casa dele. O cabelo em cachos soltos nas costas. Joe sempre amou seu cabelo e, por isso, naquele dia, ele precisava estar com a melhor aparência de todos os tempos. Havia uma bolsa pendurada no ombro que ela esperava desesperadamente não ter que encher. *Joe conheceu outra pessoa, mas precisamos conseguir reconstruir a partir daqui. Não pode ser isso, não pode ser o fim.*

Mas quando Joe abriu a porta, ela soube, antes mesmo da sua primeira inspiração, que era.

As linhas divisórias das nossas vidas, as divisões entre o *antes* e o *depois*. As rupturas graduais da nossa inocência, as lágrimas que carregamos. Viver e reviver.

Uma fungada, um estremecimento. Atrás dela, Katie encostou o rosto no ombro de Rosa sem dizer nada.

Deixada sozinha, Liv pegou o celular. Ela foi até o perfil de Nikita. A foto ainda era a maçã, brilhante e reluzente.

Ela enviou uma mensagem quando chegou de volta a casa. *Oi, Livvy, eu só queria agradecer por você ter me ouvido. Mantenha contato se puder. Te amo, sempre, Nikita. Beijoss.*

Ela fez outro ruído de exasperação. Era lindo, era perfeito. Não fazia sentido. Como se Nikita pudesse prometer um para sempre. Como se fosse possível se comprometer a capturar seus sentimentos no tempo, um inseto em âmbar. Permanecer a mesma não era uma coisa ruim?

Esse pensamento lhe deu uma ideia, e ela abriu o aplicativo de relacionamento. Os rostos de Celestes e Freddies brilharam para ela. Não, eles não eram tão inebriantes como Felix. Não, ela não poderia saber, não realmente, por meio de uma tela de celular e uma ou duas fotos. Sim, o julgamento superficial era de um tipo que ela não gostava muito, ou ao qual não queria se submeter.

Ela digitou rápido o suficiente para enviar a mensagem antes que pudesse pensar nela. *Ei, já está na hora de tomarmos aquele drinque, né? Você está livre no próximo fim de semana? Bjs.*

Depois de uns cliques e sons a mensagem foi enviada, e ela se levantou para tomar banho. Hoje era sobre Katie.

*

As caixas que elas haviam coletado nas lojas de esquina e nos supermercados estavam empilhadas no canto da sala de estar. A van que haviam alugado estava estacionada a algumas ruas de distância. Ficou combinado que Liv e Rosa iriam buscá-la, enquanto Katie e Dee iriam até o apartamento a pé e começariam a empacotar. Isso levou vinte minutos, e Dee estava cheia de energia, enquanto Katie estava sombria e abatida. Algo batia em seu estômago como um tambor.

Dee apertou a sua mão.

— Vamos terminar em algumas horas. Você vai estar desfazendo as malas na casa do Rafee e do Jack e arrumando seu quarto como quiser, e vai se sentir como... Como se estivesse pensando no futuro. Eu prometo.

Katie tentou sorrir, e confiava nela, mas a mistura de expectativa e ansiedade a estava deixando enjoada. Chris nem mesmo estaria lá! E isso era para ser uma coisa boa agora.

Chegar ao quarteirão do apartamento trouxe um caleidoscópio de lembranças irregulares. Encontrar o corretor de imóveis, não fazia nem um ano, e eles estavam de mãos dadas, envoltos no amor e na expectativa e, sim, na presunção de *mudar* de apartamento e *subir* na vida. O corretor disse Esperem até vocês verem a vista da varanda, que dá para o parque, é realmente especial. Chris dizendo Sim, eu jogo futebol lá aos fins de semana, é muito conveniente, e você poderia confirmar se o aluguel inclui a taxa de serviço? A mão dele na parte inferior das costas dela, a privacidade dos toques que ninguém mais dava.

Mas havia a mão de Dee em seu ombro, e Dee estava atrás dela quando entraram no elevador. Ela se lembrava de ter se apoiado, bêbada, no ombro de Chris quando voltavam de um jantar, aquecidos e satisfeitos. Olhando com a vista embaçada para o reflexo deles nas paredes espelhadas e tentando identificar a expressão de Chris, amor temperado com algo mais, distante. O som de um *ding* quando as portas se abriram. Ela estava se mudando. Ela nunca mais iria morar aqui.

E então elas estavam na porta do apartamento. Ela girou a chave pela última vez e elas entraram no que havia sido um lar.

Foi imediatamente perturbador. Chris havia mudado as coisas de lugar. A poltrona estava do outro lado da sala. Ele havia mudado o ângulo do sofá, e um travesseiro e um edredom estavam impecavelmente dobrados em uma das extremidades. Havia uma caixa no chão, ao lado da geladeira, e a torradeira, a chaleira e o liquidificador em que ele fazia seus smoothies energéticos (aff) estavam guardados dentro. Em um ímpeto de indignação perversa, Katie puxou a chaleira e a colocou violentamente no balcão.

— Chá?

— Eu faço — disse Dee. — Respire um pouco, confie em mim.

Ela observou Katie deslizar pelo chão. A delicadeza do movimento, a maneira como ela estava se mantendo em pé. Dee pensou que havia um eco insuportável da sua mãe no apartamento da avó, como se Katie fosse feita do mais frágil vidro e fosse se estilhaçar em um milhão de pedaços se tropeçasse.

Chris também havia mexido nas prateleiras. Havia espaços estranhos onde ele havia retirado os poucos livros que possuía, e um espaço inquietante onde ficavam seus videogames. Ele não havia, notou Katie, tocado nas fotos. Cinco delas: Katie-e-Chris de férias na Espanha, Katie-e-Chris em uma noitada em Manchester, Katie-e-Chris em um restaurante no aniversário de vinte e cinco anos dele, Katie-e-Chris no casamento de um amigo, Katie-e-Chris em uma trilha nas montanhas. Cada uma na própria moldura, como se isso pudesse mantê-las em algum lugar firme.

Ela respirou fundo e entrou no quarto. E havia outra lacuna: um abismo enorme e horrível onde a cama deles ficava. No lugar onde eles haviam se abraçado, havia um envelope branco, com *Katie* rabiscado nele na letra insuportavelmente familiar de Chris. *Eu vi isso em cartões de aniversário e cartões de dia dos namorados por nove anos. Já vi isso com "querida", "amor" e "sempre"*. Chris havia selado o envelope e, quando ela passou o dedo sob a dobra do papel, sentiu como se estivesse tocando a boca dele.

Dentro, havia uma pilha de notas de vinte libras. Elas estavam novas e durinhas, ele claramente tinha ido ao caixa eletrônico com o intuito de sacá-las para pagá-la. Não havia nenhuma mensagem. Ela sentiu algo afiado e quente subindo pela garganta, e o engoliu. Uma dor dura e grumosa se arrastou até seu estômago.

— O chá tá pronto — chamou Dee, e ela andou sem vida para a sala, ridiculamente ciente de que estava segurando um maço de dinheiro, e ela estava dizendo que Ele me mandou uma mensagem sobre isso, é da cama e do sofá, ainda bem que ele não esqueceu, e Dee assentiu e se virou para servir o chá, e Katie piscou para afastar as lágrimas.

A campainha soou com raiva, e Dee foi até ela com propósito.

— Oiê, podem subir. — Alguns minutos e então Liv e Rosa também estavam lá, os braços cheios de caixas e sacolas, preenchendo o espaço com um zumbido de amor. Onde é o melhor lugar para colocar isso e Aah, isso é chá, eu também quero. Era como se todas elas estivessem operando em uma velocidade e Katie estivesse em outra, mais lenta.

Mais tarde, quando ela tentou se lembrar das duas ou três horas que se seguiram, a sensação mais marcante que teve foi a de que o corpo estava se tornando translúcido, de modo que tudo ao seu redor também passava por ela. Tudo parecia insubstancial e elevado, como um filme de coisas flutuando no espaço sideral. Dee, Liv e Rosa logo assumiram o comando, pegando livros das prateleiras, roupas do guarda-roupa, caixas da cômoda, comentando Ah, eu me lembro disso de Manchester e Ah, meu Deus, não acredito que você ainda tem isso. Porque houveram casas antes dessa, e houve amor antes do Chris.

Era realmente incrível como era possível desmontar a própria vida tão rápido. As roupas, os livros e cada coisinha ocupavam tanto espaço na sua cabeça, mas tão pouco nas caixas. Pertences que ela havia arrastado de um lugar para o outro, tentando construir os sentimentos que eles prometiam. No canto do quarto, havia um tubo de papelão grosso com seus desenhos e pôsteres, e ela percebeu que ele havia sido escondido debaixo da cama. Bom, isso já era alguma coisa. *Eu posso pendurar exatamente o que eu quiser nas paredes. Sem perguntas, sem precisar ceder.*

Nos armários da cozinha, Chris havia deixado nem mais nem menos do que ela já esperava: suas tigelas com as cores do arco-íris, o conjunto de taças de champanhe que seus pais haviam dado quando eles foram morar juntos pela primeira vez (e Chris havia quebrado uma, o desgraçado), três livros de receitas, quatro panelas e frigideiras.

— Hum, Katie? — Rosa estava segurando uma das fotos emolduradas como se fosse um passarinho. — São... são cinco. O Chris... Acho que ele não empacotou.

— Você não precisa levar — disse Dee.

— Tive uma ideia — afirmou Liv. Com destreza, ela pegou as fotos. Em poucos e grandiosos minutos, ela tirou as molduras e separou as fotos em uma pilha organizada. — Me passe um livro. Um que você não leia muito.

Katie, processando o plano e sorrindo apesar de tudo, passou um *Henrique VIII e suas seis esposas*. Liv sorriu.

— Perfeito. Agora... — Ela colocou as fotos dentro da contracapa e colocou o livro de volta na caixa. — Para quando você estiver pronta. E você pode usar as molduras para algo novo.

Katie assentiu lentamente.

— Você guardou as fotos?

— Claro que sim. Empacotadas. — *Mas vejo as mensagens dela toda semana.*

— Rosa?

Rosa franziu os lábios.

— Uma ou duas. Mas também empacotadas. — *Olhar para elas acaba comigo.*

— Dee?

Um ruído de risada pelo nariz. *Apague tudo.*

Katie sentou-se delicadamente na beirada do sofá.

— Posso contar uma coisa?

Sim, sim, claro, querida. Sempre. Conte qualquer coisa. Conte tudo.

— Estou fuçando o Chris o tempo todo. On-line, quero dizer. Ele não é muito de rede social. Mas tem algumas coisinhas. Fotos que os amigos postam. Ou mensagens do time de futebol dele. O site da empresa. Sabendo onde procurar, dá pra juntar todas essas informações diferentes, como um quebra-cabeça, e então parece que eu ainda estou vendo a vida do Chris da maneira como deveria. Assim, eu sei que não *devo*, não mais. Mas parece impossível. Então eu olho e continuo olhando. E tenho medo que isso faça ser mais difícil de seguir em frente, mas tenho medo de não olhar mais nada.

A sala se encheu com um sopro de concordância e empatia.

— É a coisa mais óbvia de se dizer, mas... você deveria tentar parar — disse Dee. — Masoquismo e essas coisas. E você tem razão. Vai fazer ser mais difícil de seguir em frente.

— Eu sei.

— Que tal excluir os aplicativos? — sugeriu Liv. — Ou os perfis? Tentar dar uma pausa nisso até que você tenha tido mais tempo?

— Bom, eu obviamente já tentei isso — disse Katie. Uma entonação afiada, sobrancelhas erguidas.

Liv abriu a boca para desafiar e segurou a língua com generosidade.

— Ok — disse ela.

— Eu simplesmente ativo tudo novamente. — Katie riu um pouco de si mesma. — Que ridículo.

— E se... — Rosa interrompeu de repente, e Katie olhou para ela.

— E se eu vir o Chris com outra pessoa? — concluiu ela.

— Bom... — Rosa deixou a frase morrer, infeliz. — Desculpe. Mas eu sei, você lembra?

— Lembro. — *Natalya*, sua foto e seu apartamento vibravam. Katie passou os braços em volta de si e girou no lugar, olhando em volta da sala. — A gente achou que seria tão feliz aqui.

E fomos, algumas vezes. Nó nos sentamos naquele sofá comendo risoto e rindo de programas bobos na TV. *Ficamos naquela varanda bebendo vinho e conversando sobre onde iríamos passar as férias. Deitávamos naquele quarto e eu me sentia segura, mas também tensa, como se estivesse esperando que algo fosse acontecer.*

Suas amigas estavam de pé, sem dizer nada. Elas estenderam o caderno de desenho preto, o manual do coração partido, para ela.

Sim, talvez a coisa mais importante a ser levada de todas. A ponte entre o velho e o novo. O alicerce, a rede de segurança. Você está pronta?

— Deixe só eu checar o banheiro.

Era um banheirinho sem graça, como todos em apartamentos novos são. Chris havia comentado com o corretor sobre o blindex no chuveiro: *Ah, vai ser fácil de manter limpo.* Como se você limpasse a porra do banheiro, ela teve vontade de gritar, e odiou isso, porque como é que você acaba no meio dessas estruturas terrivelmente previsíveis quando as conhece exatamente pelo que elas são?

Ela se olhou no espelho. O rosto estava abatido e cansado, os olhos estavam inchados. Ela precisava cortar o cabelo. É claro que o Chris não queria mais isso. Ela sentiu o estômago se contrair de novo e vontade de chorar. Estômago. Lágrimas. Você acha que já fechou essa porta, e então ela se abre novamente.

Ela pensou na batida de Nikita à porta, nas escolhas de Liv e no choro dela também. Seu maxilar estava tensionado, os dentes pressionando uns contra os outros e causando um aperto atrás dos olhos. O que significaria ter uma escolha em tudo isso?

Ela voltou para a sala. Certo, vamos embora. E elas encheram a van com a vida dela, e ela trancou a porta, segurou o manual do coração partido junto ao peito e deixou a chave cair na caixa de correio atrás dela.

Lembretes

Sempre haverá algo.

Sim, as fotos. Sim, os cômodos e os prédios. Sim, as músicas que vocês dançaram, o lugar onde deram o primeiro beijo, os rastros on-line. Você sabe disso. Você sabe que deve guardá-los, que deve ficar de braços cruzados e sabe como é difícil.

Mas também a frase que alguém diz no bar, que se destaca como ouvir o próprio nome no meio da multidão. O filme que você sabe que aquela pessoa teria amado. O comentário que você sabe que ela teria feito sobre uma reportagem do noticiário.

E então, quando você achar que já a eliminou de todas as facetas tangíveis da sua vida, você sonhará com ela.

Porque um dos elementos mais desagradáveis do término de um relacionamento é a forma parasitária com que ele se infiltra em cada um dos seus pensamentos. Não é tão simples e claro como "o dia todo, todos os dias", é mais doloroso do que isso. É uma percepção chocante, como unhas em uma lousa, repetidamente, de modo que a sua mente funcione como uma escala Richter.

Está preparando o primeiro café do dia? Você se lembrará de como aquela pessoa bebia café preto e de como você achava isso incrivelmente atraente quando a conheceu, porque você tinha dezoito anos e ainda estava treinando para beber martínis sem fazer caretas e aprendendo a enrolar cigarros assistindo a tutoriais no YouTube.

Está tentando se acalmar antes de uma reunião importante? Então se lembrará de como reclamava com aquela pessoa sobre o trabalho, de como ela dizia que acreditava em você, que você era capaz, de como ela a ajudou a praticar o pedido de aumento de salário e se juntou a você para chamar seu chefe de idiota.

Ainda está dormindo do seu lado da cama? Nem vamos tocar nesse assunto.

Quando o amor deixa uma marca no seu coração, ele também deixa milhares de outros rastros. Como enfrentar esses lembretes constantes?

De cabeça erguida. Conheça cada um deles, reconheça-os, respire, se movimente.

Resista aos impulsos de cravar mais facas no seu coração. De olhar para as fotos deles, de ler e reler suas palavras, de descobrir todos os detalhes de onde eles podem estar morando, o que devem estar fazendo, com quem devem estar rindo, tudo isso a animará por um instante e depois a afundará.

Não queime ou jogue no lixo coisas das quais você possa se arrepender depois. Guarde, esconda. Prometo que vai chegar um momento em que você vai conseguir olhar para elas sem essas facas, talvez até chegue um momento em que você queira olhar para elas.

Você pode tentar escrever uma carta para si mesma. Pode tentar converter essas estranhas acrobacias de emoção em algo mais concreto, algumas frases que possa guardar com as fotografias e voltar a elas mais tarde. Talvez você se surpreenda, então, com as manchas de lágrimas e sangue, com a dor que você pensou que a afogaria.

Mas agora é diferente. Por enquanto, você precisa aprender a viver com aquela pessoa, sem ela.

Capítulo Dez

PARA TRÁS

A porta se abriu antes que Katie a alcançasse. Rafee e Jack surgiram na calçada, Ah, que bom que você tem uma van, podemos ajudar, aqui estão as suas chaves, aliás. A velocidade era, ao mesmo tempo, tranquilizadora e avassaladora, como se ela estivesse nadando por entre as ondas, batendo as pernas para longe da escuridão lá embaixo. A sensação de esvaziar a van era a mesma, seis pares de mãos e conversas ao redor e acima dela. Três caixas de livros ao lado do sofá, duas caixas de utensílios de cozinha ao lado da geladeira. Uma caixa no banheiro, uma mala e dois sacos de lixo com roupas na cama. Sapatos e bolsas, um secador de cabelo e uma raquete de tênis. O tubo de papelão com desenhos e pôsteres, a caixa de joias, a barraca e o saco de dormir, o notebook, a caixa de som e o emaranhado de fios. Era isso, isso era uma vida.

Com muito tato, Rafee e Jack desapareceram para o andar de baixo, e suas amigas se aglomeraram ao redor da porta de seu novo quarto, porque não havia espaço para as quatro lá dentro.

— Quer voltar para o apartamento pra passar a tarde? — perguntou Rosa. — Eu posso fazer o jantar.

Katie abriu a boca e se viu dizendo não.

— Acho... Acho que eu só quero organizar as coisas por aqui. Seria... Seria bom passar um tempo com o Rafee e o Jack, provavelmente.

Elas concordaram com a cabeça e a abraçaram, uma por uma. Katie as seguiu pela escada, com a sensação de que tudo estava muito lotado. As proporções da casa eram diferentes das do apartamento: tetos mais baixos, cômodos mais estreitos. Jack e Rafee estavam jogando videogame, mas ambos se levantaram e fizeram uma cerimônia educada de acenos e sorrisos quando Dee, Rosa e Liv foram embora.

Katie fechou a porta e tentou processar esse novo ruído, a forma como enviava uma leve reverberação pelo cômodo, o estalo de metal e madeira. Esse é o som da minha porta da frente agora. Será assim todas as manhãs, a caminho do trabalho, e será assim que chegarei em casa em segurança depois de uma noite fora. A percussão marcando cada dia. Ela vai se tornar familiar. Vai, sim.

— Eu só vou... só vou desfazer as malas e outras coisas — disse ela, inutilmente. É claro que eles sabiam disso. Ela subiu a escada, fechou a porta, sentou-se com cuidado na beira de sua nova cama e respirou.

O quarto parecia menor e mais frio do que quando ela o examinou pela primeira vez. Ela notou que as paredes estavam sujas e que havia uma teia de aranha pendurada no alto da janela. A terrível comparação involuntária com o quarto do apartamento, com vista para o parque e o guarda-roupa espelhado. Chris estaria em algo parecido amanhã, com janelas do chão ao teto e um banheiro reluzente. Outro *para cima* e *para a frente*. Ela sentiu uma onda de náusea subindo pela garganta e se inclinou para a frente, apoiando a cabeça nas mãos.

Ah, e você achava que estava conseguindo passar por esses estágios tão bem, não é? Achou que tinha dissolvido o pavor no estômago e desviado o olhar para um lugar onde seus olhos não a traíssem sem aviso? Achou que poderia marcar um *encontro* e sentir o nervoso da expectativa no calendário, achou que poderia ver o nome dele no celular, até mesmo passar por ele na rua e sorrir, dar de ombros discretamente para si mesma?

Ela pegou o celular e viu o nome de Chris. Sua foto dolorosamente linda, o lembrete de que ele estava on-line há vinte minutos. Com quem ele estava falando? Não comigo, não comigo. *Oi, já me mudei. Obrigada pelo dinheiro. Você me avisa se eu tiver esquecido alguma coisa? Espero que sua mudança corra bem. Bjss.*

Então você tenta injetar alguma autonomia na turbulência que não pode controlar, tenta recriar a pessoa animada e alegre pela qual ele se apaixonou um dia. Porque essas são as escolhas dele, não as minhas, sim, *escolhas*, e como Liv ousa se recusar a reconhecê-las, seu privilégio extraordinário, a dor que ela tem o poder de curar?

E então olhou para o nome de Liv. Sua imagem dolorosamente familiar, o lembrete de que ela havia estado neste cômodo há cinco minutos. Ela parecia confusa ao atender a ligação.

— E aí, Katie, esquecemos alguma coisa?

— Por que você não entende? — exigiu saber Katie.

Ela conseguia ouvir Liv parando na calçada, ver Dee e Rosa alguns passos à frente, olhando para trás com curiosidade.

— Por que eu não entendo o quê?

— A Nikita. O que é preciso pra alguém voltar daquele jeito. O que significa quando você diz que ela é ótima, maravilhosa, perfeita, mas que *não está funcionando.*

Liv, a duas ruas de distância, observada pelas amigas, sentiu o rosto esquentar. Ela falou lentamente e em voz baixa.

— É claro que eu entendo. É por isso que tenho pensado nisso o tempo todo, desde que terminei com ela, e desde a noite passada.

— Ah, você *pensou*. — Katie mordeu o lábio, irritada com a própria petulância.

A voz de Liv se elevou.

— É. É, eu pensei. Uma coisa não exclui a outra. Dá pra amar alguém e saber que... que não está funcionando.

— Meu Deus, você consegue se *ouvir*?

Uma pausa crepitante.

— Eu sei que não parece o suficiente. Sei que é vago, mas é a verdade. — Liv riu, nervosa. — Qual é, você sabe como essas coisas são difíceis de explicar.

— Difíceis de explicar? Você não acha que a Nikita merece mais do que isso?

Um suspiro curto, dentes cerrados.

— Katie, eu sei que você está chateada com o Chris...

— *Chateada?!* — Ela ficou envergonhada com o tom estridente da própria voz, só que, mais do que envergonhada, estava furiosa.

— Eu não quis menosprezar... Sei que você está devastada.

— É, eu estou. Devastada, destruída, tudo. Porque, sabe de uma coisa, quando alguém diz que *não está funcionando*, quando essa é a única explicação que tem pra despedaçar sua vida, é difícil pra cacete de ouvir, sabe?

E a voz de Liv se elevou também.

— Eu sei. Claro que eu sei.

— Sabe? Sabe mesmo? Porque daqui parece que você tratou a Nikita exatamente do mesmo jeito que o Chris me tratou e nem sequer deu a ela o benefício da dúvida quando...

— O *benefício da dúvida*? Pelo amor de Deus, Katie, do que você está falando? A Nikita não veio me perguntar, sei lá, o que ela deveria fazer para o jantar. Ela estava me pedindo para estar em uma *porra* de um relacionamento com ela. O que você está me pedindo pra fazer, ficar com alguém quando sei que não é o certo? Olhe, desculpe se não usei exatamente a combinação de palavras que você teria usado, mas você não sabe nada, *nada* sobre mim e a Nik, nada sobre como foi difícil, nada sobre o que conversamos, nada.

— Porque você *não conta nada* pra gente! Meu Deus, Liv, você é tão fechada! — A fala de Katie estava indo para lugares que ela nunca havia planejado, suas têmporas estavam latejando. — Tudo o que Nikita queria era uma *chance*, e você não deu nem isso a ela e...

— Como assim, uma *chance*? É minha *responsabilidade* agora, é? Ser a namorada da Nikita?

— Não coloque palavras na minha boca, não foi isso que eu disse...

— Quer saber de uma coisa, Katie? Você precisa parar de projetar sua história nos outros e precisa passar pelo que está passando, e precisa ficar longe de coisas que não têm nada a ver com você. Meu Deus, só porque você precisou lidar com as *minúcias* de você e do Chris, não significa que o resto de nós tenha que fazer o mesmo.

Gritos, lágrimas e o fim da ligação. Katie se jogou no chão, os joelhos no peito, e chorou em sua calça jeans, querendo que o barulho do jogo no andar de baixo abafasse o som.

Então essa era a espiral, a agonia. Liv a abraçou, dormiu ao seu lado, a acolheu e a traiu. Sim, a traiu, como havia traído Nikita, como havia traído Katie-e-Chris, porque nada disso era o suficiente, as pessoas precisavam de narrativas que fizessem sentido e, se houvesse a menor chance de estancar o sangramento de um coração partido, certamente você a aproveitaria, mesmo sabendo que não funcionaria, mesmo sabendo que era errado, porque nada era pior do que a dor do *agora*.

Ela abriu o manual do coração partido e escreveu.

Para trás

*Voltar atrás, olhar para trás, cair para trás.
O coração partido não é linear.*

Capítulo Onze

MÚSICA

R*espire. Respire.*
   Katie se levantou, limpou o rosto e cerrou os dentes. Um passo de cada vez. Não era isso que suas amigas haviam dito? *As três garotas mais incríveis, as três mulheres mais sábias, e agora uma delas me odeia.* É claro que o quarto parecia deprimente, vazio e ao mesmo tempo cheio, com a luz apagada e as cortinas fechadas. Desempacotar. Organizar tudo. E se distrair.
   Sim. Sim, sim, sim. Ela abriu uma das caixas e pegou a caixinha de som. Claro que sim. Que tolice tentar fazer tudo isso em silêncio, com os pensamentos lutando entre si como vespas.
   Ela colocou Stevie Wonder, Beyoncé, Rolling Stones e Prince para tocar. Abraçou o sol, quis dançar com alguém, estava se sentindo bem, se sentindo bem pra *cacete*. Não havia nada além de flores, ela estava calçando os sapatinhos vermelhos, captando boas vibrações. Não estou quebrada. Isso não vai me quebrar.
   Mas havia uma nova dor, os traços de uma amizade danificada.

Manual do coração partido

Ela passou o manual do coração partido de uma mão para a outra. Gentilmente, o colocou na prateleira acima da cama. Um novo lar, um novo começo. As palavras das minhas meninas, minhas mulheres.

As palavras de Liv me colocaram de pé e agora estão ecoando nos meus ouvidos.

Ela esvaziou uma sacola de roupas sobre a cama. Essas para a arara, estas para as gavetas. Um guarda-roupa seria melhor. Eu tinha um guarda-roupa. Mas a arara fazia o quarto parecer mais iluminado. As gavetas são menores do que as que eu tinha. Não tenho espaço suficiente. Preciso doar essas. Essa é a blusa que eu usei na Espanha. Nós nos sentamos no bar da praça. Chris estava usando a camisa azul. Se livre disso, se livre daquilo.

Enquanto ela tirava as roupas da cama, outro pensamento lhe ocorreu. Não havia edredom, nem travesseiros. A cama dela, a cama *deles*, havia sido desmontada e vendida, e Chris estava dormindo no sofá. Ela tinha apenas um colchão, embrulhado em plástico, que rangia quando ela se sentava nele. Um eco perturbador da infância, de crianças.

Então isso era outra coisa para fazer. Por essa noite, ela usaria o saco de dormir. O saco de dormir que a acompanhara em viagens pela Europa, em verões em albergues no Camboja e na Nova Zelândia, em festivais, trilhas e em simples festas do pijama, e que agora teria de acompanhá-la na jornada mais difícil de todas. Uma campista, uma caroneira. O deslocamento, a distração. Para amanhã, mais uma coisa nova para comprar e construir.

As batidas iniciais de "Raspberry Beret". O sotaque, os movimentos de Prince. Ele acha que a ama. É isso que eu quero, é isso que eu posso encontrar. Foi assim que Chris se sentiu quando me viu pela primeira vez, foi assim que ele se sentiu quando viu a Nat? Alguém se sentirá assim novamente? Dance, dance, continue dançando.

O piano de abertura de "River". Estou sozinha no meu novo quarto e estou chorando, e Joni Mitchell está cantando que gostaria de poder patinar para longe, que perdeu o melhor amor que já teve e que parece que é Natal, Natal sem Chris, Chris, Katie-e-Chris.

Peggy Lee está me contando sobre quando ela era uma garotinha, quando foi ao circo, quando se apaixonou. Ela achou que fosse morrer, mas não morreu. Tão simples, tão fácil. Skeeter Davis está perguntando sobre o sol, o mar, as estrelas. O mundo está acabando, mas continua girando. Tão impossível.

Ela estava caída no chão de novo quando ouviu uma batida hesitante.

— Katie? Estou fazendo chá, você quer?

Katie se levantou, enxugou os olhos, Entre, entre, seria ótimo, obrigada. Rafee parou um pouco desajeitado na porta, com a mão no cabelo. Se percebeu que ela estava chorando, não mencionou, e ela ficou grata.

— Como você prefere?

— Hum... Forte e com leite.

— Beleza! É o único jeito, né?

— É! As pessoas não entendem.

— Nem me fale. Você está se adaptando bem?

— Ah, estou, sim. Não vou demorar muito. Ei, obrigada por ajudar a trazer tudo aqui pra cima.

— Sem problema. Você tem um bom gosto musical. Um pouco de Prince é sempre bom.

— Ah, não, desculpe, está muito alto?

— Não, de jeito nenhum! Aliás, estávamos pensando em pedir comida mais tarde. Quer?

— Claro.

— Legal. Sabemos de um restaurante tailandês bom, se você estiver a fim.

— Perfeito.

Ele deixou a porta aberta e ela também.

Mais tarde, eles se sentaram juntos na mobília azul desgastada, mas macia. Rafee colocou os álbuns do Prince para tocar, o que era um gesto meigo e ansioso, pensou ela. Jack organizou a comida em pratos e travessas e eles compartilharam sopa de camarão picante, macarrão frito, curry vermelho e salada de mamão verde. A conversa em ritmo acelerado de pessoas que estavam se conhecendo, que relaxava e se suavizava à medida que eles iam bebendo as garrafas de cerveja. Então, há quanto tempo você é professora e o que exatamente você faz no sistema de saúde, e qual é o foco da sua instituição de caridade agora, onde você cresceu, o que você achou daquele filme e você já foi ao pub com jogos de perguntas e respostas no Crown? Nós deveríamos ir juntos, né?

— Quanto tempo você ficou com o seu namorado? — perguntou Rafee, então. O rosto dele era franco, simples e casual, e, pensou ela de repente, muito atraente, com um sorriso de canto de boca.

— Nove anos. A gente se conheceu na faculdade.

— Uau! — disse Jack com bom humor. — Bem sério, então?

— É, acho que sim. Mas foi a coisa certa. — Ela sentiu como se estivesse falando algo real. — Você disse que vocês dois são solteiros, né?

Eles assentiram.

— É. O Phil foi morar com o namorado, o que deixou a gente aqui na luta com os aplicativos de relacionamento.

— Com mulheres, no nosso caso — acrescentou rapidamente Rafee, e sorriu, para eles e para si mesmo.

— Vocês têm que sair com as minhas amigas algum dia.

— Com certeza, elas parecem ótimas. Foi legal da parte delas ajudar na mudança.

— Elas são as melhores. — Era a verdade, e doía, e o rosto de Liv surgiu na mente dela.

Música

Dizem que o olfato é o sentido mais relacionado à memória. E, claro, se você sentir o cheiro daquela pessoa nas semanas e meses seguintes, ficará chocada com a intensidade do que irá sentir.

Mas a música. A música.

Há dois tipos de música de coração partido: a música animada, alegre, do tipo "vou aproveitar o resto da minha vida", e a música triste, indulgente, do tipo "outras pessoas também se sentem assim".

Ambas são importantes.

Crie uma playlist para ser sua âncora quando você se sentir mal. Música para fazer você se mexer. Fique obcecada por uma ou duas músicas e toque-as constantemente. Elas sempre a lembrarão, no futuro, da sua força nesses dias estranhos.

Mergulhe em canções tristes, na água com açúcar das baladas de sofrência e nos fogos de artifício das canções raivosas. Conecte-se com todos os músicos que já se sentiram assim, com a humanidade selvagem de um coração partido.

Algumas músicas sempre estarão associadas a seu ex. Não se torture.

Você vai, de qualquer maneira. Faça isso conscientemente.

Toque música bem alto. Boas caixinhas de som, bons fones de ouvido, encha sua cabeça de música.

Capítulo Doze

CAMA

A primeira semana na casa de Rafee e Jack (e agora de Katie, supunha ela) passou em uma velocidade estranha. Todos os dias foram muitos longos e, ao mesmo tempo, rápidos como um raio. Naquele primeiro domingo, ela acordou grogue e desorientada, em um calor abafado por estar dentro do saco de dormir e com o pescoço dolorido por usar uma almofada do sofá como travesseiro. Mas a luz que entrava pela janela era clara e quente, e as roupas penduradas na arara eram uma lembrança reconfortante das antigas camadas da sua vida. Estou aqui agora, estou aqui.

Houve mensagens de Dee e Rosa no grupo, mas Liv estava visivelmente quieta. Quando elas combinaram de almoçar juntas, ela não se surpreendeu ao encontrar apenas Dee e Rosa à mesa, mas ficou surpresa ao perceber o quanto aquilo machucou. Rosa, se contorcendo de desconforto, explicou que Liv tinha saído com a "Carrie do trabalho", enquanto Dee, sempre mais direta, disse Vocês vão resolver isso logo, né?, Katie tentou dar de ombros de forma desafiadora e disse Precisamos de um pouco de espaço uma da outra, e se sentiu como um clichê. Dee e Rosa se entreolharam e decidiram não transmitir a exasperação de Liv no caminho de volta para casa, sua irritação com a confusão, a interferência e a petulância de Katie.

De volta à casa, Katie se aconchegou no sofá com chá e um livro, e Rafee e Jack, inicialmente hesitantes, mas logo relaxados, jogavam um videogame que parecia envolver feitiços e monstros. Ela descobriu, para sua surpresa, que o jogo funcionava como um pano de fundo relaxante, como se estivesse sentada em um café movimentado ou em uma estação de trem, observando a mecânica do mundo se desenrolar à sua frente.

Foi só quando ela foi para a cama, ajustando-se aos movimentos de colocar o pijama e se envolver modestamente em um roupão para ir ao banheiro, que ela se lembrou do saco de dormir. Ela se deitou nele, pensando onde aquele saco de dormir havia estado e para onde poderia ir. Seu irmão, ensinando do outro lado do mundo. Aquele convite para visitá-lo, que pareceu muito mais difícil de Chris aceitar do que deveria. Talvez ela pudesse ir para a Argentina sozinha.

Em seguida, ela navegou por lojas no celular e acabou encontrando um edredom luxuoso e quatro travesseiros em oferta, que seriam entregues no fim da semana seguinte. Pareciam limpos e cheios de promessas.

Depois, havia o trabalho, cinco dias de reuniões e aulas e Esse tipo de atraso é inaceitável e Você tirou essa nota, mas acho que poderia melhorar ainda mais e Vamos falar sobre as provas e Vocês têm que cuidar do futuro de vocês. Depois de alguns dias, o novo trajeto de ida e volta para a escola se fixou em seu cérebro e seu corpo. Ela aprendeu onde parar no caminho de casa para comprar cebolas, frango, batatas fritas e vinho, descobriu a maneira exata de sacudir a chave na fechadura quando ela parecia ficar presa. Ela dormiu no velho saco de dormir na nova cama e tentou se abraçar, testando o espaço e o silêncio em que foi deixada. E sentiu a dor adicional das palavras de Liv e suas palavras de resposta.

A quase dois quilômetros de distância, Dee, Rosa e Liv também oscilavam entre escritórios, lojas, bares, quartos e sofás, conversando e se perguntando sobre sua amiga, montando meticulosamente essas novas peças.

Dee desenhava, editava, ajustava as cores e mudava os ângulos, e cada vez que um e-mail radiante de Margot chegava à caixa de entrada, ela mesma se sentia um pouco radiante. A empresa de maquiagem queria ir adiante, Margot queria que ela cuidasse da conta. Ela se deleitava com a nova responsabilidade e se perguntou sobre as diferenças entre ter cautela e se orgulhar. Ela ligou para a mãe, confusa, e Mel riu, a reconfortando, e disse Você está se saindo maravilhosamente bem, estou muito orgulhosa de você, lembre que antigamente você teria que se contentar com um trabalho como secretária e a caça ao marido.

Rosa ficou pensando em ideias para a coluna, tentando se encaixar em uma personalidade que, de repente, percebeu que não tinha. Os inúmeros textos de "A última romântica" já publicados pareciam um carrossel do mundo dos doces. Ela havia escrito sobre a cidade cintilante e tudo parecia muito infantil naquele momento. Como ela havia conseguido fazer com que o romance soasse tão bobo e divertido, quando agora, ela sabia, a traição de Joe pesava como chumbo em seu coração? Havia uma resposta que ela odiava, e era o próprio Joe, a possibilidade de seus olhos em suas palavras, de ele especular sobre como ela o havia superado. Ser A Última Romântica era viver na esperança, mas será que a única esperança sempre foi a de que ele voltasse para ela?

Liv fazia ligações, escrevia comunicados à imprensa, participava de reuniões e admirava as roupas de Carrie, e tudo parecia desconectado, impessoal, como se ela estivesse atuando em algo que um dia imaginou que fosse diferente. Era como se ela estivesse caminhando por uma estrada da qual saíam ruas menores e soubesse que elas estavam lá ao mesmo tempo que sentia uma impossibilidade de segui-las. Nikita e Katie, raiva e tristeza, culpa e desafio estavam todos emaranhados em sua cabeça.

De volta ao apartamento, ela mexeu no celular em silêncio, pulando entre a última mensagem de Nikita, sua promessa aberta de amor eterno, e a mais recente, de Freddie. *Esse fim de semana parece bom. Sábado?* A primeira tão cheia de intimidade, a segunda tão ampla de possibilidades. Celeste não havia respondido, aquele silêncio, então estava em algum ponto intermediário. Será que ela havia mudado de ideia desde a primeira troca de mensagens, dando zoom nas fotos e avaliando as cantadas baratas? Será que ela tinha conhecido outra pessoa, já estava envolvida em alguma paixão? Será que estava simplesmente ocupada?

Rosa também mexia no próprio celular em silêncio, as anotações e ideias que estava tentando juntar. Engraçado, para cima, aventureiro? As conversas que ela tentava estabelecer nos aplicativos pareciam tão monótonas e afetadas, o que a fazia comparar com a facilidade espirituosa com que ela havia começado a conversar com Joe, há dois anos e meio. Era real ou apenas como ela imaginava depois de tanto tempo?

Havia uma alegria presunçosa que ela nunca havia expressado ao poder dizer às pessoas *Ah, nós nos conhecemos no aeroporto.* A serendipidade do *lugar certo, na hora certa*, o espanto de que, nesse lugar de transitoriedade, ela tivesse se deparado com alguém que alterou toda a sua rotina. Joe pegou sua mala, acidentalmente, ele sempre insistia, embora ela tivesse suas dúvidas, e eles brincaram sobre a etiqueta presa a ela. Eles começaram uma conversa educada sobre futebol, era época de Copa do Mundo e a maior parte da redação de Rosa só falava disso, e isso formou a base para a primeira linguagem compartilhada, as primeiras piadas. Foi tudo tão *fácil*. Ou só parece que foi?

— O que você precisa fazer — disse Dee — é ir direto ao ponto.
— O quê?
— Só vai... vai fundo. Pare de pensar demais. Com quem você está conversando?
— Hum... um cara chamado Marvin, um chamado Tom e mais um.
— Certo. Marvin. Só chame o Marvin pra sair. No sábado. Um passeio no parque. Uma cerveja no bar. Você sabe como funciona. Ou ele diz sim ou diz não, então você manda uma mensagem para o Tom.
— Mas, tá. É, você tem razão. Eu sei que você tem razão. Eu só... Parece tão *artificial*.
— Não, você que está levando isso a sério demais.
— Aprender com a dor?
— Exatamente.

Dee estava certa, no entanto. Marvin respondeu depois de algumas horas: *sábado parece bom, você conhece o Dog and Bell?* E Rosa sentiu uma delicada chama de possibilidade.

*

E então o fim de semana chegou. Quatro semanas desde o dia, Katie pensou consigo mesma enquanto andava pela loja. Quatro semanas desde *A gente precisa conversar* e *Isso não está funcionando*. Quatro semanas em que a distância entre eles aumentou e se solidificou. Ele não havia respondido à sua última mensagem. O apartamento não existia mais.

Ela sentiu um aperto quente subindo pela garganta e o engoliu de volta, estendendo a mão para tocar uma almofada, para se ancorar novamente. O edredom e os travesseiros haviam chegado naquela manhã, mas é claro que ela não tinha nenhuma roupa de cama em que colocá-los e, portanto, ali estava ela, no tipo de loja em que casais presunçosos andavam fazendo listas de casamento. *Não pense nessas coisas.*

Há quantos anos ela não fazia isso inteiramente para si mesma? Há quantos anos as camas eram apenas de Katie-e-Chris? *Não pense nisso.*

Chris havia insistido em roupas de cama simples, em cores frias: cinza-pedra, azul-claro, branco. Dizia que não gostava de confusão e incômodo. Mas... Ela avaliou uma estampa com padrão de salgueiro, azul e branca, como os pratos de seus pais. Outra com um padrão geométrico arrojado em diferentes tons de vermelho. Outra que era branca, mas com relevos em um padrão de quadradinhos, como o roupão de um hotel caro. Amarelo-mostarda. Verde-petróleo. Vieiras. Listras.

Posso deixar meu quarto exatamente como eu quiser. Posso fazer minha vida exatamente como quiser.

Ela se permitiu passear pela loja, deixando-se levar por diferentes cores e texturas. Acariciou lençóis e afofou almofadas. No fim, havia construído uma pilha de azul-oceano e um rosa fechado que parecia tão a cara *dela*, que quase chorou.

Ela acrescentou mais coisas: um vaso, um conjunto de porta-retratos. A sacola pesava nos braços e uma dor sinistra estava se formando em seu estômago, mas sua cabeça estava leve.

— Bom gosto — comentou o vendedor enquanto passava as coisas no caixa.

— Ah... obrigada!

No caminho para casa, ela passou por uma floricultura e comprou um ramo de peônias. *Elas simplesmente morrem, Katie.* Em casa, ela pendurou seus preciosos desenhos, colocou o arranjo de flores sobre a cômoda e arrumou a cama. Sacudiu o edredom na capa de seda, abriu a janela e deixou o vento suave da primavera entrar no quarto. Ela amontoou os travesseiros em pilhas aconchegantes e depois se deitou, toda confortável.

Manual do coração partido

Tudo cheirava a novo e passava uma sensação de segurança. Ela colocou as mãos sobre o abdômen, que estava doendo, respirou com as crescentes pontadas de dor e tentou não pensar nelas.

Mas é claro que ela pensou. Primeiro, Chris e nove anos de bolsas de água quente, e analgésicos oferecidos com nervosismo, e *Estamos juntos nessa*. Depois, Liv e a compreensão implícita de uma garota, uma mulher, que sentia uma versão mais leve da mesma questão na barriga e nas coxas, um eco da maneira como cada mês a fazia enfrentar o futuro. E, por fim, o rosto severo do último médico. *Imagino que você queira ter filhos*, disse ele, e ela lutou contra um desejo cruel de pular da cadeira e dar um tapa na cara dele, porque como você ousa *imaginar*, como ousa ditar essas regras para mim quando estou sozinha na sua frente, com vinte e nove anos, forte e livre. Exceto que, na verdade, eu quero ter filhos, sim, e não acho que seja por falta de imaginação, acho que eu realmente quero, mas não sei quando, e você está me dizendo que esse *quando* precisa de forma, de planejamento e de conversa.

*

Então Marvin escolheu o Dog and Bell para o primeiro encontro. O que isso dizia sobre ele? Era um pouco exagerado, pensou Rosa, muitas cervejas artesanais com nomes como Monkey Juggler e Dead Spider, o tipo de lugar que Joe teria escolhido. Marvin havia enviado uma mensagem antes de ela chegar, perguntando o que ela queria beber e, por isso, ela o viu assim que entrou, acomodado em uma mesa de canto com uma cerveja e um gim-tônica. Foi um alívio, ela detestava o incômodo de olhar em volta em um bar, tentando combinar a pessoa com a foto do perfil. Havia certo conforto em poder caminhar com determinação e se acomodar no assento oposto, como se o relacionamento deles já tivesse camadas de familiaridade.

— Oi! — cumprimentou ela, animada. — Então, esse é o momento constrangedor, né?

Ele riu com satisfação (e também com nervosismo) e empurrou o gim-tônica em sua direção.

— É um prazer, Rosa. Saúde.

Foi um encontro bastante agradável. Marvin fez perguntas sobre o trabalho dela, sobre onde ela morava e onde havia crescido. Eles se revezaram para pagar as rodadas. O pub se encheu ao redor deles, ficou mais escuro e barulhento, e isso, combinado com dois drinques, depois três, os deixou mais soltos, alongou suas frases, suavizou suas risadas. Mas ainda havia um aperto, e o que se repetia na cabeça de Rosa era *você não é o Joe, você não é o Joe, você não é o Joe.*

E então ele perguntou:

— Então, há quanto tempo você está solteira? — Ela fez uma careta involuntária, e ele disse: — Ai, desculpe. Término ruim?

— Ah, não — respondeu ela, despreocupadamente. — Pouco mais de um ano. Ficamos juntos um ano e meio, a gente precisa descobrir se vai durar, né?

Ele concordou com a cabeça.

— Parece familiar.

— E você?

— Bastante parecido. Fiquei com a minha ex por cerca de um ano, falamos de morar juntos, decidimos que não queríamos isso e aqui estou eu.

Será que a leveza dele era tão artificial quanto a dela, se perguntou Rosa. Será que a boca dele estava formando essas palavras enquanto o rosto da ex-namorada passava diante de seus olhos? Será que ele estava tentando fazer com que a leveza se tornasse realidade?

Pelo menos isso levou a conversa para um terreno mais pessoal e menos genérico. Mas ainda parecia uma entrevista, não parecia? Por mais que se pensasse que *tudo pode acontecer*, ainda não havia piadas internas, histórias compartilhadas, tópicos que ninguém mais entende. Por mais que você vibrasse com o *que pode vir a ser*, a empolgação ainda era interceptada por nervosismo. O conforto de onde ela e Joe haviam chegado, aquela intimidade fácil que ela não havia dado valor. E era lá que ele estava, com o braço casualmente sobre o ombro da nova namorada, enquanto passeavam pela feira, provavelmente fazendo piadas sobre o clichê que haviam se tornado, enquanto se deleitavam com isso.

Depois de quatro drinques, eles haviam chegado a uma encruzilhada.

— Outro? — perguntou Marvin. E o "sim" os levaria a um drinque-de-madrugada, um drinque-de-fechamos-o-bar, um drinque-de-o-próximo-encontro-vai-rolar, enquanto o "não" levaria ao constrangimento de eu me diverti muito e gostaria de encontrar você de novo, e vou mandar mensagem. Em um dos cenários, ele traria a quinta rodada e se sentaria um pouco mais perto, começaria a olhar com mais intenção, ela se aproximaria dele, deixaria a mão roçar na dele quando pousava o copo. No outro, eles vestiriam seus casacos e sairiam para a rua, e haveria um ponto em que eles iriam em direções opostas e teriam de escolher entre um abraço ou um beijo, e ambos os cenários pareciam possíveis.

— Na verdade — disse ela —, preciso voltar pra casa. Vou acordar cedo amanhã.

— Beleza — respondeu ele. — Vamos indo? — E era impossível dizer se ele estava decepcionado ou aliviado.

Um novo constrangimento os atingiu então, enquanto terminavam seus drinques, vestiam seus casacos e caminhavam em direção à saída. Rosa abriu a porta, dando um passo para trás com o peso dela e se perguntando se Marvin colocaria a mão em sua lombar para equilibrá-la. Ele não o fez.

Do lado de fora, no escuro, ela indicou o caminho que planejava seguir.

— Eu vou pra lá — disse ele, apontando para o outro lado. — Então...

— Eu me diverti muito, obrigada.

— Aham, adorei conhecer você.

— Eu também.

— Então, a gente se fala?

— Claro.

Eles se abraçaram com rigidez, como se fossem feitos de papelão, e Rosa caminhou para casa com as mãos nos bolsos, tentando apagar as imagens da cabeça. Joe e sua nova namorada no pub, na esquina do apartamento dele, sentados naqueles bancos de couro, com as pernas pressionadas uma contra a outra. Joe se inclinando para a frente e colocando a mão protetora na coxa dela, seu riso agudo. A curta caminhada deles para casa, de braços dados. Os colegas de Joe nas casas das namoradas, o sexo selvagem e barulhento de um apartamento vazio.

A tranca da porta ainda estava fechada com duas voltas quando ela chegou. Liv e Dee estavam tendo encontros mais bem-sucedidos, então. O apartamento estava escuro, frio e silencioso. Rosa pensou em se servir de uma taça de vinho, depois tirou a maquiagem do rosto e vestiu o pijama. Ela se sentia encolhida, como uma criança.

Ela havia trocado os lençóis mais cedo, um momento de otimismo, talvez, ou algo subconsciente e mais sombrio? Eles estavam geladinhos e perfumados, e ela pensou que ficariam ainda mais se ela tirasse o pijama. Mas isso parecia, de alguma forma, esquisito, impossível.

Em vez disso, ela foi até a cozinha e fez uma torrada. Passou uma quantidade generosa de manteiga, de modo que ela não apenas derretesse, mas também ficasse por cima, grossa o suficiente para criar marcas de dentes. Serviu-se de um copo de leite. Levou o prato para a cama e sentou-se com as pernas cruzadas, como no colégio.

Ele ainda tem a mesma cama? Provavelmente sim. Não se compra uma cama nova depois de um término, né? E ele ainda dorme do lado esquerdo, então ela está deitada onde eu me deitava, e colocou um delicado relógio de prata na mesa de cabeceira, e um copo d'água que ela derruba no chão sem perceber enquanto ele segura seus pulsos e se movimenta dentro dela.

*

Liv olhou para o rosto de Freddie e tentou sorrir. Eles já estavam na segunda garrafa de vinho e ela ainda não tinha comido, o que acontecia com esses encontros marcados às sete da noite, pensou ela, desolada, que se estendiam por horas sem que ninguém se lembrasse do jantar? Freddie estava contando uma história sobre as férias que havia passado em algum lugar ao sul, Cornualha, não era?

Ela tentou dar a si mesma um sermão objetivo. *Você sabe que não quer ficar com a Nikita. Sabe que não pode ficar com o Felix. Você nem precisa estar aqui. Não precisa estar com ninguém. Você veio aqui porque gostaria de conhecer alguém, porque é divertido conhecer pessoas, é divertido conversar e flertar com alguém, é divertido transar, mover o corpo com o corpo de outra pessoa. Também é divertido brincar com o futuro, lembrar que algo novo e diferente pode começar só com uma mensagem e um drinque.*

Diversão, a promessa de diversão, foi isso que você tentou desejar e adicionar em um futuro com a Nikita? Era isso que você sabia que estava faltando? Nesse caso, certamente foi melhor dizer palavras vagas como "funcionando", certamente foi melhor suavizar as coisas e terminar com o amor e o carinho? O que Katie diria?

Ela se sacudiu disfarçadamente e tentou se concentrar no que ele estava dizendo. No rosto dele. Meu Deus, Freddie era um homem bonito, não era? O tipo de maçãs do rosto que as pessoas tentavam conseguir com maquiagem, olhos grandes.

Ele terminou a história, ela riu no momento certo e ele disse:
— Você tem uma risada muito fofa. — E ela continuou rindo, e ele não sabia o porquê. — Enfim — disse ele. — Seu perfil.
Ela inspirou fundo mentalmente.
— Sim?
— Você joga para os dois times, né?
Ela tossiu dentro do drinque.
— Oi?
— Você sabe, interessada em homens e mulheres.
— Sim?
Ele estava lambendo os lábios.
— Desculpe — disse ele. — Quer dizer, você é bissexual, certo? Ou é pansexual?
— Bi, eu diria, se alguém perguntasse. — Ela olhou para ele com firmeza. — O *que* você está querendo perguntar?
A oscilação do pêndulo, a possibilidade do "Então, você já ficou com mulheres?" com um brilho lascivo nos olhos, sabendo que ela estava preenchendo algum fetiche na cabeça dele. Mas Freddie teve a decência de, pelo menos, parecer envergonhado, olhar para a bebida e dizer:
— Desculpe se ofendi você.
E ela se acalmou um pouco.
Ele estava aqui, não estava, e era gostoso? Sim, ela poderia encará-lo com frieza, lembrá-lo de que era responsabilidade dele não ofender, e não dela de não se sentir ofendida. Ele terminaria a bebida e, mais tarde, contaria aos amigos, mal-humorado, sobre a vadia estressadinha com quem foi tomar um drinque. Essas porras dessas feministas. Ou ela poderia dizer Olhe, isso não é importante, né, você quer outra bebida? Ela sentia uma vaga irritação com a própria permissividade, embora soubesse que também o estava avaliando da maneira mais superficial possível. A curva do bíceps sob a camiseta, o vislumbre de uma barriga sarada, uma trilha de pelos escuros.

Por que era tão difícil identificar as próprias motivações, se perguntava ela. Seria porque elas estavam mudando ou simplesmente porque eram muitas?

Ele lambeu os lábios de novo, estendeu a mão para o outro lado da mesa e esfregou o polegar dela gentilmente.

— Seus olhos são lindos.

Isso a fez rir de novo, do clichê, mas também de si mesma, porque os dedos dele deslizando para a frente e para trás sobre o polegar dela provocaram um tremor, uma sensação que subiu pelo braço e passeou pelo corpo. Corpos podiam existir separados dos pensamentos, não podiam? Gentilmente, ela deixou que sua mão se entrelaçasse na dele, um sinal sem palavras, e então eles estavam de mãos dadas.

— Então — disse ele —, o bar já vai fechar.

— Já vai mesmo — repetiu ela. Então disse: — Quer ir lá pra casa tomar um drinque?

Era uma caminhada de quinze minutos. Eles continuaram de mãos dadas o caminho todo, o que Liv achou um pouco ridículo. Parecia uma imitação estranha, um eco do que ela conhecia antes. Nikita sempre queria andar de mãos dadas, mesmo nas férias em lugares quentes, onde o suor entre as palmas a irritava, ou em caminhos que eram realmente muito estreitos para acomodar as duas. Mas havia algum aconchego nisso também, a tranquilidade do gesto automático. A mão de Freddie tinha tamanho e formato diferentes, a pele era mais macia, ela não sabia quase nada sobre ele e lá estavam eles.

— Com quem você mora? — perguntou ele.

— Amigas. Duas amigas. Melhores amigas.

— Ah, é? E vocês fazem tranças no cabelo uma da outra e guerras de travesseiro, né?

Ela riu com pena, e sabia que Freddie achava que era uma risada sincera.

— Claro.

— Então, como vocês se conheceram?

— Na faculdade. Moramos juntas há anos. Antes éramos quatro.

Ela não sabia ao certo por que havia acrescentado isso e desejou que Freddie não percebesse, mas ele disse: Me deixe adivinhar, foi embora com o namorado. E ela disse: Isso é muito heteronormativo da sua parte. E ele disse: Hétero o quê? Deixe pra lá, disse ela, mas é, aconteceu isso mesmo.

— Mas as garotas se divertem mais — disse ele, e novamente ela riu de algo muito além do que ele quis dizer.

As garotas, as mulheres. Sim, nós nos divertimos. Estamos unidas por muito mais do que você imagina, estamos unidas por lágrimas, vulnerabilidades e honestidade selvagem, embora isso esteja quebrado agora, não é? Porque Katie disse coisas que não pode desdizer, Katie me atacou por fazer apenas o melhor que eu podia, Katie falou em voz alta as piores coisas que eu penso sobre mim: que fui cruel com Nikita. Que fui injusta com ela. Que parti o coração dela.

Mas então eles chegaram ao apartamento, e ela disse Aqui estamos, e ele disse Espere um minuto, e a puxou para si. Seu rosto estava levemente iluminado pela luz da rua, e seus olhos eram castanho-escuros. Ainda segurando a mão dela, ele inclinou a cabeça gentilmente em sua direção.

Então isso é um beijo com alguém que não é Nikita, pensou ela. Não foi ruim, ele foi rápido e enérgico demais com a língua para o gosto de Liv, mas, por meio de uma combinação de jogar a cabeça para trás e manter a própria boca firme, ela conseguiu direcioná-lo para algo mais suave e gentil. Embora isso também fosse bizarro, porque ela estava *gerenciando* o beijo, como se estivesse acalmando um filhote de cachorro agitado, talvez, e não era estranho que ela estivesse pensando nisso dessa forma, como se estivesse olhando para os dois de cima?

— Então... — disse ele.
— Venha, entre — respondeu ela.

Eles andaram pelo corredor e Liv destrancou a porta do apartamento. A tranca estava com apenas uma volta, então Dee ou Rosa, ou as duas, já estavam em casa. As luzes estavam apagadas, porém, e o lugar estava silencioso.

— Então — disse ela dessa vez. — Vinho? Vodca? Gim?
— Na verdade — respondeu ele —, acho que o seu sorriso lindo é só o que eu quero.

Ela quase caiu na gargalhada de novo. Esse homem desprezível e clichê. Ou será que ele era fofo e desajeitado? O que ela realmente estava sentindo?

Então ela estava tirando os sapatos e levando-o para o quarto, e ele estava sentado na cama, se inclinando na direção dela, e eles estavam se beijando novamente.

Vou transar com o Freddie, pensou ela. *Vou transar. Estou transando.*

Esse pensamento continuou a martelar em sua cabeça durante todo o tempo, enquanto Freddie a girava rapidamente em uma série de posições, como se estivesse seguindo uma receita. *Estou transando.* E ela *estava*, ela *estava* transando, não era algo que estava acontecendo com ela, ela estava por cima, balançando o corpo daquela maneira que tinha medo de fazer errado quando era adolescente, antes de descobrir que era apenas como, bom, como cavalgar...

Você gosta disso, né, continuava dizendo ele, o que era estranho, na verdade, porque ela achava que estava sendo bem silenciosa, ciente de que Rosa ou Dee estava em um dos quartos ao lado. E era perturbador ouvir isso, como uma fala de um filme, meu Deus, as pessoas realmente dizem isso na vida real? E então ele estava dizendo Eu quero gozar nos seus peitos, e aquilo, *aquilo* levou o absurdo ao auge. Ambos estavam a muitos passos de distância de si mesmos, representando algo que tinham visto ou lido a respeito.

Depois que acabou, ela se deitou de barriga para cima e encarou a rachadura em formato de raio no teto, que seguia irregularmente para fora da luminária. Freddie havia adormecido a seu lado. Outra pessoa estava de novo em sua cama, e tudo em relação a isso era diferente e peculiar. Ele tinha um cheiro diferente de Nikita, sua respiração soava diferente e, de repente, havia algo tão terrível no fato de esse estranho estar ali, ao lado dela, nesse lugar, que ela teve que se levantar, vestir o roupão e ir para a cozinha. Ela pegou um copo d'água e o encostou na testa.

*

Dee tinha uma abordagem prática. Sempre colocava uma roupa de manga comprida e curta nas pernas. Botas até o joelho e uma jaqueta despojada, uma roupa tanto para o ônibus de manhã, quanto para um táxi à noite. Escova de dentes e pente na bolsa, era possível "pegar emprestado" sabonete e shampoo, mas a escova de dentes era uma coisa de relacionamento longo.

Ela chegou cinco minutos mais cedo, porque não se importava, comprou um negroni caro demais e se sentou, lendo um livro, porque era mais interessante do que seu celular. Quando Isaac chegou, comentou sobre o livro, e não sobre o fato de ela estar lendo: "É ótimo, não é, em qual parte você está?", antes de se dirigir ao bar para pegar o próprio drinque.

Isaac fez piadas sobre trabalhar em um laboratório, o que Dee suspeitava que ele fazia com todas as pessoas novas que conhecia, mas ele fez duas perguntas e meia interessantes sobre o trabalho dela. Ele não caiu no racismo casual ou no sexismo explícito, mas comentou sobre como as garotas nos aplicativos de relacionamento usavam roupas justas e faziam biquinho, e como era bom que Dee não fosse assim. Eles se revezaram para pagar as rodadas e, após a terceira, ele disse A pizza daqui é ótima, se você estiver com fome. Eles dividiram duas. Ele gostava de anchovas.

Em seguida, pediram uma garrafa de vinho, e Dee sentiu sua cabeça mergulhar no tipo bom de embriaguez, os movimentos e as ondas antecipatórias de uma noite com a conversa fluindo como manteiga derretida e um homem com maçãs do rosto altas e o maxilar esculpido se movendo gradualmente em sua direção. Ele disse que ela tinha olhos lindos, e ela sorriu e disse Os seus também não são nada mal, e então ela o beijou.

Meu Deus, beijar era bom. A maneira como os lábios se pressionavam, se puxavam e se pressionavam novamente, a língua dele na boca dela, com uma sensação invasiva e, ao mesmo tempo, ferozmente primitiva, os frissons de sentir arrepios através do torso, as coxas dela se contraindo.

— Então — disse ele no seu ouvido, com a respiração estava rápida e quente. — Sua casa é muito longe?

— Aham — respondeu ela. — Vamos para a sua?

— É?

— Com certeza.

O táxi levou vinte minutos e, quando chegaram à casa de Isaac, o mundo estava pulsando, pontilhado de estrelas. Eles dançaram até a porta da frente, um puxando o outro para trás, girando em conjunto, pressionando um contra o outro. Dentro do apartamento: Meu amigo está na casa da namorada, quer uma bebida? Dois uísques e olhares significativos. Dee disse que gostava do quadro na parede, meio Hockney, né, e ele disse que Ah, sim, "A Bigger Splash" tem uns azuis incríveis, né? E então o uísque acabou e eles estavam se pegando novamente, ele a puxava para o quarto, o vestido dela passava sobre a cabeça, a camiseta dele também, os zíperes estavam abertos e os sapatos haviam sido tirados.

A cama estava bem-feita e cheirava a amaciante. Dee sorriu para si mesma enquanto enfiava o rosto nos lençóis. Ele esperava ou planejava, ou sabia. Ele passou os dedos pela espinha dela como a corda de uma harpa, e depois pressionou o corpo dele contra o dela. Pele quente contra pele quente.

Quando eles rolaram de costas e se deitaram em um estupor paralelo, Isaac disse:

— Eu normalmente não *faço* isso, sabe?

— Isso o quê?

— Você sabe, transar no primeiro encontro.

— Não faz? — Ela estava zombando dele, mas achava que ele não conseguia perceber. Havia ainda um cheiro persistente de amaciante.

— Bom, não com frequência.

— Não faça disso um hábito, então.

— O que eu quero dizer é que isso não é... O que eu quero dizer é: eu não vou sumir amanhã. Gostaria de ver você de novo.

Dee fez uma pausa.

— Ai — disse ele —, silêncio nunca é bom.

— Eu não quis... — Ela parou e se perguntou o que queria dizer a ele. Tudo soava como algo que ela já tinha lido em algum lugar. *Só não estou procurando um relacionamento agora. Gostaria de manter as coisas casuais. Vamos ver o que acontece.*

— O que eu quis dizer... É, parece um bom plano.

Mas, quando adormeceram na cama dele, ela sabia que não responderia.

Cama

Sua cama pode ser o lugar mais íntimo que você tem.

Invista tempo, reflexão e energia para tornar sua cama a melhor possível. Ela é sua e somente sua. Elimine vestígios e as lembranças do seu ex. Troque os lençóis, troque o sabão em pó, troque o som do despertador, troque o abajur da cabeceira. Não se limite a um único e triste travesseiro, acomode-se em dois ou três, ou quatro. Faça um ninho. Deixe-a luxuosa.

Faça com que sua cama seja explicitamente sobre essa nova fase da sua vida. Quer você esteja sozinha nela ou convide pessoas para compartilhá-la, sua cama deve levá-la adiante.

Capítulo Treze

ENTRANDO EM CONTATO

Mais uma semana e, do início de abril, já estavam na Páscoa. Katie observou uma data específica na agenda se aproximar, crescer, ameaçar engoli-la e então desaparecer. Nenhuma mensagem de Chris, nenhuma confirmação. Ela reclamou animadamente enquanto comiam pizza em um pub, que estava oferecendo uma irritante, mas com valor ótimo, promoção de quarta-feira, e pelas quais Dee havia sido convencida a pular o dia de abdominal na academia. Liv estava em uma exibição de filmes com um grupo de amigos com quem ela ia à Parada do Orgulho LGBTQIA+ todos os anos: um compromisso detalhado o suficiente para parecer que havia sido planejado várias semanas antes, mas que, mesmo assim, deixou Katie com uma sensação de ansiedade.

— Quer dizer, eu sei que não tinha nada pra conversar. O Chris pagou pelo hotel, então ele deve ter feito um reembolso ou algo do tipo. Mas simplesmente não *mencionar* nada?

Dee e Rosa murmuraram em concordância.

— Acho... Acho que talvez ele tenha ido mesmo assim — pensou em voz alta Katie. Ela imaginou o pequeno hotel à beira do penhasco, o terraço com vista para o mar, os quartos com as cortinas de musselina branca e a ideia de uma brisa do mar. — Não, isso é ridículo. A França era a *nossa* viagem. Ele não teria ido com outra pessoa.

A voz dela se embolou no final e, em seguida, houve um silêncio pesado.

— Não pense nisso — disse Dee rapidamente. Seu celular soou e ela olhou para a tela, fez um barulho de irritação e o jogou no assento ao lado.

— Isaaaaaaac — disse Rosa, aproveitando a oportunidade para mudar de assunto. Katie ergueu as sobrancelhas. — Ele *ainda* está mandando mensagem?

— De vez em quando — respondeu Dee, com desdém. — Achei que ele já teria entendido o recado.

— Eu não entendo — disse Rosa. — Ele é um cara legal. Você acha que ele é gostoso. O sexo foi bom. Por que você *não quer* ver o cara de novo?

Havia um leve tom de irritação na sua voz, enquanto ela se segurava para não dizer a Dee quanto ela era sortuda. É *claro* que Dee deixava um rastro de homens pelo caminho. Ela era carismática e despreocupada, olhar para Dee era como olhar para uma lâmpada muito brilhante, não, um globo espelhado: algo cintilante, que se movia e dançava para longe.

Dee deu de ombros.

— Não quero a encheção de saco. Estou ocupada. E, de qualquer forma, um cara legal em uma noite não significa que é um cara legal para o longo prazo.

— Meu Deus, você é deprimente às vezes.

— Mas é verdade! — gritou Dee. — Veja a semana passada. A Liv ficou com o Freddie, um cara que a gente achava ok, e ele a tratou como se ela fosse um adereço do filme pornô favorito dele. Você *não* ficou com o Marvin porque, afinal, um bom papo pelo celular não é igual a uma química gostosa pessoalmente e, quando você tentou se livrar dele gentilmente, ele enviou uma foto do pau recém-raspado.

— Pelo menos inspirou um texto decente — disse Rosa. Foi *mesmo* um bom texto: uma análise do flerte digital, bom o suficiente para que Ty pedisse que ela começasse outro. Uma pena, pensou Rosa, que escrever sobre o tal romance moderno a fizesse querer se enterrar na areia.

— Não eram as bolas que estavam recém-raspadas? — perguntou Katie.

— Tanto faz — respondeu Dee. — A questão é que você seria muito mais feliz se relaxasse um pouco, diminuísse as expectativas e visse os homens apenas como... você sabe, um pouco de diversão. Talvez sim, talvez não. *Esse* tipo de atitude. Aberta. Fácil.

Rosa suspirou.

— Eu sei que essa é a teoria, mas não é assim que eu me *sinto*.

De repente, ela se encolheu na cadeira, tentando ridiculamente se esconder atrás da garrafa de vinho. Katie e Dee seguiram sua linha de visão. Três casais mais ou menos da idade delas entraram no pub, os homens se acotovelavam e se cumprimentavam com uma familiaridade amigável. Eles se dividiram entre o bar e uma mesa no lado oposto do salão.

— O que foi?

— Eles... merda, merda, merda... são os dois colegas de casa do Joe e o amigo, Charlie. Merda. E as namoradas. Deus, *por que* eu não lembro que eles moram perto de você, Katie?

— Achei que você gostasse do Charlie.

— Eu gosto! Ele é ótimo, todos eles são.

— Até a garota com o cachecol rosa? Parece meio tosca.

Rosa riu mais alto do que pretendia e se abaixou.

— Sério? — disse Dee. — O Joe não está aqui. Relaxe.

— O Joe *ainda* não está aqui — sibilou Rosa.

— Não, não. — Katie a acalmou. — Olhe, mesa pra seis. São só eles.

E eu fazia parte do "só eles". Eu participava de quizzes em pubs, passeios de domingo e pizzas de última hora. Sei que o pedido de bebidas vai ser de três cervejas, uma sidra, um gim-tônica e um vinho tinto. Sei que a mulher de cachecol rosa, Cleo, parece arrogante, mas tem um ótimo senso de humor. Sei que Charlie será o padrinho de Joe, e nunca vou admitir isso, mas imaginava o que ele diria sobre mim no seu discurso.

— Você não quer ir lá dizer um oi? — perguntou Katie.

Rosa a encarou.

— Você está brincando?

— Claro que não! Só... Bom, como você disse, eles são ótimos, não são?

— São, mas isso não significa que eu quero ir lá e ser a pobre coitada da ex-namorada rejeitada. Meu Deus! Eles a *conhecem*, sabe. Provavelmente são todos amigos dela.

Katie olhou para a mesa. A familiaridade fácil, a união sedutora. Ela imaginou os amigos de Chris, se imaginou andando pelo pub, jogando o cabelo. As mensagens transmitidas: vi a Katie, ela está bonita, o que *aconteceu*? Lançando linhas de intriga e, sim, uma possível reconciliação. Era isso o que ela queria?

— Katie, troca de lugar comigo?

— Ah, pelo amor de Deus — começou Dee, mas Katie já havia deslizado do seu assento e permitido que Rosa se aproximasse.

— Pronto. Viu? Melhor. E eu estou bonita, né?

— Claro. Mais do que bonita. Você está deslumbrante, sua piranha.

— Que bom. Quer dizer, obrigada. Certo, continuando. Katie, como você está?

Katie balançou a cabeça ao som de uma música inexistente, dando de ombros, sorrindo, fazendo uma careta.

— Acho... que estou bem — disse ela. — Olhem só.

Ela tirou o manual do coração partido da bolsa. Dee e Rosa soltaram gritinhos quase silenciosos quando ela o colocou na mesa, brindando com as taças em sinal de satisfação.

— Estou falando sério — continuou Katie. — Olhem. Estou adicionando coisas, estão vendo? Renovei minha cama e ouvi música. Tenho feito uma playlist, uma espécie de pós-Chris, uma nova eu, e escrevi algumas coisas sobre sentir... sentir que as coisas estão voltando para trás, às vezes. É bom, está ajudando. E eu queria pedir seus conselhos sobre outra coisa que quero acrescentar.

Elas olharam para ela com expectativa.

— Estou pensando em mandar um e-mail para o Chris — disse ela.

Elas olharam uma para a outra, e depois para ela.

— Por quê? — Dee acabou perguntando.

— Porque — respondeu Katie, a palavra impregnada de uma mistura de exasperação e confusão e... desespero? — Porque eu não consigo parar de pensar nele. Em nós. E sinto que ainda tenho coisas pra falar.

— Mas será que você deveria falar? — perguntou Dee.

— O que você quer dizer com isso?

— Bom, veja só a Liv e a Nikita — disse Dee.

Katie mexeu o drinque ansiosamente. Dee tentou chamar a atenção de Rosa, ela mordeu um pedaço grande demais de pizza e mastigou, olhando para a mesa. Dee suspirou, exasperada.

— Vocês vão precisar resolver isso alguma hora. Você e a Liv.

— Ela poderia começar vindo para o jantar, não?

— É, poderia, ou você poderia ir ao apartamento, ou ela poderia mandar uma mensagem, ou você poderia ligar pra ela, a questão é que eu e a Rosa não podemos ficar pra sempre presas no meio da briga de vocês. Isso é tão... infantil.

— Você ouviu o que ela me disse, não ouviu? — perguntou Katie. — Aquela parte sobre as *minúcias*? Eu não estava fazendo isso, estava?

— Quem se importa se você fez? — questionou Rosa. — Deus sabe como eu já aluguei seu ouvido sobre o Joe.

Dee deu uma risada que se transformou em tosse.

— Enfim, o que você quer dizer com "veja só a Liv e a Nikita"?

— Quero dizer: foi justo da parte da Nikita fazer aquilo? — perguntou Dee.

— *Justo?*

— É, aparecer na casa da ex assim do nada, pedindo pra conversar. Imagine só se o Joe fizesse isso? Seria um babaca.

Rosa sorriu agradecida pela atitude defensiva de Dee e não disse *eu adoraria que o Joe fizesse isso*.

— Tudo bem, mas foi o Joe que... você sabe. A Nikita é a *vítima* aqui. — Katie se arrependeu da palavra assim que a disse, e Dee ergueu uma sobrancelha.

— Cuidado. Sério, cuidado. Não diga isso na frente da Liv. Está passando dos limites.

— Ok. Tá, eu sei. Não foi isso que eu quis dizer. Quero dizer... Olhe, o Chris é como a Liv, certo? Ou seja, foi ele quem terminou o namoro. Então talvez ele se sinta, não sei, talvez a Liv se sinta... talvez o Chris se sinta mais *responsável*, ou algo do tipo, de não entrar em contato comigo.

Houve um longo silêncio, e o ar parecia quente e denso.

— Então... continue — disse Rosa. — *O que* você quer dizer?

Era uma pergunta enorme. Katie se sentou e conversou, e tentou articular os pensamentos que estavam soltos por sua cabeça, que ela havia passado horas escrevendo e reescrevendo, e tudo o que ela dizia falava de um milhão de outras coisas também. Katie-e-Chris estava em tudo o que ela pensava e fazia. Os relacionamentos descontraídos, ou angustiantes, que ela via acontecer todos os dias na escola, quando os adolescentes se beijavam pelos cantos e mandavam mensagens sugestivas uns para os outros durante a aula. O pedido nervoso de Jack para que ela desse uma olhada no seu perfil do aplicativo de relacionamento: *Você se importaria? Eu não sou bom nessas coisas... Você sabe, perspectiva feminina e tudo o mais?* Noite após noite em sua nova cama, feliz com travesseiros macios e um edredom perfumado, mas tão silenciosa, tão quieta, tão cheia de perguntas. Será que nos esforçamos o suficiente? Será que eu me esforcei o suficiente? Sei de todas as coisas que eu disse, os choques e as resistências entre nós, os sentimentos de linhas outrora emaranhadas que separavam, mas também sei de todas as coisas que eu *não* disse, o afeto, o humor compartilhado, a compreensão. O Chris é único, não é? Não é *admirável* que ele tenha a motivação que tem, que tenha se esforçado naquela escola e que tenha se concentrado no que queria com tanto afinco? Não é incrível que ele tenha aprendido sobre a endometriose da maneira que aprendeu, que tenha levado tudo isso em uma boa, que tenha ficado ao meu lado, tenha me apoiado, que tenha planejado um futuro comigo, que levasse isso em consideração? Vou mesmo reclamar de um namorado que pula da cama para jogar futebol aos fins de semana enquanto eu ainda estou sonhando ou que planeja com um pouco mais de detalhes do que eu? O que isso diz sobre mim? Será que eu não poderia tê-lo deixado ser mais *ele*, e ele me deixou ser eu?

Elas ouviram, pensaram e Dee disse:

— Você quer voltar com ele?

Katie respirou fundo.

— Talvez — respondeu.

Rosa bateu na lateral do copo com um movimento vibrante.

— Acho que sim — disse ela —, se é assim que você se sente.

— Né? — concordou Katie apressadamente.

— Mas voltando à Nikita e à Liv — continuou Dee. — A Liv disse não. E se o Chris disser não?

Katie engoliu um nó que surgiu de forma repugnante em sua garganta.

— O que você acha?

— Não sei como dizer isso de um jeito gentil, então vou só dizer — respondeu Dee, e o reconhecimento sorridente da sua brusquidão ecoou pela mesa. — Tem certeza de que isso é querer voltar com o Chris? Tem certeza de que não é só, você sabe, querer estar com *alguém*? E se for...

Katie soltou um suspiro exasperado.

— Mesmo se for — disse ela —, e se o Chris se sentir da mesma forma? Isso não nos daria, tipo, uma vantagem? Nós nos conhecemos tão bem, né? Não poderíamos, tipo, construir algo bom a partir do que éramos? Isso não é mais fácil ou melhor do que tentar conhecer alguém novo? Do que... começar do zero? Você estava dizendo agora mesmo como é difícil conhecer alguém! Recém... *Paus* recém-raspados e essas coisas. Do que adianta tentar me preparar de todas essas maneiras se, no fim das contas, o Chris e eu somos a pessoa certa um para o outro? Todo esse esforço para me convencer de que existe alguém melhor pra mim e que tudo realmente acontece por um motivo, quando talvez a questão seja que eu ainda não *lutei* por nós?

Sua voz foi ficando cada vez mais alta e rápida. Dee pegou a garrafa de vinho e a esvaziou na sua taça.

— É uma ideia — comentou ela.

— Você — disse Katie, respirando pesadamente —, você nunca pensou em voltar a ter contato com o Leo?

Dee franziu os lábios.

— Acho que pensei no que eu diria.

É claro que ela pensou. É claro que ela imaginou como seria encontrar Leo na rua, receber uma mensagem ou um telefonema ou, sim, um e-mail ou uma batida à porta. A combinação exata de palavras que ela poderia usar para fazer com que ele sentisse um milésimo do que *ela* havia sentido quando ele quebrou algo dentro dela. *Não me sinto mais atraído por você.* Seu corpo estaria mais firme, sua pele estaria mais radiante e seu cabelo mais macio. Ela diria algo devastador, mas digno; frio, mas cortante, algo que mostraria a Leo que ela não se importava nem um pouco.

Algo, então, que seria uma mentira.

— Mas — continuou Dee — eu me contive. Apaguei o número dele. Bloqueei. Parecia... Acho que parecia muito perigoso.

Ela não esperava usar essa palavra e quase tentou não usar, mas elas estavam olhando com suavidade.

E ela soube, de repente, onde já havia ouvido isso antes. A mesa da cozinha da bela e iluminada casa que Mel havia criado para as duas. Sua mãe sentada a sua frente, com um moletom laranja e um lenço azul amarrado no cabelo, servindo tigelas de mexilhões cozidos em vinho branco e manteiga. E Dee, treze, catorze anos, perguntando: *Por que você parou de tentar falar com ele?*

Mel olhou para ela em um silêncio pensativo, a sagacidade de saber quando parar e pensar.

— Seu pai — disse ela.

— Isso, por que você deixou que ele sumisse?

A crueldade daquelas palavras. De saber que poderia dizer qualquer coisa e sua mãe a amaria de qualquer maneira, de saber que poderia ser imprudente e cruel, e colocar a culpa no fato de que era adolescente. Dee ouvia a firmeza na voz de sua mãe enquanto ela inspirava, expirava e respondia.

— Você sabe que não foi assim. Que eu não *deixei*.

— Talvez não quando ele foi embora da primeira vez. Mas depois, quando ele parou. Quando ele não visitou mais nem mandou mais cartões de aniversário. Você poderia ter ficado mais brava. Você poderia ter obrigado.

O menor e mais sábio dos sorrisos.

— Você sabe que eu não podia, estrelinha. As pessoas tomam as próprias decisões.

E a dor de ouvir isso. De reconhecer a escolha que ele havia feito.

— Mas, mesmo que eu pudesse — continuou Mel. — Você realmente gostaria que eu o tivesse forçado?

Dee arranhou a unha no tampo da mesa de madeira, deixando uma cicatriz pálida.

— Eu pensei nisso, sabe? — continuou Mel. — Muitas vezes. Pensei no que eu poderia dizer, sobre você, não sobre mim. Sobre a paternidade dele, não sobre o nosso relacionamento. Mas teria sido... perigoso, eu acho.

— *Perigoso?*

— Isso, uma das minhas funções é proteger você. Da decepção, da mágoa. Retomar o contato depois que ele já nos mostrou, nos disse, exatamente quem ele é? Eu não poderia suportar a ideia de ver você se decepcionar.

Dee olhou fixamente para a sua tigela.

— Eu gostaria que ele quisesse.

— Eu também.

E será que sua mãe estava se referindo a um tipo diferente de perigo, um que ela não compartilharia com a filha? O perigo de abrir uma brecha de possibilidades, uma que poderia ser preenchida, sim, com esperança e otimismo angustiado, mas também com os aspectos mais temidos de si mesma. Desespero, talvez, ou agressão, ou vergonha. Uma imagem passou pelo cérebro de Dee, sua mãe de joelhos, chorando, e ela sentiu uma onda de tontura.

— Acho que sei o que você quer dizer — comentou Rosa com calma. — É muito... É muito imprevisível, né? Olhe.

Ela pegou o celular e foi até o nome de Joe. A última mensagem que ela havia enviado, nove meses atrás: *Sinto sua falta. Beijosss.* E a resposta dele: *Desculpe, Rosa, mas é melhor assim. Bj.* E as mensagens acima dessa, seu coração esfarrapado se derramando repetidamente, a pequena tela luminosa do celular incapaz de fazer justiça a sua dor, sua profundidade, sua saudade.

Ela jogou o celular para Katie, que leu e engoliu em seco novamente.

— Ele respondeu — comentou ela.

— Respondeu — disse Rosa. — Brevemente. Mas aquela última mensagem... Percebi que tudo que eu envio pra ele, *ela* provavelmente vê. E isso é estranho e horrível.

Estranho e horrível. Sim... e muito mais do que isso. A dor distinta e difícil de saber que uma linha de comunicação antes tão maravilhosamente privada agora está aberta para outra pessoa. Quando meu nome apareceu no telefone do Joe, será que ele revirou os olhos e disse Puta que pariu, é a Rosa de novo? *Ou ele foi mais suave, mais gentil? Ah, não.* O que você acha que eu deveria dizer? *Ela leu por cima do ombro dele, ou ele leu em voz alta, ou jogou o celular para ela como eu acabei de fazer com a Katie? Será que eles escreveram a mensagem para mim juntos, condescendentemente atenciosos, presunçosamente generosos? Eles riram de mim? Será que sentiram pena de mim? E o que seria pior?*

Katie refletiu sobre isso.

— Eu acho — disse Dee — que só leva tempo pra se acostumar. Como alguém com quem você falava o tempo todo, e simplesmente não está mais lá. Isso só acontece quando alguém morre, não é?

— É — repetiu Katie.

— E tudo o que você escreve — acrescentou Rosa — fica gravado pra sempre. Não é como ter uma conversa ou uma ligação. Você precisa pensar: isso vai ficar na caixa de entrada dele pra sempre. Ele pode voltar pra ler. *Você* pode voltar pra ler.

Ela estava comunicando, assim esperava, o nervosismo que sabia que poderia reacender em um segundo, voltando àquelas trocas de mensagens amorosas com Joe. As que ela não havia deletado, por causa da deliciosa combinação de conforto e dor que elas proporcionavam. As mensagens que a levavam de volta no tempo, que a garantiam que ela havia se apaixonado. Que ela era merecedora. Que ela foi quem ele queria.

— Ok — disse Katie depois de alguns minutos. — Tudo isso faz sentido.

— Então, o que você vai fazer?

Katie abriu o rascunho do e-mail.

— Eu vou tentar — disse ela.

Querido Chris,

Não é estranho escrever "querido"? Escrevemos em cartas formais, mas também em cartões de Dia dos Namorados. É como se significasse duas coisas ao mesmo tempo.

Eu sei que há um pouco de egoísmo aqui. Sei que isso também é doloroso para você, e receber um longo e-mail do nada pode trazer à tona sentimentos que machucam ainda mais. Eu sinto muito.

Mas tenho pensado muito em você e em nós. Você tem pensado em mim? Já se passaram seis semanas. Parece que não passou tempo nenhum e também que é todo o tempo do mundo. Parece que foi tempo suficiente para passar pela fase de chorar-o-dia-todo (você passou por isso?) e agora há mais... perspectiva, ou algo assim.

Estou me dando bem na minha nova casa. Meus novos colegas de apartamento são uns fofos e é perto da Rosa, da Dee e da Liv. Mas é só por seis meses, depois nós quatro vamos morar juntas de novo. É muito difícil, não é, tentar resolver tudo isso em uma cidade tão cara? Sei que conversamos muito sobre isso. Às vezes, eu me pergunto se essa pressão foi parte do que deu errado entre nós, e que, se pudéssemos enxergar as coisas de forma diferente, então poderíamos voltar a ser como éramos antes.

O trabalho na escola vai bem também. As provas estão chegando, claro. E meus pais e meu irmão estão bem. Eles sentem sua falta, eu acho.

Eu também sinto.

Mas fico feliz que tenhamos tido espaço. Isso me deu a chance de pensar sobre como estávamos discutindo, as tensões e as diferenças, todas as coisas sobre as quais conversamos naquele sábado, eu acho. Mas sob uma nova perspectiva.

Sei que às vezes eu era difícil, mas sinto que muito disso era exterior a nós. Não significava que eu te amava menos, que as coisas boas tinham desaparecido. Era como se houvesse uma distração, como se uma película tivesse se instalado entre nós, mas agora consigo ver claramente de novo.

Chris, havia tantas, tantas coisas boas no nosso relacionamento. Você se lembra de ouvir Albert King na cozinha? Do filé com molho de chocolate? Dos lagos e da gaaaaivotaaaaaa?! De quando eu te ensinei a fazer trança? De "É como andar de bicicleta" e "Toquei no verde, falei primeiro"? Do peru de Natal naquela vasilha ridícula?

Você se lembra de sermos um elefante e um leão?

Pensei ainda mais em você nessa semana. Naquele hotelzinho que encontramos à beira-mar. Eu estava tão animada. Queria estar lá com você agora.

Por favor, por favor, podemos nos encontrar e conversar?

Eu ainda te amo muito.

Beijos, Katie

Ela sentiu os olhos de Dee e Rosa a queimarem enquanto relia as palavras que havia passado tanto tempo organizando. Seu dedo pairou, e ela hesitou por um momento. Será que isso era parecido com o que Chris havia sentido, esperando no apartamento que ela voltasse das compras, testando diferentes maneiras de *A gente precisa conversar*? Saber que, depois de dar esse passo, algo irrevogável haveria mudado e, independentemente de como os próximos minutos, as próximas horas e os próximos dias se desenrolassem, você nunca seria capaz de desdizer as palavras que havia colocado no mundo? E saber, também, que, se não o fizesse, essas palavras continuariam pairando no seu cérebro, mapeando diferentes possibilidades, diferentes dores?

Ela soltou a respiração e pressionou enviar, e a centelha de esperança e confusão desapareceu com um ruído anticlimático.

E então colocou o celular cuidadosamente ao seu lado. Dee e Rosa estavam conversando baixinho sobre TV, livros e um político que havia dito algo ultrajante. Foi Rosa quem viu primeiro que ela havia enviado e que encontrou seu olhar em um momento gentil de solidariedade.

Então, segundo após minuto, após hora, ela sentia sua mão se mexer ao lado do corpo, se movendo e recuando para pegar o celular, clicar, rolar a tela, verificar. Às vezes, ela resistia, às vezes, sucumbia e, toda vez, "Verificando mensagens" mudava para "Atualizado há pouco" e não havia nada novo, nada ali, nenhum bipe, nenhuma vibração de tirar o fôlego. Ela se deu conta de que era um reflexo sombrio daquelas semanas inebriantes depois que ela e Chris se conheceram, se impedindo de pegar o celular *de novo* em busca de mensagens e sentindo a expectativa cada vez que o nome dele aparecia na tela. Colocando o celular no quarto de Dee, Rosa ou Liv para evitar de ficar checando ou que enviasse uma resposta rápido demais, sentindo o calor de ver que ele havia preenchido a mensagem com perguntas, claramente interessado em manter essa dança efervescente de conversa. Naquela época, tudo era leve, e, agora, tudo era pesado.

Quando elas estavam entrando no ônibus para voltar para casa, ainda não havia nenhuma resposta, e ela teve que admitir que era improvável que Chris estivesse verificando seus e-mails às 22h30 da noite. Mas nada apareceu no dia seguinte, nem na sexta-feira, dois dias irritantes sentindo o celular como uma pedra quente no bolso e ignorando as broncas sarcásticas de *Guarde esse celular, senhorita!* enquanto os adolescentes entravam e saíam da sala de aula.

Foi somente na manhã de sábado que a resposta dele chegou, escondida inocentemente entre o e-mail de uma loja de roupas e o da antiga faculdade deles. E, ao ler, Katie sentiu um calor e uma náusea que se espalharam pelo corpo, e que ela havia sentido apenas uma vez, seis semanas antes, quando ele disse que havia andado *pensando*.

Katie,

Agradeço por você ter se desculpado no começo, mas ainda estou impressionado com a sua decisão de enviar esse e-mail quando você sabe que estou de férias, e férias que eu realmente estava precisando, na verdade, para me distrair de tudo o que aconteceu.

Nós dois concordamos que discutimos tudo o que precisava ser discutido, e não sei o que ganharíamos nos encontrando para falar mais sobre o assunto.

Atenciosamente,
Chris

Entrando em contato

A sua mente fica focada nisso, não fica? E seus dedos se contorcem e se entrelaçam. Isso não sai dos seus pensamentos e você imagina um futuro cheio de possibilidades.

Devo entrar em contato? Devo ligar, enviar um e-mail, ir à casa da pessoa?

Um dos elementos mais desconcertantes, desorientadores e que mais confundem a mente em um término é como, em um instante, a pessoa que era todo mundo se torna uma pessoa que poderia ser qualquer uma.

A pessoa com quem você esteve nua em todos os sentidos, a pessoa cujo corpo estava ao lado do seu, a pessoa que era sua confidente mais próxima, e, agora, você tem que hesitar e duvidar, se questionar e se questionar de novo.

Não há fórmulas nem regras, mas há algumas coisas que podem ser úteis de se lembrar.

Lembre-se de que qualquer contato que você tenha com a pessoa pode não ser mais privado. Você não tem mais a capacidade de pedir um encontro íntimo, um canal que seja só seu. Dependendo das circunstâncias do término, e das consequências, seu contato pode se tornar um tópico de conversa no bar, um comentário para os colegas enquanto a pessoa revira os olhos, uma piada compartilhada com o novo parceiro. Você consegue lidar com isso? Suas palavras podem resistir a isso?

Lembre-se de que tudo o que é escrito adquire uma nova história. Textos, e-mails e cartas podem ser guardados para sempre e permanecerão estáticos à medida que sua história muda. Isso *pode ser romântico e bonito. Ou pode levar à vergonha, à culpa e ao desconforto de ranger os dentes. De repente, daqui a quatro anos, você se lembrará daquela carta e se contorcerá de vergonha.*

Lembre-se da carga emocional associada ao local. Se você se encontrar com a pessoa, escolha com cuidado. No território dela? No seu? Hoje em dia, essas coisas existem. E, se o encontro for no último lugar em que vocês se falaram, ou no último lugar antes de vocês reatarem tudo, lembre-se de que esse lugar terá esse significado para sempre. Não estrague sua trilha, seu café, seu parque ou seu bar favoritos.

Lembre-se dessa palavra: dignidade. Se o contato for feito com dignidade, se você mantiver, por mais difícil que seja, o respeito pela pessoa, por vocês dois e, acima de tudo, por você mesma, então seu contato será feito com gentileza. Você permanecerá flutuando mesmo que a pessoa afunde. Você terá oferecido bondade mesmo que não receba nenhuma em troca. Você reconhecerá isso nos próximos meses, anos e décadas, e ficará feliz.

Capítulo Catorze

RAIVA

Como você se atreve? Como você se atreve, porra.
Minhas próprias unhas cravadas na palma das mãos.
Como ele acha que tem esse direito? Como tem a audácia?
O manual do coração partido arremessado contra a parede.
Eu odeio você. Eu odeio você.

Katie passou para uma velocidade diferente: seus músculos pulsavam, seu sangue latejava, sua cabeça gritava. Ela havia passado exatamente sete minutos sentada na beira da cama, lendo e relendo o e-mail, tentando acalmar a agitação no estômago. Aquele peso horrível, aquela batida agonizante! Ela pensou que tinha acabado, mas não, duas frases de Chris e seu estômago estava novamente em outro lugar, o coração partido no estômago.

Em seguida, ela calçou os tênis, cega, furiosa. Colocou a droga do celular no bolso e fugiu. Para longe de casa, para longe de Rafee e Jack, para longe de qualquer coisa que pudesse parecer normal, porque ela estava muito, muito longe do normal, ela estava pulsando, vibrando e sentia que poderia estraçalhar qualquer coisa que se aproximasse. Ela era a frequência estridente que estilhaçava o vidro, o raio que derretia a areia. Ela precisava de espaço para gritar, e era difícil encontrar isso na cidade, por isso elas tinham ido para o campo semanas antes, porque ali havia uma pessoa a cada poucos metros, um prédio em cada direção, muitos milhares de olhos nela, vendo-a, julgando-a.

Havia *tantos motivos para estar com raiva*. Ela havia despendido tanto tempo, pensamento e esforço nas últimas seis semanas para se manter de pé, para moderar suas crises selvagens, para secar lágrima após lágrima, que não havia se permitido sentir a verdadeira selvageria da situação. Chris tinha feito isso acontecer. Chris, com seus braços cruzados e sua conversa enlouquecedora sobre sua *função* no trabalho, sempre sua *função*, e depois *Não está funcionando*. Chris era o responsável pela dor no seu estômago, no seu cérebro e no seu coração machucado e pesado, Chris era o responsável por sua distração, pela maneira como ela ficava olhando para o horizonte quando deveria estar fazendo outra coisa. Chris havia mudado tudo e havia feito isso sem dar a ela a chance de protestar ou negociar — ou de fazer primeiro.

E Liv também, com suas acusações de *minúcias* e sua incompreensão da própria sorte. Ninguém entendia quanto era sortudo por estar navegando pelo mundo sem essa sensação contínua de facada de *Olhe o que você perdeu*, e Liv, principalmente, não entendia que tinha muita sorte, a receptora de um amor caloroso, inquestionável e descomplicado, claro que era descomplicado, *porra*, Nikita tinha saído diretamente de uma cena de filme de romance.

O esforço que foi reprimir essa fúria, de ser boa, educada, atenciosa e gentil! Fingir que seu corpo não havia sido apertado, ferido e machucado, fingir que a sua respiração era suave e seu sangue, gelado. Ela pensou nas salas de aula e nas provocações maldosas dos adolescentes, *Piranha maluca, tá naqueles dias?* Ela pensou na própria tentativa de manter a compostura quando as discussões começavam a se intensificar.

Ei, se acalme, você está ficando histérica. Não consigo falar com você quando você fica desse jeito.

Bom, eu sou assim, essa sou eu, essa é a pessoa que você diz amar.

Ela imaginou Chris diante dela e sabia que o atacaria, que o cortaria. Suas mãos formavam punhos ferozes, seus dentes rasgavam a carne imaginária. Ninguém jamais conheceu essa violência, ninguém jamais conheceu o trabalho de escondê-la. Homens davam socos, disparavam armas e faziam guerras, e as meninas, as mulheres, fingiam que não, engoliam o próprio fogo. Ela imaginou Liv na sua frente e ficou com medo de si mesma.

Raiva

Você tem o direito de ficar com raiva.

Capítulo Quinze

BEBER PRA ESQUECER

—Isso — disse Dee — é absolutamente revoltante.
Katie havia dado três voltas no parque. Pegando fogo, fervendo, transbordando, se acalmando, fervendo novamente. Ela havia prendido o cabelo, pisado duro no chão e feito careta para estranhos. Rangera os dentes até que sua boca ficasse com gosto de giz, e um chiado de carne queimada soasse em seus ouvidos. Em seguida, tirou um print do e-mail e o enviou no grupo. Dee e Rosa responderam imediatamente, com uma enxurrada de mensagens.

Nãooooooooooo!!!!!
Que. Porra. Foi. Essa.
Meu Deus.
O nome de Liv apareceu também: *Meu Deus, isso foi puxado. "Atenciosamente", ele é o que, seu advogado?*
Katie pensou por um momento, parou por um momento. Cerrou os dentes e respirou. Finalmente, respondeu: *Né?*

Era banal, mas ela esperava que Liv pudesse perceber que a intenção era de paz, significava: *Obrigada por me entender* e *Me desculpe*.

As mensagens rapidamente evoluíram para um acordo de que a noite de sábado precisava deixar de ser uma cerveja no pub e passar a ser algo mais *extravagante*. E, enquanto Katie fechava o zíper de seu vestido preto favorito, secava o cabelo de cabeça para baixo e passava batom vermelho, ela quase podia se imaginar de volta lá, na casa delas em Manchester, se arrumando para as Grandes Noites com vodca de supermercado e suco concentrado, música pop, cheiro de spray de cabelo e perfume barato. Naquela época, tudo era tão livre e fácil porque era tão *imediato*, nada para se preocupar além do despertador no dia seguinte, ou do prazo final de um trabalho na próxima semana. *O resto das nossas vidas* estava sempre à frente delas, e era enorme.

Ao descer a escada, ela percebeu que Rafee estava sozinho no sofá, ela havia pensado ou imaginado, ou presumido que Jack estava com ele. Ele estava lendo um livro e ouvindo, ela sorriu para si mesma, Prince.

— Ei — disse ela. — Ah, *Middlemarch*. Acho que li esse livro há uns anos.

— Ahá. Estou lendo para o clube de leitura.

Ela sorriu novamente, algo entre a surpresa e o carinho.

— Enfim, você está bonita — disse ele. — Qual é o plano de hoje à noite?

— Ah, vou sair com as minhas amigas, minhas antigas colegas de casa. Vamos beber em um bar que faz uma ótima noite dos anos 1960 e Motown. Acho que todas nós precisamos nos distrair.

Será que algo passou pelo rosto dele quando ela disse *minhas amigas*?

— Cadê o Jack? — perguntou ela, rapidamente.

— Ah, saiu com alguém daquele aplicativo. Parece que as suas dicas deram certo!

— Que tudo! Bom, sempre feliz em ajudar.

Ela não tinha a menor ideia de por que havia dito aquilo e imediatamente desejou poder enfiar as palavras de volta na boca. Rafee hesitou, engoliu em seco e acenou com a cabeça.

— Bom, enfim, se divirta.

E então ela saiu correndo pela porta da frente, com os pensamentos girando de uma forma que ela não conseguia definir.

No bar, Liv estava sentada sozinha em uma mesa para quatro pessoas, tomando um de dois drinques. Dee e Rosa já estão chegando, disse ela, e aquela artificialidade era tão óbvia que Katie quase riu. Liv empurrou o copo delicadamente em sua direção.

— Obrigada.

— De nada. São dois por um, então...

— O que é?

— Martíni de lichia.

— Que delícia.

— Você não vai se sentar?

— Verdade.

Elas se olharam intensamente. A boca de Liv formava uma linha determinada. Katie respirou fundo e disse:

— Desculpe.

Liv assentiu com firmeza. Então ela disse:

— Me desculpe também.

— Eu... Eles não são a mesma pessoa, o Chris e a Nikita.

— É, não são.

— Eu não devia ter dito... É claro que você não deve uma segunda chance à Nikita.

— Não. — Liv tomou a bebida. — Mas eu entendo por que você disse aquilo. Porque às vezes eu penso assim.

— Sério?
— Aham.

A partir daí, a relembrar o que elas haviam perdido foi surpreendentemente fácil. Liv gaguejava para colocar para fora seus pensamentos fragmentados, quanto ela amou, ainda amava, Nikita, mas também, quanto ela se conhecia. Katie tentou casar com isso o fato de que ela sabia que as palavras de Chris não tinham vindo do nada, que ela sabia que tinha havido aquele lento acúmulo de tensão e discussões, mas que ela sentia a falta, no entanto, da tranquilidade e segurança que ele havia proporcionado. Quero que ele bata à porta como Nikita fez e quero pular nos braços dele, sim, sim, sim, e sei que isso seria um grande erro. *Perdi o meu amor*, cada uma delas pensou, *não posso perder você também*.

Dee e Rosa chegaram, e Katie estava aconchegada em uma mesa com as amigas, embalada e amparada, e havia quatro drinques e três rostos amorosos, e o bar estava ficando cada vez mais cheio, com aquela eletricidade de sábado à noite, de *se soltar* e das *possibilidades*, música boa, escuridão e luzes. E Chris tinha acabado de voltar da França.

— Fico feliz que vocês acharam o mesmo — disse Katie. — Eu me perguntei... Quando eu li... Será que eu estava sendo ridícula?

— Não! — disseram elas em coro.

— Aquilo foi ridículo — repetiu Dee. — E desnecessário pra *caralho*.

— É tão... frio — disse Rosa, lendo o e-mail de novo no celular.

Até Joe, percebeu ela, havia suavizado sua última mensagem mais do que isso. *Desculpe, Rosa, mas é melhor assim. Bj.* Havia algo excepcionalmente perturbador em ver assim, preto no branco, como Katie-e-Chris havia se transformado em outra coisa, formal e fria.

— Né? — exclamou Katie. — Eu só... Eu não entendo. Como você consegue ler alguém... alguém *abrindo o coração* dessa maneira... — A voz dela falhou, e ela se conteve, tomando o resto da bebida.

A maneira como deslizava pela garganta como óleo, espalhando-se pelo seu torso como um sorriso. Ah, era *problemático*, não era, o modo como o álcool queimava as bordas duras da agonia e as substituía por algo borbulhante e suave? Problemático, sim, mas confiável também, um transporte e uma ascensão, como se ela estivesse se enchendo de hélio.

— Como é possível ler um e-mail como o que eu enviei — continuou ela, com a voz mais firme — e não ser mais, você sabe, *solidário*?

Eles assentiram com tristeza.

— Talvez ele ache que já está sendo? — tentou Liv. — Sabe, aquela coisa de, se não aprende pelo amor, vai aprender pela dor? Talvez ele não queira dar falsas esperanças?

— Como conhecedora do aprender pela dor, vou dizer que isso é extremo demais — disse Dee.

— E nem parece o Chris — disse Katie.

E aquela, *aquela* era a principal questão. O que "parecia o Chris" naquele momento? Ele havia se afastado dela, a porta estava fechada. Naquelas seis semanas, ele poderia ter estado em qualquer lugar, feito qualquer coisa, se tornado qualquer pessoa. Não era mais da conta dela, não *podia* ser mais da conta dela, e isso era o que mais doía.

— Então é isso — concluiu ela, performando uma decisão e colocando o celular na bolsa. — Operação superando-o-Chris. Nada de olhar para trás nem nada assim. E começa *agora*. Com outro drinque.

— Eu pago essa rodada — disse Dee. — Me ajuda a carregar, Liv?

Rosa pegou a mão de Katie.

— Sinto muito — disse ela gentilmente. Katie sorriu, sabendo como ela se sentia.

— Eu sei, mas estou falando sério. Olhar para a frente! Me conte sobre... Ei, você é A Última Romântica, né? Me conte sobre conhecer pessoas, flertar e se apaixonar. Tudo isso.

Rosa tentou sorrir.

— Essa é a teoria, né? Mas falando sério? — Ela mexeu no celular até chegar nas mensagens com Marvin. A delicada dança do flerte antes do encontro. A mensagem tentadora dele *depois* do encontro: Quer sair de novo? Sua tentativa de ser gentil: *Ei, Marvin. Eu também me diverti muito, mas acho que a gente não teve muita química. Foi mal. Bjs.* E a resposta dele: *Eu posso ser mais divertido ainda.* Seguida de...

— Tipo, não é nem uma foto boa, né? — disse Katie, inclinando o celular para a esquerda e para a direita. — Por que ele colocou tudo por cima da calça desse jeito? E está *embaçada*.

Rosa caiu na gargalhada.

— Exato. A estética da foto de pau, né? Ficou um pouco *achou!*

— O que você acha que faz uma foto ficar boa?

— Tem que estar duro, obviamente. Boa iluminação. Tudo depende do ângulo. — Ela ficou vermelha. — Porra, esse é provavelmente o tipo de coisa sobre a qual o Ty quer que eu escreva.

— Você acha?

— Acho. Engraçado, pra cima, aventureiro, certo? Uma persona de mulher da cidade, alegre e descontraída. A pessoa que a Dee tenta me ensinar a ser, que vai com calma, que não se importa, conhece um homem e segue em frente. Eu conheço a teoria. Mas...

Mas não é isso que eu quero. Eu me sinto mal de ser forçada a querer.

Ela não descreveu os processos de pensamentos erráticos pelos quais passou ao elaborar o texto. Porque seria um texto assinado por ela, seu nome, sua foto e sua narrativa em primeira pessoa sobre como fazer com que o texto e as imagens tivessem coração e alma. E talvez, apenas talvez, Joe lesse? E, se ele lesse, ela queria que ele a visse brilhando, seguindo em frente. Ela queria que ele pensasse que ela não estava pensando nele.

Que absurdo, então, que o texto que Ty disse que falaria muito bem com a Geração Z fosse, na verdade, destinado a falar apenas com o seu ex, para mostrar como ela estava aproveitando a vida sem ele.

— Você quer ser essa pessoa?

Rosa suspirou profundamente.

— Talvez. Quer dizer... Quero, quero, sim. É claro que eu quero. A Dee se *diverte*, né? Ela conhece caras interessantes e tem umas transas boas e, quando fala com um tarado, ela ri. Há vantagens nessa coisa de ser livre, leve e solta. E deve ser ótimo conhecer alguém incrível! É uma surpresa boa.

Katie sorriu gentilmente.

— Mas esse é o objetivo, não é? Você quer conhecer alguém incrível. E não tem nada de errado com isso.

Rosa riu um pouco de si mesma.

— Hum... sabe a minha amiga, a Nina? A despedida de solteira dela está chegando. Meu Deus... é horrível, mas a gente conversava sobre isso quando era pequena: quem iríamos conhecer, com quem iríamos ficar. Muitos filmes da Disney e musicais antigos, eu acho. Enfim, você deveria ver a conversa no grupo, todas essas garotas, é, garotas, organizando o fim de semana. É tão... *irritante*. É tudo... *bolhas de sabão*, paletas de cores e jogos estúpidos. Tipo... é realmente isso o que mais importa? Mas acho que elas estão falando sério. E acho que a Nina está falando sério também. Acho que ela está feliz. E, de certa forma, deve ser bom, né?

— Hum — repetiu Katie. Ela pegou o celular de novo, examinando a foto. — É estranho, né? Eu só vi um por nove anos.

Dee e Liv voltaram com mais quatro drinques na mão e gargalhadas assim que viram o que Katie estava olhando.

— Então, de zero a dez?

— Ah, não mais do que quatro. Se ele não consegue nem se dar ao trabalho de arrumar o foco...

— Talvez ele estivesse tão animado que a mão estava tremendo?

— Meu Deus.

— E você acha que ele sabia, quando enviou pra você, que ia ser *analisado* assim? — perguntou Liv. — Tipo, imaginar um grupo olhando para a foto faz parte do tesão? Ou ele realmente achou que isso ia fazer você querer conversar mais? — Nikita surgiu em sua mente, e ela sorriu menos disfarçadamente do que pretendia.

Elas olharam para ela com expectativa.

— Só... me lembrei de uma coisa.

E elas sabiam o que ela queria dizer e não pediram que ela se explicasse melhor, e ela sentiu a sensação quente e silenciosa que elas não conheciam, não podiam conhecer, das linhas dos seios e dos quadris, das sombras e da luz.

Então, de repente, Katie deu um sorriso irracional, que se transformou em uma risada. As amigas se voltaram para ela.

— Desculpe! Desculpe. Ai, meu Deus. Eu só... acabei de imaginar o Chris me mandando uma foto assim. Quer dizer... meu Deus.

— O quê, você quer dizer que vocês nunca trocaram nudes? — perguntou Dee, incrédula.

— Ah, até parece! Vocês realmente conseguem imaginar o sério e hétero Chris tirando a roupa e pensando no ângulo mais erótico? Quando ele sabia que eu ia voltar pra casa naquela noite, tiraria a roupa e iria pra cama com ele de qualquer maneira? Ele teria achado isso... vergonhoso, eu acho.

A risada se transformou em uma gargalhada profunda, turbulenta, das profundezas da barriga, curvando-se e ondulando na cadeira, uma doce dor passando pelo peito, porque era ridículo, não era, estar sentada aqui discutindo sobre Chris nesse resumo insanamente não erótico? Era ridículo que ela nunca mais veria o corpo de Chris daquela maneira, era ridículo que ela supunha que Chris nunca iria, nunca conseguiria, e, no entanto, como ela poderia saber, de fato? Era ridículo que ele pudesse estar se virando de um lado para o outro na frente de um espelho, atuando para outra pessoa de uma maneira que ela nunca havia visto.

Sua risada era frenética, mas era contagiante também, e isso as deixou mais leves e animadas. Elas beberam a rodada seguinte mais rápido. Katie sentiu a cabeça esquentar e borbulhar, o corpo ficar mais flexível e elástico, sentiu se mover mais e mais rápido cada vez que jogava a cabeça para trás rindo, ou colocava a mão no braço da amiga para dar ênfase a alguma coisa. Ela terminou o drinque enquanto as outras ainda estavam na metade e voou para o bar, sentindo como se estivesse levitando, brilhando. Essa era a mágica: que as mulheres certas, a música certa e as bebidas certas pudessem segurar você, elevar você. Aquele e-mail de Chris já estava parecendo muito menor, quase inconsequente, na verdade, e com certeza algo em que ela não precisava pensar naquele momento.

A conversa mudou de novo, e elas começaram a discutir o apartamento, a sala sem janela e o aluguel de seis meses de Katie com Rafee e Jack.

— Sabem — disse ela —, não é que deu tudo certo? O Rafee e o Jack são Cara Legais.

— Um brinde a isso!

Brindes, goles, pensamentos confusos.

— Mas, para o longo prazo, vocês são os meus amores. Meus *amores*. — Ela esticou os braços em torno de Liv e Rosa, e Dee, a sua frente, se inclinou para o abraço também.

— Quatro camas podem ser uma casa — afirmou Dee.

— Verdade! Casa e jardim e uma cerca branca. Esse é o sonho.

— O sonho de pagar só metade do nosso salário no aluguel!

— Um brinde!

— Ei, estou sendo otimista. Seis meses... É tempo suficiente para quatro promoções, né? Diretora de contas, designer sênior, chefe de estilo de vida, chefe de departamento?

— Um brinde a *isso*!

A música parecia mais alta, o bar parecia mais cheio e a noite parecia *mais*. Katie sabia que elas tinham saído porque Chris a tinha feito se sentir como chumbo e pedra, mas, naquele momento, ela se sentia ar e fogo. Pessoas, tantas pessoas, se acotovelando em volta da mesa e rindo, conversando e se inclinando para falar nos ouvidos das pessoas com calor e esperança. Seus pensamentos pareciam acelerados, soltos e alongados, e então Liv estava dizendo algo, Ai, meu Deus, não olhem, ai, meu Deus.

Elas se aproximaram conspiratoriamente, e Liv disse:

— O Felix está aqui.

— O quê? Sério? Onde?

— Não é pra todo mundo olhar de uma vez! Shhh. Tá bom. Perto do bar, aquela pilastra com os espelhos. Ele é alto. Camisa preta. E eu disse: Marlon Brando.

Tentando parecer sóbrias e sutis, elas se viraram, inclinaram a cabeça e o viram, sim, com um metro e oitenta e vestido de preto, ombros largos e bochechas afiadas, examinando o bar como quem caçava. Dee assobiou.

— Nossa, você não estava brincando. Ele é gostoso e sabe disso.

— Eu sei, eu sei. — Liv se afundou na cadeira. — Continuem conversando. E não me contem se ele estiver com alguém. Ou contem, talvez seja bom. Me contem, sim. Não, mentira, não contem, não. Do que a gente estava falando? Rosa, qual vai ser a próxima coluna?

— Que tal "Como transformar uma despedida de solteira em uma verdadeira celebração do romance"? Ou será que eu só vou parecer amarga?

A diversão meio irônica e meio bêbada de Rosa foi acompanhada por Dee e Katie, enquanto Liv tentava cobrir o rosto com o cabelo, se abanava e bebia o resto da bebida.

— Minha vez — disse Rosa. — Dee, você me ajuda?

Estava cheio o suficiente para que Dee esperasse atrás de Rosa, e não ao seu lado. Enquanto Dee olhava pela multidão, de repente se viu frente a frente com, bom, com alguém. Alguém que parecia estranhamente deslocado com uma camisa xadrez e o cabelo desalinhado, como se devesse estar jogando fardos de feno em um celeiro ou passeando com um cachorro no topo de um penhasco. Ele sorriu.

— Avaliando o bar? — perguntou ele.

— Mais ou menos.

— Eu realmente quase falei "Você vem sempre aqui?". O que eu quero dizer é: você veio pela noite de Motown? Ou é apenas uma parada no caminho para outro lugar?

— Nós viemos pela música. E pelo serviço de bar super-rápido, obviamente.

— Claro, quem são "nós"?

— Amigas. — Dee indicou Rosa com a cabeça.

— Bom, eu também. O médico prescreveu muita cerveja para o meu amigo de coração partido.

Dee sorriu, a contragosto.

— Parece familiar.

— Ahá, mas acho que você não é a pessoa com o coração partido.

— Não, eu tenho um coração de pedra.

Ele riu, o tipo de gargalhada inconsciente que deveria ter sido constrangedora, mas não foi, porque ele não era. Ele estendeu a mão.

— Meu nome é Josh.
— Prazer, Josh.
— Sabe, normalmente essa é a hora que você me diz o seu nome.
Um rápido suspiro.
— Dee.
— Dee. Legal, apelido de...?
— Só Dee.
— Bom, prazer em conhecer você também, Dee. E qual é a história da sua vida?
— O quê?
— Você sabe, quem você é, o que você faz, prefere gato ou cachorro, ideologia política, onde vai passar as férias esse ano?
— Uau. Isso é... Uau.
Ele estava olhando para ela com expectativa, e ela revirou os olhos.
— Isso é bem profundo pra um bar com uma pista de dança cheia de gente suada e drinques dois por um.
— Bom, sabe como é. Perguntar se posso pagar uma bebida é idiota quando você está claramente esperando a sua amiga, e eu já tentei contornar o "Você vem sempre aqui?". A gente podia falar de música, mas, como viemos para a mesma noite, acho que só vamos concordar um com o outro.
— Beleza. Gato, então.
— Gato! Uau. Essa é uma resposta ousada para um encontro. Todo mundo ama cachorros, mas as pessoas que odeiam gatos, *realmente* odeiam gatos.
— Não é todo mundo que ama cachorros — rebateu Dee. — Todo mundo acha que deve *dizer* que ama cachorros, por causa do negócio do melhor amigo do homem, uma coisinha leal e fofa.

— Aham. Enquanto você acha que...?

— Os cachorros são obcecados pelos donos, independentemente do que aconteça. Você o alimenta e passeia com ele, e ele acha que você é um deus. Os gatos são independentes. Distantes, até. Então, se o seu gato gosta de você, você realmente sente que mereceu, sabe?

Ele riu de novo, rugas em volta dos olhos.

— É um bom ponto, mas você tem algum?

— Não em Londres.

— Mas em...?

— Brighton.

— Legal! Então, como eles se chamam?

— Quem?

— Os gatos!

— Ah, Audre e Simone. Tinha a Betty também, mas ela morreu.

Ela olhou para ele com firmeza. Os olhos ainda estavam enrugados.

— Entendi — disse ele.

Rosa se virou com os dois primeiros drinques na mão e os passou para Dee, processando a cena em poucos segundos e sorrindo.

— Tenha uma boa noite, Josh — disse Dee.

— Ele era gatinho — afirmou Rosa enquanto voltavam para a mesa.

Dee deu de ombros.

— Ele estava procurando a pessoa mais próxima do bar pra dar em cima. Não é o objetivo dessa noite, né?

A rodada seguinte e o bar atingiram o ponto crítico para dançar. Katie fechou os olhos enquanto girava ao som da música. Nossa, a música era boa. Dançar era bom. Beber era bom. Elas haviam saído por causa de algo que Chris havia enviado, né, mas quanto mais ela se mexia e bebia, e se mexia e bebia, menos importante isso parecia. Ah, como ela flutuava e voava.

Ela abriu os olhos e se sentiu ainda mais quente, a maravilhosa familiaridade de suas amigas, as formas como elas dançavam também. Como ela reconhecia bem os pulinhos de Rosa e o balanço de Liv, e, ah, Dee estava conversando com alguém, alguém que parecia ter sido teletransportado de uma festa country, alguém que estava falando em seu ouvido, e ela estava revirando os olhos, mas também dando um sorrisinho discreto. O homem tirou algo do bolso e deu a ela antes de voltar para o meio da multidão.

— Quem era?!

— Um tal de Josh... — Dee olhou para o cartão que ele havia entregado. — Josh Clancy, aparentemente. Designer de móveis.

— Que legal!

— O que não é legal é dar o cartão de visita pra alguém. Em que ano estamos, 1995?

Mas ela o guardou na bolsa mesmo assim.

Elas queriam mais uma rodada, e Liv estava abrindo caminho e andando pela multidão até o bar, o que pediria, gim, tequila? Ela levou alguns segundos para processar a mão que agarrou seu braço, mas depois se virou com uma indignação furiosa e se viu frente a frente com um sorriso familiar, e uma súbita necessidade de agir de forma casual e surpresa.

— Felix.

— Liv, que bom ver você aqui.

— Ah, você sabe, grandes mentes pensam igual, alguma coisa assim.

— Agora já sei que você não é fumante, mas que tal me fazer companhia e tomar um pouco de ar?

Ela revirou os olhos e sabia que iria com ele. Fumante ou não, Liv sempre sentiu um prazer perverso no contraste que a atingia ao sair de um bar ou balada. Os invernos em Manchester eram tão frios e suas roupas, tão minúsculas, que, às vezes, sair para fumar era como ir para outra dimensão: o sopro repentino de um tipo diferente de ar, a mudança dramática de volume e tom. Ela gostava do som do lado de fora das baladas e dos bares, dos graves abafados como batidas de um coração e da sensação de estar dentro e fora ao mesmo tempo.

Ela se encostou na parede, observando Felix enrolar habilmente o cigarro e, enquanto seu cérebro se agitava com várias bebidas fortes, ela tentou se controlar, repetir um mantra. *O Felix é meu cliente. Eu sou profissional. Quero proteger meu emprego. O Felix é meu cliente. Eu sou profissional. Quero proteger meu emprego.*

— Então — disse ele. — Você vem sempre aqui?

Ela caiu na gargalhada, e ele ergueu uma sobrancelha, sorrindo torto.

— Na verdade, sim — disse ela. — Eu e minhas amigas. Acho que faz a gente se lembrar de quando era jovem.

— Porque agora você é uma idosa, né?

— Exatamente. Enfim, como estão as coisas? A gente tem uma reunião em breve, certo? Atualizações sobre o grande projeto de pesquisa?

Ele revirou os olhos.

— Faço questão de não discutir trabalho nos fins de semana.

— Certo. Bom, nós estávamos falando de fotos de pau antes, você tem alguma opinião sobre isso?

Dessa vez, ele ergueu uma sobrancelha e seu sorriso ficou mais espertinho, e Liv sabia que havia uma voz em algum lugar de sua cabeça alertando-a, mas outra estava rindo e falando cada vez mais rápido.

— É, estamos tentando descobrir a motivação quando os homens mandam pra mulheres que não conhecem. É uma forma de assédio sexual digital? Como abaixar a calça na rua? É sério que os caras sentem tesão nisso? Ou eles realmente acham que isso leva a alguma coisa? E, se for o caso, onde estão as *preliminares*, sabe?

— Bom — disse ele —, não posso argumentar contra isso.

A voz de advertência estava ficando mais alta, mas a voz rápida também. *Esse trabalho. Essa porra desse trabalho em que eu me meti. Por que eu não estou escrevendo colunas sobre a minha vida, vendo meu nome ao lado da minha foto? Rosa, maldita Rosa, com sua casa no subúrbio e seus estágios não remunerados, enquanto eu tive que entrar em um programa de pós-graduação e alugar um quarto minúsculo, e por que eu acho que "tive" que fazer isso, afinal, por que qualquer um de nós "tem" que fazer alguma coisa? Por que eu ajo como se não tivesse escolha? A vida é só isso, é só isso?* O ar estava ficando mais frio e Liv se chacoalhou, o que fez sua cabeça girar, e disse:

— É melhor eu voltar lá pra dentro, tenha uma boa noite.

De volta ao bar, vodca tônica, por favor, obrigada, de volta às amigas, dançando, dançando. Ela colocou o braço em volta dos ombros de Rosa e disse Eu te amo, sabe, e estou muito orgulhosa de você, da sua escrita. Ah, obrigada, meu amor, isso significa muito, eu acho tão difícil, sabe, não quero ser essa pessoa que vai a encontros de forma antropológica, eu também te amo.

O mundo está balançando as estrelas e piscando as luzes. Tudo está se inclinando para a frente e para trás. Mil conversas fora do alcance dos ouvidos, um braço quente no meu braço, no seu braço, sapatos surrados, Cadê o meu casaco? Táxi, táxi, hora de pegar um táxi. Quem está aqui? A Liv está em uma mesa com o Felix, a mão dele está subindo pela blusa dela, o rosto dela, o rosto dele, ah, eles estão se beijando, ah, ela está sorrindo e acenando, Vamos lá pra casa, está dizendo ele. Ok, sim, sim, eu vou, sim. Dee pegou água no bar, ela está bebendo um litro de água, boa mulher, mulher esperta, mas sua cabeça está latejando, confusa, o cartão de visita na bolsa, Eu gostaria de sair com você algum dia, haha, quem diz isso, não, não, vocês são todos iguais. Assim como os outros, ele pode ser divertido, um pouco de diversão. Rosa está no táxi tentando focar o celular, dois celulares, três, está tudo embaçado, onde está o nome de Joe, Izzy... Jan... JOE! Sim, simmm, *Joe eu sintooosuafalta te amo tnt vm danç porf bjuuuuus*. Katie desceu primeiro, chaves, chaves, aff, essa porta nova é tão dura que às vezes faz aquela coisa de travar na fechadura, ok, sim, sim, não faça barulho, meninos dormindo, homens dormindo, aff, estômago, estômago, vou vomitar, banheiro, banheiro. Rafee está aqui, Eita, a noite foi boa, então, você está bem, copo d'água, Não se preocupe, eu posso limpar, não, NÃO, ah, meu Deus, eu sinto muito, eu sinto muito, estou chorando, estou soluçando.

Beber pra esquecer

Você gosta de beber? A bebida pode ser um remédio mágico ou um veneno cruel. O álcool pode ser um guia nessa jornada do coração partido como um velho amigo — e depois fazer você tropeçar de forma dramática.

Quer dizer, você já sabe os conselhos. Conheça seus limites, beba um copo d'água a cada drinque, não misture com seus medicamentos.

Se isso não for possível:

* *Deixe uma garrafa d'água de dois litros ao lado da cama antes de sair (um copo nunca é o suficiente e você vai acabar derrubando quando estiver trocando de roupa de qualquer maneira). Analgésicos também.*
* *Tenha sempre o seguinte no freezer: batatas fritas, waffles de batata, batatas em formato de carinhas sorridentes, purê, todos os produtos de batata congelados que você puder encontrar. Coca-Cola na geladeira, multivitamínico no armário.*
* *Escreva o número do seu ex em um pedaço de papel e guarde no fundo da gaveta. Delete do celular até amanhã.*
* *Se não conseguir escovar os dentes, faça um gargarejo com enxaguante bucal e pronto. Lave o rosto antes de dormir. Na pior das hipóteses, passe um lenço umedecido e depois vitamina E no rosto.*

Capítulo Dezesseis

TARDES DE DOMINGO

Liv abriu um olho e estremeceu. Ela estava deitada de lado, o braço preso embaixo do corpo, de modo que sua mão estava dormente, e ela sentia uma textura levemente pegajosa e endurecida saindo do canto da boca e indo pela bochecha até o cabelo. Sua boca estava indescritivelmente seca, e sua cabeça latejava, pulsando. O eco agudo da música da noite passada soava nos ouvidos.

Só então ela percebeu que o que estava vendo não era o próprio quarto, mas um totalmente diferente, com uma parede cinza e fria, na qual uma linha nítida de luz solar batia, atravessando uma persiana preta entreaberta. No chão, sua blusa de lantejoulas cintilantes e seu short preto, mas não sua jaqueta de couro, onde poderia estar? E atrás dela... Ela fechou os olhos novamente. *Puta que pariu.*

Felix soltou um suspiro e rolou para o lado, puxando o edredom dos ombros dela. Liv se sentiu horrivelmente nua. Ela tentou ver se ele estava dormindo. A respiração dele era do tipo ronco, pegajosa e de ressaca, mas parecia regular. Depois de alguns minutos, prendendo a própria respiração, ela tirou o braço de debaixo do corpo, mordendo o lábio enquanto o sangue voltava a correr para os dedos. Depois, uma perna, e então a outra. Deslizando cuidadosamente para fora da, ah, meu Deus, ah, meu Deus.

Quando ela deu impulso para se sentar na beirada da cama, sua cabeça começou a latejar ainda mais forte. Ela queria desesperadamente... Bom, muitas coisas, mas primeiro, água. Não havia um copo sequer à vista.

Mesmo naquele momento, ela não reconhecia o quarto, em parte porque ele era muito genericamente cromado-e-cinza-e-móveis-brancos, e em parte porque seu cérebro ainda estava acordando e rangendo as engrenagens para tentar se lembrar... Eles tinham pegado um táxi, não tinham? Ela tinha vagas lembranças das mãos dele em sua coxa, subindo pela blusa, eles se agarrando, um tipo frenético de luta livre. Ela fechou os olhos e engoliu em seco uma, duas vezes. A saliva estava se acumulando na boca. Ela engoliu em seco novamente e forçou várias inspirações e expirações profundas.

Ela não via a calcinha em lugar algum, então vestiu o short direto, estremecendo novamente quando o abotoou. Tudo ao redor da sua virilha parecia assado. Ela não estava usando sutiã, então enfiou a blusa de lantejoulas. Parecia deslocada à luz da manhã, como uma árvore de Natal em julho. Então ela passou pela porta entreaberta, recusando-se a olhar para trás, para a cama, e encontrou o caminho para o cômodo principal do apartamento.

Assim como o quarto, era cinza, branco, iluminado e duro. Havia um sofá comprido e baixo com os pés cromados, a camisa preta de Felix da noite anterior jogada no encosto e uma das almofadas no chão. Havia uma mesa de centro de vidro, também com pés cromados, dois copos de uísque e um cinzeiro transbordando. Ela imediatamente sentiu uma forte ânsia no fundo da garganta e vontade de vomitar.

Pia. Copos. Os armários de Felix eram do tipo vazio, que ela reconhecia em um certo tipo de homem, que morava sozinho e não se preocupava em tornar o lugar particularmente acolhedor. Três pratos, duas canecas. Felix não era um homem que recebia amigos para jantar. Ele não era um homem que alimentava as pessoas. Ela pegou um dos copos de uísque, enxaguou-o tão bem quanto pôde, encheu de água e bebeu, encheu de água e bebeu.

Depois de três copos d'água, ela estava se sentindo melhor o bastante para passar de uma cabeça latejante e um estômago enjoado para um tipo diferente de desconforto, algo mais profundo. O que ela havia feito?

Bom, ela havia transado com Felix, sem dúvida, mas o que aquilo iria *significar*? A noite estava um mosaico tão confuso em sua mente, mas ela sabia que o havia puxado para si no táxi, se pressionando contra sua ereção. Ela sabia que tinha desabotoado a camisa dele e a erguido sobre sua cabeça, e sabia que o tinha puxado freneticamente para o quarto, e sabia que tinha cavalgado e balançado e gemido e, ah, Deus, ela estava fechando os olhos novamente.

Era hora de ir para casa. Definitivamente, era hora de ir para casa. O que estava faltando? Bolsa, jaqueta, sapatos. E calcinha. Porra.

Os sapatos, ela respirou agradecida por ter usado sapatilhas, estavam embaixo da mesa de centro. A bolsa de mão estava pendurada no encosto da cadeira e, por algum milagre, o celular, as chaves e os cartões ainda estavam lá dentro. Ela ainda não estava vendo a jaqueta em lugar nenhum, será que ela tinha deixado no bar? E quanto à calcinha, depois de apalpar debaixo da almofada do sofá e sentir que ia vomitar novamente, ela teve de admitir derrota.

— Bom dia. — As palavras a fizeram dar um pulo e seu estômago se revirou novamente quando Felix entrou na sala. Ele foi meio lentamente, meio cambaleando até a chaleira e, depois de ligá-la, virou-se para ela com uma expressão divertida, quase curiosa. Ele tinha colocado uma calça de moletom cinza e estava, bem, *delicioso*, mas também excruciante. Era como se ele tivesse arrancado a camada superior da pele dela. Ele havia mordido o mamilo dela, e ela havia arranhado as costas dele.

— Você sabe onde coloquei a minha jaqueta?

— Hum... Talvez no gancho perto da porta da frente. Não lembro se você estava de jaqueta, pra ser sincero.

— Tudo bem. E... Hum. — Ela decidiu que perguntar se ele tinha visto sua calcinha era demais.

— Eu ofereceria café da manhã, mas...

Era um "mas" que pretendia dar a entender que ele simplesmente não tinha nada para comer, ou que tinha planos para os quais precisava sair em meia hora, mas, na verdade, significava, decidiu Liv, que ele queria que ela saísse do apartamento para que ele pudesse se deitar na cama com o notebook e provavelmente bater uma punheta. Bom, tudo bem.

— Ah, não, tudo bem. Não gosto de tomar café da manhã de ressaca. Preciso ir pra casa.

Ela pegou a bolsa e a segurou contra o estômago.

— Então... É... Acho que a gente se vê em breve?

Uma expressão de pânico passou pelo rosto dele, e ela revirou os olhos internamente.

— No trabalho, quero dizer.

— Certo! Claro. Na reunião. Com certeza.

Ele foi até ela e colocou as mãos em suas bochechas de uma forma que parecia insuportavelmente carinhosa e fora de contexto. Era o tipo de gesto que Nikita teria feito. Era um gesto de intimidade e afeto.

— Então, obrigado pela aula sobre fotos de pau — disse ele, e ela sentiu outra onda de vergonha ao se lembrar de ter incentivado que ele ficasse de pé, fizesse uma pose, se *mostrasse* enquanto ela fingia tirar fotos com uma câmera imaginária. *Clique, clique, clique.* — Você tem o meu número. Sua vez agora? — Ele não a beijou. — Acho que preciso de mais algumas horas de sono. A porta da frente vai trancar quando você sair.

— Legal, valeu.

Sua jaqueta, no fim das contas, não estava no gancho ao lado da porta. Ela olhou para a blusa cintilante e o short curto, foi na ponta dos pés até a sala de estar e pegou a camisa preta de Felix do sofá. Abotoando-a, ela parecia um pouco como uma estudante de artes excêntrica, mas pelo menos cobria as lantejoulas. Em casa, poderia jogá-la no lixo.

*

Katie acordou com um azedume na boca e uma ansiedade palpitante no peito. O cabelo estava espalhado pelo rosto, delicadamente perfumado com o próprio vômito. O estômago se revirava e pesava. Com cuidado, ela se sentou, e o mundo ficou embaçado. Meu Deus. *Meu Deus.*

Foi uma ressaca que a fez voltar no tempo, ultrapassando Chris e transportando-a para Manchester. As manhãs seguintes em casal eram agradáveis, ainda que levemente irritantes. Uma manhã seguinte em uma nova casa compartilhada... Ela sentiu uma combinação nauseante de culpa, vergonha e nostalgia. Por fim, vestiu seu moletom mais largo e suas meias mais grossas e foi mancando até a cozinha. Rafee estava passando manteiga na torrada e deu um sorriso extremamente compreensivo.

— Ei — disse ela baixinho.

— Oi! — Talvez houvesse uma animação ligeiramente artificial na voz dele, pensou ela, e não era de se admirar, coitado, quando ela primeiro vomitou e depois chorou na frente dele, mas ele também estava oferecendo uma xícara de chá e perguntando se ela queria uma torrada, e, quando ela fez que não com a cabeça, ele disse: — Existem dois tipos de ressaca, né? O tipo comer-para-passar e o nunca-mais-vou-comer.

— Com certeza. Olhe... me desculpe, sério.

— Não se preocupe. Todos nós já passamos por isso.

— Bom, talvez. Mas acho que eu não moro aqui há tempo suficiente pra você ter que... Ah, Deus. — Ela puxou uma cadeira da pequena mesa de jantar e enterrou a cabeça nas mãos.

Depois de alguns instantes, para sua surpresa, ela sentiu uma mão esfregando suavemente suas costas.

— Obrigada — murmurou ela entre as mãos. — Isso é bom.

— Ah, é porque você não está me vendo. Constrangedor. Cara, contato físico... Você sabe como é.

Ela deu uma risadinha gentil.

— Quer ver TV?

— Quero, por favor.

Rafee ficou com a poltrona e Katie se esparramou no sofá, e eles passearam sem rumo pelos canais de culinária, jardinagem e política. Depois de um tempo, como se estivesse se preparando para isso, talvez, Rafee perguntou:

— Então, foi uma coisa de ex? Ou só uma coisa bebi-demais?

Katie mexeu na manga do moletom.

— Os dois, eu acho. — Ela hesitou. — Quer dizer, os dois, definitivamente. E estão relacionados. Beber faz você se sentir melhor e depois faz você se sentir pior, né?

— Sem dúvida. Fui demitido há alguns anos. Na época, eu trabalhava pra uma instituição de caridade pequena, e eles perderam parte do financiamento. Enfim, cheguei em casa com uma caixa de cerveja e uma garrafa de uísque. Comecei brindando que seria a melhor coisa que já tinha acontecido comigo e terminei às três da manhã chorando porque havia desperdiçado a vida trabalhando para instituições de caridade. Uma afirmação bastante ousada, já que eu tinha vinte e três anos na época.

Katie soltou uma risadinha de dentro do capuz.

— E deu tudo certo.

— O quê? Ah, sim. Emprego novo três meses depois, e é onde eu estou agora. Quer dizer, ainda me preocupo que esteja desperdiçando a vida, mas acho que todo mundo, né?

— Não acho que o que você faz seja um desperdício. Longe disso.

— Obrigado. Estamos naquela fase, não é, em que os que fizeram contabilidade, direito e administração realmente decolaram.

— É verdade — disse Katie e imaginou Chris. Rapidamente, ela acrescentou: — Mas é só dinheiro. Não é alma.

Ele a olhou com diversão.

— Você sempre quis ser professora, então?

— É. Quer dizer, eu não era inteligente o suficiente pra ser, tipo, uma historiadora profissional. E eu gosto de crianças. Não que "crianças" seja a palavra certa pra um grupo de adolescentes de dezessete anos, mas eu gosto. Eles são engraçados e surpreendentes, e aquele clichê sobre fazer a diferença na vida dos jovens é verdade.

Ele concordou com a cabeça e sorriu.

— Bom dia. — Jack entrou cambaleando na sala, vestindo uma camiseta do Pacman e calça de moletom, esfregando os olhos por debaixo dos óculos. — Ei, o Rafee disse? Suas mudanças no meu perfil funcionaram pra caramba!

— Fiquei sabendo! Como foi?

— Bom, eu acho. O papo foi bom e tal. Ficamos até o bar fechar. Perguntei se ela queria sair de novo e ela disse que sim... Parece promissor, né?

— Definitivamente.

A partir daí eles se acomodaram em um domingo confortável e preguiçoso. Xícaras de chá, sanduíches, conversas. Katie enviou uma série de emojis de carinha verde para o grupo, e Rosa respondeu com uma lista de sugestões de atividades tão precisas, que Katie as escreveu cuidadosamente no manual do coração partido: música, comida boa, programas de TV ruins. A comida, particularmente, veio com uma lista de exemplos.

Rafee e Jack perguntaram se poderiam usar a TV para jogar. Claro, claro, Katie se apressou em dizer, quero ler um pouco, mas seus olhos continuavam se dispersando, e ela percebeu que havia chegado ao final da primeira página sem ler uma única palavra.

Então ela se acomodou no sofá, mexendo no celular, fazendo exatamente o que sabia que não deveria. Ela leu e releu seu e-mail e a resposta concisa de Chris, e tentou engolir o nó que continuava se formando na garganta. Ela entrou no site do hotel, aquele que ela havia escolhido depois de tantos artigos, fóruns e pesquisas, sabendo que Chris seria exigente em relação a coisas como *qualidade* e *avaliações*, enquanto ela queria uma vista que fizesse seu coração vibrar e caminhadas com as ondas quebrando por perto. A mesma musselina branca, as mesmas duas taças de vinho no terraço, a mesma meia-luz refletindo na água. Ela tentou não pensar se Chris tinha ido sozinho, mas estava de volta ao site da empresa, de volta à foto de Nat, aquela confiança fácil, aquela risada.

Porque havia uma dor particular nesse momento da semana. Aquele vácuo entre a adrenalina do sábado e o estímulo da segunda-feira, aquela extensão cheia de ansiedade na qual havia tantas possibilidades do que alguém *poderia* estar fazendo, e tantas maneiras de imaginar o que ele *estava* fazendo. As tardes de domingo eram para o conforto, a familiaridade e o apoio, e a pessoa que antes oferecia todas essas coisas tinha ido embora.

Então ela se remexeu e agonizou, até que recebeu outra mensagem de Rosa e, com os olhos arregalados, ela se levantou, explicando que precisava ir até suas amigas imediatamente.

*

Rosa acordou se sentindo igualmente indisposta, mas protegida pelo pijama, pela cama macia e vazia, e por saber que só precisava ir até a cozinha para pegar um litro de água e fazer uma xícara de chá. Ela calçou os chinelos, colocou o roupão e arrastou o Cobertor da Ressaca junto. O apartamento estava calmo e silencioso. É claro... Liv tinha voltado com Felix. A porta do quarto de Dee estava aberta, então ela havia saído para correr. Uma máquina.

Katie enviou uma mensagem enquanto ela esperava a chaleira ferver, uma fileira de emojis com expressões cada vez mais doentes, e, sorrindo, ela respondeu com uma lista de sugestões. Pratos de domingo para ressaca era uma categoria de alimentos que ela havia aperfeiçoado há alguns anos. Então, em uma explosão de horror, medo e vergonha, e *por favor, por favor, que não seja tão ruim assim*, ela percebeu que o nome de Joe havia aparecido no topo das mensagens. Ela clicou, rolou a tela, ah, não, ah, não.

Joe eu sintooosuafalta te amo tnt vm danç porf bjuuuuus.
Merda.

Ela leu várias e várias vezes, e tentou imaginar como poderia ser lido como algo diferente do que era: uma confissão bêbada, desleixada e bagunçada de tudo o que não era correspondido. Ela preparou o chá e se enrolou no sofá como um pequeno animal perdido, e leu e releu. E então processou os dois tracinhos azuis. Joe havia lido também.

Ela verificou os horários. Mensagem enviada: 1h47. Mensagem lida: 8h35. Duas horas atrás. Tempo suficiente para sugerir que ele não responderia, especialmente porque ele esteve on-line pela última vez há quinze minutos, e, de repente, chocantemente, estava on-line agora.

Ela largou o celular como se tivesse sido eletrocutada. Sabia que era ridículo, até porque nada sugeria que Joe estivesse vendo a mesma mensagem ao mesmo tempo, mas, de alguma forma, a possibilidade de que ele estivesse parecia visceralmente dolorosa, como uma agulha que os unisse através do espaço. Como se ele pudesse ver o rosto inchado e cansado dela por meio do próprio celular, e sua expressão fosse cheia de pena.

E ela. *Ela*. Rosa estava terrivelmente ciente das coisas que elas haviam escrito no manual do coração partido. *Lembre-se de que qualquer contato que você tenha pode não ser mais privado*. Então será que Joe acordou, revirou os olhos e passou o celular para que *ela* lesse? Será que ela o devolveu, negando com a cabeça? *Talvez você precise bloqueá-la*. Ou *Tenho pena dela*. *Volte para a cama*.

Ela se aconchegou mais no sofá e no cobertor, e ligou a TV. Foi assim que Dee a encontrou vinte minutos depois.

— Vish, cabeça ou estômago?

— Os dois. E eu fiz uma Coisa Ruim.

— O quê... Ah! Você estava mandando mensagem no táxi, merda, você estava mandando uma mensagem para o Joe?

Rosa cobriu a cabeça com o cobertor.

— É ruim. É muito ruim, Dee. E ele leu, não respondeu e agora a mensagem está *lá*, no universo. Sabe quando alguma coisa fica *pendente*? Quer dizer, pelo menos se ele me respondesse com uma mensagem muito irritada, teria, tipo, um desfecho pra coisa. Mas... Aff, olhe.

Dee leu a mensagem, com a cabeça inclinada para o lado.

— Joe, sinto sua falta, te amo, tnt? *Tanto*? Dançar, por favor? Ai.

— Não é bom, né?

— Então... — Dee se sentou, pensando. — Quer dizer, é algo que ele já não saiba?

Rosa fez uma careta.

— Acho que não.

— Pense assim, no geral. Foi ele... Ele quem fez, *de fato*, a Coisa Ruim, né? Ele sabe que machucou você. A sua mensagem nem mesmo ataca isso. É apenas... Amor.

Era verdade, mas ainda assim insuportável. Rosa balançou a cabeça e tentou não chorar.

— Parece tão... — Ela suspirou. — Eu não quero que ele me veja fraca, sabe?

— Eu sei. Acredite em mim, eu sei.

— E você, aliás? Teve notícias do cara dos móveis?

— O quê? Ah, não. Tipo, ele não tem o meu número.

— Mas você vai mandar uma mensagem pra ele, né?

— Ah, não sei.

— Por que não?! — gritou Rosa apaixonadamente. — Por favor, por favor, me dê um pouco de esperança de que ainda existem homens legais que podem ser encontrados em bares.

— Ele parecia bom *demais* pra ser verdade, sabe?

— Ah, qual é! Depois de todos os sermões que você me deu sobre tranquilidade, leveza e pra ver o que rola! Por favor, mande uma mensagem pra ele! Por mim?!

Depois de uma breve troca de olhares, Dee balançou a cabeça, se divertindo, e pegou o celular e o cartãozinho. Era marrom-escuro com letras brancas: simples, mas um pouco incomum. Josh Clancy. Designer de móveis.

— Tá. *Oi, Josh. É a Dee, de ontem à noite. A louca dos gatos, aparentemente.* Satisfeita?

— Perfeito. Agora vai lá pegar o seu edredom. Você está sendo sugada para essa ressaca, quer queira, quer não.

Depois de mais vinte minutos, elas ouviram um som na porta e Liv entrou no cômodo, segurando a bolsa em uma mão, uma camisa preta na outra e com o cabelo e a maquiagem magnificamente desgrenhados.

— Bom dia!

— Pra quem? Meu celular morreu. Eu nem sabia onde *era* o apartamento dele. Tive que pegar dois ônibus e o metrô. Bastante tempo pra pensar no erro gigantesco que foi isso.

Dee fez um ruído de desdém.

— Não se torture. Os homens fazem isso desde sempre. Esse pensamento é bastante sexista se você está dizendo que o Felix pode fazer sexo casual sem consequências, e você não.

Liv ponderou.

— Mas essa ser a teoria não significa que seja a verdade — retrucou ela. — Temos uma reunião daqui a duas semanas. Você sabe como é, vai ter toda essa tensão. Vou estar sentada lá pensando *você me viu pelada, você me viu pelada*, imaginando se ele vai fazer algum comentário sarcástico, alguma piada horrível, meu Deus, vou ficar preocupada até se ele comentou alguma coisa com o colega dele. Porque, apesar do feminismo, nós *sabemos* que o que aconteceu ainda é uma história de que ele pode se gabar, como uma porra de uma *conquista*, enquanto eu é que vou ter passado dos limites, não ter sido profissional, não consegui me controlar. E isso vai me deixar nervosa e péssima no trabalho, e esse é o nosso principal cliente, o *meu* principal cliente.

A ansiedade estava zumbindo em seu estômago enquanto ela falava, mas também havia algo a mais, algo inesperado, algo que ela só percebeu que era verdade no momento em que disse. *O nosso principal cliente. O meu principal cliente. Sim, um cliente que está fazendo uma pesquisa valiosa e contando histórias interessantes, histórias que estou ajudando a moldar. É um bom trabalho, é um trabalho divertido, é um trabalho estimulante, e eu não quero perdê-lo.*

Será que isso era sua vida profissional passando diante de seus olhos? Ela se lembrou daquela versão mais jovem de si mesma, sentada em entrevistas com uma expressão fingida de entusiasmo e um vestido barato, sabendo que aquela não era realmente *ela*, que era um paliativo, algo para pagar o aluguel em meio a prédios altos e baladas lotadas. As promoções e os aumentos salariais que vinham automaticamente, cada um tornando algo um pouco mais concreto e outra coisa um pouco mais distante. Ela havia construído algo entre o *eu* e o *meu trabalho*, que sempre presumiu ser uma proteção, mas que a mantinha fora de algo, em vez de dentro.

Ela olhou para Rosa, toda encolhida, lágrimas no rosto, e sentiu uma onda de amor e simpatia. Como ela a invejava, como a admirava. Então o rosto de Felix surgiu diante dela, os olhos fechados, a boca em uma espécie de careta, suando. Ela tentou tirar isso da cabeça enquanto se acomodava ao lado de Rosa e acariciava o rosto daquela mulher especial, daquela amiga incrível.

Elas se afundaram na atmosfera meio confortável, meio ansiosa de domingo à tarde, comeram batatas chips e assistiram a coisas que as faziam rir. O ar estava quente e pesado. As exigências da manhã seguinte começaram a se agarrar a elas à medida que o sol se punha.

O celular de Dee vibrou, ela leu a mensagem e revirou os olhos. Rosa, rindo, pegou o aparelho dela e leu a mensagem de Josh em voz alta, mas, antes que pudessem dissecá-la, o celular estava vibrando novamente. A imagem de Mel preencheu a tela, com as mãos sob o queixo em uma postura brincalhona. Rosa passou o telefone de volta para Dee, É a sua mãe ligando.

Sarah Handyside

Ela atendeu tranquilamente, Ei, mãe, e aí, e então franziu a testa, e Rosa e Liv estavam olhando para ela, perguntando se estava tudo bem. Ela franziu a testa mais um pouco, se levantou e foi para a cozinha, fechando a porta de vidro. Rosa e Liv a observaram enquanto ela levava uma mão à cintura e depois à cabeça. Ela estava andando e, em seguida, ficou imóvel.

Tardes de domingo

As tardes de domingo são, talvez, o momento mais doloroso da semana para estar de coração partido. Você vai imaginar que o resto do mundo está encolhido em sofás com suas caras-metades (e que frase horrível é essa), ou então preenchendo seus dias com mais produtividade, mais aventura, mais boas ações, mais felicidade. A tristeza da segunda-feira está se instalando e, se você saiu ontem à noite, está sentindo isso.

O que pode ajudar animar o dia inclui: música (lembra sua playlist de músicas felizes? Comece a ouvir), comida boa,* programas de TV ruins, uma caminhada, pintar as unhas, um banho e um livro.

Se você fizer uma lista do que quer fazer um domingo antes, poderá evitar a paralisia da indecisão e obter a sensação boa de "eu fiz o que queria fazer". Essa lista não precisa incluir correr uma maratona nem assar biscoitos.

Lembre-se de que essas muitas possibilidades dos seus fins de semana podem, de fato, ser uma das coisas mais libertadoras e gloriosas de ser solteira. Você não precisa fazer seus planos em função de outra pessoa. Você pode ficar deitada no sofá comendo miojo e lendo romances ruins. Você pode se espreguiçar no parque com suas leggings mais velhas, mais sujas e mais sagradas. Você pode ouvir podcasts de true crime sobre assassinatos horríveis. Você pode assistir a sitcoms dos anos 1990 repetidamente, pela milionésima vez. Você pode passear por uma galeria de arte e se lembrar com tristeza de como os programas de TV de sua juventude prometiam que você encontraria seu marido lá (você não vai). Você pode remar no mar. Você pode cantar.

Mas acima de tudo: durma. Amanhã será outro dia.

* As curas de ressaca infalíveis da Rosa:
  * Duas aspirinas e um litro de Coca-Cola Zero.
  * Água com gás e limão.
  * Torradas de queijo com molho de pimenta.
  * Croissants amanhecidos com presunto e cheddar derretidos.
  * Miojo com kimchi e molho picante.
  * Shakshuka: ovos com molho de tomate e temperos.
  * Batatas chips de cebola e salsa.

Capítulo Dezessete

O INESPERADO

Dee não se lembraria, mais tarde, se foram segundos ou anos entre a ligação e o trem para Brighton. Estava escuro e depois clareou. Se houve sono, ela não se lembrava. Se houve sonhos, foram sobre uma coisa apenas. Ela fez as malas às cegas. Abraçou as amigas, pálida. Ela viveu mil vidas na viagem de uma hora, Sussex na primavera, rancorosamente verde e exuberante do lado de fora da janela.

Sua mãe penteando seu cabelo com um pente de plástico rosa, as mãos em concha em volta de sua cabeça.

Sua mãe fazendo sanduíches de peixe empanado e dançando ao som do rádio.

Sua mãe caminhando com ela, de mãos dadas, para a escola, depois acenando para ela da porta da frente, depois acenando para ela por cima de um café. O fio que as ligava se interligando à medida que ela crescia, sempre elástico, sempre de aço.

Sua mãe a ouvindo desabafar sobre o trabalho e fervilhar sobre Leo. Sua mãe lhe dizendo que ela era forte. Estrelinha, estrelinha querida.

Era isso o que significava ver a vida passando diante dos olhos? A nitidez era impressionante. Vinte e nove anos do amor mais intenso, mais feroz e mais maravilhoso. Por que ela não havia passado cada segundo de cada dia com a mãe? Por que ela não tinha aproveitado mais? Por que ela nunca havia considerado a possibilidade da sua ausência?

Seu celular vibrou e ela o ignorou. Não havia nada a se fazer. Ou era Katie, ou Liv, ou Rosa oferecendo seus sentimentos, seu afeto, seu amor, mais de tudo que a envolveram na noite anterior, enquanto ela ofegava no chão. Ou era Simon, exigindo saber por que ela não estava no trabalho, uma farpa disfarçada de preocupação curiosa. Ou era Josh, a convidando agradavelmente para um drinque, calmo, transparente e aberto, e de um mundo amargamente diferente.

Ou era sua mãe, verificando o horário de chegada, tentando fazer com que as coisas parecessem normais, quando nada poderia voltar a ser normal.

Eu não falei nada. Não queria preocupar você. Mas fiz uma biópsia. Querida, eles confirmaram que é câncer.

O ruído branco, as pontadas que picavam seus antebraços enquanto ela tentava segurar o celular. A vaga consciência de que ela o havia deixado cair, que Rosa havia aberto a porta de vidro e estava correndo para segurá-la, que Liv estava falando com sua mãe e segurando sua mão.

Eles acham que descobriram bastante cedo. Acham que é bastante agressivo.

"Bastante." Uma palavra usada para denotar falta de comprometimento, banalidade. Uma palavra usada neste contexto para fazer com que o escandalosamente terrível pareça contido.

Dee fechou os olhos e se imaginou no dia anterior, na pureza inocente de *antes do telefonema*. Como ela tinha sido idiota, se preocupando com as mentiras que Josh poderia contar ou com a melhor maneira de impressionar Margot, ou como reduzir um ou dois segundos a cada quilômetro de corrida. O ridículo dessas preocupações. Sua vida tinha sido perfeita e ela nunca tinha percebido.

Um eterno microssegundo depois, o trem parou em Brighton, e ela viu a mãe antes de o trem parar. Ela parecia exatamente a mesma. As rugas nas extremidades dos olhos, a mecha roxa no cabelo, as pulseiras laranja. Dee percebeu, com um choque horrível, que estava esperando que as cores estivessem desbotadas, que a mãe, de alguma forma, já parecesse diferente, drenada. Mas ela era o arco-íris que sempre foi.

Elas se jogaram nos braços uma da outra na plataforma. Estrelinha, me desculpe por ter preocupado você, Não seja boba, você deveria ter me contado antes da biópsia, eu não vou embora. Eu não vou embora. Dee ficou horrorizada ao sentir um formigamento nos cantos dos olhos e piscou ferozmente.

— A gente pode andar, né? — perguntou ela, e sua mãe deu uma risadinha tranquilizadora.

— Eu ainda não estou acabada, é claro que podemos andar.

Demorou quarenta minutos, como sempre demorava, e Dee fez com que sua mãe explicasse cada detalhe. Quando você notou o caroço, está doendo? Quanto tempo demorou pra marcar a consulta? O que o primeiro médico disse? E o segundo?

— Que isso sirva de lição — disse Mel com naturalidade. — Você verifica os seus seios, não é mesmo, querida?

— Claro que sim — mentiu Dee.

— Bom, então. Foi exatamente como você espera que seja. Percebi um caroço há algumas semanas. No chuveiro, na verdade. Você sabia que esse é um dos melhores lugares pra fazer o exame de toque? Sabão, água, escorregadio... Enfim, o agendamento no clínico geral levou cerca de uma semana, e eles me encaminharam para o hospital pra fazer a biópsia. Foi tudo muito eficiente. Eles me chamaram assim que os resultados chegaram e conversamos sobre o tratamento. E eu liguei pra você, claro.

— Então, e depois?

— Uma mastectomia — disse sua mãe. Ela conseguiu, bizarramente, rir.

— Uma mastectomia? — repetiu Dee, pateticamente.

O sol estava brilhando.

— Isso. Aparentemente, é a única opção sensata. Mas significa que, depois disso, estarei livre dele.

— A não ser que ele volte — disse Dee.

Ela levou a mão à boca, horrorizada. Sua mãe fez um barulho que ela não conseguiu identificar e assentiu lentamente.

— A não ser que ele volte.

Dee esperou que ela continuasse, mas ela estava olhando para o céu.

— Que dia lindo.

Dee se perguntou qual havia sido a última vez que havia saído de Londres e se lembrou da caminhada no campo. Tinha sido uma fuga para o espaço, uma mudança de cenário. Como Katie estava lidando cuidadosamente com a própria dor.

— Tá — disse ela. — Então quando é a cirurgia?

— Daqui a duas ou três semanas, disseram. Dá pra acreditar nisso? Como é rápido?

— É incrível. E a recuperação vai ser de quanto tempo?

— Talvez de quatro a seis semanas. Sou relativamente jovem, claro. E forte. Então eles disseram que deve ser simples.

— Ok. Bom, eu não vou a lugar nenhum.

— Querida.

— Estou falando sério. Vou ficar trabalhando em casa. Da sua casa. Nossa casa. Vou ligar pra eles na segunda-feira. Eles podem enviar um computador. Eu não vou voltar. Não vou deixar você.

— Isso é desnecessário. Alicia, a vizinha, sabe de tudo o que está acontecendo. Ela vai cuidar de mim. A Yolande, a Kim e a Rachel podem ajudar. Não vou conseguir me mexer pra receber visitas e xícaras de chá e malditas cestas de *frutas*. Você não precisa parar sua vida por minha causa. Você deveria estar com a Liv e com a Rosa. E como está a Katie, falando nelas, hein? Términos são difíceis, não são?

— Pare com isso! — exclamou Dee.

Ela parou de andar e pressionou a palma da mão na testa. Sua mãe parou alguns passos à frente e se virou.

— Por favor — disse Dee, sua voz estava rouca. — Por favor, não finja que as coisas estão normais.

Sua mãe a encarou por vários minutos. Depois assentiu e colocou o braço em volta dos ombros da filha.

— Tudo bem. Vamos para casa.

Sim, pensou Dee. *Por favor, me deixe ir pra casa.*

O inesperado

É possível se proteger do coração partido?

Você pode tentar. Você pode ser forte, pode ser de aço. Você pode cerrar os dentes, pode ser racional. Você pode ler histórias horríveis sobre milhares de corações partidos e aprender uma lição com cada uma delas, as bandeiras vermelhas, os pontos fracos.

Você pode se esconder, pode evitar se apegar. Você pode ficar sozinha, pode se diferenciar.

Mas nunca será o suficiente. Sempre haverá algo que pode machucar você.

Se você tem um coração, ele pode se partir.

Capítulo Dezoito

MUDANÇA DE VISUAL

Tem alguém em casa? Preciso passar aí AGORA. *É uma emergência. Bjss*

A mensagem chegou em um grupo sem Dee, criado para organizar o último aniversário dela, e agora assustadoramente reaproveitado. Nos últimos dias, pipocava de perguntas nervosas, sugestões e desamparo, links para páginas sobre tempos de recuperação de cirurgias e refeições prontas luxuosas. Rosa respondeu: *Eu estou. A Liv está trabalhando até tarde. O que aconteceu? Bjss.*

Vinte minutos depois, batidas frenéticas à porta. Rosa correu para abrir, O que aconteceu, você não disse, ah, *ah*. Era ao mesmo tempo imediatamente evidente e tão chocante que ela precisou de um momento para piscar e processar. O glorioso e longo cabelo de sereia de Katie havia sido substituído pelo que só poderia ser descrito como um corte *pixie*.

Por um instante, Rosa ficou sem palavras. Todas haviam experimentado com o cabelo ao longo dos anos, mesmo que as mechas coloridas e os *undercuts* tivessem sido gradualmente substituídos por luzes sutis e tintura. Mas o cabelo de Katie era a cara *dela*. cachos loiros e reluzentes, leves e praianos descendo pelas costas desde o dia em que se conheceram.

— Ficou legal — disse Rosa enquanto levava Katie para o sofá. E estava falando sério: o estilo meio em camadas, meio masculino acentuava as maçãs do rosto de Katie e sugeria os anos sessenta. Mas Katie fazia que não com a cabeça.

— Eu não acredito... Não *estou acreditando* que fiz isso. Levei um pé na bunda e cortei todo o meu cabelo. Amanhã eu já posso adotar um gato.

Rosa riu e tentou fingir uma tosse para disfarçar.

— Então, o que rolou... foi uma coisa-do-momento?

— Mais ou menos. Tem um curso de cabeleireiros perto da escola. Eles estão sempre procurando pessoas para serem modelos. E eu pensei... Ah, por que não? Vai fazer eu me sentir bem, né?

Pagar pouco por um corte de cabelo caro vai fazer eu me sentir bem, porque eu não consigo tirar a Nat da cabeça e aposto que ela corta o cabelo de seis em seis semanas, faz um tratamento de hidratação profundo todo fim de semana e é basicamente um exemplo de autocuidado extremamente caro.

— Enfim, comecei pensando em cortar só um dedinho, sabe, mas depois pensei que o Chris só me viu com esse cabelo comprido idiota, por que eu não me livro dele, corto tudo, viro uma nova mulher e tudo o mais. E então eu estava pensando em cortar no ombro, mas aí tinha umas fotos de mulheres que pareciam modelos, e acho que me deixei levar. Sabe como é?

Tentar se transformar naquilo que gostaria de poder ser. Tentar me tornar mais bonita do que Chris jamais poderia ter imaginado.

Rosa concordou com a cabeça.

— Ah, tudo isso faz sentido. Não se culpe, sério.

— Sério, no que eu estava pensando? Eu preciso, tipo, de uma babá. Alguém que se responsabilize por todas as decisões da minha vida enquanto a minha cabeça estiver nesse estado.

— Deus, não faça isso. A Nina literalmente pediu que uma madrinha dela fizesse uma coisa dessas. Vários textões sobre como ela *está lá para manter meus pés no chão quando minha cabeça estiver muito envolvida em arranjos de mesa!!!* Acho que ela viu isso em um filme.

— Ah, é verdade, a despedida é fim de semana que vem, né?

— *A tropa da noiva tá chegando* — recitou Rosa, sentindo algo entre incredulidade e pena.

Katie passou as mãos agressivamente pelo cabelo.

— Eu não *acredito* que fiz isso — repetiu.

— Você está assim por causa da mudança, não por causa do corte. Tudo deve estar tão diferente.

— Nem me fale. Parece que eu tirei uma tonelada. E está *frio*.

— Acho que é só uma questão de costume.

Katie olhou para Rosa com ansiedade.

— Ah, obrigada por tentar. Mas, sério, fiz uma burrada, né?

Liv chegou com uma aparência quase tão dramática quanto, o que safou Rosa de uma resposta. Ela estava de camisa branca, blazer preto e uma calça palazzo verde-escura, sob a qual, a julgar pela sua altura, havia um par de saltos altos.

Ela deu dois passos para dentro da sala e congelou.

— Ah, meu *Deus*. Você está incrível!

Katie deu um sorriso nervoso.

— Obrigada. Você também.

— É sério! — Liv largou a bolsa de trabalho e atravessou a sala, segurando Katie pelos ombros e virando-a para a esquerda e para a direita com uma intimidade brusca e tátil. — Não acredito que você não contou antes! Que transformação!

— Eu acho... que foi uma coisa-do-momento.

— Bom, arrasou. Foi uma ótima escolha.

Katie tentou concordar com a cabeça.

— Não, não, eu entendo que é uma mudança drástica — disse Liv. — Você só tem que se acostumar.

— Foi o que a Rosa disse. Você não acha que é um clichê? Ficou solteira, cortou cabelo?

— Claro que é um clichê. Mas por um bom motivo! Renovação e essas coisas.

Katie assentiu novamente. Será que era isso mesmo? Chris gostava de seu cabelo comprido, era verdade. Ele gostava de segurá-lo no topo da cabeça e deixá-lo cair e balançar, sentir o peso nas mãos, torcer os fios uns nos outros (apesar dos esforços dela, ele nunca aprendeu a fazer uma trança decente). Havia um quê de boneca e de proteção, ao parar e pensar nisso, nos movimentos, na maneira como ele a tocava. O pensamento lhe deu uma sensação estranha e sinistra. Ela estremeceu.

— Mas eu odiei. Eu amo meu cabelo comprido. *Amava*. Vai demorar anos pra crescer tudo de novo. Eu nem sei como cuidar dele assim.

— Você provavelmente vai achar mais fácil — comentou Rosa. — Tipo, tem menos cabelo, né?

Katie passou as mãos pelo cabelo mais uma vez.

— É tão diferente. Ela passou cera ou alguma coisa. Desgrenhou com os dedos. Parece cabelo de *menino*.

Liv revirou os olhos.

— Ah, pelo amor de Deus.

— Ok, então não parece que sou *eu*.

E como isso funciona?, pensaram todas elas. Todas nós nos olhamos no espelho de manhã até à noite, mas será que realmente nos vemos? Se passássemos por uma pessoa na rua que fosse exatamente igual a nós, será que a reconheceríamos? Será que veríamos o que não podemos ver no momento, seríamos mais generosas?

— Enfim, você está linda — continuou Katie. — O que rolou, reunião importante?

Liv tirou os sapatos. Eles eram, de fato, impressionantemente altos, com um salto grosso e uma fivela dourada.

— Mais ou menos — disse ela. — Na verdade, não. A coisa com a empresa do Felix é só daqui a algumas semanas. — Ela estremeceu. — Mas eu estava pensando... Eu deveria levar um pouco mais a sério, sabe?

— Você leva a sério — disse Rosa.

— Não muito. Quer dizer, eu faço meu trabalho, né? Faço *bem*. Mas sempre existiu uma parte de mim que talvez não se importasse o suficiente. Tipo, uma parte de mim estava sempre pensando: *eu não vou fazer isso pra sempre*. — Rosa ficou mexendo na borda do sofá. — Então eu brincava um pouco — continuou Liv. — E dizia a mim mesma que era tudo um pouco de diversão. Mas agora... Acho que a coisa com o Felix me fez mudar um pouco de ideia. Fez eu querer focar mais, ou algo do tipo.

Elas estavam concordando com a cabeça, e ela esperava estar comunicando exatamente o que queria dizer. Os pensamentos vinham se infiltrando desde a complicada volta do apartamento de Felix: uma complexa camada de arrependimento, apreensão e aborrecimento, e depois um gradual desvendar de suas raízes, uma lenta compreensão de que elas começaram de lugares diferentes do que ela esperava.

Ela nunca contaria aos pais sobre ter transado com Felix, é óbvio, isso era para mulheres que diziam *Minha mãe é minha melhor amiga*, ou então para mulheres como Dee, que falavam qualquer merda nos ouvidos da mãe e elas riam juntas. Mas ela iria, pensou ela, ligar para eles para *colocá-los a par das coisas*. Ela sabia, com um frisson de desconforto, que esse telefonema seria mais significativo para eles do que para ela, e que ela se sentiria, depois, como se tivesse feito uma boa ação. O que tornava a coisa toda egoísta, né? Mas, quando seus pais faziam perguntas educadas sobre seu trabalho, se a agência estava crescendo e se ela estava trabalhando em novas contas, e enquanto ela traduzia relações públicas corporativas, o setor de startups de tecnologia e projeções financeiras para uma linguagem que eles pudessem entender, ela se sentia, meu Deus, *orgulhosa*. E, mais do que isso, aproveitava o orgulho que eles transmitiam de volta, o calor de suas vozes, o suave embalo de seu amor.

Vinte e nove anos e morando em Londres, vinte e nove anos e gerente de contas em uma agência de relações públicas que ganhava prêmios e clientes a uma velocidade estrondosa. A transição sutil de novata nervosa, que corava quando o gerente sublinhava os erros de digitação com uma caneta vermelha, para fazer as próprias apresentações em reuniões, ligar para os editores em números que ela sabia de cor, sentindo a suave sensação de satisfação com as histórias certas nos lugares certos.

— Então, fui às compras ontem. Achei que precisava de algumas roupas mais... profissionais. Quase como um uniforme. Ou uma fantasia? Haha, qual é a diferença, né? Faz sentido?

Ela estava alisando o tecido da calça enquanto falava, um tecido que era mais grosso, mais pesado e mais caro do que os outros.

— Com certeza — respondeu Katie. — A roupa é muito importante.

— Exato. E eu acho que pensava que isso era, tipo, um padrão machista. Mas as roupas também são uma forma de se *expressar*, né? Quer dizer, eu estava pensando sobre saltos altos durante todo o caminho para casa. Tem alguma coisa duvidosa nisso, não tem, quando a gente sabe que eles foram feitos pra fazer as mulheres terem uma certa aparência, e não dá pra correr com eles, e só Deus sabe como eu quase quebrei o pescoço na faculdade algumas vezes, cambaleando em saltos finos baratos. Mas hoje... quando entrei na sala com os sapatos *certos*, me se senti poderosa, sabe?

— Talvez seja isso, então — disse Rosa a Katie. — Você precisa deixar que o seu cabelo faça você se sentir poderosa. Tipo, usar o corte com orgulho.

Katie tentou sorrir. Ah, como era fácil falar e difícil fazer! Ela colocou as mãos na cabeça e tentou entender o que tinha acontecido, não, o que ela tinha *feito*. Que bizarro, que desconcertante poder amputar parte de si mesma dessa forma, e que dramático, também, pensar nisso dessa maneira. É só cabelo, vai crescer de novo. Mas vai levar anos. Eu pensava que tinha esses anos.

— Enfim, estou me sentindo péssima, exagerando a situação — disse ela. — Vocês tiveram mais notícias da Dee?

Elas negaram com a cabeça e se olharam com tristeza.

— Parece impossível... — começou Rosa.

— Saber o que fazer — concluiu Liv.

Elas estavam tentando, é claro que estavam tentando. O grupo estava repleto de expressões carinhosas de amor e carinho e *se você precisar de qualquer coisa* e sabiam que perguntar o que precisava ser feito era apenas mais um fardo.

— Ela vai falar com a gente quando der — disse Liv, e elas sabiam que era verdade, mas não tinham ideia de quando "quando der" seria.

— Sabiam que ela recebeu uma mensagem do Josh? — perguntou Rosa. — Logo antes de a mãe dela ligar.

Liv fez uma careta.

— Como se isso importasse agora.

— Eu sei, mas... — interrompeu-se Rosa enquanto repassava a mensagem na cabeça: *Banal, eu sei, mas não consigo tirar seu rosto da cabeça, louca dos gatos.*

Banal, sim, mas também lindo. Porque *ela* também estava na cabeça de Rosa, com a jaqueta floral e o cabelo castanho, um sorriso de pena enquanto lia a mensagem de texto por cima do ombro de Joe, e ele beijando os nós dos dedos dela enquanto dizia *Eu estou muito mais feliz agora*. Ela é linda, ela é muito linda e ele provavelmente diz isso a ela. E eu não deveria me importar, não deveria me importar, não é esse o cerne da dor que importa agora, é? Que ela tenha um rosto bom, um corpo bom e um emprego bom?

Katie se arrastou até ficar de pé.

— Obrigada por me acalmarem. É melhor eu ir pra casa. Preciso descobrir como não parecer um coroinha amanhã na escola.

Quando chegou em casa, ela parou no batente da porta por um momento e não sabia bem o porquê. As cortinas estavam abertas, ela via Jack no sofá e Rafee se movimentando mais atrás, na cozinha. Um momento, uma respiração.

— Oi, gente.

— Oi.

— Oi... Ah, *oi*. Cabelo novo!

— É. É por isso que não se deve fazer nada no calor do momento.

— Ah, bom — disse Jack. — Ele vai crescer de novo, né?

Ela caiu na gargalhada.

— É, vai crescer.

— E você sempre pode pegar um chapéu emprestado — acrescentou Rafee. Seus olhos estavam brilhando. — Estou brincando, você está ótima. Quer uma sopa?

— Seria ótimo, na verdade. Só vou levar minhas coisas lá pra cima.

E, no quarto, Katie ficou na frente do espelho, examinando a forma como a luz estava mais suave com o sol poente. Ao virar a cabeça, ela percebeu o peso a menos, o modo como o cabelo não balançava nem se movia sozinho, não caía mais como uma tela sobre o rosto, um escudo ao redor dos ombros.

Mudança de visual

Entenda suas motivações para querer se transformar. Livrar-se de personalidades velhas é bom. A fórmula secreta para uma reconquista, não. Saúde e felicidade são boas. Validação de outras pessoas, não.

Mas vamos encarar os fatos, essas motivações se sobrepõem e se misturam umas às outras. Quando foi que nos olhamos no espelho e não imaginamos como os outros nos veriam? Quando não fantasiamos sobre como poderíamos parecer maravilhosas no momento que aquela pessoa nos visse do outro lado da rua?

É tudo casca. Você é você com o cabelo caindo pelas costas e raspado bem rente à cabeça. Você é você com seus tênis esfarrapados, com seus saltos altos cintilantes e com os pés descalços. Você é você em tinta e sangue, em suor e aconchego. Você é tudo do que precisa.

Então coloque toda a maquiagem em cima da cama e escolha a sombra que você nunca usa. Procure na internet por aquele vestido em que você ficou pensando, mas nunca comprou. Mostre ao seu cabeleireiro a foto que a deixou assustada. Há alegria, muita alegria, em experimentar com a casca, e nada é tão permanente como você pensa. O cabelo cresce de novo. Os piercings se fecham. Até tatuagens podem desaparecer — ou serem aperfeiçoadas.

Redescubra a aparência que você achava que resumia sua personalidade aos dezessete anos, explore a aparência que você deseja ter agora. Leia "Warning", de Jenny Joseph, leia revistas de moda.

Lembre-se de que a outra pessoa nunca esteve com você apenas por causa dessa casca e, se estivesse, você a teria desprezado por isso. Um corte de cabelo incrível, uma roupa espetacular ou uma maquiagem extraordinária não são o segredo que fará com que a outra pessoa implore para voltar, mas podem fazer com que você se sinta mágica.

E, se isso não acontecer... Existem coisas piores que podem acontecer.

Você está sempre em transição. Está sempre em processo de transformação. Você está sempre indo em direção ao novo.

Capítulo Dezenove

A CORRIDA

Seus tênis eram a única coisa que Dee se lembrava de ter colocado na mala com algum tipo de planejamento. Se ela tivesse que enfrentar o terror, ela sentiria a necessidade de correr. Todos os dias, de manhã, ela acordava com o nascer do sol, um nó de ansiedade enterrado no peito, e todos os dias ela dava uma corrida pela orla. Estava perseguindo, sempre perseguindo um microssegundo no qual ela não pensaria em nada além de sua respiração e de seu corpo, e cada um que ela conseguia pegar tremeluzia e morria como as brasas de uma chama. As gatas esperavam por ela na cozinha e se esfregavam em suas pernas suadas.

Ela tentou e não conseguiu ligar para Margot várias vezes. Margot era a encarnação de tudo o que ela achava que estava procurando. Naquele momento só havia uma coisa a buscar, e ela era tão esquiva quanto fumaça. Em vez disso, ela enviou uma mensagem desconexa para Simon e fechou o aplicativo de mensagem antes de ler a resposta. Em sua cabeça, ele poderia continuar sendo mordaz. Sua simpatia e sua gentileza eram insuportáveis.

Sarah Handyside

*

Rosa esperou na entrada da garagem enquanto o táxi se afastava, preparando-se para enfrentar as gargalhadas que já ouvia de dentro da casa alugada. Ela chegou atrasada de propósito, para evitar ao máximo "as bebidas e os petiscos de boas-vindas" excruciantes, mas, por outro lado, isso significava chegar quando todas as outras já estavam bêbadas ou conversando sobre suas gravidezes.

Por fim, ela tocou a campainha, preparando-se para ver uma das amigas de Nina brandindo agressivamente o próprio anel de noivado. Inesperadamente, a própria Nina atendeu, enfeitada, sim, com uma faixa de "noiva" e um pequeno véu branco, mas com um sorriso que fez Rosa voltar a ter dez anos de idade. Era estranho o modo como o rosto das pessoas crescia e se tornava duro, mas sempre mantinha um traço da infância.

— Ro-ro! — gritou Nina e envolveu Rosa em um abraço perfumado, derramando um fio de prosecco pelas suas costas.

— Ni-ni! — respondeu Rosa, o que foi constrangedor e infantil, mas reconfortante ao mesmo tempo. Trampolins e fronhas, festas do pijama com balas de gelatina e marshmallows, os sons metálicos das campainhas e as confidências tarde da noite. Quando Nina se afastou do abraço e olhou para o rosto de Rosa com os olhos levemente turvos, havia muito mais entre elas do que Rosa esperava. O cabelo de Nina tinha mechas de luzes previsíveis, mas era o cabelo que Rosa havia escovado e trançado. Nina não pôde deixar de mostrar o anel de noivado para que Rosa inspecionasse, mas, enquanto o admirava obedientemente, Rosa também se lembrou de pintar as unhas de Nina. Turquesa, roxo e azul cintilante. Hoje, elas estavam em um rosa-clarinho e elegante.

— Estou tão feliz que você está aqui — disse Nina, a voz espessa.

— Eu também. Desculpe o atraso.

— Ah! Que isso. Entre, entre.

Houve uma confusão sobre onde colocar as malas e, então, Nina a conduziu em direção à risada, explicando sobre as outras, aff, *amigas*.

— A irmã do Gav, é claro, as garotas da faculdade e algumas do trabalho. E metade dos nossos "casais de amigos", você sabe, Leonie é casada com o padrinho do Gav, Freya e Abby são companheiras dos amigos do time de futebol. Você é a única aqui de infância *infância*, mas todo mundo é muito legal, você vai se enturmar rapidinho.

Rosa sorriu, se perguntando a qual frase ela mais se opunha. Ela teve uma sensação desagradável de que algumas das namoradas dos amigos de Joe poderiam usar uma linguagem semelhante. Mas então, para sua surpresa e seu apreço, Nina segurou sua mão enquanto a levava para a cozinha. Ela falou com, sim, uma certa ostentação, mas também com afeto, ao apresentar Rosa como sua amiga mais antiga. E mesmo quando Rosa observou o grupo de mulheres vestidas em tons pastel, com madeixas loiras e francesinhas, processando como todas elas eram diferentes de suas três meninas, mulheres, especiais, ela encostou a palma da mão na de Nina e sentiu uma conexão. Ah, era entediante de mil maneiras diferentes, essa celebração da sorte e da normatividade mundana, minada por uma competitividade selvagem, mas ali no meio havia amor.

Rosa foi apresentada a um grupo de quatro mulheres que conheciam Nina da faculdade e recebeu uma taça de algo borbulhante e muito doce. Ela respondeu às perguntas com o máximo de leveza que conseguiu, Éramos vizinhas de casa, Sim, tenho algumas histórias engraçadas de madrinha, vou ter que falar com ela, É, o salão é lindo, Não, vou sozinha, terminei meu relacionamento ano passado, Com algumas pessoas, mas nada sério. Então uma delas perguntou o que ela fazia, e ela descreveu o trabalho com alívio e mais do que um pouco de orgulho.

— Ah, espere... Acho que eu li alguma coisa que você escreveu outro dia. Aquele texto de "A arte do..." — A mulher se curvou conspiratoriamente sobre o copo, como se estivesse prestes a anunciar o palavrão mais atroz. — *"Sexting"?*
Rosa sorriu de uma forma que ela esperava que fosse leve.
— Isso mesmo.
— Meu Deus, eu *amei*!
Amou? Ou apenas teve um vislumbre indireto de algo que vai além das suas noites no sofá e do seu diamante solitário, a oportunidade de dar risadinhas melancólicas sobre possibilidades que você realmente não deseja? "A última romântica" vende esperança, mas é a esperança de estar onde você já está, não é?
As outras três mulheres riram estridentemente e se aproximaram, conversando sobre aplicativos, encontros e dança. Cada uma delas contou uma ou duas piadinhas sobre como conheceram seus parceiros, piadinhas que Rosa suspeitava serem menos espontâneas do que pareciam, ao mesmo tempo que a pressionavam por mais opiniões sobre como eram as preliminares hoje em dia. Elas realmente acreditavam que as pessoas se conheciam em galerias de arte e mantinham balanços sexuais nas salas de estar, pensou ela. Um tipo diferente de pessoa, talvez até mesmo a pessoa que ela era, sentiria orgulho e pena. Orgulho de seu trabalho, seu otimismo e seu perfil, e pena dessas mulheres que estavam mais preocupadas com como seus relacionamentos pareciam para o mundo exterior do que com como se sentiam. Mas algo havia mudado. O trabalho parecia vazio, o otimismo, forçado. E, por mais que essas mulheres parecessem todas iguaizinhas, ela sabia que cada uma delas tinha as próprias intimidades em casa, a familiaridade de outro corpo, outra voz, e essas eram intimidades pelas quais Rosa ansiava.
Mais de uma delas insistiu que gostaria de ser solteira, que queria experimentar o mundo turbulento de vários homens, expressando inveja pela vida de drinques e flertes de Rosa. E, é claro, Rosa sorriu

sem graça e tentou reprimir a visão de uma pista de corrida, dessas mulheres presunçosas reunidas na linha de chegada apontando para ela enquanto tentava recuperar o fôlego. Era uma imagem para o manual do coração partido, pensou ela.

Do outro lado da cozinha, Nina soltou uma risada aguda, e Rosa se assustou ao perceber que sabia de quem era mesmo sem olhar, da mesma forma que as mães reconheciam o choro de seus bebês no meio da multidão. Ela e Nina eram tão diferentes e tão iguais. Ela podia sentir o cheiro do frango assado do almoço de domingo na casa de Nina ou na própria, frango assado que, mesmo naquele momento, oferecia o maior conforto depois de uma semana difícil. A nostalgia era uma droga potente.

Como era estranhamente triste, então, que ela soubesse que nada no resto do fim de semana alcançaria os níveis sagrados da memória que a amizade de infância delas ocupava. Houve o jantar (massa bem mais ou menos), jogos prosaicos, um "mordomo" quase nu, outro jantar (um peixe bem mais ou menos), o "café da manhã de despedida" (ovos bem mais ou menos). Ela pensou em Dee, Liv e Katie. Dee criticaria com ardor o "dois pesos duas medidas" de empregar um pseudostripper. Liv faria drinques melhores. Katie aumentaria o volume da música e faria todo mundo dançar.

Na última manhã, enquanto ela fechava o zíper da mala e verificava se havia deixado cair alguma coisa debaixo da cama, alguém bateu à sua porta aberta.

— Ro-ro — chamou Nina. Ela estava de calça jeans e uma camiseta de rúgbi rosa-claro, parecia estranha e familiar, além de estar alegremente de ressaca. — Só queria agradecer mais uma vez, antes de você ir embora.

— Ah! — disse Rosa, sem jeito. — Eu não teria perdido por nada, Ni-ni. Provavelmente planejamos isso quando tínhamos doze anos, né?

— É. — Nina sorriu desconfortavelmente. Elas haviam planejado uma proximidade muito maior do que essa, Rosa sabia. Em outro universo, ela seria madrinha de Nina. Nesse outro universo, ela teria reunido as fotografias para decorar a sala, teria entrevistado Gav com perguntas indiscretas para a despedida, e sua risada, quando ele contasse sobre a posição sexual favorita deles, seria inexplicavelmente genuína. Nesse outro universo, Joe teria mandado lavar o terno a seco para acompanhá-la ao casamento, e Rosa fingiria revirar os olhos quando as pessoas dissessem "Você é a próxima!" Nesse outro universo, a outra mulher de Joe não existiria.

— Então, como você está se sentindo? — perguntou Rosa. — Não falta muito! — Ela se sentiu ridiculamente banal.

— Eu sei — disse Nina. Ela sorriu e deu de ombros, fracamente. — Parece que tudo está acontecendo muito rápido, sabe? Quer dizer, você não sabe, quer dizer, ah, tipo, você não está noiva, mas... — Ela se perdeu. — Desculpe.

Rosa também sorriu fracamente.

— Ouvi dizer que eles... hum... precisam de planejamento. Os casamentos.

— É. Até mesmo só... sei lá, escolher o cardápio. Levou *semanas*.

— O que você escolheu?

— Hum... frango. — Inesperadamente, Nina corou. — Não ria de mim, tá? O Gav estava me zoando por ser previsível. É que... sei lá, frango me lembra família.

Rosa sentiu uma onda de carinho.

— Eu entendo. Como eles estão?

— A minha mãe ficou obcecada por chapéus. E o meu pai está escrevendo o discurso dele há meses.

Isso era orgulho ou vergonha? Ou os dois?

— Bem, o Gav é ótimo — comentou Rosa, ciente de que o havia encontrado exatamente quatro vezes. Ele era um contador alto que jogava futebol.

— É. Ele é, sim. — Nina passou a mão conscientemente pelo cabelo. — Não sei se cheguei a dizer, sabe. Que eu sentia muito, sobre você e o Joe.

Rosa se assustou por um momento e depois adotou uma expressão que esperava que fosse indiferença. O pedido de Nina para confirmar presença e o convite de casamento propriamente dito haviam sido separados pelo término, e houve um tipo especial de dor ao receber o primeiro endereçado a ela *e* Joe, e o segundo somente a ela. E, longe de não se lembrar direito, Rosa sabia exatamente quanta tristeza Nina havia expressado: dois áudios e cinco mensagens.

— Obrigada. Agora é história, né?

*

Para imensa surpresa (e igual alívio) de Katie, o conselho de que ela só precisava se acostumar com o novo cabelo acabou sendo verdadeiro. Sim, entrar na sala de aula na manhã seguinte provocou alguns assobios e gritos, mas ela já esperava por isso. Ao entrar na sala dos professores, metade dos colegas pareceu não notar e a outra metade fez elogios carinhosos, o que ia desfazendo um pouco mais sua ansiedade e ajudou a solidificar a conexão entre o *eu* e *esse cabelo*. No fim da primeira semana, ela percebeu que estava indo e voltando do trabalho com a cabeça erguida. Parecia que algo a mais havia ido junto com o cabelo: algo pesado e do passado. Uma semana depois, ela era a *Katie do cabelo curto*. Os fios na nuca não incomodavam mais.

A manhã de sábado era o típico dia do início de maio, que remetia ao sol mais quente na pele, cervejas em cervejarias e música ao ar livre. Ela levou o café para o minúsculo jardim e havia um vento leve, que mexia com seu cabelo de uma forma que não acontecia antes. Em um ou dois dias, ela sabia, haveria o aperto no abdômen, o tremor sinistro, o sangue. Mas ainda não. Por enquanto, ela estava se sentindo reluzente e leve, e como se pudesse aguentar.

Uma conversa com Dee da caminhada no campo de semanas atrás ecoou em sua cabeça. *Um dia perfeito para uma corrida.* Mas Dee estava a quilômetros de distância. Sentimentos de pena, tristeza, gratidão e culpa. Uma sensação de impotência que embrulhava o estômago, enquanto Liv, Rosa e ela continuavam lutando para encontrar as coisas certas para dizer ou fazer. Elas haviam organizado o envio de flores (Katie), brownies artesanais (Rosa) e um livro de poesia (Liv), e cada uma delas se sentia necessária e extremamente inadequada.

Liv, entretanto, estava ansiosa, e elas marcaram uma hora e um local por mensagem. Katie colocou as leggings e a camiseta com uma sensação de leveza que não tinha percebido de que sentia falta.

Não havia sinal de Liv nos portões do parque, então ela começou a fazer alguns alongamentos aleatórios. O ar cheirava a crescimento. Então ela ouviu o próprio nome, as última sílabas mais altas, e se virou, percebendo apenas quando o fez que era a voz de um homem, não a de Liv. Parado à sua frente estava, qual era o *nome dele*? Mark? Mikey? Enfim, um colega de Chris, alguém com quem ela havia se sentado em bares, incluído em rodadas e conversado com o braço de Chris jogado descuidadamente sobre o seu ombro, a mão dela no seu joelho.

— Ah... Oi! — Ela conseguiu dizer. — Como você está? — Ela colocou uma mecha de cabelo atrás da orelha, nervosa, e se sentiu nua.

— Nada mal, nada mal. Me mantendo ocupado. E você? Aliás, o cabelo está ótimo. Estava na dúvida se era você.

— Ah... Obrigada. Então... Acho que você sabe. Chris e eu...?

— Sei, sei. Faz uns dois meses, né?

Katie fez uma pausa enquanto processava isso. Sim, oito semanas inteiras. Que rapidez de tudo. Ela processou, também, o tom casual da sua voz, o modo como *oito semanas* não era mais um trauma recente para provocar simpatia, mas uma declaração de fato, uma narrativa analítica da vida dela, vista pelo lado de fora.

Ela sentiu como se estivesse em cima de um parapeito e viu o salto que poderia dar, mas não deveria, o salto que ela sabia que estava lá nas últimas semanas, mas nunca olhara diretamente para ele, nunca calculara a distância e a velocidade do vento porque, no momento em que o fizesse, cairia. Voltaria para dentro, fecharia a janela. Mas era muito tentador, e as nuvens estavam passando como algodão-doce, então ela disse:

— Ele foi morar com uma pessoa do trabalho, né? Com a Nat?

E, como ela suspeitava, ou previa, ou esperava, ou temia, uma expressão de desconforto e constrangimento passou pelo rosto dele. Uma expressão guardando mil palavras.

— Hum, é. Foi isso. Você conhecia... Você a conhece?

— Não, nunca nos conhecemos — disse Katie, fria.

— Entendi. Bom, foi bom ver você, de qualquer forma. Vou deixar você voltar pra a corrida.

E *ele* correu, com mais velocidade do que direção, apressando-se para se livrar de algo pegajoso e amargo. Katie observou as costas dele se afastando e o pensamento distante e desolado se firmou na sua mente: *Chris e Nat estão juntos.*

Um filme horrível: Chris e Nat de mãos dadas, Chris e Nat na festa da empresa, Chris e Nat caminhando em uma praia francesa, Chris e Nat pelados. Todos os sorrisos e piscadelas e frases especiais que antes eram para ela e somente para ela. O aglomerado de sardas no quadril de Chris, a maneira como ele inconscientemente estalava a língua quando estava assistindo futebol, a maneira como ele dizia "Quer comer mais um pouquinho?" quando cozinhava. Tudo para ela, tudo para *ela*.

— Katie. — Dessa vez *era* Liv, com uma expressão curiosa misturada com preocupação. — Quem era?

— Um amigo do... Um cara que trabalha com o Chris. — Ela olhou para ele. — Eu acho... Acho que sim.

— Correr e conversar?

— Ok.

Elas começaram em silêncio. Katie sentiu os músculos se contraírem e depois relaxarem, as estranhas ondulações da corrida, a princípio como uma caminhada, depois como uma agonia e, em seguida, como algo que era, se não exatamente uma brisa, pelo menos como algo para o qual ela havia sido feita. Ao entrar no ritmo, ela ofegou Eu acho que o Chris pode estar com ela, com a mulher com quem ele se mudou.

Houve uma pausa. A batida dos pés e o ar passando por ela, frio a princípio, e depois aquecido por seus pulmões.

— Como você está se sentindo? — perguntou Liv.

— Uma merda.

— É?

— Com ciúme.

— Dela?

— Talvez. Ou dele? *Deles.*

— Por quê?

— Porque eles estão juntos.

— Mas você não sabe se eles estão.

— Não. É uma sensação. Ou um palpite.

A conversa delas estava confusa porque elas estavam correndo ou porque Liv estava tentando não ser crítica, ou porque ela não conseguia estruturar as palavras da maneira que queria?

Quando Katie chegou a Manchester para a semana dos calouros, estava com muito medo e nunca havia falado sobre isso. Ela se sentia suave e leve, enquanto todas as outras eram duras e afiadas. Elas usavam os tênis certos e ouviam músicas das quais ela nunca tinha ouvido falar. Dee era a jovem de dezenove anos mais expressiva que Katie já havia conhecido. Para cada político que aparecia no noticiário e para cada nascer do sol que enviava pétalas de luz rosa pelo céu, Dee tinha uma história para contar. E Rosa podia simplesmente dizer *Eu sou de Londres* e puxar as pessoas para perto, mesmo que ela nunca explicasse que sua versão suburbana da cidade significava algo muito distante do que estavam pensando.

Liv era outra. Ela revirava os olhos e contava histórias sarcásticas sobre como os correios de seu vilarejo consideravam alho um ingrediente exótico, mas, com seu penteado para trás e seus coturnos, ela parecia certeira, exata. Como se pertencesse àquele lugar, pensou Katie, embora Liv tivesse ficado surpresa, e tranquila, ao ouvir isso. Liv parecia estar sempre se movendo, para longe e para a frente.

Contra tudo isso, Katie se sentia tão pequena, tão comum, tão sem forma e simples. Elas a pegaram, aqueles mosaicos de personalidade, opinião e experiência, quando ela ainda se sentia como uma silhueta. Elas a carregaram junto, sobre as ondas. No entanto, por mais que ela se afastasse da costa, sempre sentiria que Rosa, Dee e Liv estavam um pouco mais fundo, e Liv era a mais profunda de todas.

Por isso, seu coração batia forte com o nervosismo de falar a verdade para uma de suas melhores amigas, enquanto ela dizia Eu sei que não é da minha conta, mas é estranho não ser da minha conta, sabe? E se ele está ou não está, a questão é que eu sinto que quero estar com alguém antes dele. Eu quero vencer.

— Não é uma corrida — disse Liv, com razão.

— Mas é — retrucou Katie. — Ou parece que é, pelo menos.

— Essa não é uma visão um pouco esposa tradicional das coisas? Encontrar um... *Parceiro* não é o começo e o fim de tudo. Não é nada disso.

— É, eu sei. Mas...

E as duas sabiam quanto essa palavra estava carregada.

— Acho que a Rosa sente o mesmo — arriscou Katie. — Quer dizer, sei que sabemos sobre o Joe e onde ele está. Sei que isso também não é uma corrida. Mas a Rosa me disse. Ela acha que os sentimentos em relação ao Joe vão desaparecer quando ela conhecer outra pessoa. — Ela se concentrou na força com que cada um dos seus pés encontrou e deixou o chão. Do sólido para o ar e vice-versa.

Ela não viu, mas Liv franziu os lábios.

— Talvez.

— Você não concorda? Você acha que ela precisa superar.

— Eu não disse isso. Não me coloque como a escrota aqui.

Katie sentiu o estômago se revirar.

— Desculpe. Eu não quis...

— Tudo bem.

E Liv se perguntou silenciosamente se estava falando sério, se *estava* tudo bem ser empurrada para essa posição de frieza crítica ou se ela mesma se empurrou para lá. Ela pensou em Nikita e em Felix.

— Vou tentar o aplicativo — disse Katie.

— É um bom plano. Não deixe que ele desanime você.

— Como assim?

— Você é uma romântica, Katie. E os aplicativos não são. Não espere que eles sejam e você vai ficar bem. Eles são um catalisador, não a linha de chegada.

Elas voltaram para os portões do parque, e Katie se viu procurando o amigo de Chris? Ou o próprio Chris? A sombra em sua visão periférica, a possibilidade de sempre. Ela se inclinou em direção a Liv para um abraço frágil e suado, e ficou aliviada quando a amiga devolveu um abraço apertado.

— Obrigada por isso. Estou bem.

— Que bom. Talvez quando a Dee voltar... — interrompeu-se Liv desconfortavelmente. Elas pensaram nas quase duas semanas de silêncio da amiga, não silêncio, ela havia enviado mensagens, atualizações trêmulas e murmúrios de gratidão, mas sua diluição, sua diminuição. Dee havia se tornado uma sombra, mas também, como não se tornaria?

*

Mais tarde, Liv e Rosa se sentaram em lados opostos da melancólica sala de estar. Seus notebooks estavam abertos, um bule de café e vários jornais estavam no chão entre elas. E, enquanto Liv folheava planilhas e planos de campanha, sentiu uma emoção silenciosa, mas deliciosa, o pensamento gradualmente solidificado de *Eu gosto desse trabalho* e, mais do que isso, *Estou construindo minha carreira*.

Como ela havia sido cega, todos aqueles anos pensando fora em vez de dentro! Talvez isso significasse amadurecer, a mudança de sonhos ostensivamente específicos, mas, de fato, totalmente abstratos, como *bailarina* ou *pintora* e, acima de tudo, *escritora*, para *como* isso *pode ser mais?* Olhar para o futuro a partir de um conjunto de cálculos, encontrar satisfação no que antes teria desprezado. Antigamente, ela teria achado essa evolução triste. O que significava que ela não achava mais isso naquele momento?

— Você se lembra daquele colunista horrível, colunista é exagero, mas do jornal estudantil? — perguntou ela. — Ele achava que era a primeira pessoa a usar um bigode irônico.

— Ai, meu Deus. Todos aqueles textos sobre a gentrificação acabar com *a alma* dos lugares. Cara... se olhe no espelho.

— Exatamente. — Liv fez uma pausa. — Eu tinha certeza de que aquele era o tipo de coisa que eu seria capaz de escrever um dia. Quer dizer, o que ele achava que estava escrevendo. Se é que isso faz sentido.

Rosa olhou nervosamente para a amiga.

— É?

— É, mais ou menos... Comentários políticos sem o diploma de ciências políticas. Ou os amigos da família na diretoria dos jornais. — Ela riu ironicamente e Rosa torceu seu bracelete. — Mas

— acrescentou Liv rapidamente. — Esse é um problema meu, não seu. Me sentir amargurada, quero dizer.

— Você não é amargurada — disse Rosa, com uma lealdade automática.

— Obrigada. Você está dizendo isso porque é minha amiga. Mas não tem problema. Eu sei... eu sei que eu achava difícil às vezes. Ver você fazer as coisas sobre as quais a gente conversou. Mas nós só conversamos sobre elas, sabe? Você é a única que realmente foi lá e fez. — Rosa deu um sorriso tímido. — E — continuou Liv — eu não deixei de fazer por causa de algum grande fator externo que eu não podia controlar. Não mesmo. Quer dizer... Você ofereceu, não foi? Eu poderia ter ficado com você, com seus pais. Eu poderia ter feito as coisas que você fez, o curso, os estágios. E talvez eu também tivesse conseguido um emprego em um jornal, ou talvez, o que é mais provável, eu teria sido mais uma freelancer de vinte e poucos anos, ficando maluca com o aluguel, mais do que eu já fico, tentando explicar para meus pais por que eu não tenho uma previdência. Mas a questão é... Nós tivemos escolhas. Nós duas.

— Mas não eram as *mesmas* escolhas — insistiu Rosa. — Uma coisa é ficar no seu quarto de infância quando é o *seu* quarto de infância. Eu entendo perfeitamente por que você não conseguiu... por que não quis... E também não foi só por causa da casa, né? Meus pais me ajudaram a pagar o curso, eu não precisei pagar por comida naquele ano. Eu...

Ela torcia as mãos de forma patética, e o rosto de Liv estava estampado com algo parecido com amor.

— Eu sei de tudo isso — respondeu ela. — Estou dizendo... desculpe, eu acho. Por nem sempre ter sido capaz de ficar tão feliz por você quanto eu deveria.

Liv engoliu em seco, e Rosa riu generosamente. Foi a melhor coisa que ela poderia ter feito. Desfez a tensão, e Liv riu também.

— Eu sei que você não quer que eu fale que não precisa se desculpar — disse Rosa.

— Com certeza — concordou Liv. — A Dee também. Socialização feminina, né? Não se desculpe, não diga que tudo bem quando alguém tratar você mal.

— Ok... *Isso* é um pouco demais. Você nunca me tratou mal. Você só... sentiu algumas coisas.

— É, mas agora... Falando sério, ninguém está mais surpreso com isso do que eu, mas acho que estou fazendo a coisa certa pra mim. Meu trabalho parece mais... aberto... do que costumava ser, de alguma forma. Como se tivesse todas essas direções diferentes que posso seguir, mas isso é libertador, e não restritivo.

Rosa suspirou profundamente.

— Isso é bom. Isso é *maravilhoso*. Estou muito feliz por você.

— Obrigada. E eu por você. Tipo, essas colunas. É um grande elogio seu editor querer que você escreva assim. Parece o início de algo empolgante.

— Hum — disse Rosa e cutucou uma unha.

— Pode falar — encorajou-a Liv, e isso permitiu que ela transbordasse como um rio.

— Ah, Liv, eu só acho tão *difícil*. Antes era divertido, eu acho. Ver o lado bom dos lugares, das pessoas. Levar os leitores comigo, sabe? Mas desde o Joe... tudo mudou. Sinto que ele está lendo o que escrevo, mesmo que não esteja. Sinto que estou forçando um sentimento de esperança. E, meu Deus, toda aquela coisa da foto de pau, fazendo parecer que eu sou tão *de boa*, como se eu estivesse tão *tranquila* com essa parte horrível de conhecer pessoas, *homens*, que temos que aguentar agora, como se isso fosse apenas parte do *processo*, apenas uma coisa que os homens *fazem*, vamos todas *rir* disso. Eu não quero isso, quero? Eu quero... Puta merda, estou parecendo a Katie... Mas eu só quero um namorado normal e um relacionamento normal, e não toda essa encenação o tempo todo.

Eu quero... Eu quero o que o Joe tem agora. Quero o que a Nina e todas aquelas mulheres do fim de semana passado têm. E quero isso em particular, não... *construído*.

Não construído nem transmitido a um público também. Recentemente, Rosa vinha refletindo sobre a história de "A última romântica". Foi devagar, em vez de um relâmpago repentino. Ela havia entrado no jornal como uma miríade de outros graduados de olhos arregalados, privilegiados o suficiente para poderem subsistir de trabalhos não remunerados e estágios. *Sim, claro que eu posso pegar outro café* e *Ah, eu ficaria muito feliz de escrever sobre isso.* Ela havia juntado textos de e-mails de relações públicas e eventos em que todos estavam mais bem vestidos do que ela, e cada texto parecia tão padronizado, tão distante da maneira sincera com que ela havia criado *personalidade* e *voz* em seu felizmente deletado blog, que ela logo se perguntou se escolher jornalismo não havia sido um erro terrível.

Então a enviaram para fazer uma reportagem sobre um evento de encontros na inauguração de um bar no último andar de um arranha-céu reluzente, e Ty achou "linda" a maneira como ela descreveu o lugar, em parte espontânea e em parte artificial. Inesperadamente, os leitores também. Então ele a empurrou para outro evento de encontros e depois outro, gradualmente a persuadindo e treinando para esse olhar amplo. Bom, o que ela era, na verdade? Será que "A última romântica" era apenas *ela*, uma versão de Rosa ajustada e ampliada para leitores esperançosos e famintos? Ou ela era uma performance que Rosa estava vivendo há tanto tempo que era impossível determinar onde uma acabava e a outra começava?

Recentemente, ela até se viu abrindo uma pasta antiga no computador. "Lanchonetes e restaurantezinhos gourmet." *Meu Deus.* Ela com certeza não tinha a menor intenção de ressuscitar o blog, nem mesmo de reaproveitar os textos que havia cuidadosamente arquivado antes de apagar da internet, mas havia uma doce nostalgia, algo comovente, em ler a si mesma de volta aos vinte e um, vinte e dois anos. Ao tentar entender quem ela tinha sido, o que ela queria. As lacunas que haviam se aberto desde então.

Pois ali estava ela, naquele momento, montando cuidadosamente uma versão da despedida de solteira do fim de semana anterior para contar a Dee e Liv, escolhendo as amigas mais detestavelmente casadas de Nina e as enfeitando até torná-las caricaturas. As conversas intermináveis sobre seus próprios casamentos, que, na versão de Rosa, se concentravam nas obsessões com as cores mais banais dos guardanapos, hashtags de rede social e escolhas de poesia clichê. O questionamento tedioso "você tem namorado?" transformado em frases que não significavam nada, como Bom, ainda não é tarde demais e Quando você menos esperar, vai conhecer alguém especial. Foi, ao mesmo tempo, uma traição à esperança do "A última romântica" e uma sensação maravilhosamente revigorante.

— Eu não sei — disse Rosa devagar — se sou mais a pessoa certa para "A última romântica". Ou se algum dia eu fui.

Liv encheu as bochechas de ar e assoprou com os lábios próximos. Um leve assovio.

— Você acha que eu sou ingrata? — terminou Rosa.

Liv fez que não com a cabeça.

— Não, só sincera.

✱

Pensamentos não muito diferentes passavam na cabeça de Katie enquanto ela se sentava com cuidado na cama, segurando o celular em diferentes ângulos e imaginando o que uma determinada expressão facial diria sobre ela. Durante Katie-e-Chris, ela havia discretamente desprezado o ato de tirar selfies, é tudo um pouco narcisista, não é, e todo mundo parece meio idiota fazendo caretas para a tela do próprio celular. Mas, ela percebeu com um chacoalhão desagradável, seu rolo de câmera continuava cheio de imagens dela mesma, fotos que havia pedido para Chris tirar, ou fotos dela e de Chris que ela havia pedido para *outra* pessoa tirar, porque esse era outro pequeno fragmento do privilégio de ser um casal, não era? Ninguém implicava quando um *casal* queria marcar um momento com uma fotografia, e ninguém sabia quando você pedia a seu parceiro para tirar quinze versões de ângulos ligeiramente diferentes.

Ajudar Jack a refinar o perfil tinha sido uma prévia do que, e ela se odiava por pensar assim, ela supunha ser a *concorrência*. As primeiras fotos que ela viu eram de roupas curtas, cílios postiços e biquinhos. E havia um conforto desagradável nisso, porque ela não era diferente? — Ah, vamos lá, Katie, assuma o que você quer dizer — ela não era *melhor*? Mas havia outras, tantas outras, que pareciam divertidas, interessantes, inteligentes e especiais, que se pareciam com Dee, Liv e Rosa, que se pareciam com *Nat*. Havia frases incisivas sobre livros e política, descrições irônicas de empregos, frases de efeito que não pareciam forçadas nem copiadas, mas indicações de que suas autoras eram *divertidas*.

Katie já havia se sentado em bares o suficiente com Chris e seus amigos para ter desenvolvido uma compreensão detalhada do significado de "divertida". Na época da escola, quando seus pais descreviam uma de suas amigas como tal, eles queriam dizer algo muito próximo do limite. *Ah, ela é tão animada, uma figura, mas tome cuidado, querida, para que ela não seja uma má influência.* Na idade adulta, "divertida" se transformava em algo igual, mas diferente. Significava as garotas, as mulheres, que se sentavam alegremente em pubs bebendo cerveja e torcendo pelo time de futebol. Que contavam histórias engraçadas sobre seus empregos sem nunca se estressar com eles. Que dançavam no limiar perfeito entre stripper e *A noviça rebelde*. Que não falavam sobre feminismo e que sempre ficavam na rua até tarde.

E Nat é divertida, não é? Nat esconde o trabalho que dá: a academia, o aplicativo que ela usa para contar as calorias, o depósito do apartamento que os pais deram e a única unha que ela se permite roer quando o trabalho fica demais. Nat ri com facilidade e só chora em filmes tristes e propagandas de instituições de caridade para crianças e nunca, jamais, por causa de homens.

As próprias unhas de Katie, ela percebeu, estavam se cravando violentamente na palma da mão. O velho pressentimento na boca do estômago. Era mais fácil relaxar a mão do que os pensamentos.

Você não tem como saber disso. Você não tem como saber nada disso. Você nunca nem conheceu a Nat.

Mas eu conheci o Chris. Estive com ele. Eu amei o Chris. Sei como ele é. Sei do que ele gosta.

Tem certeza? Vocês terminaram. Claramente ele não gosta mais de você do mesmo jeito.

Não precisava disso.

Bom, você também não gosta mais dele do mesmo jeito.

Não, mas...

Por que isso importa, hein? Por que você se importa?

Porque sim.

Você amava o Chris. Não quer que ele seja feliz?

Talvez. Mas não antes de mim.

Seu coração batia forte enquanto ela sorria, e ela sentiu o novo cabelo roçar nas orelhas. Por fim, ela tinha uma foto onde parecia, ela esperava, acessível e inteligente — e, ah, vamos ser honestas, atraente. Em forma. Gostosa. A sensação era muito mais dura do que a de se arrumar no espelho antes de uma grande noitada, olhando para uma desconhecida do outro lado do cômodo, e, no entanto, era exatamente a mesma.

O manual do coração partido estava aberto na cama. Entre uma foto e outra, ela bisbilhotava nele a voz de Dee, a voz de Rosa, a voz de Liv, a própria voz, e cada frase fazia seu coração disparar. *Não é uma corrida. Não é uma corrida.* Ela conseguia sentir o abraço de Liv no parque e conseguia visualizar Chris em sua mente, um sorriso de flerte, um convite para entrar.

Depois da selfie, ela colocou mais três fotos antigas: uma em um bar, uma no topo de uma colina, uma na praia. Ela teve que cortar Liv da primeira e estava terrivelmente ciente de que Chris havia tirado as outras duas, e o cabelo comprido em cada uma delas fez sua garganta se contrair, mas, enquanto um trio, elas pareciam contar a história certa. *A primeira foto mostra como fico quando me arrumo e passo batom, batom vermelho, vão achar que isso é clássico ou exagerado? Ok, a foto dois prova que não uso maquiagem o tempo todo, nem me importo em estar sempre bem vestida: olhe! Eu gosto de caminhar e estar ao ar livre! Foto três: estou feliz. Sempre, sempre feliz.*

O absurdo dessa fachada! O absurdo de que algum homem, *muitos* homens, olhariam para essa versão cuidadosamente selecionada dela, desse recorte de uma vida, e decidiriam, em uma fração de segundo, se queriam conhecê-la. Se queriam transar ou literalmente foder com ela.

Escrever uma legenda para colocar embaixo das fotos era ainda mais difícil. Emojis pareciam infantis, trocadilhos sobre história ou ensino pareciam sem personalidade, dizer que ela gostava de viajar, de música ou de comida era ridículo. Escrever pouco era reconhecer que tudo o que importava era o seu rosto, escrever muito beirava o desespero. Por fim, ela se contentou com *Ex-dançarina de balé, professora de história. Tudo de que eu preciso é cerveja e licor de café*, e clicou em "postar" antes que mudasse de ideia.

No andar de baixo, Rafee e Jack, com os controles nas mãos, navegavam por uma série de obstáculos na tela da TV. Jack estava concentrado com uma incrível precisão, enquanto Rafee olhou para cima e disse:

— E aí, tudo bem?

— Ah, bem. Eu... eu decidi tentar essa coisa de aplicativo de relacionamento. Ei, fiz funcionar com o Jack, né?

— Maravilhosamente bem! — disse Jack, sem olhar para cima.

Era sua imaginação ou o lampejo de algo passou pelo rosto de Rafee? Ele abriu a boca para falar, mas hesitou antes de dizer:

— Legal. Só avisando, é um circo.

A frase sacudiu algo em sua memória, a risada de suas amigas. Um elefante e um leão. O antes.

— É, estou sabendo.

— Não coloque seu signo na bio — disse Rafee. — Ainda mais seguido de "típico". Sempre me irrita.

— Bom conselho.

E enquanto ela se acomodava no sofá, de repente, lá estavam eles em sua mão, o que pareciam ser milhões de homens, uma enorme paisagem de horror e possibilidades. Ela deslizou o dedo, fez caretas e, ocasionalmente, sorriu, franziu o cenho para peixes improvavelmente grandes e tigres dopados, perguntou-se por que alguns tinham optado por postar fotos de grupos ou se outros tinham cortado uma namorada da foto, ficou intrigada com nomes de usuários como John-e-Therese ou Jacob-e-Marie, até que entrou nas descrições e percebeu que eles estavam procurando por uma terceira pessoa. Ela estremeceu com a própria falta de criatividade na cama e se perguntou se deveria estar aberta a sexo a três. Jovem, livre e solteira na cidade, certo? Ela tentou se transformar em outra versão de si mesma, imaginou Chris e Nat abraçados no sofá, o sofá *deles*, e piscou os olhos furiosamente.

Eu me impressiono mais com a amplitude do espírito do que com o tamanho do sutiã.

Meu Deus.

Procurando alguém que não se leve tão a sério.

Meu Deus.

Sem vergonha de ser sapiossexual.

Meu Deus.

Levou um tempo surpreendentemente curto para que o movimento de dar uma olhada rápida, entrar no perfil se a atraísse, deslizar "sim" se a bio fosse levemente interessante parecesse automático, quase mecânico. Um autômato de parceiros em potencial, um cardápio de homens, ou melhor, de sexo, porque a coisa estava saturada de sexo. Homens em espelhos com as calças abaixadas até um *pouco* acima dos pelos pubianos, homens com piscadinhas e línguas, berinjelas, gotas d'água nas bios, homens com referências eufemistas a diversão, diversão, *diversão*.

E, à medida que ela deslizava o dedo, o incômodo em seu abdômen se transformava em um aperto, um aperto que a levou de volta ao quarto para tomar analgésicos e levou a uma pergunta docemente inocente de Rafee: Você está bem? Aham, tudo bem, respondeu ela, e odiou a redução do assunto, porque, se ela não estava explicando a esse homem gentil e correto com quem estava dividindo a casa, como explicaria a essa multidão de homens com quem poderia dividir tantas outras coisas? Ela se lembrou da garrafa de água quente azul-marinho de Chris, de sua insistência para que ela tomasse o remédio, da aliança nascida de anos de intimidade, se lembrou do último médico e fez uma careta.

Foi uma questão de minutos até que a primeira mensagem aparecesse em sua tela: *E aí, bebê?*

A corrida

Nunca deveria ter sido uma competição. Você nunca imaginou, não é mesmo, como o amor e a intimidade dançariam lado a lado com algo rasteiro e vergonhoso, algo que você não quer pensar, muito menos falar?

Você nunca pensou que haveria uma hierarquia de suas felicidades, um mundo no qual o que você deseja para a outra pessoa é temperado por um desejo ainda maior para si própria. Você nunca pensou que a alegria pela desgraça alheia se infiltraria em seu coração, por mais que você afirme: "Eu só quero que aquela pessoa esteja bem".

Não é uma corrida, as pessoas nos diziam, quando temiam que tropeçássemos em nossos próprios pés, em uma ânsia de chegar a outro lugar. Não é uma corrida, as pessoas nos diziam, quando queriam que nos apoiássemos em nós mesmas em vez de nos compararmos com os outros. Não é uma corrida, as pessoas nos dizem, quando nos convencemos de que a única cura para o coração partido é alguém novo para ocupar o lugar deixado, quando sentimos o baque se a outra pessoa seguir em frente primeiro.

Mas uma corrida, muitas vezes, é exatamente como parece.

Se você consegue navegar pelo coração partido sem o desejo de vencer essa nova e selvagem competição, parabéns. Caso contrário... você não está sozinha.

Mas a corrida é uma armadilha. Ela faz com que você projete fantasias e inverdades em novas pessoas. Ela faz com que você transforme a mediocridade e a incompatibilidade em esperança desesperada, convence você de que qualquer um pode ser a pessoa certa.

Veja como vencer um tipo melhor de corrida:

* Pelo amor de Deus, limite o espectro da comparação. Sim, isso é difícil na era da internet e ainda mais difícil se a outra pessoa permanecer próxima ou envolvida em sua vida. Mas sempre há a possibilidade de bloquear, sempre há pedidos de "por favor, não me fale nada sobre a vida dessa pessoa", sempre há pequenas peças de armadura que você pode usar.
* Você não tem obrigação de contar às pessoas que conhece sobre quem veio antes. Mas tente se imaginar fazendo isso. Se a ideia a deixar enjoada, chorosa ou, de alguma forma, aterrorizada... Talvez você esteja forçando demais essa corrida.
* Considere os futuros aniversários dessa catástrofe. Um ano após o coração partido, dois, três. O que você quer para você? Como quer ser? Essa é uma bela chance de traçar um destino, se não um caminho, que seja pura e inteiramente sobre você. Pegue mais peso. Leia Middlemarch. Peça demissão. Aprenda a fazer a porra do suflê perfeito.
* Corra em direção a seu novo recorde pessoal, sinta o próprio poder.

(Agora vamos parar de falar como professoras de educação física.)

Capítulo Vinte

PAIXÃO

Todos os dias depois de correr, Dee tomava o café da manhã com a mãe. Era um eco da vida anterior e um ato de união. Elas comiam iogurte e frutas: manga, maçã, uva. Um dia, Dee comprou uma romã e tirou as sementes como se fossem pedras preciosas. Elas se encaravam de cada lado da mesa e conversavam, alguns dias sobre o câncer, outros sobre assuntos ligados ao câncer. Elas conversavam sobre a mastectomia, embora nunca usassem essa palavra, que tropeçava na língua e ficava presa nos dentes, era simplesmente a *cirurgia*.

Dee encarava o peito da mãe, cheio de joias, envolto em xales e colares. Encarava o próprio no espelho do banheiro. Passava os dedos pela pele como se fosse massinha.

Ela lia, todos os dias, tudo o que encontrava sobre pesquisa de câncer de mama, tratamento de câncer de mama, estatísticas de câncer de mama, recuperação de câncer de mama. As próprias palavras *câncer* e *mama* começaram a parecer estranhas, escritas incorretamente, dispostas de forma esquisita, como se as letras estivessem tremeluzindo diante de seus olhos. À medida que tudo estremecia e desmoronava, ela sentia como se estivesse se agarrando a algo sólido no meio da névoa, sugestões de *setenta e cinco por cento* e *perspectivas positivas*, que eram muito promissoras, mas também grandes abismos. Para cada pedaço de esperança que ela se agarrava, havia escuridão por todos os lados.

Um monitor chegou do escritório de Dee. O moço dos correios estava mascando chiclete e não a olhou nos olhos enquanto ela desajeitadamente assinava o tablete dele. *Vai se foder*, gritou ela em silêncio. *Você não consegue sentir o peso nessa casa?*

Em meio à embalagem que protegia o monitor, havia um cartão em um envelope rosa, e a caligrafia floreada e elegante de Margot.

Dee
    Eu queria que você soubesse que sinto muito pela sua mãe. Uma doença na família pode ser como um soco no estômago, acredite, eu sei. Faremos tudo o que pudermos para ajudar você a passar por isso. Trabalhe só quando puder e quando quiser, e em Brighton pelo tempo que precisar, mantenha contato com Simon e ele vai passar as coisas por aqui. Aqui está meu número de telefone pessoal, caso precise conversar.
    Estou ansiosa para recebê-la de volta quando estiver pronta. Já sentimos sua falta.
    Margot

— É uma mulher boa — comentou Mel.
— É, que nem você. Mulher forte e todas essas coisas.
— Estou muito orgulhosa de você, sabe. Do seu trabalho, de como você está indo bem.
— Não faça isso.

— O quê?

— Fazer as coisas parecerem como se você estivesse se despedindo. — Mel colocou o iogurte silenciosamente na boca. — Quer dizer — vacilou Dee. — Obrigada. Eu fico feliz.

— Lembro quando você me ligou pra contar que tinha conseguido o emprego. Você estava tão animada. Não só pelo emprego, mas por ela.

— É, ela é as duas coisas, eu acho. Grande designer, grande mentora.

Seu celular vibrou e ela fez uma careta quando viu a tela. A mãe ergueu uma sobrancelha. Não havia porque fingir timidez, Dee contou tudo para a mãe. Esse homem me passou o número de telefone uma noite dessas, não, espere, o cartão de visita. Quem faz isso, né, e Eu não achava que isso acontecia mais.

— É bom ser surpreendida. Ele era legal?

Dee hesitou, os dois lados de "legal": gentil e insípido demais versus genuíno e bom, balançando como um pêndulo.

— Acho que sim, do que eu pude deduzir de uma conversa de cinco minutos em um bar. Ele parecia... bonzinho.

— Não há nada de errado com isso, minha querida.

— Acho que não.

— Então, o que ele está dizendo?

Dee empurrou o celular para o outro lado da mesa e sua mãe leu em voz alta.

— *Última tentativa, prometo, e vou entender o recado.* O quê, você não está respondendo?

Dee olhou firme para a mãe.

— Como se isso fosse importante agora.

Mel retribuiu um olhar igualmente firme para a filha.

— Querida, nem todo mundo vai ser como o Leo, sabe.

Dee se irritou.

— É claro que eu sei. Não o envolva nisso. Ele é passado.
— Mmm... prólogo.
— Não faça isso, sério.
Mel suspirou suavemente.
— E, querida, nem todo mundo vai ser como o seu pai.
A boca de Dee formou uma linha.
— O que isso quer dizer?
Ela estava tensa, pronta para um desentendimento, uma discussão. Então sentiu uma dor extraordinária quando os ombros da mãe caíram, quando ela suspirou, derrotada e cansada.
— Eu quero dizer... — interrompeu-se Mel, e seus olhos quase pareciam marejados. — Existem pessoas boas no mundo. Pessoas leais. E, enquanto você estiver aqui, e, sim, é claro que estou feliz que esteja aqui, não acho que você deva se afastar completamente da sua vida. Então talvez você devesse responder. Se distrair.
— Não estou me afastando da minha vida — retrucou Dee, e Mel suspirou.
Mais tarde, Dee se deitou no quarto em que sua mãe havia cuidado dela durante a catapora e a amigdalite, os aborrecimentos escolares e as decepções, e leu as mensagens novamente.
Banal, eu sei, mas não consigo tirar seu rosto da cabeça, louca dos gatos.
Demais? O que eu quis dizer foi: você gostaria de sair para tomar um drinque algum dia desses?
Última tentativa, prometo, e vou entender o recado.
Suas mãos pairaram e sua cabeça balançou. *Não estou me afastando da minha vida.* As sete palavras ecoaram de forma vazia. *Não estou me afastando da minha vida.* Os passos da sua mãe descendo a escada. *Não estou me afastando da minha vida.* O maço de cartas do hospital, a data da cirurgia rabiscada no calendário. Ela digitou:

Manual do coração partido

Desculpe ter sumido. Na verdade, estou em Brighton com a minha mãe. Coisas de família.

E isso seria tudo, disse ela a si mesma — convenceu a si mesma? — enquanto andava de cômodo em cômodo pela pequena casa.

Mas ele respondeu. Três horas depois, um período de tempo que Dee estava irritada consigo mesma por ter analisado, o celular acendeu: *Sinto muito por isso. Espero que sua mãe esteja bem. Talvez quando você voltar? Separei minha camiseta de gato pra usar e tudo.*

Ela franziu o cenho. Mais três horas depois, ela voltou para o quarto. As gatas se juntaram a ela na cama, uma aninhada a seus pés, a outra aninhada como um bebê na curva de seu peito. Hálito quente. Ela respondeu: *Você tem uma camiseta de gato?*

Dessa vez, a resposta veio quase que imediatamente: *Exato.*

De que cor ele é?

Listrado. Laranja e preto.

Dee estreitou os olhos. Dessa vez, Josh acrescentou uma segunda mensagem: *Não acredita em mim?*

Eu só não acredito que um homem de trinta e poucos anos tenha uma camiseta de gato. Acho que você está tentando ser engraçadinho.

Você nunca ouviu falar do Garfield?

É claro que já ouvi falar do Garfield.

Bom, eu gostava dele quando era criança. Por um tempo. E você sabe quando os parentes pegam alguma coisa de que você gosta e isso se torna o foco de todos os presentes de aniversário e Natal pra sempre? Então, pronto, uma camiseta do Garfield.

Ok. Você me convenceu.

E o que foi pra você?

O quê?

Sarah Handyside

A paixão de infância que molda cada presente de pessoas que não te conhecem muito bem.

Dee olhou de parede a parede. Ela tinha seis anos quando elas se mudaram, sua mãe reluzindo de alívio, orgulho e expectativa quando elas deixaram a casa da mãe *dela* para trás. Essas paredes e janelas, essas portas e telhas, são todas nossas, estrelinha. Finalmente um quarto só seu, e de que cor você quer pintar? Verde-limão e laranja, pronto.

Dee havia solicitado mais duas alterações antes de sair de casa: rosa e roxo na pré-adolescência e, em seguida, uma parede bem adolescente verde-azulada compensada por três brancas, cheias de pôsteres e recortes de revistas. A cada vez, sua mãe se deliciava com macacões, rolos e pincéis. Não deveríamos transformar em outra coisa agora?, perguntou Dee mais recentemente, Um estúdio para você ou um lindo quarto de hóspedes, e sua mãe disse Mas *é* o quarto de hóspedes mais lindo que poderia ser, porque ainda é muito sua cara. Os recortes foram substituídos por uma série de desenhos emoldurados dos melhores projetos de trabalho de Dee, e o teto ainda tinha todas as estrelas que brilhavam no escuro.

Hum... desenhos, eu acho. Lápis de cor, cadernos de desenho, todo esse tipo de coisa. Sou designer gráfica.

Ah. Então não conta. Se você, de fato, transformou sua paixão de infância em uma carreira de verdade. (Prometo que vou perguntar mais sobre isso.) Precisa ser muito mais obscuro.

Dee revirou os olhos como se alguém estivesse a observando e se conteve.

Tá. Teve um ano que eu disse pra minha mãe que achava que raposas eram legais. Ganhei muitos produtos bizarros de raposa.

Perfeito.

É. Estojo, castiçal, ímã de geladeira. Foi bem atípico, na verdade. Minha mãe geralmente é ótima com presentes. Ela é a melhor.
Você é próxima dos seus pais?
Da minha mãe, sim. Muito.
Você está deixando uma lacuna bem óbvia aí.

Ela fez um barulho de exasperação e deixou o celular cair na cama. Uma das gatas ronronou. Ela tentou se lembrar de como Josh era. De alguma forma, rústico, pensou. Firme e nodoso de uma forma que os homens de trinta e poucos anos normalmente não eram: cabelo que parecia salgado do mar, mãos que pareciam o designer de móveis que ele dizia ser. Sim, dizia, porque o que se poderia realmente saber ou acreditar sobre pessoas, homens, que se conhecia por esses pequenos fragmentos de tempo, que falavam com você em bares porque gostaram da aparência da sua maquiagem ou das curvas do seu corpo e nada mais?

Leo elogiou sua mochila, e não seu rosto, e isso pareceu um tipo de encontro fofinho superior aos outros, um reconhecimento desde o início de um gosto compartilhado. Mas de que adiantou, no fim das contas, quando tudo culminou naquelas sete palavras cruéis? Leo havia tocado violão para ela, andado de bicicleta com ela e tirado fotos dela, e tudo isso não significou nada, assim como há vinte e sete anos, quando sua mãe chorou e pediu ao pai de Dee que não fosse embora.

A tela do celular se acendeu novamente. *Desculpe. Intenso demais para uma mensagem?*

O coração de Dee estava batendo forte, e ela ouviu a mãe tossir no quarto ao lado.

*

Liv e Carrie estavam dividindo uma mesa em uma sala que a agência chamava de "íntima" para as reuniões externas e "apertada" para as internas. Parecia que elas estavam respirando o ar uma da outra. Carrie parecia estar perdida em pensamentos, olhando com atenção para a tela do notebook, a boca perfeitamente carmesim um pouco entreaberta.

Surpreendentemente, Carrie olhou para cima e percebeu Liv antes que ela pudesse desviar o olhar.

— O quê?

— Ah, eu só estava... pensando.

— Beleza. Bom, é por isso que estamos aqui. O que você acha disso para a abertura?

Liv foi para o lado de Carrie à mesa, tentando evitar chutar sua cadeira. Ela estava usando outra roupa nova: um vestido pied de poule preto e branco e mocassins de couro verniz. Embora no escritório ela se sentisse elegante e poderosa, na sala, parecia restritivo, apertado demais. A camisa de seda de Carrie era verde-esmeralda.

— Então, vou apresentar esses slides — disse Carrie, clicando. — Cobertura financeira, os últimos doze meses. E você assume daqui. Cobertura corporativa. E então a gente passa para o Zachary explicar o ano seguinte.

— Ou seja, por favor, não nos demita — murmurou Liv.

— Por que você acha que eles nos demitiriam? — perguntou Carrie com firmeza. — Ultrapassamos todas as metas. Eles acabaram de garantir uma nova rodada de investimento. As coisas estão indo *bem*.

— Eu sei.

— Bom, então. Não vai *covardear* agora.

— Covardear não é uma palavra.

Os olhos de Carrie se fixaram nos de Liv. Sua expressão era impassível.

— Touché — disse ela. — Mas você me entendeu. É uma oportunidade para o Zachary pedir que a gente lidere isso. Só não vamos foder tudo, ok?

Liv encarou suas anotações. Era verdade, pensou ela. Levou anos, mas os esforços foram se somando. Elas haviam chegado longe.

Faltavam dois dias. Revisão anual com a empresa do Felix, não, não era a empresa do *Felix*, Felix era irrelevante. Ele chegaria, um dos quatro. Nem mesmo o mais sênior, certamente não o principal tomador de decisões. Eles se sentariam de um lado da sala da diretoria e ela do outro, apoiada por seus colegas.

— Carrie — disse ela.

— Hum?

— Você sempre quis fazer isso?

Carrie bufou com pena.

— A ideia de um emprego como a culminação de um sonho de infância é o epítome do privilégio. É algo que as pessoas ricas dizem para obscurecer o fato de que os pais pagaram a entrada das casas delas e que uma herança compensará o fato de nunca terem pagado uma previdência.

Liv respirou.

Chris com um chapéu de palha e o blazer do uniforme deformado. *Era usado, obviamente, do fundo para crianças bolsistas,* disse ele em uma noite com muitas tequilas.

Onde você estudou?

A casa dos pais da Rosa, a conta telefônica paga e o jantar no forno.

Mel, você acha que dinheiro traz felicidade?

As maneiras como uma pessoa projetava o futuro aos catorze, aos vinte e um, aos vinte e nove anos.

— Sabe uma palavra que eu odeio? — perguntou ela. — "Ajuda." "Minha família vai ajudar." "Os pais dele nos ajudaram." As pessoas falam isso para se sentirem bem por serem honestas, mas é deliberadamente vago. Ninguém nunca dá um número. Assim, olhando de fora, a enorme ajuda financeira que eles recebem parece ser a mesma ajuda de uma passagem de trem, uma mala ou um abraço, e o que é dito como uma transparência radical, na verdade, acaba por criar todos esses abismos invisíveis entre as pessoas.

— As pessoas com dinheiro nunca querem acreditar que têm dinheiro — retrucou Carrie. — Você quer, agora?

Liv abriu a boca e a fechou novamente.

— Então, não. Eu nem sempre quis fazer isso. Eu queria ser aeromoça, veterinária, caçadora de talentos e a porra de uma artista de circo. Porque eu era criança, e os únicos empregos de que eu tinha ouvido falar haviam sido em histórias ou na TV. Depois eu fiquei mais velha e queria estabilidade, escopo e usar o meu cérebro. Sou boa em escrever e me interesso por negócios. Comunicação corporativa é uma boa combinação. Vou ficar aqui por alguns anos e depois vou trabalhar com algum cliente. Talvez faça um MBA primeiro. Empresa grande, cargo em nível de diretoria. Com a experiência certa, é possível.

Ela estava tranquila e calma, e soava convincente.

— Eu também sou boa em escrever — comentou Liv desnecessariamente, e se sentiu como uma criança.

— Eu sei. Você também é boa com números, pessoas e em pensar no futuro.

— Obrigada.

Carrie estalou a língua com impaciência, mas não com crueldade.

— Eu sei que você acha que existe um romance dentro de você, Liv. Todos nós achamos, né? E claro, talvez você escreva um algum dia, se ficar entediada de sair o tempo todo, ou se se casar com um milionário. Mas só porque era a única coisa que você se imaginava fazendo quando era mais nova não significa que seja a única coisa interessante que pode fazer agora.

A palavra *interessante* reverberou como unha no vidro.

Liv olhou outra vez para as anotações. Seu primeiro slide foi projetado na tela compartilhada. Havia tantos amanhãs. Ela se manteria firme. Falaria com clareza e paixão. Ela mostraria a eles como se destacavam.

※

Em outro escritório, mais especificamente, nos banheiros de outro escritório, Rosa encarava o próprio reflexo. O cabelo estava preso em um coque apertado no topo da cabeça, em uma tentativa de fortalecê-la. *Eu consigo fazer isso. Não é difícil. O pior que pode acontecer é um "não"*.

Mas, ah, como o "não" podia ser horrível! Não foi exatamente isso que Joe disse há muito, *muito* tempo? Ele havia dito "não" quando ela queria um "sim", e isso a havia despedaçado em pedaços que ela ainda não conseguia consertar, não foi? Não era *ela* um fantasma constante em sua mente, aquela jaqueta floral, aquele cabelo escuro, o braço de Joe casualmente em seu ombro?

Não, não. Isso não é sobre Joe. Isso não é sobre *homens*. Isso é sobre mim, mim, mim.

Esse era o mantra conforme ela voltava para o escritório, procurando por Ty, e caminhava, não, *marchava*, em direção a ele.

— Ty, podemos conversar rapidinho?

— Rosa — disse ele distraidamente. Ele parecia incomodado de uma forma cativante. — O que é?

— Eu tive uma ideia.

— Romance no século XXI? Lembre-se: ácido, bom, amargo, ruim. O último ficou um pouco no limite demais.

— Não, na verdade...

Ele desviou os olhos da tela.

— Você está bem? Não é nada pessoal, você sabe. Eu não *realmente* acho que você seja amarga. Você é a mulher que escreveu seiscentas palavras sobre como construir castelos de areia em casal, pelo amor de Deus.

— Na verdade... eu... eu tive uma ideia para um texto sobre comida. Bom, um texto sobre culinária.

— Culinária?

— É. Quer dizer, cozinhar *e* namorar. Tipo, jantares fáceis, mas impressionantes. O que certos pratos dizem sobre cada pessoa. Esse tipo de coisa. Não receitas, exatamente, mais umas ideias? Comida e relacionamentos. Eu me interesso muito por comida, sabe... E acho que posso escrever bem sobre isso... Você deve se lembrar de quando me candidatei aqui, na verdade, eu tinha um blog... Enfim, o que eu quero dizer é que obviamente é uma habilidade real, não estou dizendo que sou, tipo, uma crítica de restaurantes, mas acho que consigo escrever sobre isso e...

Ela estava se enrolando e sabia disso. Seu rosto estava ficando quente e parecia translúcido, como se ele pudesse ver suas entranhas. Ele girou a cadeira de volta para o computador.

— Claro. Se você acha... Eu confio em você, ok? Escreva, me mande e a gente conversa.

Escreva e me mande, escreva e me mande. Rosa voltou para a própria mesa, respirando com dificuldade. Ok. Vamos lá.

*

Um dos lugares no sofá agora era de Kate. Rafee se sentava na outra extremidade e Jack, na poltrona. Eles haviam adotado uma rotina noturna durante a semana em que ficavam todos juntos:

comendo em tigelas e assistindo a programas de perguntas e respostas. Era uma sensação de segurança e extraordinária ao mesmo tempo, tão surpreendentemente diferente do que havia sido seu *lar* há apenas alguns meses. Na terça-feira, Jack saiu para o que ele, nervoso e sorridente, explicou ser o terceiro encontro com Amelie, e Katie notou que Rafee permaneceu no sofá, em vez de ocupar o lugar de Jack na cadeira. As pernas dela estavam dobradas, bem puxadas para a *sua* metade. Um educado oceano de espaço entre eles.

O manual do coração partido repousava em seu colo. Depois do constrangimento inicial, ela começou a escrever nele e a ler para si mesma enquanto estavam na sala de estar. Se Jack havia notado, não disse nada, mas Rafee expressou uma curiosidade cuidadosa. Um projeto com as meninas, mulheres, tinha dito ela.

Rafee estava lendo um livro, e o celular dela parecia um raio na mão. Ela estava passando o dedo — e como se odiava por isso — de um lado para o outro entre os perfis de redes sociais de Chris e o aplicativo de relacionamento. Procurando pelo presente de Chris, procurando pelo futuro dela. Por que ainda estavam tão entrelaçados?

Zero entusiasta das redes sociais, Chris havia feito apenas algumas simples mudanças nos últimos meses, mas cada uma delas era uma faca no peito. A alteração silenciosa no "status de relacionamento". A substituição da foto do perfil, não mais os dois, rindo, apaixonados, mas Chris sozinho, sorrindo e com uma cerveja. A ironia cruel, é claro, era que ela havia tirado aquela foto. Portanto, ela ainda estava lá, um fantasma fora do quadro.

Havia apenas uma pequena quantidade de fotos novas, mas cada uma delas trazia a dor de um evento anual do qual ela fora excluída. Porque, assim como o ano letivo formava uma trilha sonora para a passagem do tempo, o mesmo acontecia com as datas aprendidas ao longo dos anos com a outra pessoa. Março: o aniversário do melhor amigo de Chris, Charlie. Abril: a saída em grupo para marcar o início da temporada de críquete. Tudo era entediante, genérico e reconfortante, e era terrível que tudo continuasse sem ela.

Quando eles eram mais jovens, ela conseguia colher muitas pistas em uma pesquisa como essa. Eles conversavam nos espaços digitais uns dos outros, deixando sequências de frases para que outras pessoas as desvendassem. A falta de autoconsciência, ou a ostentação, de outra época. Naquele momento, não havia nada que indicasse se Chris havia passado as últimas oito semanas chafurdando no chão ou suando na academia, ou transando com Nat em lençóis brancos.

Ao mesmo tempo, com apenas um clique, havia centenas, não, milhares, de homens, todos com fotos e palavras selecionadas, ao que parecia, para atraí-la, seja por uma noite ou pela vida inteira. Não, ela não esperava por isso, mas havia homens que escreviam frases como *Estou procurando minha outra metade* ou *Quero encontrar alguém por quem eu exclua esse aplicativo*, e ela se odiava por achá-los trágicos enquanto desejava um eco de seus desejos. Era tão *conflituoso* segurar esse potencial explosivo, esse cardápio de homens, essa *possibilidade* que efervescia e explodia com a energia que, ela agora via, tinha se esvaído lentamente de Katie-e-Chris ao longo daqueles nove anos. Essa energia era o que tinha morrido e, no entanto, tentar se segurar a ela era como mergulhar as mãos em um cardume de peixes, que nadavam e se afastavam de seus dedos.

Porque cada um dos homens com quem ela começou a conversar a lembrava de quanta intimidade se acumula ao longo de nove anos. As piadas pareciam sem graça e artificiais quando ela não sabia como era o som da risada deles. Perguntas sem graça como *O que você faz?* e *O que vai fazer esse fim de semana?* pareciam insuportavelmente tediosas, conversas superficiais. Os pedidos imediatos para que ela enviasse fotos eram impressionantes em sua ousadia, mas, em última análise, sórdidos e deprimentes. Dois meses antes, ela estava morando com um homem que beijava seu pescoço, lavava suas calcinhas e fazia ovos mexidos para ela.

Ela recebeu uma nova mensagem. Três palavras: *Quer sair hoje?*, seguidas de um emoji piscando.

Era de um homem chamado TJ, com quem ela havia trocado exatamente três mensagens até então. De acordo com as fotos, ele era alto, musculoso e sabia disso, e, de acordo com sua biografia, gostava de escalada, lámen e techno.

Ela olhou para Rafee, que estava mordendo o lábio em profunda concentração.

— Está gostando?

— O quê? Ah, estou. — Ele inclinou o livro para a frente e olhou para a capa, como se quisesse se lembrar do que estava lendo. — *Garota, mulher, outras.* É maravilhoso.

— É para seu clube do livro?

— Exato.

— *Middlemarch* e agora esse?

— É... É intencional. Um mês um clássico antigo, um mês um futurista. Tipo, um grande ganhador de prêmios recente, *zeitgeist* ou sei lá o quê. *Para a frente, Para trás*, esse é o tema.

— Ah, parece interessante.

— É, sim. — Ele a olhou atentamente. — Você poderia vir, se quiser. O pessoal é bem legal também.

O celular ainda estava quente na mão dela, e Rafee parecia calmo e tranquilo. Em algum lugar, anos atrás, havia uma versão de Katie que teria revirado os olhos para os clubes do livro, para a ideia de pessoas se reunindo para discutir seriamente, o quê, *arte*? Pessoas que precisavam de um clube e de uma data na agenda para fazer algo prazeroso, que precisavam de estrutura para suas paixões. Ela sentiu um leve aperto de prazer por ter deixado esse desprezo para trás.

— Quer saber? Seria ótimo.

— Ótimo!

Em seguida, ela voltou para suas mensagens. Digitou em um piscar de olhos e clicou em enviar antes que pudesse pensar em mudar de ideia. Duas palavras: *Quero, sim*, e um emoji de beijo.

Paixão

Amor é paixão, coração partido é paixão sem casa. A paixão nos impulsiona, nos incendeia, nos quebra.
Mas há muito mais tipos de paixão do que você imaginava quando estava se apaixonando ou se desapaixonando.
O coração partido pode funcionar como combustível de foguete para diferentes tipos de paixão. Abrace essas faíscas, esses catalisadores. Você foi feita para amar muito mais do que pessoas. Você foi feita para amar geleia escorrendo pelo queixo enquanto limpa com os próprios dedos. Você foi feita para amar dançar, pular em poças e escalar montanhas. Você foi feita para amar se alongar, se esforçar e chegar lá. Você foi feita para amar desacelerar, descansar e respirar. Você foi feita para amar pintar as paredes da sua vida.
Sendo assim, se jogar em paixões gloriosamente egoístas pode ser verdadeiramente divertido e uma forma de expandir o mundo por dentro e para além do coração partido. Volte para si mesma. Lembre-se de si mesma, cuide de si mesma.

Capítulo Vinte e Um

SEXO

A manhã seguinte estava dourada como caramelo. Katie havia programado um alarme, espantada consigo mesma por ter dormido lá em um dia de semana, mas acordou bem antes, com o nascer do sol. Decidiu ir andando para casa, em vez de se enfiar em um ônibus ou metrô, ela queria ar e espaço. Sentia uma dor aguda entre as pernas e uma sensação de pele escorregadia. TJ ofereceu um banho e um café, e ela recusou ambos. Não por vergonha, mas por desejo de algo a mais.

Enquanto caminhava, ela relembrou a noite nos mínimos detalhes. Oito da noite, horário em que ela e Chris geralmente cozinhavam um para o outro, ou reservavam um restaurante. Atuações em encontros, rotinas domésticas. A normalidade, a *banalidade*. E lá estava ela, batendo à porta de um apartamento que nunca havia visitado, desejando poder avançar rapidamente os primeiros segundos depois que TJ abriu a porta, os segundos em que ele poderia passar de estranho para, pelo menos, um rosto que ela reconhecia em carne e osso.

Sim, carne e osso. A *afirmação*, a *concretização* de ver mensagens sem graça e fotos genéricas traduzidas em algo multidimensional! TJ era, ao mesmo tempo, menos atraente e mais magnético do que seu perfil no aplicativo: seu rosto era mais estranho, seu corpo mais macio, e, mesmo assim, ele estava *lá*. Ele era real.

— Oi, Katie.
— Oi, TJ.
— Quer entrar?
— Quero, sim. — *Quero sim?! De novo?*

Ela decidiu não dizer a Rafee para onde estava indo e decidiu não pensar muito bem no porquê. Vou sair com as meninas, as mulheres. Mas ela mandou mensagem para elas no caminho e copiou o endereço de TJ, e também optou por não pensar muito bem no que isso deixava subentendido. TJ estava usando calça de moletom cinza e um suéter azul, e tinha um sorriso no rosto. Ele parecia seguro. E parecia um estranho também.

Ele ofereceu uma cerveja ou vinho, ou rum. Ela começou a pedir uma taça de vinho, mas, na hora de falar, mudou para Cuba libre. Açúcar queimado e gelo. Tinha gosto de festas de aniversário e do passado. TJ explicou que seu colega de casa havia saído, então eles poderiam ficar à vontade na sala. Ele colocou músicas que a faziam lembrar de Manchester e conversou com ela sobre escalada.

Chris estava lá o tempo todo, uma sombra, um fantasma. Ele ficou parado no canto da sala, tirando sarro dos pôsteres e torcendo o nariz com a falta de varanda. Chris usava sua autoconfiança de forma diferente de TJ. Enquanto TJ era felino e sarcástico, Chris era escultural e conciso. Ele era frágil também, mas essa fragilidade era visível para todos ou apenas para Katie? E ela estava lá desde o início ou só viu depois de um tempo?

O que você está fazendo aqui?, perguntou Chris para ela.
Estou aqui para algo novo. Assim como você.
Assim como eu?

Você e a Nat. Você e qualquer uma. Você estava comigo e agora vai estar com outra pessoa, qualquer outra pessoa, todo mundo. O mundo está cheio de possibilidades e o mundo mudou.

Depois de três drinques, TJ e ela estavam sentados no chão, com as almofadas do sofá e se revezando para escolher a música. A sala estava quente e abafada. Ela pegou o celular dele para mudar de música e ele deixou que seus dedos passassem pelas costas da mão dela. A pele dela pulsou.

Seu primeiro beijo com Chris. Uma fantasia, uma festa, uma multidão de pessoas. Notas de baixo vibrantes, cerveja barata. Nenhuma sensação de que o mundo parou e, ainda assim, um momento em que tudo foi alterado. Os primeiros compassos de nove anos. Lábios nos lábios milhares de vezes.

Quando sua boca encontrou a de TJ, ela notou um milhão de maneiras pelas quais a dele era diferente da de Chris. Mais estreita, mais macia. À medida que a língua de TJ se movimentava com a dela, ela percebeu como era bizarra essa dança primitiva, esse compartilhamento. Os dedos dele faziam cócegas no cabelo macio de sua nuca, recém-nua. Um relâmpago desceu pela espinha. Ele moveu os lábios suavemente do canto da boca dela, descendo pelo pescoço e passando pela clavícula, e ela tentou processar como o que era uma expressão de intimidade sagrada há apenas algumas semanas agora estava aqui, tão superficial e, ainda assim, tão espetacular. TJ não sabia como ela gostava de se aninhar na cama de pijama com uma caneca de sopa de tomate, ou que ela roeu as unhas até os vinte e dois anos, ou como era a voz dela quando dizia *eu te amo*. Não havia amor ali, mas havia algo a mais. Ela estava desabotoando botões e puxando roupas, seu corpo estava esquentando e se balançando.

O corpo de TJ era, ao mesmo tempo, o igual ao de Chris e nada a ver com o dele, o negativo de uma foto, reflexo na água. Assim como seu corpo era o mesmo que tinha sido com Chris, e diferente:

cabelo curto, sim, mas também algo intangível, um endurecimento, um conhecimento. Ao se abaixar na direção de TJ, ela sentiu como cada distância era diferente: a dobra macia no começo da coxa, na qual Chris enterrava os dedos e TJ não conseguia alcançar, o ponto diferente em que suas panturrilhas se cruzavam nas costas dele. A música era uma batida de coração e ela se ouviu gemendo. TJ a empurrou de volta para o chão, segurou sua mão escorregadia e, enquanto estremecia sob ele, ela se perguntou se aquela — palma da mão com palma da mão, dedos entrelaçados — era a sensação mais intimamente bizarra, bizarramente íntima de todas.

*

Carrie e Liv ficaram encarregadas de preparar a reunião. Bolos e pães, frutas, chá, café. Uma jarra de água gelada, que quase escorregou das mãos de Liv quando ela a colocou na mesa. Um som agudo e duro soou e Carrie olhou para ela.

— Cuidado.

Liv pressionou a palma da mão contra o lado frio da jarra, forçando-se a voltar para o momento presente. Eles chegariam em dez minutos.

— O que você *tem*?

— Como assim?

— Você está toda... Parece que está *nervosa*.

Havia uma pontada de desprezo no tom de Carrie? Liv ficou mais alta.

— Não, só estou me certificando de que estamos contando a melhor história.

Carrie estreitou os olhos.

— Beleza, então.

Não foi a primeira vez que Liv desejou fervorosamente que dizer algo pudesse fazer com que essa coisa se tornasse realidade. Seu coração disparou e sua cabeça latejou em frustração. *Não havia motivo para ficar nervosa. Ela não tinha feito nada de errado. Ela não acreditava nessa besteira.*

E assim, quando Felix e seus colegas entraram na sala, liderados por Zachary e mais dois diretores dela e de Carrie, ela se aproximou com determinação, sorriu calorosamente e apertou as mãos com firmeza. É um prazer ver você de novo e Como você está. Ela olhou nos olhos deles. Ela não deu mais ou menos atenção a Felix do que a qualquer um dos outros.

Mas, quando ele pegou a mão dela, apertou com um pouco mais de força, as unhas dele arranhando a palma de sua mão. Ele se inclinou para a frente, como se fosse beijá-la no rosto, e sussurrou:

— *Estou com sua calcinha no bolso.*

Parecia inacreditável, então, que a sala inteira não pudesse ouvir as batidas de seu coração, contar suas respirações frenéticas, ver o vermelho se espalhando por seu rosto. Uma montagem daquela noite foi projetada na parede da sala. Ela sentiu calor e frio rápido demais, e afastou a mão. Um sorriso torto estava estampado no rosto de Felix.

— Certo, vamos começar? — Zachary liderou a sala e se sentou. — Liv e Carrie vão conduzir a retrospectiva, e depois vamos passar para uma proposta para os próximos doze meses.

— Excelente — disse Felix, um pouco alto demais.

Zachary olhou para ele com curiosidade e Liv estremeceu. Houve uma pausa horrível.

— Muito bem, então — comentou Carrie rapidamente, e começou a apresentação com o equilíbrio perfeito entre entusiasmo e elegância.

Liv ficou no que ela esperava parecer um silêncio relaxado e de apoio, olhando para Carrie, olhando para Zachary, olhando para os colegas de Felix, olhando para absolutamente todos os lugares, exceto para o próprio Felix, convencida de que os olhos dele estavam fixos nela.

E por que isso importa, hein? Eu não fiz nada de errado. Sou uma mulher de vinte e nove anos que fez sexo casual com alguém. Eu consenti. Nós usamos camisinha. Eu não me diverti? Não gostei? Assuma a porra da responsabilidade, Liv.

— Liv? — sibilou Carrie.

Liv voltou a atenção para a sala. Todos os olhares nela. Os clientes estavam ansiosos, Carrie e Zachary estavam à beira da irritação. Ela se esforçou para encontrar seu lugar na apresentação e embaralhou as palavras. De alguma forma, deu voz às coisas que eles haviam feito: o perfil do projeto de pesquisa em uma publicação importante, o CEO em um noticiário no horário nobre, o chefe de P&D em um painel de seminário importante. Cada um desses feitos tinha seu suor, sua garra e sua adrenalina, e cada um deles parecia fraco e trêmulo, murchando sob as luzes, sob o rosto deles e de Felix. Ela sentiu como se suas roupas tivessem derretido, sentiu como se estivesse posando, exatamente como havia feito há uma semana, ou duas, ou três. Cena após cena estava se repetindo em sua mente, tão vívidas que ela teve que verificar se ainda estava parada, convencida de que estava repetindo aqueles rodopios, alongamentos, movimentos circenses. Ela ouvia os próprios gemidos, sentia as mãos de Felix nos pulsos. Era um aperto, um soco e unhas na lousa, o que a fez sentir uma dúzia de camadas diferentes de vergonha e ódio.

— Certo, obrigado, Liv — disse Zachary em determinado momento.

Houve uma tosse pontual, e Carrie a conduziu para uma cadeira vazia. A reunião prosseguiu, e Zachary arrancou risadas afáveis de suas gargantas, e eles assentiram e acariciaram seus queixos pensativamente olhando para gráficos e tabelas, e, no final, houve mais apertos de mão, acordos e sorrisos. Correu tudo bem, Liv supôs.

Ela sentia como se estivesse atrás de uma folha de vidro fosco, tudo ligeiramente abafado e fora de alcance, e, em todos os lugares para onde se deslocava na sala, sentia Felix a observando.

Depois de cinquenta anos ou quinze minutos, ela conseguiu pedir licença e foi até o banheiro. Felizmente, estava vazio. Ela se apoiou no espelho e tentou se entender.

A porta se abriu, ela se afastou do espelho e se virou para encarar Carrie. Os braços dela estavam cruzados e os olhos, semicerrados, mas havia algo de simpático na curva de sua boca.

— O que está acontecendo?
— Como assim?
— Não se faça de idiota.

Liv hesitou por um momento. Carrie mudou seu peso de um pé para o outro.

— Qual é, porra? É bem óbvio que alguma coisa perturbou você. Tem a ver com eles? Ou é algo pessoal?

Liv se perguntou, ironicamente, se anunciar que alguém tinha morrido poderia gerar um tom mais compreensivo. No entanto, havia algo de urgente na assertividade de Carrie. Ela respirou e disse:

— É o Felix.
— O que tem o Felix?
— Nós... Você sabe.

Carrie franziu os lábios.

— Fale logo.
— Tudo bem. Nós transamos.
— Quando?
— Hum... há algumas semanas.
— E foi só sexo? Você não está saindo com ele?
— Não. Só sexo. Foi idiota.
— Por quê?

Liv a encarou. Carrie a encarou de volta, depois deu de ombros e foi até a pia, onde começou a passar uma nova camada de batom.

De alguma forma, ela conseguiu observar o reflexo de Liv enquanto criava um arco de cupido perfeito.

— Bom — começou Liv. — Porque ele está *lá* agora, né? Você sabe como ele é. Tudo tem um duplo sentido, e os olhares sexuais. É uma distração. Você viu como eu estava péssima lá dentro. E se o Zachary e os outros descobrirem, vão pensar que estou prejudicando a conta, ou usando sexo pra subir na carreira. E mesmo que eles *não* descubram, agora existe essa camada extra em cima de tudo. É outra coisa pra pensar, justo quando estou tentando pensar em... mídias, números, citações e essas coisas. Toda vez que ele me elogia ou diz que fiz um bom trabalho. É essa... distração.

Carrie riu pelo nariz.

— O Felix não é tão importante assim, Liv — disse ela. — Ele é chefe de uma divisão entre quatro, e da divisão com o pior desempenho. Ele é bom em fazer comentários engraçadinhos ou colocações óbvias, mas não tem nenhuma relevância de verdade.

— Ai.

— Ah, é verdade. Quer dizer, não me leve a mal, ele é bonito, mas é só isso. Não deixe alguém como ele atrapalhar você, pelo amor de Deus.

Liv processou isso.

— É verdade.

— Bom — continuou Carrie —, foi você quem chamou de "só sexo". Talvez seja mais importante do que você está deixando transparecer.

— Definitivamente, não — disse logo Liv. — O Felix é... Ele não é alguém que eu... Eu não quero mais nada com ele.

— Não estou falando dele. Estou falando da parte do sexo. Você pode me passar um pouco de papel higiênico?

Liv entregou, e Carrie tirou o excesso de batom com maestria.

— Quer dizer, talvez você não queira fazer "só sexo", ponto-final.

Liv se irritou.

— Não sou uma romântica incurável, não acho que sexo tenha que ser só com flores e velas, sabe?

Carrie deu de ombros despreocupadamente.

— Não foi isso que eu disse. Existe um espectro, né? Desde sexo-casual-sem-restrições até só dar as mãos antes do casamento. Talvez você queira algo mais comprometido do que pensa.

— Não... — começou Liv. Ela imaginou o rosto triste de Nikita.

Carrie deu de ombros mais uma vez.

— Não estou julgando. Está tudo bem, né? Você só precisa se conhecer.

E Liv não conseguiu evitar uma risada curta em resposta. Essa era a essência, esse era o núcleo. Conhecer a si mesma, entender as próprias facetas. Tão simples, tão impossível.

— Você terminou com a Nikita, não foi? — perguntou Carrie, e Liv estremeceu. A ênfase estava em "você", em vez de "Nikita".

— Aham.

— Como você se sente sobre isso agora?

Elas se observaram pelo espelho.

— Uma mistura de muitas coisas — respondeu Liv. — Culpa. Alívio. Arrependimento. Mas não *exatamente* arrependimento. Tudo ao mesmo tempo.

Carrie concordou com a cabeça.

— É isso mesmo.

— Como assim?

— Só isso. Terminar com alguém é *difícil*, né? Principalmente quando não acontece alguma coisa grande, uma explosão, qualquer coisa. Você sabe, quando só... acaba. É uma coisa difícil de dizer a alguém. É difícil de dizer a si mesma.

— É — concordou Liv. — Sim. — Ela quis dizer isso mil vezes mais. — Então você...?

— Dois anos atrás — disse Carrie rapidamente. — Está tudo bem. Vamos lá. Temos muito trabalho pela frente.

✳

Escreva e me mande, escreva e me mande. Rosa repetiu isso para si mesma durante a semana toda vez que estava com dificuldade de encontrar a maneira certa de descrever ovos poché, torradas ou suco de laranja. A mais leve resistência sob os dentes antes de inundar a boca com a luz do sol, o gradiente de textura da parte superior amanteigada à parte inferior crocante, a oscilação entre o doce e o amargo. Escrever sobre comida era, ao mesmo tempo, muito mais difícil do que qualquer coisa que ela já tinha feito antes e um prazer, a concentração feroz em algo com que ela se importava, a conversão em palavras de algo que realmente amava. Emoldurado ao redor de "A segunda melhor coisa sobre passar a noite fora", o texto, decidiu ela, ainda estava confortavelmente dentro dos domínios dos encontros, mas não havia um lamento sobre a etiqueta dos aplicativos, nem uma discussão sobre a masculinidade moderna à vista. Cada releitura e edição era como passar um pente pelo cabelo, uma suavização aqui, uma arrumação ali e, quando ela finalmente clicou em enviar, sentiu, se não uma sensação de certeza, uma suave bolha de esperança e felicidade.

Foi só então que ela percebeu que, pela primeira vez, Joe não a havia perseguido na redação do texto. Cada um dos textos anteriores — flerte digital, como quebrar o gelo on-line, a escolha das melhores fotos de perfil — havia sido escrito com a terrível consciência de que Joe era seu primeiro e principal leitor. Joe, que ela queria que pensasse nela ricocheteando pela cidade em mil encontros impossivelmente empolgantes. Joe, em quem ela *não* queria pensar de braços dados, de mãos dadas com uma linda mulher de cabelo escuro e envolta em flores. Dessa vez, ele foi relegado às margens, um rosto disforme na multidão. Foi gloriosamente libertador.

Mais tarde, ela se reuniu com Liv e Katie em uma mesa de pub, absorvendo o burburinho otimista e aconchegante de uma noite de sexta-feira. Ela e Liv fizeram um resumo dos dias e olhavam com encorajamento e expectativa para Katie, que sorria timidamente. Ela havia trazido o manual do coração partido com ela e o abriu na mesa, perguntando a elas sobre paixão e sexo. Como você se sentiu depois de Nikita, depois de Joe? Rosa contou dos encontros aos quais havia ido desde que terminara com Joe, a dinâmica cansativa de estranhos tentando se conhecer.

Liv estremeceu ao recontar sobre Freddie e Felix e se perguntou em voz alta se as coisas teriam sido diferentes se Celeste tivesse respondido, e como teriam sido. Ela pensou em como os corpos pareciam diferentes nas fotos e em como o poder pulava e deslizava. Mas pensou também nas palavras calmas de Carrie, *Felix não é tão importante assim, Liv.* Havia tantas outras coisas que importavam mais.

Katie contou a elas a versão de sua noite com TJ que ela achava que soaria melhor. Omitiu o frenesi em seu peito enquanto caminhava para o apartamento dele e o fez parecer mais alto e mais legal.

— Eu percebi que, pela primeira vez em nove anos, eu posso transar com alguém, com qualquer pessoa. Posso *só* transar. Posso mandar uma mensagem para alguém e, tipo, *fazer um acordo.* Admirável mundo novo! Eu nunca, *nunca* pensei que faria isso. Sempre tive uma ideia de sexo tão diferente, né? Quer dizer, é sempre assim, não é? Em um relacionamento? Tem que ser *elevado*, senão qual é o sentido?

— Acho que a Dee diria que o sexo mais gostoso que ela já fez foi com alguém que ela conheceu três horas antes — comentou Rosa.

— Bom... certo — continuou Katie. — Então... *foi* gostoso. Foi bom. Foi ótimo.

Ela se perguntou brevemente se seria capaz de articular mais detalhes físicos para as amigas e sentiu um estremecimento interno. O corpo de Chris tinha sido intensamente privado, descrever para as amigas as expressões do rosto dele naqueles momentos mais íntimos ou comentar sobre o formato de suas pernas, a linha irregular que os pelos faziam do umbigo até a virilha, teria parecido assustadoramente intrusivo. Ainda assim, com certeza, todos aqueles anos atrás, ela havia se despedido dele na porta da casa em Manchester e se jogado no sofá dando risadinhas, contando sobre a noite anterior em detalhes minuciosos.

— Mas foi estranho também — disse ela. — Ótimo, mas estranho.

— É claro que foi — comentou Rosa. — Nove anos com o mesmo homem. Como não seria estranho?

— É que nem andar de bicicleta — retrucou Liv, e Katie riu rapidamente. — Enfim — continuou. — Rosa, e o texto novo? Conseguiu publicar?

— Estou feliz com ele — respondeu Rosa com brilho nos olhos. — Quer dizer, vamos ver o que ele diz. Obviamente, vão editar. Mas parece que sou *eu*, sabe?

Elas assentiram, brindaram e começaram a falar sobre possibilidades futuras, como o tema comida e relacionamentos poderia se transformar apenas em comida, como Rosa poderia se transformar em uma escritora de receitas, talvez, ou até mesmo em uma crítica gastronômica. Rosa jogou o cabelo para trás e riu esperançosa com as amigas, e se sentiu livre e leve.

*

Aquele seria o fim da conversa com Josh, pensou Dee. Ele não ia aguentar outra mensagem sem resposta, outro desaparecimento repentino. *Desculpe. Intenso demais para uma mensagem? Só estava curtindo a conversa, sabe.* Sim, e ela havia encerrado a conversa ali mesmo, enterrando o celular debaixo do travesseiro, porque como poderia explicar a ausência do pai por meio de mensagens, e por que ela iria querer, e por que é que Josh estava interessado?

Mas, no dia seguinte, seu celular vibrou de novo e Josh havia escrito *Então, a minha família é tipo a família Buscapé. Quer dizer, na verdade, não sei o que a família Buscapé é. Mas é assim que as pessoas descrevem essas famílias unidas, radiantes e felizes, né? Meus pais gostam muito um do outro. Quando eu era adolescente, achava isso meio chato. Sabe como é, tipo "Mããããe! Paaaaai! Parem com isso!" quando eles se abraçavam na frente dos meus amigos. Mas agora eu percebo a sorte que tenho.*

E, surpresa consigo mesma, Dee respondeu.

Isso parece especial. Não sou próxima do meu pai. Ele foi embora quando eu tinha dois anos. Eu não o vejo.

A resposta de Josh veio momentos depois: *Sinto muito. Isso é pesado.* De alguma forma, ele conseguiu evitar que soasse como um clichê. *Então, ele tentou?*, acrescentou ele. *Ver você, quero dizer.*

Essas são perguntas muito intensas para uma troca de mensagens.

É, eu sei. É melhor do que falar sobre o tempo, né?

É sim, pensou ela. Engolindo em seco, ela escreveu uma resposta mais honesta do que jamais teria esperado, honesta não apenas na veracidade, mas nos detalhes. *Não. Pelo menos não depois dos primeiros meses. Minha mãe sente uma raiva silenciosa por causa disso. No fim das contas, ela conseguia lidar com o fato de ele tê-la abandonado, mas não com o fato de ele ter me abandonado. Procurei ele na internet uma vez, redes sociais, né. Acho que ele mora em Londres. Mas não estou interessada. Posso lidar com o fato de ele ter me abandonado, mas não com o fato de ele a ter abandonado.*

Ela franziu os lábios e acrescentou: *Detalhes o suficiente para você?*

Muitos, respondeu ele. *Sinto muito. Mas parece que você e sua mãe são mais unidas por causa disso.*

E, durante toda a semana, enquanto corria cada vez mais rápido, inspirando o ar salgado para os pulmões e imaginando-o se dissipar por todo o corpo, antisséptico e cristalino, Dee continuou trocando mensagens com esse homem estranhamente carinhoso e aberto, a quilômetros e quilômetros de distância.

Josh fazia o tipo de perguntas investigativas que Dee queria considerar forçadas e, no entanto, ele conseguia fazer com uma sinceridade calorosa. E justo quando ela queria rotulá-lo como o tipo de pessoa que forçava longas mensagens do outro para não expor nada de si mesmo, ele invertia a conversa e revelava mais. Ele respondia às perguntas com atenção e acompanhava as respostas dela com comentários ou perguntas que sugeriam que ele as estava lendo com cuidado.

Ele havia crescido em Sheffield com duas irmãs e um irmão. Na escola, gostava de arte e história, mas, estranhamente, não de trabalhos em madeira. Dee se pegou sorrindo das discussões que ele tinha com os irmãos e escrevendo: *Minha mãe se preocupava com a síndrome do filho único, sempre havia um monte de amigos com filhos na nossa casa quando eu era pequena, me forçando a aprender a dividir.*

Ah, você não necessariamente aprende a dividir com três irmãos, mas aprende a comer rápido pra caralho, respondeu ele.

Ele não soube o que fazer depois que terminou a escola e conseguiu um visto de trabalho na Austrália. Não foi um ano sabático, ele trabalhou como fazendeiro, cozinheiro e operário antes de perceber que gostava de carpintaria, gostava da combinação de construir coisas com as mãos e projetar coisas com a cabeça. Ele gostava da vida ao ar livre da Austrália e aprendeu a surfar sem cair, mas sentia falta dos amigos e da família e também da atmosfera muito particular dos pubs com tapetes nojentos, mesas de sinuca e jogos de dardos.

Os amigos de Sheffield estavam divididos entre os que tinham ficado e os que tinham se mudado e sempre falavam de voltar. E sim, ele provavelmente voltaria, um dia, Londres é fantástica, mas nunca vou comprar nada aqui, vou? Não que comprar uma casa seja o objetivo principal, meu eu de dezoito anos provavelmente me acharia um chato do caralho, mas alguma coisa sobre criar raízes é interessante, né?

Eu entendo, escreveu Dee.

Então você não está casada com a cidade grande para sempre?

Ela suspirou. *Eu não sei. Eu não penso muito no para sempre, sendo sincera. Quero estar com minha mãe quando ela envelhecer. Talvez em Londres, talvez aqui em Brighton. Talvez moremos juntas em uma casa de campo em algum lugar, com cinquenta gatos, sabe?*

As palavras machucaram quando ela clicou em enviar. Sua leveza, sua certeza do futuro. Mas tudo o que era sólido havia se desmanchado. *Quando ela envelhecer.* Ela vai. Ela precisa. Talvez não. Havia algo sólido e irregular em sua garganta, algo doloroso querendo transbordar dos olhos, mas ela não chorou. Dee não chorava.

Claro, não podemos nos esquecer dos gatos, respondeu Josh. *Essa é uma boa intimidade, saber que você viveria feliz com sua mãe de novo. Um tipo especial de intimidade, morar juntas.*

Verdade. Quer dizer, a gente ficaria maluca, mas ela é fantástica.

Como?

Dee encarou o celular. *Como sua mãe era especial? Como era extraordinária?*

Bom, quero dizer. De muitas maneiras. Ela é muito jovem, mas não é forçada. Tipo, eu nunca ficava com vergonha ou sentia que ela estava tentando, sei lá, "recuperar" alguma coisa. Mas ela nunca se apagou como algumas mulheres se apagam na meia-idade, com camisetas largas e se esquecendo de como se dança. Ela sempre se vestiu bem, com cores incríveis, e sempre leu e pintou, e faz parte de um clube do livro feminista, faz sopas de frango e, porra, cerâmica, e, mesmo assim, faz piadas sobre mães de meia-idade que fazem cerâmica. Ela é simplesmente foda. Recebe gente em casa todo fim de semana, faz jantares incríveis. É como se ela estivesse aproveitando tudo da vida, sabe?

Dee não tinha certeza, enquanto digitava, se estava tentando desafiar Josh, se estava tentando levá-lo a pensar que ela era obsessiva, excêntrica, difícil, ou se estava expressando uma inundação que tantos outros homens a obrigavam a conter. Havia algo sobre a distância nisso, o fato de que o rosto dele não estava na frente do dela, que ele não a estava examinando. Havia alguma coisa sobre as palavras em uma tela em vez de em sua boca, sobre a concretização do amor dela, e o medo que sempre existia nele.

Ela parece incrível, respondeu ele.

E é mesmo. Minha heroína.

Com quem você mora agora?

Com amigas. Duas amigas. Elas são ótimas, também.

As do bar? Afogando a mágoa?

Exatamente. Como está o seu amigo?

Melhor, obrigado. Foi ele quem terminou. Não sei se isso facilita ou não.

Dee hesitou.

Como está a sua?, acrescentou Josh.

Também melhor, eu acho. Não a vejo há algumas semanas, obviamente.

Eles ficavam contornando o exato motivo de ela estar em Brighton. De alguma forma, Josh, que não se importava em questioná-la sobre a ausência do pai, havia percebido que aquele era um território perigoso.

Dee adicionou: *Ela me mandou uma mensagem outro dia dizendo que tinha saído para correr, que estava se sentindo bem. Ela parecia bem, em algum lugar, de alguma forma. Se bem que um pouco ansiosa.*

Você gosta de correr? Eu fui arrastado para uma meia maratona há alguns anos. Com toda aquela besteira de "é para isso que os humanos foram feitos". Eu quase morri.

Dee soltou uma risada. *Sim, eu amo correr, me exercitar, no geral.*

Você foi uma criança esportiva na escola?

Não. É mais uma coisa de adulta. Ela fez uma pausa. E, mal acreditando nas palavras que apareciam na tela, sóbria e sob a luz do sol, sem ser solicitada e aberta, ela acrescentou: *Há alguns anos, acho que tive uma pequena crise de confiança. Fazer exercícios e ficar em forma ajudou.*

Isso é impressionante. A autoconsciência, quero dizer. Tenho certeza de que minhas crises de confiança foram enfrentadas com muita cerveja e uma ou outra tatuagem.

Obrigada, respondeu ela, e pareceu extraordinariamente inadequado.

Minha mãe me dizia: "Seja forte". E ela me chamava de "estrela". Isso não é importante, na verdade. Mas "seja forte, seja forte". Era como um mantra. Se você for forte, pode enfrentar qualquer coisa. Ninguém pode quebrar você, o mundo não pode quebrar você. E a minha mãe é incrível pra cacete. Você não acreditaria no quão duro ela trabalhou quando eu era pequena, não só para manter as coisas funcionando, mas para fazer as coisas brilharem.

Por isso, eu digo a mim mesma que correr, ir à academia, tudo isso tem a ver com ser forte. E é nisso que eu acredito, sabe? É o que eu quero que seja verdade. Mas também tem a ver com o que eu vejo no espelho. Quero fazer isso apenas porque quero ser forte, mas sei que também estou fazendo porque quero ter um tipo de aparência.

Ali estava. Ali estava a verdade que ela viu no espelho, a verdade que ela viu ao apertar sua carne entre os dedos, a verdade que, se Josh estivesse sentado diante dela, ela nunca, jamais teria exposto. Haveria o potencial crepitante do sexo entre eles, o duelo tímido, a ânsia dele e a armadura dela.

Os tracinhos na tela do celular ficaram azuis e, em seguida, houve um silêncio atroz. O estômago de Dee deu uma cambalhota.

Mas Josh respondeu. *Acho que isso é normal. Temos muitas facetas, né?*

Sim, respondeu ela. Algo mais do que alívio estava inundando o corpo dela. E então Josh escreveu novamente.

Então, quando você vai voltar para Londres?

Dee mordeu o lábio. Voltar. *Ir*. Era impossível. Faltavam dois dias para a cirurgia da mãe, e Londres estava a uma vida inteira de distância. Em outro lugar, em outro momento.

Ela mudou para o grupo com Liv, Rosa e Katie. Todos os dias, elas enviavam mensagens fofas e discretas de apoio. Todo os dias, Dee tentava responder. Todos os dias, a mensagem *Quando vamos ver você de novo?* nas entrelinhas ficava sem resposta.

— Fui à peixaria. Mexilhões. Achei que você ia gostar. Lembra quando ensinei você a comer? Você devia ter uns seis ou sete anos só. Sempre pronta pra comer alguma coisa duvidosa.

Dee olhou para cima, cansada. A mãe estava carregando uma sacola de papel pardo pesada e usando um macacão jeans. Ela estava sorrindo.

— O que você está fazendo no celular? É o famoso Josh?

Dee guardou o celular no bolso.

— Parece uma boa ideia. Ajudo a fazer.

Elas se movimentaram com a prática que o tempo e o amor proporcionaram. Dee lavou os mexilhões, Mel cortou as cebolas.

Sarah Handyside

Dee cortou o pão, Mel mexeu a manteiga e o vinho. O silêncio se apegava a elas, um silêncio que se amontoava em torno de uma data no calendário, uma carta do hospital, uma anestesia e um bisturi. Dee olhava de relance para o macacão da mãe, para a forma como pendia suavemente do peito. Sua mãe havia usado macacões durante a gravidez e a amamentação. Os próprios lábios na carne da mãe.

Quando elas se sentaram uma na frente da outra na mesma mesa de madeira em que Dee havia comido bolo de aniversário, peixe empanado e espaguete, e o coração de Dee ardia com um amor feroz, ela perguntou O que você viu nele, no meu pai?

Sua mãe a encarou e passou os dedos pela tigela de água com limão.

— Algumas coisas — disse ela, finalmente. — Ele me fazia rir. Nossas saídas eram ótimas. Mas, no geral, eu só gostava muito dele.

Dee ficou encarando-a e abriu uma concha de mexilhão como se fosse uma castanhola. Sua mãe estava sorrindo, um sorriso particular e nostálgico.

— Não era exatamente a aparência dele — continuou Mel. — Assim, você já viu fotos. Ele era bonito, claro, mas não... não diria que ele era o homem mais bonito de todos. Mas havia alguma coisa na sua... *essência*. Parecia que nossos corpos eram atraídos um pelo outro. Era primitivo. Magnético.

— Uau — disse Dee.

— É. Eu sei que, no fim das contas, ele não foi legal. Mas você nasceu de algo bom.

Sexo

Uma hora? Uma semana? Um mês? Um ano? Uma nova era ou nunca mais?

O primeiro sexo depois do coração partido pode fazer o mundo andar para a frente, ou pode ser algo que você prefira esquecer. Pode ser uma abertura gloriosa, pode ser totalmente banal. Pode ser estranho. Sexo costuma ser estranho.

Se você acumulou meses ou anos de sexo com a mesma pessoa, uma pessoa que viu e, mais do que isso, ajudou a criar essas dimensões mais íntimas de você, então você provavelmente vai perceber essa perda, esse deslocamento. Vai perceber um milhão de diferenças na outra pessoa: a forma do corpo dela, o agrupamento das sardas, a voz e a respiração. É estranho e é espetacular.

Existe uma diferença entre carregar algo com você e deixar com que isso a domine. Essas coisas não têm pesos diferentes, os ombros que as carregam têm formatos diferentes. Mantenha-se firme.

Não confunda sexo com paixão, nem sexo com intimidade, nem sexo com amor. O sexo pode se manter sozinho, fogo e suor. E isso é maravilhoso.

Capítulo Vinte e Dois

A DOBRA NO TEMPO

Conte de trás pra frente, de dez até um.

*

O tique-taque do relógio, a batida do coração.
　Inspire, expire.
　Voltar atrás, olhar para trás, cair para trás.
　O coração partido não é linear.

*

Dee está sentada em um corredor que cheira a desinfetante e tensão. Sons distantes de alegria e desespero. Gratidão e desolação. *A cirurgia deve durar cerca de noventa minutos. Amanhã você deve estar liberada para voltar para casa. A recuperação deve levar de quatro a seis semanas.*

Deve, deve.

Ela olha para o relógio do outro lado do corredor. Consegue ouvi-lo bater, mas não consegue vê-lo se mover. Os sentidos estão se contradizendo, como o jogo que a mãe mostrou quando ela era criança. Uma das mãos na água gelada, outra na quente, depois as duas na morna.

O tempo é a própria estranheza em um hospital. O tempo começa e termina, congela e flutua aqui.

Uma hora e meia, uma vida e meia.

*

Em Londres, Rosa, Liv e Katie mantêm os celulares por perto. Como o futuro pode *existir* sem a presença da mãe de Dee? Mel está aqui há tanto tempo quanto Dee, elas vêm juntas, vão juntas.

O primeiro encontro com Mel: Manchester, na recém-criada casa compartilhada no início do segundo ano. Ela levou Dee até lá em um carro hatch vermelho maltratado, cheio de dados fofos irônicos, ou melhor, elas levaram uma à outra, revezando o volante, balas e pedidos de músicas enquanto percorriam as horas.

Suas primeiras palavras para elas, "Então esse é o palácio", alegre e divertida. Mas sabiam que ela não estava rindo delas, não. Mel sabia que elas sentiam como se fosse um palácio, com seus tapetes ecléticos e paredes amarelo-claras e condensação nas janelas.

Ela percorreu a casa com seriedade, sem franzir os lábios ou apertar os pulsos, ela não as recriminava nem temia por elas. Sabia que elas voltariam para casa nos ônibus noturnos em duplas conspiratórias, mas conscientes da segurança, rindo na escuridão congelante e espalhando neve pela calçada. Sabia que elas dariam festas, nas quais mais rachaduras e hematomas seriam adicionados à casa e arrancados de seus depósitos, e ela sabia que tudo estava perfeito.

Sarah Handyside

Ela as ajudou a colar pôsteres e a pendurar luzes e, depois, quando a coqueteleira de frasco de vidro foi revelada, ela riu e mostrou como fazer as melhores margaritas que elas já haviam provado. Elas dançaram na cozinha e Mel parecia uma combinação impossível de sofisticação e liberdade, juventude e experiência.

Como era diferente, pensou — e pensa — cada uma delas, de meus pais. A convencionalidade, a distância. Mel é como uma amiga ou uma irmã, sem que isso seja forçado, ela não está interessada em reviver a juventude nem deseja ser mais jovem. Ela usa os vincos na pele com orgulho, e eles combinam com o roxo no seu cabelo.

E já estava lá, então, a célula imperfeita, o aglomerado? Será que os alicerces desse dia já estavam estabelecidos todos aqueles anos antes, a divisão da vida de Dee em *antes* e *depois*? Será que ela poderia ter levantado a pele da mãe e retirado aqueles primórdios, aquele sussurro de um horror futuro? O que poderia ter sido feito?

*

Rosa está lendo e prendendo a respiração. A coluna está no ar, os comentários estão abertos. Há a habitual camada de misoginia, é claro, o *Por que esse jornal publica essas baboseiras femininas?* E *Eu sei o que gostaria de fazer com a Rosa na manhã seguinte*. Mas também há elogios. A identificação sorridente da estranheza da primeira manhã juntos, confissões de acordar cedo para se maquiar e pentear o cabelo antes que o outro se levante. *Você fica tão linda de manhã*. Há receitas compartilhadas de ovos mexidos e comentários com os melhores lugares para se comprar pão. *Meu Deus, essa é a definição perfeita do dualismo depois que você dorme na casa da outra pessoa pela primeira vez*, escreveu uma. *Você ultrapassou uma barreira, tornou as coisas muito mais íntimas, e, ainda assim, se sente mais exposta do que nunca.*

Manual do coração partido

Rosa sente uma deliciosa faísca se acender e se espalhar em seu peito. Esses comentários não são apenas bons, são muitos. Seu texto é um dos três principais na página de estilo de vida, o que significa que é um dos três mais lidos na página de estilo de vida. Quando ela recarrega a página novamente, um novo comentário aparece: *Ótima abordagem na coluna de relacionamentos.* Ela se pega sorrindo. Sim, pensa ela, sim. Isso é *exatamente* o que eu queria. Finalmente, finalmente alguma coisa está funcionando.

E, ao pensar nisso, ela se lembra, de repente, de Dee. Dee, que há apenas algumas semanas a estava incentivando, a empurrando, a ajudando, e que, se não fosse por aquela notícia, estaria aqui agora, abraçando-a, talvez, ou brindando a ela, ou simplesmente gritando SIM! A corajosa, maravilhosa e linda Dee, que é a mulher mais forte do mundo, mas como isso pode fazer diferença diante de uma situação como essa?

*

Os pais de Liv vieram para Londres. Um fim de semana fora, um museu e o teatro. O hotel deles é de uma rede econômica perto da estação, sem graça e sem inspiração, e ela resiste ao impulso de dizer a eles que Se vocês tivessem me perguntado, eu poderia ter ajudado a encontrar um lugar melhor.

Eles pedem que ela escolha um lugar para jantar e Liv pede uma ajuda a Rosa, um pequeno restaurante espanhol com velas tremeluzentes e diversos tipos de vinhos listados em uma lousa. É despretensioso e delicioso, perfeito.

Eles perguntam sobre suas amigas e sobre o trabalho. Perguntam, gentilmente, sobre Nikita. Liv balbucia e aos poucos se acalma. Ela descreve as oscilações dos últimos meses, a agonia da incerteza, a confusão de suas próprias contradições.

A mãe estende a mão por cima da mesa e acaricia a mão dela, assim como acariciava os joelhos machucados e braços arranhados pelas árvores. E juntos eles conversam, não apenas sobre a vida de Liv no momento, mas sobre a vida de Liv naquela época. Eles riem juntos das pilhas de livros que ela levava da biblioteca para casa, das vezes em que ela entrava muito fundo no rio e a água enlameada entrava nas galochas, das cores que ela pintava o cabelo. Eles a lembram de como ela brigava ferozmente com o irmão e a irmã, e de como ela se aconchegava com eles debaixo de um cobertor no sofá para assistir a desenhos animados.

Eles falam sobre o vilarejo, seus ritmos suaves e rostos familiares, a maneira como uma árvore em particular parecia que iria cair na última tempestade, mas não caiu. Eles se lembram das vezes que o rio transbordou, das vezes que as tempestades de neve cortaram a eletricidade, das vezes que as ondas de calor transformaram os campos verdes em marrons.

Enquanto conversam, Liv olha pela janela por cima do ombro do pai, observa os ônibus de dois andares, os faróis dos carros e as pessoas em duplas, trios e quartetos. Ela observa o burburinho, o anonimato e o potencial da cidade à noite, e sente a velha emoção.

Ela se lembra de ter dezoito anos e sair de casa, arrumar suas coisas em sacolas, uma mala e uma mochila, de se vestir meticulosamente com calça jeans preta rasgada, um suéter vintage e brincos de argola dourados. Cabelo penteado para trás e sombra verde-esmeralda nas pálpebras. Ela se lembra de estar muito, muito pronta para deixar aquele vilarejo.

O pai dela foi ligar o carro antes de saírem, porque era o que ele sempre fazia. Só vou dar uma olhada, disse ele. E enquanto ela e a mãe esperavam no batente da porta, observando-o com uma espécie de divertimento irônico, a mãe colocou o braço nos ombros dela e a apertou gentilmente. Estamos muito orgulhosos de você, querida, disse. Você vai se divertir muito.

E ela vê, agora, a bela tensão dessas palavras, as maneiras pelas quais seus pais oferecem segurança, mas não restrição, abertura, mas não obrigação. Ela não sabe exatamente quanto eles sabem, de sua inquietação, de sua fome violenta de estar em um lugar maior, mais ousado, mais barulhento, mas ela sente o apoio suave da linha que os liga, independentemente disso. Ela sabe que os pais a amam.

Porque ela é tudo isso. Ela é Olivia e Liv. Ela come sopa de tomate Heinz com queijo na torrada e come polvo grelhado tomando vinho. Ela usa galochas, coturnos e plataformas imensas. Ela amou Nikita de uma forma e a ama de outra. Ela pode deixá-la ir e pode se perdoar.

*

Katie começou a caminhar para ir e voltar do trabalho. O caminho leva uma hora e meia. Ela se pergunta se isso é uma perda de tempo ou um uso perfeito do tempo. Ela se pergunta se essas perguntas fazem sentido.

Há um ponto na rota que ela sabe que está mais próxima do apartamento para onde Chris se mudou. Ela gostaria de não saber disso. Gostaria de poder passar uma borracha sobre o mapa que tem na mente, expulsar Chris dos lugares onde seu eco chega. Mas ele está lá, sempre. Café com Nat antes do trabalho, uma taça de vinho com Nat depois do trabalho.

Ela não se pergunta se Chris pensa nela e, portanto, não se pergunta se essa unilateralidade é estranha.

Percebe que em algum dia, em algum minuto, o fim de Katie-e--Chris passou de dois meses para três. Maio se transformou em junho. O verão está chegando. Ela percebe também que Katie-e-Chris continua surpreendentemente vívido. Ela pode sentir os braços ao redor dele. Seu dedo vai até o nome dele quando ela desbloqueia o celular.

Ela passa mais tempo do que gostaria percorrendo seus rastros digitais. Ele não atualiza muito, e ela agradece e se irrita com isso ao mesmo tempo. Ela quer provas ferozes: uma foto dele com Nat, uma foto dele com cara triste, desejando Katie e percebendo que cometeu um erro, uma foto dele abraçando o prazer de uma vida mais feliz, melhor do que a dela de mil maneiras. Mas há tão pouco. Ela se vê em sites ridículos, lendo o histórico da carreira dele, a primeira linha do código postal, os resultados de exames de mais de uma década atrás.

Isso lhe dá outra ideia, e ela visita o site da antiga escola dele, observando o lema em latim e os bizarros chapéus de palha. Ela sente um pouco de culpa, inveja e raiva. Ela imagina o Chris de onze anos de idade, com olhos arregalados e assustado. Tenta imaginar os apelidos que os meninos mais velhos deram para ele e sente vergonha por nunca ter perguntado.

E durante todo o tempo em que está fazendo isso, ela pensa em Dee, em Mel e se odeia. Como ela achava que estava com o coração partido, e como não entendia nada. A mãe de Dee pode morrer. A mãe de Dee pode deixá-la, não porque *Isso não está funcionando* ou *Nós nos afastamos*, mas por causa de sangue, dor e medo. Um tipo de perda da qual ela está tão protegida, um tipo de perda que é aterrorizante em sua incerteza.

Ela sabe o que Dee diria sobre isso. Não seja boba. Não existem hierarquias de sofrimento, Katie. Aquele *E as crianças passando fome* nunca fez você terminar de comer os legumes, fez?

Ela sabe disso e não sabe disso. Ela sabe tão pouco.

✱

A cirurgia é amanhã e Dee está furiosa. Tão furiosa, tão indignada com todas as pessoas do mundo que não estão passando pela mesma coisa. Como ousa, aquele casal de algumas casas mais baixo na rua, caminhar pela calçada, de mãos dadas, como se estivesse *feliz*? Como ousa, aquela criança em uma scooter, passar zunindo na direção oposta, rindo como uma chuva de primavera? Como ousam, Liv, Katie e Rosa, encher seu celular com mensagens de amor, apoio e promessas, quando tudo isso mostra que nada pode ser prometido, garantido nem protegido contra essas tempestades?

Ela pensa em Leo, e isso é o pior de tudo. Leo, aquele *grão*, aquele *nada*, que teve a ousadia de beijá-la, transar com ela, abraçá-la e depois dizer que, na verdade, no fim das contas, ele não a via mais daquela maneira especial e carinhosa. Como ele ousava se infiltrar aqui, nesse lugar tão vermelho, cru e sangrento?

A cirurgia é amanhã e Dee não vai dormir. Ela sente como se nunca mais fosse dormir. Ela se esqueceu de como sonhar.

*

Katie coloca *Grandes esperanças* na bolsa. Ela não consegue se lembrar se o leu na escola ou não, o que é ridículo, claro, e um pouco vergonhoso. Mas ela o absorveu (de novo?) nas últimas semanas como um banho quente, e agora ela e Rafee estão indo para o clube do livro juntos. Ela se pergunta quem vai conhecer, e o que vai dizer. Ela tem tentado articular algo sobre esperança, mas as palavras se embolam na boca.

Ela sente uma expectativa leve, como uma garrafa de refrigerante que foi sacudida, mas não aberta. Rafee está esperando na base da escada.

*

A cirurgia foi ontem e sua mãe está deitada na cama. Dee preparou uma xícara de chá para ela, mas ele permanece frio sobre a mesa de cabeceira, com uma camada de ervas se formando na superfície. Uma batida à porta. Dee esperava que fosse Yolande, Kim ou Rachel, mas é um homem que ela não conhece, de cabelo escuro com mechas prateadas e um piercing no lábio, feito há muito tempo.

Por uma fração de segundo terrível, ridícula e insana, ela pensa que é o seu pai.

Olá, diz ele, me chamo Ad, moro do outro lado da rua.

Ela sente os ombros se tensionarem, as costas se endireitarem. Uma postura antiga de força e desafio.

Ele está segurando Tupperwares e explicando que é uma lasanha, um dhal e uma espécie de lentilha vegetariana. Enfim, sei como é, em tempos como esse, é difícil cozinhar, não é? Então isso é para você e, se precisar de mais alguma coisa, é só aparecer.

Ela está analisando o rosto dele em busca de algo suspeito. Está se perguntando o que ele quer, o que ele pensa, o que ele está prestes a destruir. Mas ele está apenas sorrindo, um sorriso cauteloso e triste, e, quando ela pega os potes, ele acena para ela e ela balbucia um Obrigada pela gentileza, esse gesto que é exatamente o que é, esse homem que está apenas sendo atencioso e tendo compaixão.

E quando fecha a porta, Dee fica chocada ao perceber que está chorando. Então é assim que ela se sente: lágrimas, pele suada e arranhões na garganta. É assim que ela se sente ao fazer um barulho animal, ao cobrir o rosto como uma máscara, ao escorregar pela parede e abraçar os joelhos contra o peito. Soluços enormes, arfantes e ofegantes, vindos bem do fundo dos pulmões. Ela se sente envolvida em algo que não sabia que tinha, assim como aquilo que sempre considerou garantido está escapando de suas mãos.

A cirurgia foi ontem, e nada nunca mais será certo.

✱

Manual do coração partido

Liv foi convocada para uma reunião com Zachary. Seu coração está muito acelerado. Ela está imaginando uma gama de possibilidades, todas ao redor da reunião com Felix, e está com medo, acima de tudo, de chorar. Carrie sai da sala de reunião antes de ela entrar e seus olhares se encontram, sua expressão é impassível. Liv tenta fazer com que a dela seja também. Mas está furiosa com Felix, furiosa consigo mesma, e tenta limpar as mãos suadas na calça enquanto Zachary fala.

Só que as palavras dele são diferentes, ele está falando sobre *aumento de performance* e *mudança de atitude*, e está *muito impressionado*. Ele está descrevendo um novo título, uma nova função, um novo número. Ela está apertando a mão dele e seus olhos estão da mesma altura. Dee vai ficar empolgada, pensa ela, essa coisa de tornar o mundo como queremos que ele seja. E então ela sente uma pontada de culpa, porque é claro que o mundo de Dee está fora do controle dela.

*

A gente deveria ir embora, diz Katie. Não, não quero dizer fugir. Deveríamos levar a Dee para viajar. Para algum lugar com sol. Com água. Deveríamos fazer churrascos, beber sangria e nadar.

Isso parece incrível. Mas ela está em Brighton. Está se escondendo lá há semanas. Ela não diz quando volta.

A Mel vai querer que ela volte. A Mel vai querer que ela viva a vida.

Não vai ser o suficiente. A Dee não vai querer sair do lado da mãe.

A Mel vai nos ajudar. A Mel vai falar com ela. Ela está melhor, está mais animada.

Eu tenho outra ideia. Algo que vai nos ajudar a trazer a Dee de volta.

Katie abre o manual do coração partido e, juntas, elas despejam tudo o que conseguem pensar em suas páginas. Tudo o que aprenderam, tudo o que perderam, tudo o que amaram. Rosa escreve receitas dos pratos que Dee mais gosta: arroz frito, sopa de macarrão, camarão apimentado. Liv transcreve poemas: e. e. cummings, Robert Frost, Elizabeth Barrett Browning. Katie escreve uma mensagem em um cartão-postal. A imagem no cartão é de uma cena estilizada de um circo vitoriano: acrobatas, leões, elefantes, palhaços. No centro está o mestre do circo: cartola, blazer com cauda vermelho, chicote.

Ela coloca o cartão-postal dentro da capa do manual do coração partido, que embrulha em papel pardo. Ela escreve o endereço de Mel — ou o endereço de Mel e Dee — do lado de fora e o leva para o correio. Ela faz um pedido para o universo.

*

Um pacote é jogado no capacho. Dee flutua até ele como tem flutuado pela casa desde a cirurgia. O ar parece denso e frio. Ela deveria estar alegre em ver a mãe enfaixada na cama, limpa, curada?, mas o medo tem sido bastante presente.

De forma incômoda, Dee percebeu que esse medo nunca vai desaparecer. A Dee que nunca sentiu um peso de ansiedade quando o rosto da mãe aparecia na tela do celular desapareceu para sempre. E isso significa que a Dee que conheceu Josh em um bar de Londres, que rebateu as perguntas dele com uma leve acidez, também desapareceu para sempre. Logo, ela não disse a ele quando vai voltar para Londres. Ela não consegue.

Sua mãe voltou a perguntar sobre ele, gentilmente, mas também de forma ridícula, porque Deus sabe que Mel nunca foi do tipo que elevava os relacionamentos à coisa mais importante da vida da filha. E isso é irritante, essa ideia de que Josh poderia, de alguma forma, ser presentado com uma janela para esse lugar, essa época, em que tudo parece contaminado.

Manual do coração partido

Ela pesa o pacote de papel pardo na mão e sabe o que é sem abrir. Quantas horas passaram, ela, Liv e Rosa, escrevendo seus corações partidos de uma maneira que Katie pudesse contar com aquilo?

Mas, quando ela finalmente desliza um dedo por debaixo do embrulho e deixa o livro cair em suas mãos, ela encontra as páginas muito mais cheias do que se lembrava. Katie o levou adiante, escreveu sobre beber, sobre ressacas, sobre se refazer. Há páginas rasgadas de onde o livro foi jogado contra uma parede, há rabiscos ferozes e furiosos. A raiva que ela sente em seu sangue queima igual.

Rosa e Liv também estão lá, citações e trechos de conversas, fragmentos de sua amizade como flores prensadas. Há permissão em toda parte: permissão para sentir agonia, euforia, raiva e tudo o que é extraordinário e horrível, porque isso é horrível.

Um cartão-postal e a caligrafia de Katie. *Querida Dee, espero que isso te ajude como tem me ajudado. Temos um plano, quando você estiver pronta. Com amor, sempre.*

*

A cirurgia é agora e Dee rói cada unha até a carne rosada da ponta dos dedos enquanto a mãe está na sala de cirurgia. Há algo na exposição da pele que deveria estar escondida, a dor e o sangue, que a mantém no mundo. O hospital está saturado de antisséptico, sangue e lágrimas. Em algum lugar próximo, bebês estão nascendo.

Uma médica caminha na direção de Dee, que estremece. O mundo está virando de lado.

Mas ela está dizendo que Correu tudo bem, removemos a mama, não havia sinal de metástase.

A mama. As terríveis distâncias dentro de si mesma. As traições dentro de um corpo.

A mão da médica está no ombro de Dee. Uma leve pressão na alça do sutiã. Teremos que fazer mais exames, é claro, está dizendo ela. É claro, é claro. Ela está grogue, mas você pode vê-la.

Sarah Handyside

Sua mãe parece mais velha e mais magra do que nunca. O roxo do cabelo não parece mais uma festa, parece um hematoma. Há camadas de tecido verde e branco, e gaze. Dee percebe que estava esperando ver uma ausência, uma concavidade, mas é claro que a mãe está enfaixada, feito uma criança.

Ela sente como se fosse vomitar e está feliz. O câncer foi extraído do corpo de sua mãe e incinerado. Ela tenta fechar a mente contra a imagem de células microscópicas escapando do bisturi, dançando na corrente sanguínea. Ela segura a mão da mãe. Eu vou cuidar de você. Nós vamos para casa.

*

Uma hora e meia, uma vida e meia.
Dee lê as palavras de Katie e estremece:
Voltar atrás, olhar para trás, cair para trás.
O coração partido não é linear.

Capítulo Vinte e Três

IR PARA LONGE

A casa parecia um segredo. O caminho as levou a quilômetros de distância da estrada principal, serpenteando entre árvores que se abraçavam acima do carro, criando um túnel sombrio. Era como dirigir voltando no tempo. No entanto, quando chegaram ao fim, a paisagem se abriu como um par de asas, um mosaico de marrom e verde diante delas, grilos e a névoa de fundo do verão mediterrâneo. A piscina brilhava como uma pedra preciosa e a mesa ao lado dela rapidamente adquiriu os indicativos dos sonhos de férias com as amigas mais próximas: garrafas de cerveja e jarras de sangria, pacotes com restinhos de batatas chips presos à mesa por pedras, livros desgastados e frascos de protetor solar com embalagens pegajosas.

A zona rural próxima estava repleta de atrações turísticas: cidades medievais e castelos em ruínas, mirantes gloriosos e mercados charmosos, e elas ignoraram todas elas. Todas as manhãs, Rosa dirigia até o vilarejo e voltava carregada com um novo tipo de queijo ou um saco de camarões frescos, ou pão quentinho, e sempre,

sempre álcool, mas a casa era o reino delas. Era, ao mesmo tempo, familiar e um país das maravilhas mágico, deslocado de todas as preocupações triviais e traumáticas de suas vidas.

Suas conversas eram mais voltadas para o passado do que para o futuro e, dessa forma, funcionavam como um reposicionamento de amizade, um exame minucioso e uma reforma de seus tijolos e argamassa. Elas relembraram o encontro e as primeiras impressões, como Katie parecia mais suave do que elas descobririam mais tarde, e Dee, mais dura. Trocaram lembranças dos balões de fala que Dee acrescentava às mulheres nas paredes engorduradas do bar e das lojas de kebab preferidas delas para comprar batatas chips antes de pegar o ônibus da noite. Repetiam sua complexa camada de piadas internas, do tipo que só pode ser construída observando a roupa suja uma da outra, as ressacas, os prazos apertados e os encontros ruins. À noite, recriavam uma versão mais calma, mais lenta e atordoada pelo sol de todas as baladas que já haviam ido, aumentando o volume da caixinha de som à beira da piscina e dançando enquanto o sol tornava o céu pêssego e ameixa. A ideia de férias de Katie, elas reconhecerem nos primeiros cinco minutos, e repetidamente depois disso, tinha sido perfeita.

Em silêncio, Katie pensou nisso como uma ideia tanto para si mesma quanto para Dee. Dee, que, para a surpresa silenciosa de todas, havia deixado os tênis e as leggings de fora da mala, que dormia até tarde todas as manhãs com uma mistura que variava entre paz e ansiedade. Todas as manhãs, então, Katie se levantava antes das outras, pegando o sol bem no momento em que ele surgia no horizonte distante. Ela pulava a cerca na parte inferior do jardim desbotado pelo clima e seguia uma linha de oliveiras até o fundo do campo. Lá, ela encontrava o leito de um pequeno riacho, reduzido a um gotejamento no calor de julho, e seguia seu caminho sinuoso à medida que o zumbido do dia aumentava aos poucos. Ela pulava de pedra em pedra, e galhos secos arranhavam suas panturrilhas.

Finalmente, o córrego a levava de volta ao final do caminho e lá ela começava a correr, percorrendo os últimos três quilômetros em corridas suaves intercaladas com sprints, correndo como não corria há anos, como uma criança, com os membros se batendo, os músculos se contraindo, de modo que o sangue fervia nos ouvidos e ela não se dava conta de nada, nada além da poeira que subia de seus pés, do ar já abafado e de seu corpo.

Esse ritual matinal a levou para dentro de si mesma e depois para fora de si mesma. A primeira parte da jornada era só pensamento, a segunda parte não tinha pensamento algum. A primeira parte era a escolha meticulosa de uma rota pelo chão empoeirado, navegando com precisão, se perguntando se Chris sairia de férias nesse verão e para onde, e com quem, se ele já tinha conseguido aquela promoção, se Pete e Fiona tinham perguntado por ela, se ele enviaria um cartão de aniversário, e não, isso era ridículo, mas o que ele diria sobre seu cabelo, e como ele se sentia em relação ao término do namoro depois de todo aquele tempo, e como *ela* se sentia em relação ao término do namoro, e como um relacionamento poderia estar caindo aos pedaços, mas ser também alegre, e será que outro relacionamento seria melhor, e, se fosse, ela não poderia pular para ele, por favor, e acima de tudo, *será que Chris estava pensando nela?* Era exaustivo, e as férias estavam fazendo tudo parecer maior e menor ao mesmo tempo. Menor porque ele estava muito distante, literalmente em outro país, e maior porque ele a havia seguido até aqui.

Ela traçou uma linha desde o Chris que conheceu na festa do circo, cerveja na mão e uma fantasia fofa de elefante, até o Chris daquele sábado de março, apoiado no balcão da cozinha, selecionando cada palavra com uma precisão insuportável. As bases do Chris que ela havia conhecido, o Chris que a amou, o Chris que ela havia aconselhado, com quem havia gritado e que havia abraçado com seus membros.

Sarah Handyside

Aqueles meses de *Estamos nos conhecendo* enquanto comparavam anotações sobre a adolescência em cidades mercantis, estranho, não é, que nomeamos essas cidades por causa desse ritmo de vida que é tão irrelevante hoje em dia? Enquanto eles se maravilhavam com Manchester e com as montanhas, enquanto se debruçavam sobre a beirada do *A vida depois daqui* e o que isso poderia significar, o que deveria significar. Enquanto ele descrevia os lábios apertados e cerrados das cidades ao redor de Londres, aquelas insinuações rígidas de um bom diploma, uma mudança para a cidade grande e um salário que compraria uma casa de três quartos, mas idealmente quatro. Enquanto ela descrevia o trabalho como professora e se preocupava com a ingenuidade de *Porque eu gosto de crianças*, e sobre a incerteza muito mais pessoal ligada a isso, e com as atrações e repulsões do concreto e do campo, e ser blasé em relação a financiamentos imobiliários, Mas isso é porque era diferente para nossos pais, não era? Tentar distinguir entre *ser despreocupado* e *ignorar completamente*, e Tudo isso é ridículo, não é, a vida é para ser vivida, a vida é para rir, não se preocupe com isso, relaxe. Bom, sim, Katie, mas é muito mais fácil relaxar quando não se está preocupada em como pagar as contas, e seu corpo significa que crianças são improváveis. Ela tentou traçar linhas claras entre *privilégio* e *obsessão*, e *realismo* e *romance*, e todos os dias elas se chocavam umas com as outras.

A segunda parte da jornada era um esticar e empurrar de tudo, encontrando o próprio limite e indo além dele. Lá ela se levava a um lugar onde não havia ido nem mais nem menos que seu corpo — não a parte das cicatrizes, da instabilidade e da incerteza de seu corpo, mas seu corpo *naquele momento,* seu movimento e seu puro ardor — e era feliz. O mundo era só músculos, suor e respiração. Mas toda vez que ela chegava de volta à casa, com os braços e as costas escorrendo de suor, a cabeça latejando, os pensamentos voltavam.

Manual do coração partido

Quatro meses. Um pacote de tempo tão bem organizado: dezesseis semanas, ou um terço de ano, e, ainda assim, também a *passagem* mais surpreendentemente sinuosa, sim, como ela entendia o significado *daquela* palavra. Quatro meses de viagem, tentando encontrar seu caminho no escuro, perdida sem um mapa, pulando para a frente e voltando para trás. Ela pensou em TJ, no calor da sua pele e na glória de ser jovem, no rum, no sexo e em voltar para casa sem nenhuma estrutura, sem nenhuma demanda além da própria. Ela pensou na casa dos pais de Chris, na recepção gentil, nas canecas amarela e laranja e no casulo fechado de um futuro que parecia sólido. E pensou em Dee, em Mel e no horror visceral da doença e da cirurgia, na ideia de Mel flutuando de cômodo em cômodo na casa da infância de Dee, enquanto a própria Dee se deitava em uma espreguiçadeira e tentava sonhar acordada. Porque quando sua vida é arrancada de você, a perda do sonhar acordado é algo que ninguém menciona, mas deveria, como era impossível deslizar de um segundo para o outro, de um minuto para o outro, sem a lembrança contínua de que *essa coisa terrível aconteceu*.

"Você quer falar disso?" estava implícito e explícito, desde o momento que elas encontraram Dee no aeroporto, passando pelo primeiro deitar nas espreguiçadeiras, até o último gole e o beijo de boa noite todas as noites. Às vezes, Dee apertava os lábios e fazia que não com a cabeça, e, às vezes, descrevia alguma coisa: como sua mãe tinha ficado pequena e pálida logo após a cirurgia, quanta sopa, maldita *sopa*!, ela havia feito, como a sobrevivência ao câncer de mama havia aumentado nos últimos anos, mas como não era possível saber, não de verdade, nunca. Eram fragmentos, em vez de conversas, pedaços de reflexões que ela colocava em torno de si mesma como cacos de vidro, e suas amigas os recolhiam para que não a cortassem, acariciavam seu cabelo e tentavam entender.

— Parece que sua mãe tem sido muito forte — disse Rosa, um dia. Sua voz estava carregada de admiração e quase descrença. Dee estava deitada na espreguiçadeira, olhando para o céu.

— É, ela sempre é, né? — Dee se sacudiu levemente, como se um inseto tivesse roçado sua pele. — Tentei fazer com que ela falasse... Ela nunca chorou, sabia? Nem uma vez. E então, há uma ou duas semanas... Eu saí pra caminhar e a amiga dela, Yolande, apareceu. Ela mora na nossa rua, eu a conheço há anos. Enfim, eu voltei, e elas não devem ter ouvido a porta. Fiquei no corredor e a ouvi *soluçando*. Sério, soluçando. Ela estava dizendo que estava com medo. Mas ela nunca disse isso pra mim.

Elas se entreolharam.

— E o que você fez? — perguntou Liv.

— Voltei para fora. Caminhei por mais vinte minutos e, quando voltei, elas estavam na cozinha fazendo chá. Yolande me perguntou sobre o Josh. O Josh! Alguém que eu conheci em uma porra de um bar há *semanas*. Foi um saco. — Seus olhos estavam inescrutáveis por trás dos óculos escuros.

— Acho... acho que ela não queria chatear você — disse Katie.

— Claro que ela não queria me deixar chateada. Ela sempre me protegeu, de tudo. Isso é idiota.

— Será mesmo? — perguntou Rosa baixinho.

Dee não disse nada, mas, quando levou o queixo ao peito, ele estava tremendo. A piscina brilhava.

— A Yolande já morava lá quando nos mudamos, depois que meu pai foi embora. Ela tinha dois filhos, um pouco mais velhos que eu. Ela dizia para minha mãe, quando eu ficava gritando: "Coloque na água ou leve lá fora". Minha mãe fazia as duas coisas ao mesmo tempo, me levava para o mar. Quando fiquei grande o suficiente para não me afogar, passei a entrar na água. E isso continuou, sabe. Durante toda a escola, durante todas as viagens para Manchester, se eu estivesse de mau humor com alguma coisa, ela dizia "vitamina mar" e íamos direto para a praia.

— Terapêutico.

— Aham, o mar faz eu me sentir do tamanho certo. Pequena, mas também segura.

— Isso é lindo.

— É como no manual do coração partido — disse Katie. — Lembra? Meses atrás, quando fomos fazer aquela caminhada no campo. Escrevemos sobre estar ao ar livre, sobre espaço e essas coisas. Sobre como olhar para o céu faz a gente sentir... — Ela deixou a voz morrer, subitamente consciente de que estava prestes a dizer *que os problemas são menores. Como se você se lembrasse de como é insignificante*, e consciente, também, de que isso era horrível. Era isso o que ela queria dizer? Chris atravessou seu campo de visão e sorriu com pena para ela.

— Pois é — comentou Dee. — Eu corria todos os dias em Brighton. Quando vocês me enviaram o livro, entendi o porquê.

O manual do coração partido estava sobre as pedras douradas entre elas. Foi a primeira coisa que Dee colocou na mala e a primeira coisa que mostrou a elas quando chegaram. Elas se abraçaram ao redor dele como um talismã, e Dee o colocou reverentemente nas mãos de Katie. Obrigada, obrigada. Agora é seu para levar de volta.

— Então, nos primeiros dias depois da cirurgia, minha mãe ficou muito tempo na cama — continuou Dee. — Mas, assim que ela sentiu que conseguia, foi isso que eu disse pra ela. *Vitamina mar*. Eu segurei a mão dela enquanto a gente andava. Quer dizer, a gente sempre anda de mãos dadas, mas dessa vez eu estava realmente segurando a mão *dela*, sabe?

Elas sabiam.

— Você conseguiu contar pra ela? — Liv acabou perguntando. — Que você a ouviu chorar? Isso poderia abrir, não sei, o jogo? —

Sarah Handyside

Mesmo enquanto falava, ela sentia uma violenta impossibilidade, a ideia de se sentar na frente da própria mãe, talvez pegando a mão dela, perguntando se ela queria uma xícara de chá.

Dee ficou em silêncio por um longo tempo.

— Eu não sei se eu quero — disse ela. E era verdade, pensou, sentindo-se balançar para um lado e depois para o outro. Ela tentou imaginar o rosto da mãe enquanto dizia, o que ela diria, afinal? Será que seria direta, diria *Eu sei que você está com medo, pare de fingir*? Será que ela seria gentil e contaria como ela mesma havia desmoronado quando Ad passou para entregar a comida, como chorar pela primeira vez em tanto tempo havia sido terapêutico, sim, mas também excruciante? Um alívio e uma armadilha.

E então ela confessaria seus medos, sua percepção de que as garantias de nenhum médico seriam suficientes? Não podemos ver nenhum câncer *agora*. Mas isso não é nenhuma garantia de *depois*. E é assim que nós vamos viver, para sempre.

— O Ty, meu editor, disse uma vez — comentou Rosa, de repente. — A gente tinha feito um texto sobre pessoas que voltavam para visitar os lugares onde cresceram, o poder da nostalgia e tudo mais. A dor de voltar pra casa, esse é literalmente o significado de nostalgia, sabiam disso? E ele disse: Espere até chegar nos trinta, é quando a mudança começa a acontecer, é quando você vai ter amigos que começam a cuidar dos pais, em vez do contrário. E ele disse que sempre visualizou isso como uma gangorra, essa gangorra vermelha e azul muito específica do parque de quando ele era criança. Como ela sempre descansava na parte mais baixa e depois voltava a se movimentar.

Ela pensou no próprio jardim da infância enquanto falava, e em Nina acenando por cima da cerca. Faltavam apenas duas semanas para o casamento. Uma casa de campo a meia hora da cidade, um lugar onde elas iriam representar a riqueza dos anos que passaram.

Dee se levantou, estremecendo quando sua pele se soltou do plástico da espreguiçadeira. Ela tirou os óculos escuros sem encontrar os olhares delas.

— Estou morrendo de calor. — Ela caminhou e mergulhou na piscina em um único movimento sinuoso, rápido, mágico. Liv, Rosa e Katie deliberaram em silêncio, depois, uma por uma, pularam atrás dela, espirrando água e gritando. Algo que pairava no ar se desfez em gargalhadas.

— Então, eu estive pensando — disse Rosa, enquanto elas boiavam. — Vou pedir demissão.

Liv firmou os pés no fundo da piscina e olhou para ela.

— Você vai o quê?

— É, vou voltar a estudar. — Rosa sentiu uma emoção deliciosa ao dizer isso em voz alta.

— Estudar o quê?

Ao lado da piscina, as páginas do manual do coração partido passavam com a brisa.

— Comida. Gastronomia. A mudança nos meus textos sobre relacionamento... Tem sido ótimo, eu amo, mas percebi *por que* eu amo, sabe? Não quero ficar brincando de escrever sobre comida, quero fazer comida. Não quero estar a uma camada de distância, quero ser cozinheira. Uma chef.

Um turbilhão de sensações imaginárias: fumaça e vapor, metal contra metal, efervescência e degustação.

Ela trocou olhares com Liv e engoliu em seco.

— E eu sei que vai ser uma coisa enorme, financeiramente. A minha família... Talvez tenha algo que a minha avó vai me dar, o que vai ajudar. E eu vou trabalhar como freelancer enquanto estiver estudando. Então, acho... que isso significa que o jornalismo ainda será útil, por enquanto. E talvez seja loucura, depois de tudo o que eu já estudei. Mas parece ser a coisa certa.

Liv moveu a água ao redor do corpo.

— Uau — disse ela, por fim.

— É.

Dee e Katie se entreolharam, compartilhando uma inspiração nervosa.

— Onde...? — começou Katie.

— Uma faculdade. Não é muito longe do apartamento, na verdade. Quer dizer, provavelmente vai estar cheia de adolescentes.

— Os seus fins de semana nunca mais vão ser os mesmos — argumentou Dee.

— Eu sei.

— O salário...

— Eu sei.

Rosa estava mordendo o lábio e observando Liv.

— Olhe, eu não... eu não acho que teria tomado essa decisão quando tinha vinte anos. Por uma série de razões.

Liv estava concordando com a cabeça lentamente.

— Você não precisa ser a mesma pessoa que era naquela época — disse ela, e estava falando sério.

Em outro momento, uma Liv e uma Rosa mais jovens beberam em canecas de vinho juntas, sobre páginas de poesia anotada, romances sublinhados.

— Obrigada — disse Rosa.

Liv concordou outra vez com a cabeça.

— Estou feliz por você.

A piscina cintilou e todas soltaram o ar. Isso é ótimo, É emocionante, Quanto tempo vai demorar, Para onde você vai. Rosa explicou timidamente o que podia, as coisas que precisava aprender, a experiência que precisava adquirir, dando forma a essa nova ambição. Suas amigas ouviram, fizeram perguntas e ouviram novamente, e todas elas perceberam a distância entre o *antes* e o *aquele momento*. Uma época em que tudo estava à frente delas e, ainda assim, também parecia tão definitivo.

Katie se voltou para Dee.

— Mas e aí? A sua mãe tem contado às amigas sobre o Josh?

— Pois é. Mais uma idiotice, né? Ela nunca foi assim com ninguém antes. Nem quando eu conheci o Leo. E o negócio é que não é como se eu tivesse contado alguma coisa sobre ele pra ela. Quer dizer, não tem nada pra contar. Trocamos algumas mensagens, mas foi só isso. E é como se ela estivesse *obcecada*.

— Você trocou mensagens com ele?

— Bom, sim, mas faz um tempinho.

Reflexos dourados brilhavam nos raios de sol sobre a água.

— E *o que* você acha do Josh? — perguntou Rosa.

— Ah, qual é, já se passaram semanas. *Meses*. As mensagens... foram só por um tempo, quando eu estava em Brighton. Depois ele perguntou quando eu voltaria pra Londres, e eu o ignorei. Acho que ele deve ter entendido isso como um *ghosting* clássico. O quê? — Isso foi direcionado a Rosa, que não conseguiu esconder o sorriso.

— Nada. É que... bom, você não está evitando a pergunta?

Dee boiou de costas e olhou para o céu.

— Não sei o que você quer dizer.

— Qual é, não importa que você tenha ignorado o Josh. Não importa se nunca mais o vir. O que você *acha* dele?

Outra longa pausa.

— Eu acho... acho que ele parece diferente. Acho que eu nunca conheci alguém como ele antes.

— Isso é muito especial — disse Katie.

— Bom, especial ou não, já acabou. Como você está, Katie?

Katie estava encostada na borda da piscina, descansando os braços na pedra quente. Atrás dela, uma cópia do livro *No One Is Talking About This* estava úmida, uma página dobrada no meio. Uma nota de Rafee estava rabiscada dentro da capa: *Sei que você vai sentir falta, por estar longe, mas achei que poderíamos conversar sobre ele mesmo assim. Bj.*

Ela olhou para o jardim na direção da linha de árvores do riacho. Mais além, o céu estava mudando de azul para rosa.

— Eu não sei — respondeu ela. — O tempo... O tempo parece muito estranho. Não sei se eu e o Chris estávamos juntos há cinco minutos ou cinco anos. Às vezes, é como se eu pudesse estender a mão e tocá-lo. Vocês provavelmente já superaram isso, mas, trabalhando em uma escola, a gente nunca consegue se afastar do ritmo dos anos, sabe? O verão parece essa *lacuna*, um deslocamento entre o passado e o futuro. O Ano Novo não é em dezembro-janeiro, é *agora*, é em julho-agosto, e é tudo esticado e... *letárgico*, de alguma maneira. Tenho muito tempo pra pensar. Setembro deveria ser um mês novo e diferente, sapatos brilhantes e um estojo novo. Mas agora... O ano acabou, mas ainda não começou.

— Eu me sentia assim em Manchester — disse Liv. — Odiava voltar pra casa nas férias. Tudo parecia tão pequeno e silencioso. E eu sentia muito a falta de vocês.

— É, eu também.

Elas concordaram e sorriram.

— Tivemos muita sorte de nos encontrar.

— Nos *encontrar*? Meu Deus, Rosa.

— Você sabe o que eu quero dizer!

— Claro, claro.

— A gente se divertiu muito, né?

— Ah, não venha com melancolia. Nós temos vinte e nove anos, isso não é o crepúsculo da nossa juventude nem nada assim.

— Meu Deus, a gente era muito jovem mesmo.

— Nós somos jovens agora, sua maluca.

— Mais velhas e mais sábias.

— Tipo isso.

— Vocês morariam nela de novo? Na casa de Manchester?

— Nem fodendo. Só se eles fizessem uma super impermeabilização. Você se lembra dos caracóis que a gente encontrava na cozinha?

— E o mofo na parede da sala? Tenho certeza de que já vi uns vídeos de notícias muito sérias sobre como aquilo é perigoso.

— Pelo menos a gente tinha janela na sala.

— Isso é verdade, mas a gente era um bando de bebês.

— Somos bebês agora!

— Somos *mulheres* agora.

— Ah, por favor. Eu ainda olho em volta em pânico quando alguém diz ao filho pra deixar a senhora passar.

— Amo quando pedem a minha identidade.

— Mas foi ótimo, nós quatro juntas.

— Bom, em alguns meses, teremos a temporada dois.

Elas boiaram uma ao lado da outra enquanto o sol se punha, chutando gotículas que brilhavam como diamantes. Elas roçaram a ponta dos dedos, suor e água.

— Tive uma ideia — disse Rosa.

— Diga.

— Nós quatro morando juntas.

— E?

— Bom... e se a gente *comprasse* um lugar?

Elas boiaram ainda mais. A música que ecoava pela caixinha de som parecia mais alta. Um parque de diversões, uma fila do lado de fora de uma balada, o início de uma festa.

— Você acha que a gente consegue? — perguntou Katie, em dúvida.

— Por que não? Eu sei que a gente nunca conseguiria individualmente e talvez nem em casal, não sem muita ajuda, mas nós quatro?

— Eles emprestam quatro vezes o salário, eu acho — disse Dee.

— Mais ou menos.

— Pois é, então. Quatro vezes quatro salários. E eu sei que precisaríamos de uma entrada, mas nós temos nossas poupanças, né?

— Dez por cento de muito ainda é muito — comentou Liv.

— Claro. Quer dizer, talvez a gente não consiga nos próximos meses. Talvez a gente possa alugar juntas primeiro. Não sei, acho que precisaríamos falar com um advogado ou alguma coisa assim. Mas a questão é, é *nisso* que podemos trabalhar em seguida. Um lugar só nosso. Um lugar que a gente pode, sei lá, pintar, mobiliar e construir. Uma porra de um *lar*.

Dee moveu as mãos em círculos pela água, de modo que seu corpo girava suavemente como o ponteiro de um relógio. Ela pensou na mãe. *Um teto que eu poderia continuar pagando, comida na geladeira. Garantir o mês seguinte, e o depois desse. Essa é a base, esse é o alicerce. E é um privilégio enorme.*

Como se estivessem dentro de sua cabeça, Liv, Katie e Rosa a olharam. Mel, sua mãe, ela entendia, não entendia?

— Eu achei genial — disse Dee.

— Sério?

— Sério, não sei por que não pensamos nisso antes.

— Eu acho... acho que a gente pensou que o futuro poderia ser diferente — ponderou Katie. Ela não tinha certeza se estava triste ou não.

— Ainda pode ser, Katie! Não é para a gente se segurar pra sempre, começar o santuário dos gatos mais cedo! É mais pra criar... raízes e, e... segurança, e, foda-se, *investimento*. Em nós mesmas. No que está por vir. Nos *nossos* futuros, né?

— Podemos incluir isso — disse Liv. — Um acordo, eu quero dizer. Se, no futuro, uma de nós conhecer alguém e quiser se mudar, ou se essa pessoa quiser morar com a gente. Poderíamos planejar tudo isso. — Ela olhou para Rosa e sorriu. — Eu também acho genial.

O sol estava quase se pondo. Katie olhou para as nuvens em um tom rosa-alaranjado e esticou os braços para que seus dedos fizessem cócegas na superfície da água, como uma patinadora de lago. Ela pensou no verão anterior e em quando encontrou o apartamento com Chris. Ela pensou em como havia se sentido forte e segura. Ela pensou no dia da mudança e na tensão indócil, na consciência crescente de que algo estava errado e no medo de enfrentar isso. Ela pensou no calor e na calma.

— É genial — concordou ela.

Ir para longe

Distância do seu coração partido pode significar tanto espaço quanto tempo. Você não pode fugir do seu coração partido, mas pode deixá-lo em outro lugar por algum tempo. Não é possível fugir da sua vida, mas é possível olhar para ela de outro ângulo.

E há tantos países por aí. Você não precisa atravessar fronteiras para chegar até eles. Caminhe pelo parque na direção contrária da que já faz. Vá tomar café em um lugar novo. Visite o litoral e fique olhando para o oceano, e depois dê um mergulho, porque água salgada e gelada é remédio para tudo.

A distância do coração partido pode a ajudar a ser mais e menos generosa. Ela pode ajudar a identificar as maneiras pelas quais a outra pessoa estava errada e ajudar a decidir com precisão o grau de compaixão que você tem por ela. Pode ajudar a examinar os pontos em que se sentiu podada e a se lembrar de que a outra pessoa simplesmente recomeçou em outro lugar. Pode ser uma pausa, um intervalo, um descanso e um recomeço.

Ir para longe não precisa significar fugir, embora, realmente, há algo de errado com isso?

Ir para longe pode ser a melhor maneira de seguir em frente. Em direção a tudo o que você vai ser. Em direção à nova natureza. Em direção ao resto da sua incrível e linda vida.

Capítulo Vinte e Quatro

VOLTAR

Londres no auge do verão: o calor abafado e o cheiro de churrasco, a música pulsante e os patinetes rítmicos, o som das latas de cerveja e o pingar dos picolés. Elas voltaram em uma mistura de renovação e animação, relaxadas e dispostas, sem certezas, mas esperançosas e deliciosamente conscientes de que, naquele momento, tantos anos depois de terem se conhecido, haviam encontrado algo novo para compartilhar. Discutir a ideia pelo resto das férias, é claro, envolveu compartilhar salários, valores em poupanças e abordagens de investimento, e isso, disseram elas umas para as outras, admiradas, era algo sobre o qual nunca haviam conversado antes, não de verdade, não dessa forma.

Katie começou: Eu vou ser óbvia, não vou? Os salários dos professores são públicos, e Dee disse rapidamente Bom, eu não tenho nada a esconder, e Rosa e Liv se entreolharam, se perguntando como falar, como se portar e como a outra reagiria, e falaram ao mesmo tempo. Liv explicou como funcionava seu bônus, Rosa descreveu o presente que a avó tinha prometido e o que poderia sobrar depois da faculdade, e, aos poucos, o constrangimento foi se dissipando. Elas fizeram uma lista do que tinham e olharam para as possibilidades que isso representava.

Aquela semente, aquele núcleo aninhado em cada uma delas durante todo o voo de volta para casa, o metrô abafado para seus bairros na cidade, o arrastar das malas para os quartos. Dee se sentou suavemente na beirada da cama, tão vazia nas últimas semanas, olhando para si mesma no espelho do guarda-roupa. Sua pele tinha o brilho bronzeado das férias, e ela tentou sorrir para si mesma. Ligou para a mãe.

— Querida, como foi a viagem?

— Foi boa. Foi *ótima*. Parece ridículo dizer isso pra você, mas senti que estava precisando.

— É claro que estava. E estou muito feliz de contar que agora também tenho a minha própria viagem marcada. Uma semana na Grécia, na primeira semana de setembro. Só eu e as meninas, as mulheres.

— Nossa, vai ser perfeito.

— Não é? Vou comprar uns biquínis nesse fim de semana com a Kim. Vou levar a cicatriz pra dar uma volta.

Dee engoliu em seco. Esse tipo de alegria macabra havia se tornado uma característica particular de Mel nos últimos meses. Dee achava que entendia a intenção, até mesmo se identificava com ela, aquele desejo de trazer à luz do dia as possibilidades mais sombrias, de demonstrar precisamente quanto elas eram despreocupadas e, acima de tudo, de dissipar a pena antes de ela começar, mas ver a mãe usar as mesmas táticas que ela era duro e doloroso.

— E como você está se sentindo? Como estão as coisas? Como foi o check-up?

Ela sentia a mãe sorrindo cansada ao telefone enquanto explicava que estava realmente se sentindo bem, cansada, obviamente, mas, fora isso, bem, com pouca dor. A próxima consulta está chegando, você sabe que eu vou contar se alguma coisa mudar.

Se alguma coisa mudar, repetiu o cérebro de Dee.

Ela se lembrou de algo que Katie havia dito. Era algo que Chris havia dito a ela? Algo que parecia sombriamente absurdo em sua casualidade. Nada permanece o mesmo. Então, o que fazer? Como se preparar para isso e para todo o resto?

— Então, espero que você consiga relaxar um pouco de volta à vida londrina agora — continuou a mãe.

— Minha "vida londrina". Você está parecendo uma influencer.

— Querida, estou falando sério. Você fez muita coisa nos últimos dois meses.

— Não foi nada — disse Dee com firmeza. — Quer dizer... Não quis dizer "nada". Quis dizer que não foi nada demais. — Ela bateu com o dedo no vidro. O som ecoou: brindes em festas, a escova de dentes contra o espelho do banheiro, a mão dela na porta da frente da casa da mãe. Na nossa porta da frente. Lar. — Você está com medo? — perguntou ela.

Houve um longo silêncio. Quando sua mãe finalmente falou, havia uma inflexão estranha na voz.

— Estrelinha, é claro que estou com medo. Mas quem disse que a vida não é assustadora?

Dee assentiu em silêncio ao telefone e sentiu lágrimas se acumularem nos olhos.

— Eu também tive uma ideia. Algo em que você pode ajudar.

— Ah, é?

Sua mãe riu gentilmente.

— Não precisa ficar tão preocupada! Eu estava lendo algumas coisas, entrevistas e tal, de mulheres que fizeram a cirurgia, sabe? E as decisões que elas tomam em relação à reconstrução, implantes, tudo isso.

— Aham.

— E, rufem os tambores, você sabia que algumas pessoas fazem tatuagens por cima das cicatrizes?

— Ok. Quer dizer... Sim. Sim, acho que sim.

— De todos os tipos que você imaginar. Muitas flores, muitas penas, muitas asas. Mas eu estava pensando... Bom, eu tenho uma filha extraordinariamente talentosa, que desenha coisas lindas para se sustentar. Então seria um *desperdício*, não seria, não pedir pra você...

Dee engoliu uma enxurrada de agonia e adoração.

— Querida? Você me ouviu?

— Sim... sim, eu ouvi.

— E?

— Mãe... é claro. Seria uma honra. Claro que eu faço.

— E eu não quero mascarar, sabe? Cicatrizes são força, afinal. Quero *celebrar*. Vou deixar os detalhes com você, mas eu estava pensando... Bom, claro que eu estava pensando em estrelas.

Sim, estrelas. Uma constelação, uma galáxia. Olhar para as estrelas é olhar para trás no tempo, a passagem da luz através da distância, a persistência. Vou banhar sua pele de estrelas. Vou fazer você brilhar. Vou manter você comigo.

*

Rafee estava cozinhando quando Katie chegou, todo o andar térreo da pequena casa estava tomado por cheiros de especiarias e limão. Ele a chamou com um entusiasmo agradável, Ei, como você está, como foi a viagem, você está muito queimada, quer um pouco de vinho? Ela deixou a mala ao lado do sofá, com o manual do coração partido aninhado no topo, e pegou a taça, agradecida.

— Que recepção boa! Obrigada. Cadê o Jack?

— Ah, ele está na casa da Amelie. Acho que eles estão se dando muito bem.

— Nossa, que ótimo.

— É mesmo. Ele é um cara legal, sabe? Merece estar com alguém bacana.

Katie assentiu e tomou um gole.

— É muito simples, não é? Pessoas boas deveriam ficar com pessoas boas.

Rafee riu.

— Então você resolveu todos os problemas do mundo à beira da piscina?

Ela também riu.

— Toda noite.

— E como está a sua amiga? A Dee? E a mãe dela?

— Hum... ela está bem, eu acho. As duas estão, quero dizer. Parece que a cirurgia correu bem, e ela fez radioterapia, o que a deixou muito cansada. E agora acho que são check-ups e exames para o resto da vida. — Ela fez uma pausa, permitindo que "o resto da vida" os inundasse. Dee nunca deixaria de temer a morte da mãe. Ela nunca deixaria de ser a Katie de Katie-e-Chris. — Eu acho... acho que há grandes chances de não aparecer de novo. "Grandes chances". Parece horrível, né? Costumo falar que as crianças têm grandes chances de tirar notas decentes. O que eu quero dizer é que ainda não acabou. Nunca vai acabar. E não sei como entender isso. A Dee... Ela sempre tem tudo sob controle. É uma daquelas pessoas que parece... É como se o mundo se encaixasse ao redor dela, e não o contrário. E isso acaba com essa ideia, não é mesmo?

— Com certeza. Doença é uma coisa muito intensa, na melhor das hipóteses, ainda mais quando são só as duas.

— Exatamente.

Katie se assustou com uma imagem mental de Chris na sala de espera de um médico.

— Sabe — disse ela. — Eu tenho essa... essa doença. Deus, nada parecido com a da mãe da Dee, e nem sei por que estou falando disso agora. Mas é... pode afetar as coisas relacionadas a filhos mais para a frente. Se eu quiser ter. Se eu tentar ter.

— Ah, sim — disse Rafee. — Tipo síndrome do ovário policístico? Minha irmã tem isso. Desculpe, isso é muito pessoal, né? O que eu quero dizer é que entendo, toda essa coisa de vai, não vai, talvez você precise pensar sobre isso. É uma dor de cabeça.

Seu tom era leve e tranquilo. Ela sentiu um eco de algo que havia acontecido meses antes, quando conheceu Jack e Rafee pela primeira vez. *Um incômodo.* Como outras pessoas conseguiam fazer o pesado parecer casual, conseguiam lembrá-la de como as coisas pareciam diferentes de outro ângulo.

Ela concordou lentamente com a cabeça.

— Não exatamente, mas parecido.

— Bom, sinto muito, de qualquer jeito.

— Obrigada. E como foram as últimas duas semanas pra você?

— Foram boas. Não exatamente mediterrâneas, mas com um clima bom pra cervejas-no-parque. A gente sentiu sua falta no clube do livro, claro.

— Sim! Estou ansiosa pelo próximo. Me lembre, qual vamos ler?

— *Rebecca*.

— Isso! Na verdade, eu li pela primeira vez quando tinha uns treze anos. Achei *tão* romântico. E assustador, claro — acrescentou ela depois de um momento em que os olhos de Rafee encontraram os seus, e ela sentiu o rosto corar.

— Aham — disse ele. — Bom, ele é novidade pra mim, mas romântico e assustador parece uma boa combinação.

Ele estava corando?

Bem-vinda de volta, diretora de contas. Vamos sair para beber essa semana? Temos muito para planejar.

Liv deixou a mensagem de Carrie marinar por alguns minutos antes de responder: *Sim, com certeza.* Aliada, conselheira, competidora, confidente. Como ela era sortuda por conhecer essas facetas. Ela se voltou para Rosa e Dee.

— Querem sair pra jantar hoje à noite?

Dee negou com a cabeça, roendo a unha, enquanto Rosa concordava com entusiasmo simultaneamente.

— Ah, nós podemos ficar em casa, relaxar.

— Não. Não. Vão vocês. Estou com vontade de ficar... quieta, eu acho.

— Tem certeza?

— Aham, com certeza. — E estava falando sério, pensou Dee, enquanto tentava reprimir a inquietação. Um passeio pelo parque, talvez, e depois uma noite no sofá. Esses pequenos pedaços de certeza quando o mundo estava tempestuoso. *Quem disse que a vida não é assustadora?* O sol vai se pôr tarde essa noite. O arco nebuloso do meio do verão até o outono. Doces e Coca-Cola. *Quem disse que a vida não é assustadora?*

— Do que você está a fim? — perguntou Rosa.

— Vamos naquele lugar colombiano. Empanadas!

— Está bem.

Mais tarde, Rosa e Liv se sentaram uma em frente à outra em um banco frágil sem encosto e ligado à mesa enquanto o pôr do sol lambia os prédios, e brindaram com taças de vinho tinto barato.

— Pelo que vamos brindar? — perguntou Rosa.

— Estamos brindando há quinze dias — disse Liv. — Não sei se existe alguma parte de nós que ainda não celebramos.

— Tem sido muito saturado de narcisismo.

— Acho que uma boa dose de autocelebração era necessária. Pelo menos para a Katie e para a Dee. E seria falta de educação não participar, né?

— É. — Rosa tomou um gole do vinho. — E agora nós temos o nosso plano. — Ela testou as palavras de volta ao próprio bairro, sentindo o gosto delas, verificando se continuavam de pé.

— Temos. — Liv espelhou seus movimentos. — É realmente uma boa ideia, sabe.

— Você acha mesmo? Não foram só ideias de um verão empolgante?

— Bom, isso também. Mas sim, eu realmente acho. Quer dizer, todas essas suposições de que temos que esperar até conhecer alguém e abrir uma conta conjunta, e nós nos esquecemos que sempre fomos uma família.

Rosa sorriu para sua bebida.

— Fico feliz que você sinta isso também.

— Sinto.

Elas respiravam o mesmo peso implícito por trás das palavras, a alegria e a tensão de se encontrarem tão bem representadas em outra pessoa.

— Então — disse Liv. — Deveríamos brindar ao *seu* plano. Nessa mesma época ano que vem, talvez?

— Talvez. Quer dizer, vou estar suando na cozinha em vez de estar aqui fora brindando.

Seus olhos brilhavam e Liv riu.

— Eu diria "eu não acredito", mas, na verdade, eu acredito. Estou feliz por você, sabe.

— Você não acha que é um grande desperdício dos últimos anos?

Liv respirou fundo.

— Não acho, de verdade. Nós podemos ser uma coisa e depois outra, e depois outra. É tudo autêntico. É tudo *real*. Acho que foi isso que eu finalmente descobri.

Dentro de sua cabeça, Carrie sorriu para ela. Nikita também sorriu, gentilmente.

E ao redor de ambas havia uma infinidade de outras figuras: Freddie, atuando uma ideia de relação que ele havia visto em outro lugar, Felix, todo sorridente e arrogante, e Celeste, uma sombra ainda desconhecida do outro lado de um aplicativo de relacionamentos, e todas as outras pessoas que ela já havia desejado e as com quem ela já havia transado ou flertado. Era alegre, glorioso e confuso. Havia a Liv que envolvia o corpo ao redor de uma pessoa diferente todas as noites e nunca mais as via, havia a Liv que se dedicava a Nikita e desenvolvia uma intimidade maravilhosa passo a passo. Havia a Liv que queria uma coisa e depois outra, e todas eram verdadeiras, todas eram reais, mesmo que algumas fossem relegadas ao passado, pedaços de seu crescimento.

Rosa concordou com a cabeça lentamente.

— Eu te amo por dizer isso. Há alguns anos... meu Deus, mesmo há seis meses, isso teria me aterrorizado, eu acho. Voltar ao início. Mas não é, né? São apenas... novos trilhos.

— Eu tenho uma nova ideia para um brinde — disse Liv.

— Ah é?

— Isso. — Ela ergueu a taça, e ela reluziu. — Acho que deveríamos brindar à Nikita e ao Joe.

Rosa engoliu em seco.

— Você acha?

— Acho. Acho que deveríamos brindar ao fato de que eles foram bons por um tempo, e nós fomos felizes por um tempo. E acho que deveríamos brindar que eles estão no passado.

Rosa assentiu e ergueu a taça para a mesma luz.

— Beleza. À Nikita e ao Joe. Por algumas coisas boas. E por ter terminado. — Taça com taça, olho no olho, sorrisos refletidos.

Dee rondava o apartamento como um gato. Ela havia colocado leggings e um top, com uma ideia vaga de dar algumas voltas, suar ao som de música instrumental, mas alguma coisa não parecia certa. Ela tentou se acomodar no sofá e mudar de um canal para o outro, mas continuava não parecendo certo. Fora ou dentro de casa? Movimento ou quietude?

Até que ela seguiu a sementinha em sua cabeça, voltou para o quarto e se sentou na cama. Pegou o celular e sentiu as mãos ficarem ligeiramente úmidas. Ela guardou o celular de novo. Isso era ridículo. Ela se levantou e caminhou.

E assim continuou, por dez minutos e por meia hora, até que ela estava de volta na cama, celular na mão, respirando fundo e dizendo a si mesma, se não para não ter medo, então para não se importar de estar com medo.

Ela encontrou o nome de Josh. As muitas e muitas mensagens, a revelação gradual um do outro. O início esperançoso de algo, o capítulo inicial que se esvaiu. Ela hesitou por mais alguns instantes e depois pressionou o botão de chamada.

Seu coração saltou de algum lugar até a garganta quando ela pressionou o pequeno dispositivo no ouvido, duro e quente. Quando foi a última vez que ela ligou para alguém que não sua mãe, ou suas melhores amigas, ou talvez um cliente? Como uma ligação funcionava? Com certeza ele não atenderia, certo? Então ela deveria deixar uma mensagem de voz? O que ela deveria dizer? E não deveria ter pensado nisso antes?

Mas então os toques pararam e era a voz calorosa e curiosa de Josh, um contentamento quando ele disse simplesmente:

— Alô?

— Oi — disse ela baixinho e limpou a garganta, corando. — Quer dizer, alô. Oi.

— "Oi" é bom, não é? Um pouco mais casual. Menos pesado.

Ela riu apressadamente, para mostrar a ele que o achava engraçado, para sugerir que ela era tranquila e para tentar acalmar as batidas no peito.

— Então... sim. Eu queria dar um alô. Dizer oi.

— Um pouco inesperado, mas definitivamente não indesejável.

— Sim, para o inesperado. Acho que você pensou que não teria mais notícias minhas.

— Bom, você já tinha desaparecido e reaparecido uma vez. Eu mantive a esperança.

Ela mordeu o lábio.

— Eu devia ter respondido.

— Você disse que tinha questões familiares. Imaginei que fosse sério.

— Você está sendo muito racional.

— Ah, não se preocupe. Choraminguei sobre você durante algumas cervejas. Finalmente conheço uma pessoa interessante e ela desaparece, esse tipo de coisa.

— Eu não queria desaparecer.

— Você não queria, é?

— Isso soou clichê demais — disse ela, e mordeu o lábio novamente.

Mas Josh estava rindo. Dee sentiu o peso em seu peito reduzir um pouco.

— Quer dizer, eu não queria... deixar as coisas assim. Eu devia ter respondido. Tem sido... tem sido uns meses difíceis.

— Você quer conversar sobre isso?

— Hum... na verdade, não. Mas sim, também.

— Não quero dizer aqui e agora. Quero dizer, tipo, tomando uma cerveja.

— Ok.

— Vamos lá, Dee. *Ghosting* repentino, telefonema do nada. Preciso de um pouco mais de comprometimento do que isso. — Seu tom ainda era caloroso.

— Ok. Quer dizer, sim. Eu gostaria muito.

— Ótimo. Pub no parque, amanhã à tarde, por volta das seis?

— Vejo você lá.

Voltar

Você pode fugir de seu coração partido por algum tempo, mas sempre terá que voltar. Você pode olhar para sua vida de outro ângulo, mas não pode escapar dela. É assim que as coisas devem ser.

O que você é, senão seu passado? Você passou por lágrimas e tormentos e permaneceu viva. Você é forte, estrelinha, você é forte.

Capítulo Vinte e Cinco

PONTO-FINAL?

Katie daria uma nova aula sobre Elizabeth I em setembro. Alunos do sexto ano, supostos entusiastas de história, no mínimo um grupo que teria escolhido estar ali, em vez de ter sido obrigado. A ideia a encheu de uma agradável sensação de expectativa. Sua monografia da graduação havia focado a grande rainha ruiva, aquela herdeira feroz e inabalável que o pai tanto desejara, mas que supunha que viria na forma de um filho. Ela já estava empolgada com a ideia de despertar uma paixão semelhante naqueles adolescentes, convidando-os a traçar uma linha a partir da extraordinária mãe de Elizabeth, aquelas mulheres ousadas e incríveis de tantos anos atrás.

Então ela tirou todos os livros sobre a história dos Tudor das prateleiras e os colocou em cima da cama, preparando-se para uma tarde de planejamento, e, ao fazer isso, uma página se agitou, uma respiração, um suspiro e cinco fotografias se espalharam pelo edredom.

Seu coração saltou para a garganta e depois despencou para o fundo do estômago. Aquele peso, aquele *soco*, como ela não havia percebido a passagem do tempo, e como tudo voltou de repente! *O coração partido não é linear*, pensou ela. Porque lá estava ele, lá estavam *eles*. Katie-e-Chris. Uma vida, um amor.

Ela se ajeitou com cuidado na cama. Lá fora, uma nuvem se deslocou e um feixe de luz amarela apareceu no quarto. Promessa, otimismo e iluminação. Ela estremeceu, respirou fundo e pegou as fotografias.

Elas eram muito mais do que, e nada mais do que, fotografias. A foto de Manchester, ah, ela foi puxada de volta *diretamente* para aquele bar, para o jazz e para o blues que tocavam e que os faziam se sentir sofisticados, mesmo quando corriam para o happy hour de drinques e seus sapatos grudavam no chão. O braço dele estava casualmente sobre o ombro dela, e sua cabeça estava jogada para trás em uma risada fácil. A foto era de apenas alguns meses depois de eles se conhecerem, a janela mágica entre a festa do circo e as provas finais, quando eles sugaram o tutano dos ossos daquela cidade gloriosa e beberam, e dançaram, e cada bar estava cheio de dezenas de rostos que eles conheciam.

Será que alguma vez foi melhor do que isso, perguntou-se ela. É claro que a vida tinha gradualmente feito mais sentido, é claro que eles tinham colocado as peças do quebra-cabeça em ordem, mas aquela janela parecia existir fora do lugar e do tempo. Como tinha sido extraordinária a sensação de estar no limiar de tudo, de estar se apaixonando pela primeira vez e ainda não ter medo de saber que todos aqueles milhões de caminhos divergentes ainda estavam abertos, e eles não tinham a menor noção disso. Ela examinou o rosto de Chris e ele, por sua vez, examinou o dela, na época, e seus olhos estavam cheios de admiração. Ele estava alegre e cheio de expectativa. Em breve, ele diria a ela que a amava pela primeira vez, ao ar livre, enquanto caminhavam para casa depois de uma balada, no nascer do sol. Ela apoiaria a cabeça no ombro dele, riria e diria Eu também te amo, é claro. Que fácil, que fácil.

Manual do coração partido

A foto da Espanha: o fim de um mês de viagem entre Manchester e a mudança para Londres. Eles pulavam de hostel em hostel, hospedando-se nos lugares mais baratos que conseguiam encontrar e vivendo de pão e queijo e, com o passar dos anos, podiam pagar por mais voos e hotéis melhores, então dali pra frente seria só pra cima, pensou ela, ou seria ladeira abaixo? Sua pele estava queimada de sol e havia uma pulseira com nós de fios coloridos em seu pulso. Os dois estavam sentados nos respectivos mochilões, e ela sentiu imediatamente o peso da mochila dela nas costas, a forma como ela friccionava duas formas ovais na pele macia e depois escamosa acima dos quadris. Um desconforto pequeno, mas persistente, um sacrifício que valia a pena fazer pelos mares azul-turquesa e pelo calor cintilante.

O aniversário de vinte e cinco anos de Chris: o restaurante que ele havia mencionado meses antes porque, por sua vez, estava sendo mencionado por colegas e clientes. Ela pediu ao casal da mesa ao lado para tirar a foto, pega entre o constrangimento de interromper a demonstração de intimidade deles e a certeza de que queria um registro da própria. Os dois estavam radiantes de saúde, os músculos de Chris firmes sob a camisa e o colar favorito dela reluzindo no pescoço. Eles estavam de mãos dadas sobre a toalha de mesa e havia uma garrafa que poderia ser de champanhe na borda da foto.

Um ano depois, mais ou menos, e uma foto deles no casamento de um amigo: o primeiro dos amigos próximos de Chris a se casar e aquele que, Katie percebeu com um sobressalto, ela esperava que pudesse inspirá-lo. Tinha sido um casamento de vinte e poucos anos tipicamente performático: uma cerimônia na igreja, apesar de nenhum dos noivos acreditar em Deus, e uma festa em uma casa de campo bancada pelos pais. Uma série de escolhas imaginadas ao longo do ano anterior como as mais memoráveis: flores para comunicar perfeitamente a sensibilidade do casal, toalhas de mesa selecionadas para complementar os vestidos das madrinhas, lembrancinhas para os convidados guardarem para sempre. Katie não se lembrava de nenhum deles. Ela se perguntou se estava amargurada. E se perguntou o que ela realmente queria de Chris, mesmo naquela época. Um pedido de casamento porque queria isso para si mesma ou um pedido de casamento porque queria que as outras pessoas vissem? Um pedido de casamento porque era isso o que os outros faziam depois de três, quatro ou cinco anos juntos?

E, por último, uma selfie rara que ela havia tirado dos dois na escalada em uma montanha escocesa cujo nome havia esquecido. Isolado das outras pessoas, Chris se permitiu olhar para a câmera, e os dois pareciam felizes e livres, com as nuvens pairando bem acima. E o que ela se lembrava, depois de todo aquele tempo, era da discussão que se seguiu, quando perguntou por que ele raramente publicava uma foto assim on-line. Ei, me dê um *break*, respondeu ele, e ela riu, O que você é, americano? E então ele ficou em silêncio por meia hora, porque Chris nunca, jamais, gostou de ficar constrangido. Mesmo por ela, mesmo quando eles eram as únicas duas pessoas em quilômetros, entre a urze e o céu.

Era a foto mais recente das cinco, embora tivesse sido tirada há pelo menos dois anos. Será que ela parou de tirar fotos ou parou de imprimi-las? E foi porque ela passou a sentir uma segurança, uma sensação de que o relacionamento deles não era mais algo que ela precisava conscientemente celebrar ou provar, ou porque o relacionamento deles havia se tornado a mobília de sua vida?

Ela as olhou novamente. Colocou a mão na barriga, testando a dor, mas ela havia desaparecido. Fechou os olhos, testando, imaginando se as lágrimas eram uma ameaça, mas nenhuma veio. Katie-e-Chris durou nove anos, pensou ela. Nosso relacionamento durou nove anos. Nem mais, nem menos. Que especial, que incrível.

Algo menos do que uma imagem, uma coleção de sensações, passou por sua cabeça. Um movimento em direção a horizontes reluzentes, limiares, encerramentos suaves. Ela se lembrou de alguns questionamentos antigos sobre o tempo exato que levaria para sentir a mudança e sorriu para si mesma.

Ela cruzou as pernas e espalhou as fotos como folhas no triângulo formado por seu corpo. Pegou o celular e tirou uma foto. Ficou maravilhosamente iluminada pelo raio de sol, todos os lugares em que as fotos captaram a luz brilhavam em prata, uma pilha de joias. Ela escreveu *Memórias* embaixo da foto e a enviou para Dee, Liv e Rosa. Em seguida, pegou sua bolsa, hesitou e colocou o manual do coração partido dentro dela. Desceu a escada e foi para a luz do sol.

As mensagens começaram a chegar ao seu celular enquanto ela caminhava. *Ficou feliz por ter guardado?*, perguntou Rosa.

Sim, respondeu ela. *Quem iria imaginar?*

Ele era um homem sortudo pra caralho, escreveu Dee.

Sim, respondeu ela novamente. *E acho que eu provavelmente era uma mulher sortuda pra caralho também.*

Sábias palavras, escreveu Liv. *Senti uma onda de nostalgia ao ver aquele bar de jazz. Sempre que eu ia lá, me achava foda.*

Meu Deus, eu também. Mesmo na minha fase body de renda + tênis.

Você com certeza ainda fica linda assim, amiga.

Eu estava vendo uma foto antiga outro dia. Dá pra ver todo o meu mamilo pela blusa. Não o contorno, estou falando da aréola toda. É impressionante.

Parece impressionante mesmo.

Você se lembra daquela calça cor-de-rosa que você amava, Katie?

Ah! E o top amarelo? Eu parecia uma jujuba.

A minha favorita era a calça de couro da Liv. Como ela era barulhenta!

Meu Deus, eu me lembro de tirar depois que a gente voltava pra casa. Era como usar uma camisinha gigante.

Bons tempos.
Concordo, bjss

Seu coração disparou e sua respiração ficou agitada. Aquelas meninas, aquelas mulheres. Elas eram as duas coisas, sempre seriam. Elas guardavam seu passado e seu futuro, sua juventude e seu desejo, sua selvageria e sua sabedoria. Aqueles amores da sua vida, como ela era sortuda.

Ela chegou ao parque, ao local onde o amigo de Chris havia esbarrado nela, aquele indício do talvez novo relacionamento de Chris. Ela tocou no cabelo por reflexo. Ele havia crescido em um bob agora, como penas ao redor das orelhas. Ela aprendeu a borrifá-lo com água salgada e a bagunçá-lo com um cuidado descuidado, e ele parecia algo como seus antigos cachos, só que mais maduros.

O parque estava repleto dos gritos e do burburinho de inúmeras vidas: cães alegres saltitando, crianças aprendendo a andar de bicicleta e de skate, frágeis bebedores de café de ressaca e mordedores de sanduíche de bacon, abdominais motivacionais e luta livre. Como era estranho que várias versões da mesma atividade pudessem dar a sensação de se sentir sozinha e à deriva, ou protegida e segura. Ela se lembrava de ter andado por aqui há apenas alguns meses e da sensação de todos aqueles rostos, todas aquelas vozes, nenhuma delas entendendo ou se importando com a dor que percorria seu corpo. A mesma multiplicidade se tornou reconfortante. A vida continuava.

Do outro lado do parque havia um pub, com as portas já abertas e as pessoas distribuídas pelas mesas ao ar livre. Apenas uma estava vazia. Com um estalo de decisão, como se fosse a coisa mais natural do mundo, Katie entrou e pediu uma taça de vinho branco seco. Sentou-se à mesa vazia e tirou o manual do coração partido da bolsa. Ela observou, tomou um gole e leu. Sozinha, mas não solitária, viva e na expectativa.

Folhas e camadas de palavras de suas amigas, o reconhecimento da dor, os conselhos sobre como lidar com ela. As primeiras páginas estavam manchadas com respingos e lágrimas, os cantos, amassados pelas próprias mãos agonizantes. Era tão recente, e parecia ter sido há uma vida inteira.

As fúrias e os acertos de contas, as lágrimas e os amassados de jogar o livro longe, de gritar com o livro. As palavras furiosas de Liv ecoaram por sua cabeça, a raiva que fez com que seus anos de intimidade parecessem tão frágeis. O rosto angustiado de Dee veio logo depois, segurando a mão da mãe. Mel parecia sábia, mas cansada.

Katie engoliu em seco. Como ela tinha sido inocente em acreditar que apenas um namorado poderia partir seu coração.

Ela segurou o celular acima do livro e tirou outra foto. Dessa vez, ela escreveu embaixo: *Mais do que memória.* O passado e o futuro entrelaçados, uma relíquia de suas vidas e um olhar para o futuro. *Isso precisa ocupar um lugar de destaque na nossa casa*, respondeu uma das meninas, mulheres.

As risadas ressoavam nas mesas ao seu redor, enquanto dezenas de estranhos trocavam histórias e piadas, se esticavam preguiçosamente e ouviam. Um casal estava sentado à mesa ao lado, um ao lado do outro, e não frente a frente, para facilitar o encostar das pernas, as mãos subindo e descendo pelos antebraços um do outro e, sim, as inclinações para um beijo após o outro. O homem não muito diferente de Chris, músculos que sugeriam atenção, camiseta branca genérica, mas bem ajustada, calça jeans e botas marrons, estava sentado no banco de maneira ligeiramente pomposa. A mulher com um vestido leve listrado e cabelo afro amarrado sob um lenço vermelho e laranja, sentada e brincando com os brincos pendentes. Eles estavam bêbados um do outro e ainda um pouco conscientes de si mesmos, estavam se entregando um ao outro e ainda estavam sentados à beira de alguma coisa. Os primeiros meses, decidiu Katie.

Sarah Handyside

E ela esperou, observando, por uma pontada de dor, mas sua forma havia mudado. Algo triste, algo grato. *Nosso relacionamento durou nove anos.*

Ela pegou o celular e rolou a tela até o nome de Chris. Ele esteve on-line pela última vez há trinta e dois minutos. A foto dele era uma que ela não reconhecia. As mensagens deles, a história deles, pareciam um inseto preservado em âmbar. O polegar dela pairou e seu coração estremeceu. *Nosso relacionamento durou nove anos.*

Ela guardou o celular de volta na bolsa e tomou um gole do vinho. O mundo seguiu em frente, fantástico e pleno.

Ponto-final?

É impossível dizer com antecedência quando vai acontecer. Você vai desejar poder saber. Vai se esforçar e procurar por isso. Vai perguntar às pessoas, aos livros, à internet: quando vou me sentir melhor?

E vai chegar um momento em que você vai acordar com uma leveza da qual havia se esquecido e com uma sensação de expectativa, de olhar para a frente mais do que para trás. Você vai tomar café, vai passar a manteiga na torrada e vai saborear tudo: o amargor acentuado, a riqueza sedosa, os milhares de luxos de cada dia.

Você vai pensar na outra pessoa e vai sentir algo mais suave do que jamais imaginou. Pode ser simples, pode não ser, mas o que machucava terá se aplacado. As cores de suas lembranças serão suavizadas, a voz dela será abafada. A marca da outra pessoa ficará em você para sempre, assim como as marcas dos livros que lê, das música que dança, das paisagens que admira, das entrevistas nas quais reprova, e nas quais triunfa, das janelas que abre, do ar que respira.

Você vai olhar para o céu e ver pássaros. Vai pensar em nadar no mar, em escalar montanhas e em se sentar em bares com o mundo zumbindo de maneira emocionante ao seu redor, e com as melhores pessoas do mundo dando um abraço mais apertado.

Você vai olhar para trás e saber que estar com o coração partido é ser humano. É uma reação à perda daquilo que amamos. Amar é correr o risco de ter o coração partido, mas se recusar a amar não é se proteger. Você foi feita para amar. Você foi feita para ser amada.

Você vai olhar para a frente e ver os lugares onde vai viver, as pessoas que vai conhecer e o amor que vai sentir. Um amor grande, abundante e que transborda, rios de amor, oceanos de amor.

AGRADECIMENTOS

Primeiramente, gostaria de agradecer a Lucy Morris, que continua sendo a remetente dos e-mails mais empolgantes, a autora das ligações telefônicas mais empolgantes e a melhor agente que eu poderia ter. Obrigada a Alice Gray por oferecer ao *Manual* um lar tão maravilhoso na Pan Macmillan e a Lucy Brem por ter feito seu papel como editora com tanta perfeição quando, no início, a vida acabou imitando a arte um pouco mais do que esperávamos. Obrigada a Rosie Pierce por ter segurado minha mão durante esse ano louco.

Agradeço as outras equipes da Curtis Brown e da Pan Macmillan por me guiarem nessa jornada de sonho de infância com tanta competência, especialmente a Liz Dennis e Caoimhe White. Obrigada a meus editores internacionais. Uma versão mais jovem de mim ainda está se beliscando.

O *Manual do coração partido* é uma obra de ficção, mas sua mensagem, a de que a amizade vai amparar seu coração partido, é uma que tenho a sorte de ter vivido em primeira mão. Obrigada a Mat Moss e Luke Winter pelas caminhadas na praia, apropriadamente cinzentas e sombrias, a Emma Dodd e Lauren Bond pelas camas em Leamington e Manchester, e a Lauren, também, por ter me apresentado às alegrias sem sentido de *The Other Woman* no momento perfeito. Obrigada a Hannah Whitfield pelas conversas sinceras movidas a vinho no bar do diretório dos estudantes de Warwick, a Joey Connolly pelas conversas sinceras movidas a cerveja no Lord John Russell, e a Joe von Malachowski pelas conversas sinceras movidas a qualquer coisa em todos os lugares. Obrigada a Duncan McCaig e Jon Sanders pela curta, mas muito querida, passagem pela Holly Street, e as minhas colegas de Derby Road: Rachael Davison, Sian Hughes-Kroon, Rachel Mannering, Alice Ridgway e Zoë Tweed, por tornarem Manchester mágica. Obrigada a Columba Achilleos-Sarll, Bella Davies-Heard, Rowena Fay, Lewis Gray, Robynne Hodgson, Lucy Morton, Annabel Robertson e Claire Robinson pela companhia em momentos importantes. Obrigada a Eve Smith pelas mesas de Edimburgo, pelos cemitérios de Manchester, sempre compreensiva e nunca um membro da brigada de camisola. E obrigada, sempre, a DASH: Ruth Davidson, Alice Langley, Clare Skelton-Morris e Hannah Walker, minhas caminhantes selvagens, nadadoras, bebedoras, dançarinas, criadoras de agendas, anotadoras, garotas para todos os momentos, mulheres.

Aos meus pais e irmãos: Rob, Helen, Charlotte e James, obrigada por me fazerem amar as palavras.

A Oscar e a Georgie, obrigada por cochilarem o suficiente para que eu pudesse editar, e por permitirem que os anos de seus respectivos nascimentos fossem (quase) ofuscados por *Eu tenho uma agente!* e *Eu tenho uma editora!* Finalmente, para Ed, obrigada por todo o resto e, de fato, por tudo.

Impresso no Brasil pelo Sistema Cameron da Divisão Gráfica da
DISTRIBUIDORA RECORD DE SERVIÇOS DE IMPRENSA S.A.